知乎

有问题 就会有答案

易碎品

何袜皮 著

台海出版社

图书在版编目（CIP）数据

易碎品 / 何袜皮著 . -- 北京 : 台海出版社 ,
2023.11
ISBN 978-7-5168-3615-6

Ⅰ . ①易… Ⅱ . ①何… Ⅲ . ①推理小说－中国－当代
Ⅳ . ① I247.5

中国国家版本馆 CIP 数据核字（2023）第 137737 号

易碎品

著　　者：何袜皮

出 版 人：蔡　旭　　　　封面设计：YANG
责任编辑：魏　敏　李　媚

出版发行：台海出版社
地　　址：北京市东城区景山东街 20 号　邮政编码：100009
电　　话：010-64041652（发行、邮购）
传　　真：010-84045799（总编室）
网　　址：www.taimeng.org.cn/thcbs/default.htm
E - mail：thcbs@126.com

经　　销：全国各地新华书店
印　　刷：三河市兴博印务有限公司
本书如有破损、缺页、装订错误，请与本社联系调换

开　　本：880 毫米 ×1230 毫米　1/32
字　　数：360 千字　　印　张：12.5
版　　次：2023 年 11 月第 1 版　印　次：2023 年 11 月第 1 次印刷
书　　号：ISBN 978-7-5168-3615-6

定　　价：68.00 元

目 录

Contents

易 碎 品

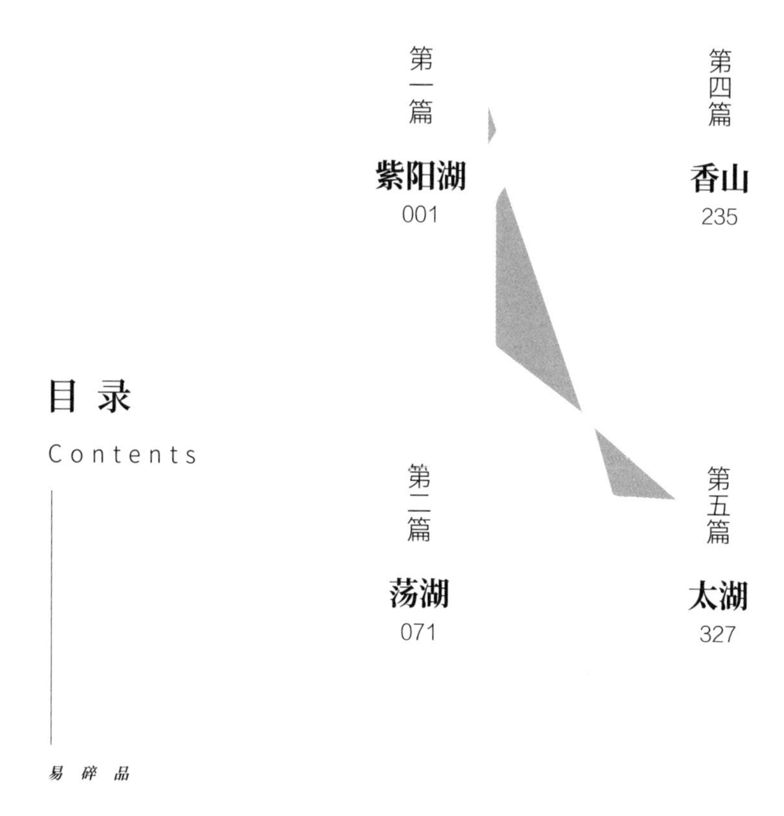

第一篇

紫阳湖

没有什么能像我们的秘密那般使我们孤独。

——保罗·图尼尔

1 我们

一对年轻的小夫妻总是在周末手拉着手逛超市。妻子的腹部日渐隆起，丈夫看她的眼神充满温存。他不时为她整理头发，俯身倾听她说话，在旁人看来他的爱意发自肺腑，毫不做作。当妻子走到水果摊前，伸手要去取一个菠萝时，丈夫抢先一步拿起，生怕她扎伤手。

为了给妻子和将出生的孩子创造更好的生活条件，丈夫三天两头加班，每个月都会出差。最近一次出差回来，他送给妻子一个水晶相框，准备装未来一家三口的相片。妻子打趣他是“小区第一模范丈夫”，直到有一天，她在他的电脑里发现了一个 QQ 群。

他是这个群的群主。每天睡前，他都会和几十个陌生男子交流在各个城市嫖娼的经验，他们交换照片，共享心得，以便在出差时寻觅更刺激的体验。

秘密。

每个人都有无法见光的秘密。

有些人正享受秘密，有些人则为秘密付出了生命。

一对情侣为分手一事僵持了三个月。

女孩想分手，而男方不答应。自从他们停止约会后，他留起了胡子、酗酒、旷工，在朋友圈发了割腕的照片。他每晚都要去她和父母住的小区找她谈判。如果她不接听电话，他会绕着她住的 5 号楼大喊她的名字。她害怕邻居们议论，只能跑下楼见他。

她患上了严重的失眠症，在工作时无法集中注意力，屡屡犯错，遭到领导斥责。她在三个月内瘦了十斤。而他也注意到了这点。他说:“你看啊，亲爱的，只有我们和好，才能终止对彼此的损耗。”

他哄骗她，只要她亲口说出分手的真正原因，他就会离开。可她已经说了十几个不同的理由。每次说出一个理由，他都会否决，气急败坏地指责她“撒谎”“骗子”。

那是个深秋的夜晚，在小区的花圃前。她裹紧睡衣外的外套，歪着头，沉吟了一会儿后说道："我在提分手前就爱上了其他人。"

他突然镇定下来，问了许多细节：这个男人叫什么，做什么工作，他们是从什么时候开始的，上过床没有，她都对答如流。他垂下眼帘，轻声说道："我早就猜到了。"然后拿出藏在夹克衫内的一把杀鱼刀，割断了她的脖子。

人们总是会竭尽全力去寻找蛛丝马迹，来验证自己已经相信的事。

"我早就知道是这样……"

这是一个刚过了50岁生日的女人，一家三甲医院的护士长。她看着书房里对着手机傻笑的男人，浮现出一个念头：真希望他立刻去死。

那个"他"是和她结婚26年的丈夫，省画家协会的会员，擅长画女性的胴体。

护士长年轻时也偶尔有过这样的念头，只不过最近这个念头出现的频率高了许多，以致她都担心自己会在夜间说梦话。

有一天他们在卫生间门口相遇，画家侧过身挤进卫生间，回头瞥了眼妻子的身躯：她洗完澡后只穿了文胸和大码内裤，裸露出腰间松垮的肥肉。

正是画家那一个嫌恶的眼神击垮了她，让她决定动手。

她曾经是多么骄傲的一个人啊。

唉，有时候，我真希望这位护士长能及时掐灭自己的念头，防止它成为秘密。

不好的念头不是秘密，只有不好的行为可以成为秘密，包括那些已完成的或正在进行中的行为。

时光无法倒流，秘密一旦成为秘密，便无法撤销，你只能选择：守住它，或者公开它。

最终，只有尸体没有秘密。

他们赤裸地躺在解剖台上，每一道疤痕、每一条褶皱、每一寸肌肤都暴露无遗。他们过去的历史任人检视，在网络上，在系统里，在一个个证人和嫌疑人的回忆中，被陌生人翻阅、争辩和讨论。

生命真实的全貌，往往在人死后才徐徐浮现。

2 林丽

你叫林丽，13 岁，是平泽实验中学的初二学生。

2018 年 7 月 26 日，大暑刚过。你去紫阳湖游泳。湖里前几年淹死过人，早有告示禁止下水，但依然挡不住你们这些孩子。

你们两男一女，曾是小学同学，又在同一所初中念书。两个男孩都喜欢你，你心知肚明，但你没有接受也没拒绝任何一人。你对待他们的态度端得像一杆秤那么平，维持着他们暗自的较劲。

他们光着膀子在水里打闹了许久，你只是坐在岸上看着。

你抬头眺望，湖的东侧是一个村子，一些居民的私房建到了湖边。这样一个太阳炙烤的午后，四周安静得让人心底发怵。居民好像都被高温催眠了。偶尔传来的几声狗叫，以及晾衣竿上随风摆动的衣物，才能证明这个村子是活着的。

黑皮肤的王阳扎一个猛子，在水面上消失了。

水面上又露出一个留着板寸头的脑袋，张翰云朝你招手："林丽，快下来！哇，水里好爽啊！"

你站在岸边，伸出脚尖试试微凉的水温，摇着头笑。你还从没有在泳池以外的地方游过泳。你答应出来玩，只是想在阳光下展示这件还没机会穿的泳衣。

你身上的蓝绿色连体泳衣，在家里就换上了，穿在刚脱下的汗衫、牛仔短裤里面。你低下头，看到自己胸部的翠绿色在阳光下很耀眼。

突然，一个黑乎乎的东西从水里伸了出来，一把钳住你的脚踝往前拽。

你还没来得及发出一声惨叫，就已经失去了平衡，屁股在石头上磕碰了一下，踉跄着跌进了水里。你的头没入了水中，呛了两口水后才记起闭上嘴巴。你在混浊的河水中慌乱地扑腾四肢，完全忘记了游泳课上学到的动作。

当你终于被一个力量托起，头部浮出水面后，一眼看见了王阳的笑脸："你不是说自己会游泳吗？"张翰云也游了过来，哈哈大笑。

"混蛋！"你挣脱了王阳的手。当你扑腾着要回岸上时，他在你的屁股上托了一把，似乎是为了将功补过。这个动作令你更加恼怒。

你坐在岸边呛了好一会儿，眼睛红了。王阳终于知道闯了祸，向你道歉。你坚持要回家。你从前是多么信任他们啊。两个混蛋！你以后都不会和他俩一起玩了。

你走向自行车，拿起挂在车把手上的衣服和书包走向树林。两个男孩不敢再违背你的意思，留在了湖边。

你走向树林深处，确认从湖畔望不见这里，才停下脚步。

这片小树林约两亩地。穿过它便是一片空地，空地上搭建了一排两层的蓝色工棚，停着两台挖掘机。四下无人。你从包里掏出干燥的内衣裤，背靠一棵大树，以最快的速度脱掉泳衣，随意擦了擦身子，套上了汗衫。

当你用毛巾擦拭头发时，感觉身边似乎萦绕着一种从未闻过的气味，和闷热的湿气混合在一起，令你反胃。你吸了吸鼻子，用目光检索自己的四周。那片榉树林，看上去并没有什么异样。

当你静下心来，能听到一些嗡嗡嗡的噪声。循声望去，才发现自己脚边的土有些松动，并古怪地隆起，一群苍蝇围绕着那里。

你往旁边跳了跳，并用脚尖拨了拨浅土，苍蝇忽地散开。只见乌黑的泥土中露出白色的东西，透出一点微蓝的光芒，并散发出难以描述的臭味。你的心像被什么东西咬了一下，浑身打了一个激灵。

这是什么？

当然，你的同伴听不见你的自言自语。他们只是听到一声嘶哑的尖叫，看见你披头散发地冲出了树林，连拖鞋都跑掉了一只。

"有死人！"你冲他们大喊。

这世上有许多故事都是从发现一具尸体开始的。

这是亡者的复仇。它回来了，誓要将一切秘密暴露在阳光下。

3 张巧巧

你叫张巧巧，今年 21 岁，在心派咖啡馆当服务员。

这年头工作不好找，你从中专毕业后，在农村老家待了半年，然后和两个老乡一起坐大巴来平泽找工作。

你不想进沉闷的工厂干活，当你在平泽论坛上看到心派招服务员，并提供员工宿舍的帖子，立马就过来应聘了。经理嫌你没经验，但又觉得你看上去很机灵，便留你试用。现在你已在这里正式工作一年多了，已经学会了制作咖啡和讲简单的工作英语。

心派虽然面积不大，但算得上平泽的网红咖啡馆，你喜欢这里的工作环境，全都用莫兰迪色，让人心情明亮。据说老板是生活在法国的温州人，咖啡馆的装潢也是照搬了巴黎的一家咖啡馆。

当然，它的生意不错主要还是因为它的位置好，位于最热闹的商圈。它的二楼有一个大露台，正对着百川湖。露台的西边是一家四层楼高的美容医院，东边是一栋高层写字楼。

你喜欢这份工作，还有一个原因是，你可以在这里见到形形色色的客人。他们有做了美容结伴来喝下午茶的姑娘，有匆匆吃了简餐回金融中心上班的白领，有拿着笔记本坐一个下午的写作者，有约一个又一个客户见面的律师……

你大约是在两个月前注意到那个男人的。

他第一次来，推门而入，径直走向靠窗的小桌边坐下，掏出一根烟。你以最快的速度走到他身边，成功阻止了他点燃手中的烟。

“先生，室内不允许抽烟。”

你留意到他的胡茬纵横，头发黏腻，似乎好多天没洗头了。汗水浸透他那件白衬衫的劣质面料，透出后背黝黑的肤色。他应该在烈日下走了不少路吧？

你凭直觉认定，这又是一个来蹭冷气歇脚的人。

“先生，您要喝点什么吗？”你递上菜单，“我们这里必须要有消费哦。”

那男人用夹烟的右手翻了翻菜单后，又挥了挥左手说：“你就给我来杯咖啡吧。最便宜的那种。”

你以为自己看错了，瞪大眼睛再仔细看，没错。这个男人的左手少了中指和无名指，只剩下三根手指，就像……就像摆出一个 love 的手势。而缺失的那两根手指根部包了纱布，像被砍伐后的树木留下的树桩。

你猛然意识到自己这么盯着看很不礼貌，忙收回目光看着菜单，问：“这款 28 元的冰调咖啡可以吗？”

“可以。”这男人快速回答，不耐烦地用三根手指抓起桌上的打火机，向露台门走去。

自那天以后，三指男经常在下午过来，点一杯最便宜的冰调咖啡，坐在露台的吸烟区，一根接一根抽烟，直到天快黑、接近晚饭时间才离开。

虽然他总是独来独往，你偶尔在给他送咖啡时，会听到他在和人打电话，像是北方的口音。

你对他有些好奇：他每天都不用工作吗？他是在这里等什么人吗？

今天是工作日的下午，客人不算多。那个三指男又坐在露台上打电话，还似乎和人起了争执，正对着手机大喊大叫、手舞足蹈。

你正望着落地窗外，对着他的背影出神时，一个女子走到收银台前，摘下墨镜问：“请问，刘小姐订的位在哪儿？”

你觉得她有点眼熟，过了几秒才想起来，她就是 Miss Lucky。大半年不见，她的发型变了，肤色也白了好几度。

一年多以前你刚到心派咖啡工作时，每个工作日的中午，总有一个高大帅气的男子到店里一边吃简餐，一边刷手机。他长得有点像你喜欢的某个韩国演员，每次轮到你为他点单时，你都会脸红心跳。领班小德说，这是在对面医院上班的袁医生。

有几天你请假回老家。但等你再回来上班时，发现医生身边多了一个女子，就是眼前的 Miss Lucky。小德说，他们是在心派认识的。

这种事倒也不少见，有时因为只剩一张空桌子，两个陌生人坐一起，聊了起来，还交换了联系方式。但令你惊讶的是，短短几天，这两人就像进入了恋爱的状态，甚至可以用如胶似漆形容。他们每天一起走进咖啡馆，一起点单，当医生离开后，女子常常待一个下午，等到下班时间才离开，或许是去接医生下班吧。

直到后来有一天，他俩都不再出现。

此刻，你看到 Miss Lucky 的左手无名指上戴着一枚钻戒，微微瞪大眼睛。

“他们在 01 号包厢，我带您去。”你把她带到二楼包厢。

这是一个由气泡有机玻璃围起来的空间，是最受欢迎的包厢。它的落地玻璃窗外是一个绿色小池塘，养了一株白色睡莲，在炎炎夏日给人清凉的感觉。

四个女人和一个男人已经等在那里。他们点的是一个叫卡萨布兰卡的豪华下午茶套餐，有 30 多种不同的点心，可以送一瓶酩悦香槟。

打开包厢门，迟到的女子立刻向大家道歉：“不好意思，路上太堵了。”

刘小姐从椅子上站起来，激动地环抱住女子，用沙哑的嗓音喊道：“宝贝，你咋结个婚就跟失踪了一样？你再不出来我都要怀疑袁东这小子杀妻了呢，哈哈哈。”

听到这句话，你暗自惊讶，想不到消失大半年，她真的和那个医生结婚了。你恨不得立刻向同事们分享这个八卦。

眼前的刘小姐是心派的老熟人了。她是街对面鑫美医院的老板，咖啡馆里有去年某期《平泽人物》杂志，封面人物就是她。在那期报道里，她坐在偌大的办公桌后面，对自己美容帝国的规划侃侃而谈。

和往常一样，她今天也是披着一头瀑布般的黑色长发，穿着香奈儿套装，刷着浓密的睫毛。她的脸蛋远看犹如少女般饱满光洁，但当你走近她身边才会发现，她的眼睑上提，眼睛微瞪，嘴巴嘟着，看起来有点凶。

“我待会儿还要开车接孩子，给我来一杯卡布奇诺。”背对玻璃窗的短发女子招呼你，说道。她干练的短发夹在耳后，穿了一件低胸白T恤。

“陆雅！”刘小姐做出生气的表情，“不是说好了叫代驾吗？”她从你的盘子里取了酒，亲自给陆雅的香槟杯斟上。

“再说这根本不算酒啦。”刘小姐嫌弃地看了看瓶子上的度数，嘟囔着朝你挥挥手，让你离开。

“等等，我也不喝酒。”刚刚在陆雅身旁入座的“袁太太”在你离开包厢前，又叫住你说，“给我一杯柠檬苏打就可以，谢谢。”

4 丁冰

今天路上并不堵，你只不过是故意拖到最后一刻出门。

你坐在镜子前往脸上扑粉底时还犹豫不决，甚至想了几个不错的借口，可以确保你体面地临时爽约。

“人到齐了，就等你了。”在你收到刘小姐发来的现场照片后，你还是决定出发。

这本是一次公司内部的社交聚会，刘小姐想请公司几个骨干喝下午茶联络感情，你是代替丈夫袁东来的，他当天下午有手术。当然，刘小姐邀请你的另一个原因是，你父亲丁符生和她是老朋友，并在这家医院有投资。

在场的唯一一名男士叫陈来福，是公司的财务主管，也是刘小姐的表外甥。他急忙起身给你让座。

你在他和刘小姐中间坐下，听他们继续讨论被你的到来打断的话题：陆雅的婚事。

陆雅32岁，是个单亲妈妈，经过几次大的“整修工程”，相貌与离婚前大不相同。她是刘小姐的爱将，作为医院的金牌顾问，去年她的客户的消费总额是所有顾问中最高的。你听袁东说过，她一年到头都在上班，经常半夜还在回复客户消息。哪怕再先进的技术也掩盖不了她的黑眼圈。

当然，仅仅靠拼命是不够的。刘小姐总结过销售的诀窍，顾问需要用自身条件向客户展示一个好的案例，但又不能比客户漂亮太多，让她们有压迫感；得说服客户买单，又得显出处处为她们着想。让陆雅的业绩保持第一的，还有她的亲和力，她整了一张老实脸，好似永远不懂怎么骗人。

你听了一会儿才跟上剧情：这个高情商的销售冠军正在诉苦，她刚刚因为买房的事和男友分手。她的男友比她小 5 岁，曾是她的健身教练，也是一家小健身房的老板。前阵子两人谈婚论嫁，罗教练提出来，希望她能把婚前的房子卖了，和他一起买套大房子。

陆雅不愿意。她提出可以把自己的积蓄和罗教练的存款一起作为首付，买套小一点的房子，或者可以住在她那儿，先不买房。但罗教练坚持自己只看得上那套大的，因为他的父母可能会来住，他们也可能有第二个孩子。言外之意是，只有陆雅把她的房子卖掉才能过上他想要的生活。

当陆雅拒绝这个提议后，罗教练不再温柔体贴，而是整日给她和儿子摆臭脸。

“你们知道今年我生日，他送了我什么吗？一个带水钻的平板电脑壳子。”陆雅说。

“天，现在初中生谈恋爱都不送这类玩意了吧？”陈主管说道。他架着眼镜的脸如馒头般膨胀，下巴上没有一根胡须，说话声音细软。

“他是惦记着你的婚前财产。”业绩排第二的顾问朱奂拍了拍陆雅的胳膊，郑重说道。朱奂身高 174 厘米，体重 100 斤出头，再加上袁东给她做的双眼皮和鼻综合，仿似混血模特。

“我不明白你为什么要找这个男人！你赚那么多，孩子也有了，还急什么呢？”刘小姐用沙哑的大嗓门叫道。

“Jennifer，你也知道我们平时多忙，”陆雅压低声音撒娇道，“孩子都是我妈和保姆在带。现在他读小学了，很多活动都要求父母双方参加，我也不想让老师、同学知道他是单亲家庭，我看小罗平时和孩子玩得挺好……”

“你何必管老师、同学想什么？到底是面子要紧还是你自己的钱包要紧？”刘小姐不屑地说，“我早就对你们说过，结婚只在一种情况下对女性有利，那就是这个男人能帮你阶级跃层。别看小罗整天开个小跑车很拉风，那都是会员交的会费。你们若是结婚了，他的小破健身房万一倒闭，你还得给他还债。”

王助理坐在刘小姐身后，离桌子最远。此时她探身取了一个牛油果小蛋糕，一口塞进嘴里。

你总是见到王助理扭着矮胖的身躯，一路小跑跟在刘小姐身后，就像正午时分落在刘小姐身后的一个影子。而刘小姐只要有一会儿看不见她，就会大声呼唤她的英文名：Betty！

王助理腮帮子鼓鼓囊囊地说道：“我看过不少伟人说，婚姻制度最终会消亡，或许就是近几十年的事。我就不抵抗时代前进的潮流了。”

“伟人？不会就是我说的吧？哈哈哈。”刘小姐说道。

“你们说得都对！总之呢，我和他彻底结束了，他的东西我都打包快递给他了。”陆雅举起酒杯投降，想要尽快结束这个话题。

“为你恢复单身干杯。”大家举起杯子。

“你们听说过紫阳湖的事没？”朱奂用牙签叉住一块乳酪玫瑰，放进嘴里，突然问道。

“什么事？”

“湖边小树林里发现了一具尸体。”

“真的？是男是女？多大年纪？”陆雅问。

“哪还看得出来性别、年纪？都成白骨了。”

“有照片？”陈主管问。

“你们没看到吗？微信群里都在传。我给你们找找。”她解锁了自己的手机屏幕。

陆雅接过手机，和王助理头贴着头看了一会儿。

“太吓人了，连马赛克都没打。”陆雅把手机递给身边的刘小姐。

“别给我看！”刘小姐用贴着珠片美甲的手指遮住眼睛，念叨道，“我胆子小，最看不得这些东西。”

朱奂的手机到了你的手上。

在这个10多秒的小视频里，几个戴黄色安全帽的工人和村民正在围观、议论。摇摇晃晃的镜头从他们腿之间的缝隙拉近，对准半掩在泥土中的一副白骨。

虽然拍得很模糊，但依稀可辨蜷曲的姿势，以及那颗头颅上耷拉着的稀稀拉拉的头发。

你定定地看完了，把它还给朱奂，问:“是什么人发现的？”

“网上说是三个中学生。”她回答。

“既然是白骨，会不会是谁家的坟被这些调皮捣蛋鬼给掘了？”陆雅问。

“不可能吧。这城市周边哪还有土葬？”陈主管说道。

“那是被人约去那地方杀的，还是杀完后抛在那儿的呢？”朱奂问。

没人能回答这个问题。

“不过那倒是个杀人的好地方。”陈主管举起兰花指，说，“那工地不是一直没动工吗？那么大块地也没个人影，怎么喊都听不到。”

“这么一说我想起来了，”刘小姐突然转向你，说道，“你爸是不是在那一带有块地，打算搞一个产业园区？”

你点头，答:“那项目是几个人合伙的，一直都没动工。”

“来来来，干一杯，希望早日真相大白，希望鑫美和各位发大财。”陈主管兴高采烈地举起杯子。你也举起了柠檬苏打。

“几个月了？”刘小姐眯眼笑着，低头看了一眼你的腹部。

其他人也随即把目光投向你。你穿着一件棕色坑条线衣，腹部平坦。

“怀孕了？”朱奂惊诧地瞪大眼睛，“你和袁医生保密工作做得挺好啊。”

“Jennifer，你是怎么知道的？”你礼貌地微笑着问。你听说她从未生育。

“真被我猜中了？”刘小姐犀利的眼神中透着扬扬得意，“你不喝酒，手不时放在这个位置，前面吃了口鱼子酱就嫌腥想吐……看我的推理能力如何？”

“刘总眼光好毒啊，看什么都准。”王助理趁机溜须拍马。

你想起袁东说过，美容医院初建时，都是刘韩宇自己维护客户。每个客户什么性格，有什么软肋，吃哪一套话术，都被她摸透了，记在一个小本子上。

“还没到三个月，不是不让说吗？”你的手指抚弄着身前的玻璃杯，说道。

“什么三个月不三个月，都是迷信，咱可不信这一套。”刘小姐摆了摆手道。

你微微一笑，低头吸了一口柠檬苏打，没有再回话。

不一会儿，乌云在睡莲上投下阴影，池水起了涟漪。突然之间，外面下起了瓢泼大雨，天色骤暗。

露台上的几桌客人都在往室内撤。一个头发蓬乱的男子刚才一直在外面生气地打电话。现在他大步流星地跟在其他客人身后往咖啡馆内走，经过落地窗时，他朝你们投来阴鸷的一瞥。

你们打算散局。

那个长着娃娃脸的服务员拿了一把大伞走到门口，替你们撑伞送别。

你们走到心派的大门外，因为瓢泼大雨而止住脚步。你抬头看着乌云密布的天空，猜想这雨会下一整夜。刘小姐抱怨她的高跟鞋不能碰水，让伸长胳膊举着伞的王助理打电话叫司机来接。

这时，你看到一个戴鸭舌帽的精瘦男子冒着雨从街对面冲了过来。素质真差啊，就这样闯红灯？更让你困惑的是，他直直地朝你们大踏步冲过来，完全没有避让的意思。

你突然意识到了什么，心跳加速起来。但你还没来得及做出反应，这个陌生男人已经冲到你们跟前，大幅度抬起胳膊。

在一片惊叫声中，你发现自己的衣服下摆瞬间溅上一片血红。等你再抬头时，那个男子已经踩着水潭，朝百川湖飞奔远去，背影消失在转角处。

5 向毅

你记得前不久对品品讲过一个理论：世间万物本无颜色，是阳光照射在物体表面，折射不同波长的电磁波到人的眼睛里，才带来了人眼对颜色的感知。

品品不信。或者说，她无法理解。

你也觉得这太抽象了，很难说服一个 9 岁的儿童。但现在，你看到了一个活生生的例子。

在你来的路上，阳光下的青山、绿湖、玻璃幕墙和花丛，斑斓而明媚，但转眼间，乌云密布，这世界被抹去了色彩，只剩下灰黑色。

两声响雷过后，雨下得更大了，把本来乱糟糟的工地弄得更脏。

你打着伞，踩着泥泞的地面，望着在暴雨中默默伫立的大型挖掘机。

孙邵杰穿着黑色雨衣，站在两米开外，正在倒地的树枝上蹭鞋底的泥巴。他是刑警队最年轻的队员，五年前毕业，前年才从派出所调过来。你特意让他在下雨天勘查野外现场，就是想要治治这个家伙的洁癖。

你朝他喊："这个工地在这儿多久了？"

"两年多了吧。"孙邵杰用脖子和肩膀夹着伞，两只手提着裤管，踮着脚，像跳着芭蕾跑过来。

"我刚向村民打听了，"他说，"本来有家企业要在这里建厂房，但因为附近村民抗议就停工了。可能最近风头过去了，据说又准备动工。"

"村民为什么抗议？"你问。

"这里本来计划建的是纺织印染厂，村民们听说会污染水质，让人得癌。他们许多人每天搬椅子坐在工地上，不让挖掘机进来。听说还有人到南州上访呢。但后来可能环保局通过了排污方案，觉得没问题，而且这家企业也对村民做出了一些承诺，这事算解决了。”

你走到尸体旁。

它已经从泥土里被挖了出来，平放在一张铺开的塑料膜上，上面盖了一张蓝色防水膜，雨水正噼里啪啦打在上面。你蹲下身子，微微掀开来看了一眼。

孙邵杰看到那颗头颅，做出龇牙咧嘴的表情。

“这雨也太大了！把现场都破坏了！”法医何建国在一旁说道。

你看着头颅上稀稀拉拉的长发，问：“是个女人吧？”

“看盆骨的形状也是女的。”何建国回答。

“死了多久了？”

“看着至少死了半年以上了。如果之前一直是埋在地下的，可能更久。”

“这是第一现场吗？”

“附近暂时没发现被害人的衣物和其他物品，更像是后来转移过来的。”何建国回答。

嗯，抛尸的。你也这么认为。

何建国和助手郭璋一起准备把尸体运回去。

当尸体被挪走后，你继续举着手电筒，检查被雨水冲刷的泥坑。你突然注意到有一个小东西似乎在反光。你戴上手套，捡起它，轻轻抹去泥土，发现这竟是一张装在塑料套里的卡片。由于泥水浸泡，塑料套被染成棕色，里面的纸几乎烂了。

在手电筒的光束下，你依稀辨认出几个字：“平泽第六。”

你刚把它装进证物袋，就听到身后传来喊声：“两位警官！”

你转过身，看到一高一矮两个工人站在警戒线外。

那个短小精干的光头刚才介绍过自己，叫赵刚。他笑眯眯地给你和孙邵杰各递上一支烟，你推辞，孙邵杰也摆手：“不抽烟。”

“两位警官，刚才老板打电话来让我问问，这调查啥时候能结束？咱本来定了八月一日开工，找人看过皇历的，还能如期进行不？”

“这谁都说不准。警戒线拿掉以前，不能有工程车进来，知道吗？”孙邵杰口气挺严厉。

你看到一个高高壮壮、宽腮帮的年轻人站在赵刚身后替他打伞，便又问：“工地上就你俩吗？”

“对，”赵刚抢着回答，“就我和赵强一人一天轮流值班。”

“你俩是兄弟？”你有些困惑他们的相貌差异那么大。

“我们是堂兄弟。”每次都是赵刚抢先回答。

“你们平时是怎么值班的？”

“其实就一块地，啥都没有，也没什么可偷的。老板当初找我们，是想让我们留个心眼，别让一些村民进来使坏，因为我俩也是赵宝村村民，自己人劝自己人总比外面人管用。一般我们白天就过来转转，晚上有时会睡在工棚。”

“平时在树林里走动的人多吗？”

“没事谁往这里跑啊，难得才有附近村子里的人和孩子过来。”

“你们谁最近进过这林子？”

“可能就是我了吧。我前天还来树林里蹲大便，”赵刚嬉笑着，朝树林东边一指，“我在那个角落里解决的，没走到这边来。”

你从一开始就觉得赵刚似曾相识，这时突然想起来了，他长得像那个被媒体称为“微笑杀手”的连环杀手。

“这些是什么时候搭的？”你指着远处，那里有一排锈迹斑斑的蓝色铁板以及一个工棚。

“挡板 2015 年年底就在这儿了，老板马上要把它们换成两米高的板子。工棚是上个月新搭的，因为工人马上要进来了。”

有了铁板遮挡，从马路上经过的行人，是无法望见工地上的情况的，除非走到铁板边，凑着缝隙往里面看。但这些铁板不过一人高，排得也很松散，谁要把它们挪一挪挤进来，或者从上面翻进来，也是轻而易举的事。

“工地上有存放铲子之类的工具房吗？”

“您别说，还真有一个。”赵刚指着工棚的方向回答，“就在工棚后，有间小房子。以前没工棚的时候，我和赵强值班，就睡在小房子的行军床上。现在里面还有一些工具。”

“工具房的钥匙在谁那儿？”

“不瞒您说，那个门锁早坏啦，大家都不知道钥匙去哪儿了。它看上去是好的，推一下也推不动。但其实往上提一下就可以打开。因为里面没值钱的东西，所以这锁一直没修。”

你思忖着，坑就算埋得不深，用手挖泥也是不现实的。这说明要么凶手自己带了铲子之类的工具过来，要么在这里临时找到了一件。如果是后者，那凶手应当是个之前就来过工地、对这里有所了解的人。

“你们老板在哪儿？”你问。

赵刚答：“您说我们的工头老李吗？他今天出差，明天就赶回来。”

这时，孙邵杰给你看了看他的手机，上面是一段10秒的尸体视频。你叹了口气，举起手机给眼前的两个工人看：“这个视频是怎么回事？”

赵强这才第一次开口。他像个做错事的孩子，挠了挠脑袋，结结巴巴道：“是我用手机拍了，发咱工友群的，不知道怎么就传出去了……”

孙邵杰抬了抬眉毛，厉声说道：“手机上的赶紧删了！不能在网上再发布相关消息。”

在回去的车上，你看着浸泡在大雨中的街道。

十几年前，你离开平泽去省会读书，留在那里工作、成家，只有逢年过节才回来探亲。没想到两年前，又把家搬了回来。

你是跟着妻子顾晓丽回来的。她是你的校友。你俩认识时，你已经从法律系毕业，在公安局工作。你是在一次回校参加聚会时，认识了这个伶牙俐齿的心理学系小学妹。

她主动索要你的电话。你们谈起了恋爱，在她毕业不久后就结了婚。那时的你，哪里会想到，她的学历越读越高，一直读到了博士，毕业后又在一个国家实验室做了三年博士后。去年，她总算如愿以偿地在33岁生日前在大学找到了正式的教职。

虽然是喜讯，但你们面临最现实的难题：分居。

给她职位的是平泽大学，而你的工作必须留在南州。两人平时都忙于工作，任何一个人都无法独立照顾品品。品品平时整天跟着你俩吃食堂和外卖，虽然才9岁，体重已经严重超标。

你深知事业对顾晓丽人生的重要性，正如对你自己的重要性。你在失眠了数个晚上后，终于做出了决定，一起回平泽。这么做还有个好处是，你在平泽的父母也可以帮你们一起照顾品品，让这个小胖墩减减肥。

顾晓丽听到你的决定，热泪盈眶地一把抱住你说道："大向，我以后如果拿了诺贝尔奖，获奖感言第一个要谢的就是你。"

在你寻觅新工作时，刚好平泽刑警支队队长的职位空缺，领导推荐了你。

可是你们刚搬到平泽不久，她就决定去美国做一年访问学者。她听说孩子能在那里免费上公立学校，很多访学的人都会带上孩子体验国外的教育，便说服你，把品品一起带去了。

你调到新单位后，下班家里也没人，索性留在办公室加班，翻过去十几年间积压的悬案。你希望能遇到一起有挑战的案子。

可惜过去一年中，你经手的案子都没什么悬念。一群小混混在网吧门口斗殴，致两死一伤；债主带人上门讨债，反被狗急跳墙的负债人捅死；一个体育老师因为不愿意分手，在女友家楼下将她割喉……同事们轻松就把这些案子结了，你感觉自己好像都插不上手。

你莫名觉得，今天的无名尸是一次你期待的挑战。

6 何建国

你叫何建国，当了大半辈子的法医。

你是20世纪60年代出生的人，在70年代当过兵，80年代读了医科大学的法医系，此后就一直在平泽公安局工作。

作为一个四川人，你在平泽住了30多年，早已习惯了这里的气候和人文，把这里当成了第二故乡。你唯一不习惯的是，平泽的本地菜什么都放糖。你家的冰箱里总是存储了满满的自制辣酱。

你这辈子阅尸无数，每天在接触死亡。你还记得年轻时见过印象最深的一具尸体，是在香山的森林里。

那是一具被抛尸荒野多年的男尸，在肋骨的缝隙里长出了一丛丛蘑菇。谁说人死了就消亡了呢？它明明作为有机体还是活着的。生命和大自然是多么和谐，它们最终会融为一体、生生不息，而由大脑支配的人生不过是这周而复始中的一个小片段。

自从想明白这点后，你便更加懂得享受生活，你养了一阳台的花花草草，还养了四只猫，从十年前开始便已经在翘首企盼退休生活了。

大约一年多以前，韩霖队长升任主管刑侦的副局长一职后，向毅便接替他原来的职位。大向因为这一年老婆孩子都不在身边，每天像上足了发条一样有干劲，从不给自己放假。他没事总喜欢翻以前的卷宗，下班后还要拉住你聊那些你经手过的悬案。

有一次他请你和孙邵杰吃火锅，你借机想劝劝他。你和他轻轻碰了碰杯后，低声说道："大向啊，我们做法医的都太清楚人死后会变成什么。我告诉你，人死后几分钟就开始'自我分解'，而且是从水含量高的脑部开始。58小时后，微生物就可以占领我们所有的器官。再后面上阵的，就是那个蛆……"

这时，你看到坐在对面的孙邵杰刚夹起一条鸭肠，又默默松掉筷子，把它放回翻腾的锅里。你便打住道："唉，不说了，不说了。我的意思是，人死后一切都是空的，名利、成就都是过眼云烟，人生在世就是一场体验，如果只能体验到工作的乐趣，那岂不太亏了？"

"老何，怎么能把我们做的事就总结为名利或者乐趣呢？"向毅拍拍你的肩膀说，"你看你做的事多有意义，替那些骨头主持正义，这是超越生命的。"

而现在躺在你面前的，是紫阳湖畔的无名女尸，你把她的骨骼拼接在了一起，给她的编号是 169。你看到她时，她的下半身浅浅地埋在土里，头颅已经露了出来。当她被抬起来时，长发纷纷脱落，掉在装尸袋里。

“已经提取 DNA 输入全国数据库比对了，目前没有比对上的。”

你说着，戴上老花眼镜，递给向毅一份助手打印出来的报告。

编号 169。女性，身高 163~166 厘米，中等身材，拔过两颗智齿，分别位于右侧的上下方。右上侧第二颗牙齿呈细圆锥形。没有生育史。

年龄推断在 26~32 岁之间。血型：AB。

长发，根据发根黑发推断：生前半年曾染发。

死亡时间：1~2 年。根据尸体的腐烂情况结合周围环境、土质和掩埋条件，被害人应当死于 2016 年秋冬。

死因：颅骨骨折，重度颅脑损伤死亡。

鼻腔处发现织物纤维。

身上未见其他骨折。

尸体及周边泥土中未检出毒性物质，初步判断未中毒。

向毅看完报告，问：“能判断颅骨骨折是怎么造成的吗？”

“目前看是一次性撞击形成，但无法判断是钝器击打，还是撞到哪儿了。”

“被重击，和跌倒撞到哪儿了，这可能是故意杀人和过失杀人的区别啊，我们考虑作案动机也得从两个完全不同的角度出发。”他琢磨着说。

“鼻腔处发现织物纤维是什么意思？”孙邵杰插话问。

你慢悠悠地回答：“尸体腐烂到这个程度，很多情况无法确定了。但她鼻腔处的织物纤维，我们用显微镜检查过，疑似来自毛巾、浴巾一类的东西，不排除有人在敲击她的后脑勺后，又用这类物品盖住她的口鼻，造成机械性窒息死亡。”

“也不能确定，她生前有没有遭到性侵犯吧？”向毅问道。

“生殖系统都白骨化了，没有条件判断了。”

“所以现在凶手的动机也不明朗，可能为财，可能为色，也可能是寻仇——”向毅自言自语道。

“咱能去办公室里聊吗？”孙邵杰小声嘀咕道，“这里气味有点大啊。”

你们刚到走廊，就见唐菁菁一路小跑着过来。

这丫头 29 岁了，可外表还像个中学生，身材瘦小，鼻梁上架了一副粉色镜框的眼镜，平时喜欢穿嘻哈风格的卫衣。你还记得有一次大家做心理测试玩，她的心理年龄却是 45 岁，快接近向毅的心理年龄了。

每次看到唐菁菁，你都会想起自己的女儿。她已经研究生毕业，在一家著名的会计师事务所上班。她是你的骄傲。每当有人提起，你总是笑得合不拢嘴。你现在唯一的心愿，是她找个像你一样靠谱的好丈夫，不要被外面那些花花肠子的男青年骗了。

你打起了招呼：“菁菁，那天在大门口接你的小伙子看起来不错，处得怎么样了？什么时候请大家吃喜酒？”

唐菁菁撇了撇嘴，没有回答你的问题，而是转向向毅，说道：“现场发现的那个卡片，我查到来源了。”

你们走进你的办公室后，她举起证物照片，说道：“虽然外面有卡套，但里面的纸全烂了。不过我们还算幸运。一般像这种纸质证物在泥土里埋了一年，恐怕都稀碎了，这个至少还能认出四个字‘平泽第六’，还有左上角一个看起来红绿相间的标志。我立刻想到的是平泽第六人民医院，在网上一查，果然它的标志是绿叶托了一个红十字。

“我去那儿跑了一趟，看到了他们过去的工牌。”唐菁菁又拿出一个塑料套保护的卡片，说道，“这家医院的护士和医生过去都发这种工牌，卡套尺寸和证物一致。但在 2017 年时，工牌已全部更换为带芯片的塑料卡。”

“难道死者是平泽六院的医生或者护士？”孙邵杰惊讶地问。

唐菁菁摇了摇头，回答：“我找人事处打听了，最近三年，六院没有发生过女医生或者女护士突然失联的事。对于已经离职的，院方也不掌握这些人的去向。我已经搜集了所有符合年龄条件的离职女性医护人员名单，会再挨个核实的。”

“如果这工牌不是被害人的，那它怎么会出现在抛尸现场呢？难道是凶手的？”孙邵杰在一旁问。

“我们现在也没法确认，这工牌是和尸体同时埋在那里的吧？也许和案子无关呢。”大向说着，又转向孙邵杰问：“本地失踪案查得怎么样？”

“近三年本地遗留的女性失踪案有四起，DNA 都对不上，失踪时的年龄也和被害人相差比较大。”孙邵杰看着自己的笔记说道，“一个 18 岁，一个 46 岁，一个 55 岁，一个 67 岁。”

唐菁菁咕哝道：“都这么久了，恐怕要确定尸源很困难。这通过耻骨联合和牙齿磨损推断的年龄也不一定准确吧，老何？”

“现在定的 26~32 岁之间，我还是有把握的。你们说的这些年龄，肯定不符合。”你捧着大茶缸回答。

“那些去报了案，但派出所没给立案的情况也要打听清楚。你们都知道，现实中成年人失踪案有多难立案。”向毅说道。

孙邵杰做了个 OK 的手势，又补充道：“死了都快两年了，平泽人口流动那么大，如果是外地来的，那就更难查了。”

“唉，你是谁？你是谁？”向毅站起来，叉着腰，盯着墙上的尸体照片咕哝道。

大家陷入了沉默。你闭上眼睛，默默计算着，自己手上到底解剖过多少具无名尸，又有多少具从未找回过自己的姓名……

7 丁冰

你走进家门，刚要放下肩膀上的包，手却停住了。

你听到书房里传来袁东压低嗓门的说话声。

他重重地叹气，又说："我知道你心情不好，但别说这种话，好吗？我会想办法的，相信我这一次……"

你向书房悄悄走近一步，站在门边。就在这时，你手上拿着的手机响了，是一条银行的短信。

书房里的声音戛然而止。空气刹那间变得肃静、尴尬，似乎能听到灯泡电流的嗞嗞声。

几秒钟后，你的丈夫疾步走出书房，招呼道："这么快回来了啊。"

你点了点头，他急忙过来帮忙，接过你手上的包。

"不是就喝个下午茶吗？现在才结束？"

"我刚从派出所回来。"你指给他看针织衫下摆的大片红色。这件衣服看来报废了。

"发生什么事了？"他紧跟在你身后问。

你走进房间的衣帽间，脱掉全身衣服，换上干净的睡衣，一边把在心派咖啡馆门口发生的那一幕告诉他。

他皱着眉头听完，问："他们是冲着 Jennifer 去的，不是你，对吗？"

"警察也是这么判断的，只是我刚好站在她身后……"

"那就好。"他站在衣帽间门口说道，似乎松了口气。

你坐到梳妆台前梳理头发，一边说道："Jennifer 今天受了惊吓。但幸好，警察化验过了，那人泼的只是油漆。不过，她的脸上、衣服上、包包上都是，十几万的行头被毁了。"

袁东扑哧一声，又立刻用双手捂住眼睛，控制住了自己的表情："我一想到她用公鸭嗓惊叫的画面，就觉得有点好笑……唉，我不能对老板这么缺德……那警察找到泼油漆的人了吗？"

"哪有这么快？他们调周围的监控去了。"你闭上眼睛，脑海中又闪现那个画面，"我看到……那个人的领口露出半个文身，像是一只虫子。"

他似乎对泼油漆的人并不关心，说道："你一直没回家，我还以为她请你们吃晚饭了呢。"

“你给我打电话时我们正在做笔录，没有听到。后来我出来了，在回来的路上给你打电话，你却一直占线。”

你想问他刚才在给谁打电话。他一定知道你听到了，不应该主动解释吗？哪怕编一个谎言，比如医院、病人。说谎和沉默，究竟哪个更恶劣？

他却没有接茬，而是转移了话题：“上午检查结果怎么样？早知道今天那个病人取消了手术，我就陪你去了。”

“挺好，有两个报告要等明天去取。”

“阿姨走前熬了汤，还热着。等你洗完澡就先吃饭吧。”他说完走出了房间。

你走进餐厅，扭头看着他在厨房中忙碌的身影。他穿着一件灰色汗衫，显出宽阔的背部，侧脸的轮廓是那么英俊。

他盛好饭，热好菜，端进餐厅，在你旁边坐了下来。

当你把汤挪到身前时，他盯着说：“小心烫。”

“我进屋时你和谁打电话呢？”你拿起勺子，垂下眼帘，假装漫不经心地问道。是的，你终于没忍住。

“一个病人，总是担心术后恢复问题。”他的语气自然，但用食指蹭了蹭鼻梁。

你轻轻呵了一声，吹散热气。花胶汤香郁浓稠，看来熬了很久。你平时很喜欢喝，可最近闻到任何食物的味道都会反胃。你勉强喝了三五勺。

突然，朱奂手机上的那张照片又浮现在你的脑海中。

这漂浮在米色汤汁中的花胶似乎也变成了埋在泥沙中的白骨。

一旦这个念头闯入脑海，你完全不能拒绝，立刻站起身，冲进洗手间，扶着水槽干呕起来。由于没吃午饭，几乎吐不出什么。

他跟了过来，关心地拍着你的后背。

你打开水龙头，漱了漱口。

“还是能吃一点是一点吧，不然宝宝怎么会有营养？”

对，他是医生。要听医生的话。哪怕他只是个整形科医生。

你们两人又坐回桌边，他把米饭放到你身前说："先吃点米饭压一压。"

"对了，你猜 Jennifer 今天还请了谁？"你突然问。

袁东把菜夹到自己碗里，说："还能有谁，不就是那两个爱将吗？"

"嗯，陆雅和健身教练分手了。"

"她是不是又骂渣男了？你们不能惯着她，把什么都说成男方的错。她一年换一个对象，总得反省下自己的问题吧。"

你瞟了他一眼，问："你不会觉得罗教练是个好对象吧？"

"但至少，上一个搞金融的就收入不错嘛，好像是叫 Kevin。但她身边那群女人，要她早早考验 Kevin 能否成为好继父，故意逼他独立带孩子。那个熊孩子早被外婆宠坏了，有一次来医院把仪器都搞坏了……后来男的受不了就分了。总之啊，甘蔗不能两头甜。"

"为什么甘蔗不能两头甜？"你停下筷子，好奇地问。

"甘蔗是竖着的，多余的糖分会储藏在甘蔗的根部，而且甘蔗的水分大多在上面叶子附近，根部水分少，糖分的浓度就更高了。"

"你懂得真多，袁医生，"你擦了擦嘴，又说道，"Jennifer 今天猜到我怀孕了。"

被迫以这种方式公布自己怀孕的消息，你心里有些硌硬，虽然你当时并没有表现出来。

袁东皱了皱眉头，道："我建议你，还是离她们这些人远点。"

"为什么？我不是代替你去的吗？"你问。

"是啊，谢谢老婆，"他用手摸了摸你的头发，又说，"你发现没，做这行的女强人，虽然挣得多，但大多情感不顺、婚姻不幸。为什么？因为她们不相信爱情，不信任婚姻关系。当然，她们自己怎么选择人生是她们的自由。我只是不喜欢她们用自己的情绪和观点影响身边的年轻女孩。我看陆雅是诚心想找伴侣的，但好几次都是被这些闺密出的馊主意给搅黄了。"

你突然想起来另一个"她"——袁东过去的未婚妻。你们刚在一起时，袁东曾提过，他们之间出现裂痕就是因为她结交的朋友。

“你会不会是因为她以前的事，所以过于敏感了？”你问。

你们在一起时，从不称她为“前任”“前女友”，或者直呼其名，而总是用一个着重音的“她”来代替。不知道为什么，你们每次都能立刻分辨出对方口中的“她”是指谁。

“最后半年，她确实和一个叫思思的女孩走得特别近，整天黏在一起。那个女人给她灌输了很多想法，让她对我越来越不满……可我从没见过那个女人。”

“所以，你猜，那个思思其实是 Jennifer 或你身边的人？”你困惑地眯着眼睛，揣测着他话里的意思。

“这倒没有。我猜是她想把她某个朋友的观点传达给我，又怕我厌恶那个朋友，就虚构了一个人。但是……”袁东诚恳地说，“我不是放不下过去，我更在意的是未来。我提醒你，是不希望你的心情受她们影响。”

“我懂。”你放下筷子，按住了他温热的手背。

你们四目相对。他那窄窄的双眼皮是那么漂亮，躲在镜片后面，看起来略有一些忧虑。

8 刘韩宇

你在美国护照上的名字是 Jennifer Liu，而你给自己新取的中文名是刘韩宇。十年前，你还不姓刘，自从和纽约唐人街上做移民的律师结婚后，你就改了夫姓。

你也算见过大风大浪的人，却从未像今天这样激动。那是在平泽最热闹的街区，在下班时间人来人往的路口，你失控地尖叫了很久。你以为他泼的是鲜血，或者，更可怕的东西。

当你们到达派出所后，你的情绪还难以平静，依然控制不住地浑身发抖，只能由丁冰和王助理向警官阐述当时发生了什么。

你快到晚上 8 点才回到家，把沾了红色油漆的衣服和香奈儿包都装进了纸板箱，作为证物保存，又用橄榄油和卸妆油，花了半小时，才清洗掉下巴和面颊的油漆。你摘掉假睫毛时想，万幸没泼到眼睛里去。

此时你看着镜子里的自己，身上裹着浴袍，头上包着浴巾。卸去所有妆容和名牌后，你和菜场上那些为了几毛钱讨价还价的大妈似乎没什么两样。一种被人打回原形的恼怒和羞耻感不由自主地冒出来，你大喊："Betty！"

王助理从一楼跑上来，慌慌张张地问："怎么了，Jennifer？"

"保安都关照了吗？"

"是的，他们今晚会特别巡逻的。"

"门窗都检查了？"

"全检查了一遍。"

"我要睡觉了。"你丢下这句话，想要关上房门。

"可是，我刚叫了福禄堂的外卖。"她小心翼翼地说道。

"你看我出丑很开心是不是？还惦记着吃？我可吃不下去！"你吼完，砰地关上门。

你心中愤愤地想：她下午茶吃那么多，怎么胃里还装得下去？难怪又蠢又肥！

你突然又想起那个泼漆的男子，于是立刻打开房门，对着正蹑手蹑脚下楼梯的王助理喊道："你今晚别回去了，就睡客厅吧！"

自从上一个助理辞职后，你就招了王助理。她的履历看起来很丰富，曾做过报社记者，大公司的公关、总经理助理……你以为自己捡到了宝。但一个月后，你发现她脑瓜轴，做事不懂变通。再看看简历，原来她每份工作都没超过两年，想必上当受骗的雇主不止你一个。

不过她也不是一无是处，王助理 30 多岁，没有男友，没有家人，时间、精力全都贡献给了你。虽然她在工作中笨头笨脑，但在生活中倒是鞍前马后，受得了你的脾气。当然啦，你还是喜欢聪明人，等忙过这阵再物色其他人吧。

你躺在靠枕上，拿出了手机。你划掉了几条关心问候的消息，手机突然响了。你一看到这个来自境外的电话号码，立刻警惕地坐起了身。

接听后，那头传来一个像黄鳝一样黏糊的声音："听说你傍晚出了点小状况，还是要小心点啊。这次是油漆，下次就说不定是什么了，呵呵呵。"

你一下全都明白了！

你感觉血压飙升，立刻破口大骂道："吕世博，我知道是你干的！原来你还没穷死，还有钱雇小瘪三啊。你去死吧，陪你妈下地狱吧！"

"杨迎春，我喜欢你骂街的样子。不过你可别污蔑人啊，我只是看到了网上到处在传的小视频，才打来慰问你一下。你在视频里尖叫的样子可真逗，让我想起了以前家里进老鼠时你的样子。"

他还是和十年前一样阴阳怪气。

你气得浑身哆嗦："姓吕的，我告诉你，今天的事已经立案了。只要找到那个小瘪三，就会把你供出来，你一入境就会被抓，有本事在国外躲一辈子！"

"我找到你的第一天就说过了，我只想要回属于我们家的东西。我现在是光脚的那个，你是穿鞋的，我还怕什么呢？你从温哥华躲到纽约，又躲到平泽，现在还能躲到哪里去？"

"哈，你真以为我怕你？你以为我回国是在躲你？我不管人在哪儿，都是光明磊落地挣钱，交往的是社会名流。而你呢，余生都是住在下水道里的老鼠。"

"是啊，刘总，看到你的杂志封面了，听说你还在和政府合作什么领军人才项目。如果那些领导知道你的学历是怎么来的，你的资金是怎么来的，你觉得你能评上什么？领军诈骗犯，还是领军老鸨？哈哈哈哈。"

手机里传来大笑声，你想象他仰头露出一口烂牙，胃里翻江倒海。

你本想回嘴骂他，但倏地头脑中闪过一个念头：他那头说不定正录着音呢。

你立刻掐断了电话。

你想到他刚才说的话，立刻打开了某视频应用软件，搜了“心派”。果然，已经有好几条短视频在流传。

如果不是看到视频，你都不敢想象自己当时如此狼狈。在罪犯跑远后，你还在捂着脸尖声喊叫，四周行人纷纷驻足围观。

丁冰站在你身后一脸错愕，王助理低头哈腰给你擦拭身上的红漆，嘴角却似乎露出一丝窃笑。

视频下面网友议论纷纷，有人说你抢了别人老公，被妻子雇人报复，也有人分析泼的是鸡血，为了触你霉头，因为你抢走了其他美容医院的生意……

你看得胸脯上下起伏，狠狠地把手机朝房间另一头的电视柜扔了出去。

片刻后，你听到门外传来王助理胆怯的声音：“Jennifer，你没事吧？”

“滚！”你冲着房门大吼一声。

9 丁冰

深夜，你靠在床头读一本小说——《大海獠牙》，从书的上方抬起眼睛，看到他走进卫生间。

你又想起了那天的那通电话，转过头，视线触碰到了床头柜上的手机。

正当你想俯身，伸手去触碰它时，袁东突然疾步走出卫生间，默默拿起自己的手机，又进入卫生间。

你无法再把注意力集中在书上。你的脑海中不停地闪过那个问题：和他打电话的是她吗？

翻了一会儿书后，你的手机收到新消息。你拿起来看，是某个新闻 App 推送了一则悬赏通报：

2018 年 7 月 26 日，在平泽市紫阳湖畔发现一具无名尸。经尸检鉴定，被害人为女性，年龄 26~32 周岁，身高 162~165 厘米，中等身材，长发。上下智齿缺失，右上侧第二颗牙齿呈细圆锥形。死亡时间大约是 2016 年秋至 2017 年春。为尽快查明被害人身份，请广大群众积极提供符合上述个体特征、失踪或失联时间段的人员线索，只要线索被采纳，将给予 10000 元人民币奖励。

下面还有一张前排牙齿的照片以及两张模拟画像。

这时，洗完澡的袁东一边用浴巾擦头发，一边走进房间。

他只穿一条蓝色平角内裤，显出腹肌分明的身材。他以前是学校篮球队的队长，虽然没有成为专业运动员，但平时注重身材管理，每周都会去三次小区的健身房。

或许是看到了手机屏幕映在你脸上的“通报蓝”（警情通报一般为蓝底白字），聪明的他立刻猜到了：“又有哪儿出事了？”

“那天听她们说起在紫阳湖边发现一具尸体，今天出悬赏通告了。这都已经成白骨了，还原的画像还会像本人吗？”

你举起手机屏幕，在丈夫面前展示了那两张画像。女子看上去脸有点宽，鼻子有点大。你咕哝道：“看起来有点眼熟似的。”

袁东并不感兴趣。他把浴巾甩到了卫生间浴缸上，随口说道：“那些公安真的有用吗？除了送上门的线索，他们能正经破几个案子？”

你们关灯睡觉。

你躺在床上辗转难眠，感受时间一秒一秒地流逝。你的脑海里一直盘旋着那个问题：和袁东打电话的人是她吗？

此刻窗外月光如水，足够明亮，令你的思维更加活跃。朱奂手机上的照片、陆雅尴尬的笑意、刘韩宇眯起的眼睛、袁东打电话时的语气、通报上的画像……各种影像、声音都在你的脑海中快速切换。

你侧过身，枕着自己的胳膊，注视着袁东裸露的背影。他的身体蜷缩着，发出轻微的呼吸声，安静得像个孩子。

你支起身，再次伸出手越过他的身体，够到了他放在床头的手机。

密码究竟是什么？你前天试了，上周试了，上个月也试了。你白天有了灵感，都会悄悄记下，待晚上再来试验。双方的生日、各种纪念日、银行卡密码、手机尾号……你都试过。

今天，你又试了袁东父母的生日和医院工牌的数字，依然显示错误。你只能轻轻地把它放回去，重新平躺下来，瞪着天花板上的吊灯。

又是一个不眠之夜。

你似乎能感受到孕期的雌性激素正在翻倍地增加，令你的乳房和子宫胀大，控制了你的大脑。你的失眠、你的忧虑、你的怀疑和恐惧，或许都不过是激素的产物罢了。

不知过了多久，袁东的背影变得焦躁不安，他不断翻转身体，嘴中发出没有意义的喃喃声。紧接着，是一声惊恐的呐喊:“我不是故意的！”

“别怕。”你抓住了他的肩膀。

“我不是故意的！我不是故意的！别找我！……”

他猛地睁开眼睛，甩开你的手，回头惊恐地瞪着你，仿佛发现一个敌人。

“怎么了？”你伸出手摸他的额头，他的头发已被汗水湿透。

“做了噩梦。”袁东声音沙哑地说道。他翻身起来，愣愣地坐在床沿上，回避你的目光。

“什么样的梦？”你支撑起自己的上身，对着他的后背问。

“不太记得了。”他费力地说，“乱七八糟的梦。”

“我不是故意的！别找我！”你在心底念着这两句话。你想提醒他，帮他回忆起梦境。但或许，他根本不需要提醒。他知道自己梦到了什么。

“我去喝口水。”袁东套上白色汗衫，拉开房门走了出去。

你看着房间门外那一团吞噬他背影的巨大黑暗，突然感觉自己失去了他。

他已经不再是初见时的袁东了。又或许，自己从没有真正认识过他。

10 孙邵杰

你叫孙邵杰，是7.26紫阳湖凶杀案专案组的一员。你在高中以前从没想过自己会当警察。你很了解你自己，胆小，怕黑，怕脏，怕死，甚至不敢见到大量的鲜血。

你始终忘不了七八岁时目睹的一场车祸，那个躺在大卡车轮子下的摩托车男子，一整条腿上的皮肉都被剥去，露出了血淋淋的骨头。他瞪着无助的眼睛，看着围观人群中小小的你。

你连着做了几个月的噩梦。

你倒是想过当一名大律师，坐在豪华的办公室里或者威严的法庭上，和人唇枪舌剑。可是阴错阳差。那一年，老师让你和其他同学一起去试试警察学院的提前录取，你成了班上唯一一个通过了体检、体能测试和面试的人。你稀里糊涂地读了公安专业，毕业后参加了公安联考，在派出所工作几年后，成了一名刑警。

紫阳湖畔小树林里的169号，是你工作以来见过的第23具尸体，你的胆量已经大了不少。

距离发现尸体，已经过去四天了，你们连尸源都没确定。

唐菁菁查到了2016年和2017年所有从平泽六院离职的女性医护人员去向，确认她们并非停尸房里的169号。

由于工牌上的照片、名字和编号都没了，难以确定其主人的身份。

最近三天，你们陆续联系了各个区以及周边乡镇的报案人。这些人都曾在2016年、2017年向当地派出所报过女性失踪案，但由于种种原因没立案。一圈问下来，他们失踪的亲人要么已经找回，要么已被证明死亡。

这事在网络上闹得沸沸扬扬，你们也在昨天发了悬赏通报。

今天上午，你们还要询问最后几个报案人。

当你和同事正要出发时，向毅突然提出他要一起去。作为专案组的组长，他每天恨不得所有事都亲自上手。

“谁说谎，都逃不出我的眼睛。”他伸出右手的两根手指，指了指自己的眼睛，你好不容易憋住笑。

在向毅上任前，大家听说他在原单位的绰号叫“大向”，因为他有超出常人的记忆力，过目不忘，就像地球上记忆力最强的动物：大象。

你以前看过一篇文章，说一头大象只要见过哪个人一面，几十年后还能认出来，谁要是伤害过它或者有恩于它，它会记上一辈子。不知道大象在记仇方面怎么样？

你们走访的第一家是一对老夫妇。

2016 年，他们去派出所报案，称自己 26 岁的女儿已经失联五天。派出所民警辗转联系上了他们女儿当时的男友，发现两个年轻人好好地在一块儿呢。失联女子在电话里告诉民警，由于男友坐过牢，她的父母极力反对两人交往，她只能偷了身份证和户口本跑出来，和男友一同去了大连。后来当然没立案。

你和向队上门时，这对老夫妇告诉你们，他们女儿后来未婚先孕，在大连给他们生了个外孙女，他们最近还视频过。不管怎么说，这显然和 169 号无关了。

第二家是从晓阳路派出所查到的信息。

2016 年 11 月，一个叫方路的男子报警，说他堂姐方瑶失踪了。他的堂姐当年 29 岁，符合尸体年龄。你们去派出所打听过，当年民警查身份证发现，他堂姐坐高铁去了外地，而且就在那时，她在微信上和家人联系上了，因而没有立案。

你们在一家小餐馆里找到了当年的报案人方路。这家晶晶饭馆规模不大，大厅可容纳五六桌，外加两个包厢。餐厅生意一般，接近中午也就两桌人在吃饭。一个女人抱着一个看起来刚学走路的小男孩，坐在收银台后吃瓜子、看手机。

她招呼饭店里一个黑皮肤、板寸头、身形比较壮实的男子道："老公，有人找你。"

方路是饭店的老板。他似乎一时没反应过来，困惑地看着你们，问："你们是为我姐的事来的？她人到底在哪儿？"

你咳嗽了一声，提出到里屋去说。到了厨房后的小房间，你依然没有回答方路的问题，而是从包里掏出你们为悬赏通告制作的模拟画像，问："像你姐吗？"

方路怔住了，缓缓地在衣角上擦干手，接过画像。他看了一会儿后，又翻看起自己的手机相册，举起手机屏幕给你们看："这是我姐。你们看，像不像？"

照片上的方瑶留着棕色长卷发，小麦肤色，长着一双大大的丹凤眼，鼻尖上落了一颗小痣。她对着镜头明媚地微笑着，露出白齿。

向毅拿过手机和画像比对，咕哝道："轮廓有点儿像，还有下巴这里……"

"这里还有些特征描述，你看符不符合？"你给他看了打印的悬赏通报。

他愣愣地问："无名尸？"

看你们没回答，他又赶紧逐项读完后，轻叹一口气回答："我不确定她拔没拔过牙……其他的，身高、年龄大体符合吧，她确实没生过孩子。"

看来这次很可能找对人了！你心情有点儿激动，和向毅对视了一眼，立刻让方路说说他堂姐的情况。

"我们老家在陕西的小县城里，堂姐比我大四岁，但我们小时候经常一起玩。她 19 岁就到平泽打工。前两年，我和我老婆在老家的馆子开不下去，也到这里来谋出路。其实我姐高中时学习成绩还不错，退学是因为家里当时出了一些事。后来她又自学考了专科、本科。她在平泽也做过不少工作，上一份是给一个国际品牌做公关，她失联前在乐斯荟酒业公司当销售总监，收入很不错，年底还准备结婚，可谁知后来怎么就失踪了呢？唉！”

“噢？当时她准备和什么人结婚？”你问。

“她和一个医生处了两年多，结婚日子都定了。那医生也去过我们老家，见过长辈，大家都对他挺满意的，觉得他模样不错，工作也好。”方路说话时不停地抿嘴唇，“但我姐姐条件也不差。她长得像我伯母，很漂亮，从小就有许多追求者——”

向毅打断他，问：“等等，你说她之前的未婚夫是医生？”

“对。他当时是第六人民医院整形科的医生。”

你和向毅立刻交换了一个眼神。

“那医生叫什么？”你问。

“袁东。”

你在笔记上记下名字：“是哪个 dong ？”

“东西方的东。你们等下。”方路走到摞在角落的两只纸板箱前翻找起来，最后从底部掏出一本厚厚的包装豪华的相册。翻开第一张是一男一女的婚纱照，两人浑身闪光，笑意盈盈看着对方。男的看上去长相俊朗，穿上西装像某个明星。

“这就是袁东。相册她失踪后，我去照相馆取回来的。”

“说说她当时是怎么失踪的吧。”你说道。

“她工作忙，我们不常见面，平时有事就在微信上联系。2016 年 11 月下旬，她提前几天和我约好，要来我们饭店吃晚饭。那是个周六，她想来看看我还在坐月子的老婆和刚出生的儿子。结果那天傍晚我左等右等她都没来，给她打电话，关机。我骑电动车去她的住处找了，没人在。我打电话给袁东，他说他也联系不上。”

“他们当时同居了吗？”你又问。

方路面露尴尬，回答：“本来两人是住一块儿的，但是……那会儿他们在闹分手。在失踪前不久，我姐突然搬了出来，一个人住进鸿宇酒店公寓的公司宿舍。”

“为什么分手？”你问。

“具体原因……我也不知道。”

“你何时报的案？”

“第二天是星期天，我又找了她整整一天，手机还是关机。我觉得不对劲。我姐这人虽然有点我行我素，但她约好的事不会放鸽子，更不会莫名其妙关机，要知道她可是整天手机不离身的。我费了一番功夫才找到她的一个同事。那同事说，我姐那几天本来就请假了，没去公司。周一上班后，他们一个同事带了备用钥匙，带我一起去了她住的那间屋子。但打开门一看，里面好多东西都没了。”

“什么东西没了？”

“她本来暂住那里，个人物品也不多，但是那天我们去时，她的个人物品就剩衣柜里零零散散的几件，抽屉什么的都被清空了，客厅、卫生间地板都拖得干干净净。我觉得这太奇怪了。我又去找小区保安室看了监控。我看到 11 月 18 日那天下午，姐姐拖着行李箱，下了电梯。可她明明和我们约好的啊……”

“你确定是她吗？”你问。

方路愣了愣，似乎以前从没思考过这个问题。

他有些犹豫地回答：“应该是。虽然监控画面不太清晰，但我还是能认出她的。公寓大门外还有个监控，我们看到她在门口停车场坐上自己的车，开车走了。”

“那些监控你还有吗？”

“没有。我是想拷贝的，但那个保安不让。我记得他姓陈还是什么，特别倔一老头。他说公司规定，警察找他拷贝他才给。周一晚上，我去酒店公寓旁边的晓阳路派出所报案。”

“后来呢？”你问。

其实你们已经问过当时接待方路的派出所民警，但因为当年没立案，做的记录很简单，大家也记不清细节了。

“开始那里的民警不大理我们，觉得她是有行为能力的成年人，爱去哪儿去哪儿。22 日上午，我拉上袁东一起去了派出所，有个民警帮忙调了下身份证，查到周五晚上她坐火车去了宁夏。”

“那个未婚夫当时是什么反应？”你问。

“他看到那些乘车、住宿记录，认为是我姐自己离开了，急着赶回医院值班，我拖都拖不住。我回去后越想越不对劲。她和袁东闹矛盾，和自己的家人又没矛盾，没必要不告而别吧？怎么可能招呼都不打一个？但就在那天傍晚，我收到了堂姐的消息。”

“方瑶给你发消息了？”

“对。我记得那晚是我老婆先看到她发了一条定位在银川的朋友圈。紧接着，我又收到了她的微信消息，说别找她，她想一个人待一段时间。后来听说她同一时间也给她爸和袁东发了差不多内容的微信。”

“那条朋友圈和消息还在吗？”

“在，我找给你们看。”

他打开方瑶的微信，进入朋友圈，翻到一张照片。这是对着沙漠拍的风景照，虽然没有人出镜，但拍照的人骑在一头骆驼上，在夕阳下投下一个长长的影子，一手按住大檐帽，围巾飞扬，蓝绿相间的一角被拍进了照片。照片定位在银川郊外。下面还有两个共同好友的点赞。

你翻了翻方瑶的朋友圈以及和方路的对话后，用手机拍下了这些内容。

“后来呢？你还试图联系过她吗？”你问。

“当然有。我打她手机，她不接，也不回消息，偶尔回条微信。我要视频通话，她总是掐断。她爸说也是这样的情况。”

“你可以确定和你聊天的是她吗？”你问。

“怎么说呢，至少当时没怀疑吧。”他回答，“那口气，那表情包……别人是模仿不来的。她特爱用那个小女孩嘟嘴的表情。后来又过了一周，电话打不通了，微信也彻底不回了。我再去派出所报案，那民警就说：‘这不明摆着人家不想让你们找嘛，这种事我们见多了。平泽治安这么好，哪来那么多失踪案啊。你们回去等她想通，就自己回来了。’就这样把我打发走了。

“后来她爸，也就是我二伯来平泽，我带他一起再去报案，那里的民警才给查了下，说近半年都没有她的出行和住宿记录，最后一条是 2016 年 11 月停留在银川的，说明她可能还在那里。他们给登记了一下，说有消息会通知，可直到今天才……”

向毅朝你投去一个眼神。你合上了小本子，准备结束询问。

“这上面的……真的是我姐吗？”方路看看你，又看看向毅，眼神紧张。或许此时他已经猜到答案了。

“具体情况我们现在无法透露。”你说，“有进一步消息我们会通知你。”

11 向毅

接到电话后，方瑶的父亲方承鸿连夜坐高铁赶到了平泽。你们对他采血、比对 DNA，第二天确认尸体正是方瑶的。

你在方承鸿下榻的宾馆里见到了他。他约莫 60 岁，清瘦、矍铄，虽然皮肤很黑，但头发、指甲和身上的灰衬衫都收拾得干净整洁。在听到 DNA 比对结果后，他坐在床沿上，扭头看着窗外，一言不发。几分钟后，他才从胸口长长吁出一口气。

方承鸿少言寡语。他说在方瑶读高中时，方瑶母亲就因病去世了，方瑶的情绪也受了点影响，因此辍学，到平泽工作。这些年方瑶只在逢年过节才回老家，每个月父女会视频一两次，简单聊聊近况。但方瑶总是报喜不报忧，所以他只知道她工作很顺利，也找到了男朋友，准备结婚。直到从方路那儿听说女儿失踪后，他才得知她和袁东已经分手了。

方承鸿读完孙邵杰做的笔录后，签上了自己的名字。然后他摘下老花眼镜，用那双遒劲苍老的手捂住了脸，气若游丝般说道：“从小到大，每个人都那么那么喜欢她，我想不出谁会想害她……”

回到办公室后，你看着被浓缩在一页纸上的袁东的人生。

袁东，35 岁，山东淄博人，父亲生前是消防员，母亲和舅舅过去在菜场经营一家豆制品店。2001 年至 2009 年，他在山临大学医学院本硕博连读。2009 年到 2011 年，平泽六院整形科住院医师。2011 年到 2015 年，平泽六院整形科主治医师。2015 年到 2016 年平泽医院副主任医师。2017 年过完年后，他跳槽到民营的鑫美医疗美容医院。2018 年 2 月在民政局登记结婚，妻子名为丁冰，29 岁，平泽人。

你知道这案子很棘手，哪怕确定了尸源，真正难办的还在后头。

案件发生在近两年前，但电信公司的通话信息只保留半年，监控录像的保留时间更短。方瑶当年用的手机没找到，通讯录也没了。而人们的记忆更容易丢失，你们很难还原当时的人物关系和每个人的不在场证明。

尸体在户外长时间掩埋，很多证据已被毁坏，何建国没法确定死因、凶器和精确死亡时间，更难以找到直接证据。

这其实得怪那个派出所，当年方路去报案时，他们没当回事。

袁东目前和妻子居住在优山美诗二期。你和孙邵杰驱车来到这里。

这个小区是前两年新交付的楼盘，每一户都是 200 多平方米的大户型。

“这里的房子不便宜吧？”你下了车，抬头望着耀眼阳光下一栋栋高层建筑间。因为你最近也考虑把南州的房子卖了，在平泽买房，所以比较关心房价。

“没错。这房子的学区有平泽最好的初高中，房价被炒得很高。便宜的每套也得上千万，搁咱二线城市就是豪宅。”

小区内人车分离。你们的车停在指定停车点，走了一段路。路边出现一个泳池，一个女子带了两个孩子在游泳。

你咕哝道：“原来医生这么有钱。”

“听说整形这一行是暴利，所以他连三甲医院都不待了。”

你们来到 7 号楼前，孙邵杰按下 1802 的可视门铃，等了大约一分钟后，对讲机里突然传来一个年轻女子的声音：“哪位？”

“这是袁东的家吗？”孙邵杰问。

“你们是？”

“我们是警察，想找他了解些情况。”

那头一阵沉默，随后传来声音：“我能看下你们的证件吗？”

孙邵杰举起自己的证件对着摄像头。

没有更多的追问，一个淡淡的声音说：“好的，请稍等。”

一楼大堂门锁哐当打开了。

你们推开厚重的棕色玻璃门，走进大堂。电梯已自动启动，停在18楼。当电梯门打开时，已有一个女子站在门厅里等待。

她的五官精致，留着长及肩膀的黑色直发，瘦削的身形套着一件黄白相间的条纹衬衫，领口微微敞开，露出修长的脖子。你留意到她的皮肤是那么白皙，仿似透明，映出胸口青色的血管。

她似乎对你们的来访并不那么好奇。

孙邵杰再次向她出示证件：“我姓孙，这是我们向队长。请问你怎么称呼？”

“我叫丁冰，是袁东的妻子，但他现在不在家。”

“他什么时候回家？”

丁冰低头看了一眼手表，说：“照平常，他应该在回家的路上了。两位进来等一下吧，我想他再过15分钟就到家了。”

你低头看了看一尘不染的地板和对方脚上的毛绒拖鞋，女子忙说：“不用换鞋。”

你们便也不客气了。你走进客厅，发现这是顶楼复式结构。屋内的装潢风格现代简洁。进门的玄关处摆放着一个白色陶瓷雕塑，是一对男女在热烈地拥抱，但他们抚摸对方的双手却像是青蛙的脚蹼。

“我能问下，两位是为什么事找袁东吗？”她终于问到这个了。

“行，正好我们先向你了解些情况。”

“可以。两位请坐。”

孙邵杰在棕色皮沙发上坐了下来，打开笔记本。

丁冰打开沙发旁的一个柜子，问道：“两位喝什么茶？普洱可以吗？”

孙邵杰忙摆手:“不用了。”

你还站在客厅里四处打量。你朝柜子里张望，里面有五六个不同颜色的密封陶罐，以及各式各样的花茶和果茶的盒子。

“种类真多呵，我看普洱可以。”你说。

“请问你和你先生——”孙邵杰刚开始提问，又被你打断——“这画的是什么？”

在你面前的墙壁上，挂了一幅大约2米长，1.5米宽的大幅油画。

你眯着眼睛，头一会儿往左倒，一会儿往右倒，看不明白这浓墨重彩画的到底是什么。在蓝、红、绿、黄的色块和不规则的线条中，你似乎隐约看出一张扭曲的面孔，一匹似被火焰追逐的马。

丁冰扭头看了一眼，随口答道:“美狄亚。”

或许看你有些茫然，她又补充道:“一个希腊神话里的人物。”

“气氛有些奇怪。”你背过手，盯着画的右下角那行白色英文小字: Vasily Ivanovich Nikoleav，又说，“这画家的名字真够长的。”

“这是一个俄罗斯画家的油画，我们今年在展览上买的。”

你长长地噢了一声，对沙发上的孙邵杰抬了抬下巴说，“你问吧。”

孙邵杰清了清嗓子，问丁冰:“你和袁东是什么时候认识并开始恋爱的？”

“大约是……”她停住了，看着墙壁想了几秒回答，“2017年春天吧。认识没多久就确定关系了。”

“你听说过方瑶这个名字吗？”

丁冰倒掉洗茶水，问:“是谁？”

“她是你先生的前女友，或者说前未婚妻。”

丁冰不紧不慢地注入第二波热水，回答:“他提过有这样一个人。她，怎么了？”

“那他说过她失踪的事吗？”孙邵杰紧追着问。

“失踪？”她的眉头蹙拢，忧虑浮上面孔，回答，“没说过。我遇见他时他是单身。我问过他一些前女友的事，他只说过两人分手了。”

丁冰把茶端到茶几上。

“你们平时感情怎么样？”孙邵杰又问。

丁冰没有回答，而是直起腰，突然把头转向你，喊了一声：“小心。”

此刻，你正站在客厅壁炉的陈列架前，刚刚拿起架上的一只彩色陶罐。

你这才发现这个陶罐的底部脱落了，急忙把它放回陈列架上，说：“抱歉，差点搞碎。看到你家各种罐子特别多，有点好奇。是你们家谁自己做的吗？”

丁冰笑道：“没事，这些都是我刚学陶艺时做的，属于残次品。”

她把脸转向孙邵杰，认真说道：“刚才聊到什么？我和我先生的感情？是，我们挺好的。”

就在这时，大门外传来一个男子的声音：“冰，怎么没关大门？”

丁冰急忙站起来说：“他回来了。”

你看了看墙上的钟:她预测真准，袁东在你们进门15分钟后到达。

一个身材挺拔的男子走进客厅。他和结婚照上的模样差别不大。他穿着一件蓝色短袖衬衫，鼻梁上架一副金丝眼镜，带着医生特有的那种整洁和谨慎的气息。

他诧异地看着客厅里的你和孙邵杰。

丁冰为你们做了介绍。

听到你们的身份，袁东朝丁冰投去询问的眼神，但显然他不能从妻子的表情中得到更多的提示。他慢慢在你们对面的沙发上坐下来，看似茫然地问：“请问两位有什么事吗？”

“这个人你认识吧？”孙邵杰举起照片给他看。

袁东的表情变得有些沉重，点头答：“认识，方瑶，她怎么了？”

“你知道她现在在哪儿吗？”

“不知道，我和她快两年没联系了。她怎么了？”他又问了一句。

你停顿了一下，准备公布答案。你觉得自己的眼睛像一台精密的录像机，已经准备就绪。

“最近我们在紫阳湖边的树林里发现了她的尸体。”你说。

“尸体？怎……怎么可能？”他显得有些错愕，似乎一时无法反应过来，“她在 2016 年就离开了。”

“2016 年，这符合尸体死亡时间。”你盯着他的眼睛说道。

“你们确定是她？会不会搞错了？”

“已经和她家人做过 DNA 鉴定。”

袁东倒吸一口凉气，若有所思地往沙发上一坐，镜片后的眼神透出一丝惊恐。你揣摩着，他的害怕是因为前女友的死讯，还是因为尸体被找到？

“你刚说她离开了，是怎么回事？”孙邵杰从桌上拿起笔和本子，准备记录。

袁东回过神来，坐正身体，回答：“一年多以前，她最后一次联系我时，说她在宁夏。”

孙邵杰停下笔问：“当时你们是什么关系？”

“没有关系。我们当时已经分手了，她搬了出去。”他偷偷瞟了一眼他妻子，而后者正直视前方那幅油画，似乎在想其他心事。

“所以你一直相信她是离家出走？”孙邵杰问。

“我没有理由不这么相信。我和她弟去过派出所，当时种种证据也确实指向她自己出走。她住的地方有她离开的监控录像，警察查到她坐了火车，在银川又有入住酒店的记录。对了，她那辆白色别克最后确实是在火车站附近的停车场找到的，还是她堂弟叫拖车给弄走的。”

“她为什么不打车去车站？连自己的车都不要了，就这么丢在车站？”孙邵杰问。

“这……我也不知道为什么。”

“你认为她为什么要去银川？”你问。

“她此前对我提过，有个在那里的朋友想和她合作开一个酒庄。”

“那个朋友叫什么？”

“这我不清楚。我们两人的职业差异很大，互相不过问对方工作的事。”

“你就一点都没怀疑过她不是离家出走？”你问。

他停顿了一下才回答：“她在消息中表示想换个地方，重新开始，我觉得这也符合她的性格，她一直都很独立，可以说是我行我素。”

你瞥了一眼，丁冰正坐在侧面的沙发上，轻轻咬着嘴唇，一只手轻轻放在腹部。

袁东的现任妻子看来和他口中的前任截然不同。每个人到底会重复爱上同一类型的人，还是会被完全不同的类型吸引呢？你倾向于相信前者。或许他的这两任伴侣之间有一些共性吸引了袁东。

“你觉得她为什么会不告而别？”孙邵杰问。

“根本原因或许还是，我和她之间的事吧……”袁东垂下眼帘，不情愿地回答。

“能说说你们分手的情况吗？听说本来都订好酒席，婚纱照也拍了？”

“感情的事很难说得明白，就是结婚前发现不合适吧。”袁东的眼神在闪躲，就和方路被问到这个问题时的表情一样。“分手是我俩共同决定的，也不存在谁甩了谁，但她的心情还是受到了很大影响，或许，她因此才想和过去撇清关系吧。”

“你们最后一次联系是什么时候？”

“我想想。”袁东的眼睛看向前方，对敲着食指，努力思索着，“我和方路是在 11 月某天报的案，她就是在那一天发了消息。她让我不要再找她，我问她何时回来，她没回答。那是我们最后一次联系。后来方路说，又联系不上她了。我也试过一次，她没回复。”

他说到这儿，又偷偷看了一眼丁冰。丁冰这次似乎觉察到了，转过头，回复一个包容的微笑。

“2016 年 11 月 18 日，她离开当天，你们见过面吗？”孙邵杰问。

袁东肯定地摇了摇头。

“请问你在六院工作时，有没有丢过一张这样的工牌？”孙邵杰举起当年六院的工牌样本问他。

丁冰听到这个问题，也把目光投向自己的丈夫。

袁东眯起眼睛，想了下说：“说实话，这种卡我丢过不止一次，补办也很容易。怎么了？”

孙邵杰看了你一眼，你们没有回答他的问题。这次来只是摸底，还不是亮底牌的时候。

“你还有当时和方瑶的聊天记录吗？”孙邵杰问。

“我在一年多前丢了手机，也没备份，此前的聊天记录都没了。”

“你这里还有她从前的物品吗？”

“都没了，”袁东不假思索地回答，“后来搬过两次家，贵重一些的我还给她家人了，其他没用的就处理了。”

袁东抓住沉默的间隙，问：“可我真的不知道她什么时候回到平泽的，又怎么会被害呢？你们是在哪儿发现尸体的？”

“新闻里报了，在紫阳湖边。”孙邵杰回答。

丁冰和袁东互相对望了一眼，丁冰悄声提醒：“还记得那个悬赏通告吗？”

你和孙邵杰又问了一些问题后起身告辞。

袁东和丁冰也随你们一起出门，袁东把手搭在丁冰的肩膀上，两人站在电梯间目送你们下电梯。

在电梯门关上的一刹那，你看到袁东眉头紧蹙，而丁冰脸上礼节性的笑容正在慢慢消失。

12 唐菁菁

你叫唐菁菁，在刑警队负责网络技术，是 7.26 凶杀案专案组的一员。

你喜欢你的工作。你在大学里学的是电子信息，当年是以全系第一名的成绩毕业的。在向毅来之前，你总是办公室最后一个下班的。你的父母一直操心你没时间找对象，可你一点都不急。为了躲避你妈给你安排的相亲，你索性周末也去局里加班。

你最烦何建国那个老头，他每次见到你都要打听你找对象的事，破坏你在大伙儿心中的专业形象。虽然不少人在背后嘀咕新来的队长，但你觉得他人还不错，记性超群，又幽默，还经常给大家买奶茶喝。

孙邵杰一边吸着奶茶一边说道："方瑶是在她和袁东闹分手期间突然失踪的，抛尸现场又刚好留有袁东工作单位的工牌。哪来这么巧的事？你们说是不是袁东的嫌疑最大？ Always the husband（总是丈夫）。"他最后还说了句蹩脚的英文。

你想到孙邵杰两年前刚从派出所调过来时，其他人就想撮合你俩。你不介意姐弟恋，但他的性格实在不是你的菜。你还记得他那次看到被分尸的尸块，立刻蹿到你的身后，把你往前推的样子……

"看问题还是太表面。我给你们上个课剖析一下，"向毅走到白板前，拿起记号笔，说道，"我以前看过一个美国 FBI 的报告，1996 年，美国有 2700 多个女性遇害，其中 30% 是男友或者丈夫干的。同一年有 15000 多个男性遇害，其中 3% 是女朋友或者老婆干的。"他在白板上写下数字。

你在心底感叹，向毅不愧被大家叫作"大向"（大象），早年的数字都能记那么精确。

"虽然 30% 很高，但还是有 70% 的女性，是被伴侣以外的人杀害的。"你指出这一点。

"从概率上讲，比起男性遇害，确实女性遇害是她身边男性干的可能性更大。所以世界各地的同行都差不多，第一时间肯定会去调查和她有感情关系的男性。但是，"向毅指着那两个数字说，"你们发现这个概率里还藏了一个容易被人忽视的问题没？"

你突然意识到了问题，脱口而出："1996 年，美国遇害男性的人数比遇害女性高出了那么多，那这个绝对数字岂不……"

"对！"向毅朝你竖起大拇指。你推了推眼镜，心底颇有一些得意。

他又开始在白板上计算起来："那一年被丈夫或者男友杀害的女子

数量是 2700×30%，也就是 810 个，而被妻子或者女友杀害的男性数量则是 15000×3%，450 个。虽然 30% 和 3% 听上去相差 10 倍，但从绝对数量上来看，两个数字相差并没有 10 倍，其实是 9∶5，不到两倍。”

“大向，你的数学还没忘光啊。”孙邵杰托着下巴说道。

“还不是因为要辅导女儿数学。”向毅放下笔。

“这么一算还真是。妻子杀丈夫和丈夫杀妻子的绝对数量相差并没有那么大。”另一个同事周京云说，“有些女人也挺狠的。”

“数字都太表面了。我们还得看看杀人动机是什么，我以前看到一篇论文，女性杀男性有很大一部分是反抗家暴。”你说道。

“从现有证据看，不能排除方瑶遇到的是 70% 的情况，也可能是一个临时起意想要劫色的司机，或者和她有经济纠纷的合作伙伴……我们得弄清楚邀请她去银川的老板到底是什么人，并且调查她当年的社会关系，”向毅说道，“去找方路要一下方瑶朋友的名单，借他们的回忆还原一下她当时的社会关系。对了，她的车带回来了吗？”

方瑶的车当年是在火车站附近找到的。因为不是车主本人，又没有方瑶的证件，方路把车拖回去后也没法转手过户，只是花钱重新配了把钥匙，平时自己和老婆代步用。

“痕迹科检查完了。后备厢、前座、后座，都没查出血迹之类可疑的痕迹，”周京云回答，“不过方路自己也说，他们夫妇俩很爱护那车，每个月都会去洗车，还是里里外外地洗。”

“那其他私人物品呢？”

“都在那几个箱子里呢。”你指指角落长桌上的三个大纸板箱，“没有手机，也没日记，只有一些个人用品。但是，里面有个平板电脑。”

“有什么发现吗？”向毅喝了口奶茶，随意问道。

你清了清嗓子，郑重地宣布：“我可能找到了他们分手的原因。”

其他人立刻把好奇的视线集中在你身上。

你打开平板的屏幕，上面出现了一个社交账号，名叫“永远的小路痴”。

“我从移动公司补办了她的手机卡，用她的平板电脑登录了她的账号。”

“确定是她本人使用的？”大向问。

“确定，她发过几张自拍照。”你手指滑动页面，介绍道，“永远的小路痴有 218 个粉丝，关注了 56 人。2012 年注册，总共发了 200 多条帖子，大多和红酒以及旅行有关。袁东还在一张照片中出现过。

“2016 年 9 月 3 日，她转发了一个婚纱品牌的宣传广告，配上文字和表情：‘这款好看。’当时她和袁东的感情应该还处于正常状态。但到了 2016 年 11 月 3 日，她没加评论，转发了这样一条帖子。”

屏幕上，是一个女孩望着星空流泪的漫画，上面是一段文字：

让你的心渐渐变冷变硬的

往往是那个曾和你最亲密的人

你有一天终于明白

他心底最重要的位置

永远是留给另一个她的

下面有个 ID 叫“沉浮之辈”的男网友评论：“怎么了？闹别扭了？”永远的小路痴回复了一个哭笑不得的表情。

“她这意思是袁东爱的不是自己，自己只是个替代品？”孙邵杰问道。

“没准儿人家转发只是因为喜欢这张漫画呢。”大向评价道。

“不，不。”你反驳道，“我发现她还有几条设置为‘仅自己可见’的帖子。你们看看 10 月 18 日这条是她原创的：‘我们之间隔了一层玻璃，你离我再近，我也感受不到你的热量。’还有 10 月 22 日的这条：‘你既然更爱她，为何要向我求婚？你们两个为什么不在一起？！’10 月 23 日的：‘你明明没有去南州培训，为何撒谎？’”

“听上去，好像是她在那段时间发现袁东有其他女人。”孙邵杰说。

“那个第三者会不会是他现在的妻子？”你问。

“我记得，丁冰那天说，他们是在 2017 年春天才认识的。2016 年的这几条，应该是指其他女人。”孙邵杰回答。

“大向，你不是让我查袁东的银行账户和手机通话记录吗？”你又说道，“通话记录目前还有几个陌生电话待查，但他的银行账户倒确实有些异常。”

你拿出打印的单子，说：“他自从去年进入这家私立医院后，收入比以前高了许多，但支出也不少。最近的一笔是上周，一次性取了一张卡上的 28 万元现金。”

“除了异常支出外，他有来源不明的大笔收入吗？”

“这倒没有，就是医院的收入。他的老板刘韩宇上周用私人账户给他另一张不常用的卡打了 100 万元，没几天，袁东就把这笔钱也取现了。最近两个月，他从自己的各个银行卡上取现的金额，加起来有 150 多万元。”

“这年头做什么事会用到那么多现金？”孙邵杰问，“再结合方瑶的帖子，他是外面长期养了什么女人吗？”

“照他这么挥霍，怎么买得起那么贵的房子？”向毅问。

“这个我也去房产交易中心查过了，”你有些骄傲地回答，“房子是在袁东和丁冰结婚前，由一个叫丁符生的人出资购买的。你们能猜到他是谁了吧？丁冰的爸爸是金丝纺织贸易公司的董事长，丁冰是独生女。这套复式房在一手房买入时已经价值 900 多万元，现在不止这个价了。”

“信息搜集得真全。”孙邵杰朝你比了比大拇指，“这么看，丁冰算是个富二代，而袁东是凤凰男。”

“丁符生在女儿婚前就在全款购买的房产上加上了准女婿的名字，可见父女两人对袁东很器重，也很信任。”你说道。

“你刚说她爸是金丝纺织的董事长？”向毅突然问道。

“是啊。”

“紫阳湖旁边的工地就是属于这家企业的。”

“好家伙！前女友的尸体刚好出现在老丈人的地盘上。”孙邵杰兴奋地说，“如果说男朋友总是第一怀疑目标的话，那么一个又出轨、又有财务漏洞、又和抛尸地有关联的男朋友就更可疑了。”

你也在心底松了口气，看来这个案子并没有想象中复杂。向毅没有说话，而是接过你手上的平板，又浏览起方瑶的账号。

13 向毅

鑫美医疗美容医院是平泽比较有名的整形医院之一，共有四层楼，位于市中心最热闹的街角。

你还记得，这楼本来是人民商场，外观是土黄色，茶色玻璃窗，永远灰蒙蒙的。

你中学放学后，经常会和同学在一楼的肯德基店里吹空调、做作业。但现在它已经被彻底翻新了，外部是粉色墙粉和黑色金属结合的外墙，内部装潢得高档典雅。

一楼大厅竖着三幅海报，最右边的那幅是袁东的照片，他穿着西装、双手抱胸，表情冷峻，下面是一行字：袁东主任，副主任医师，擅长五官整形、吸脂减肥。

听到孙邵杰自报家门，前台一个女孩打了个电话，随后带你们一起坐电梯上三楼，并悄声说道：“袁主任有个手术，请在他办公室稍等一下。”

一路上，许多人和你们擦肩而过，都好奇地看着你们。

孙邵杰朝你嘀咕道：“这里全是女的啊。女治疗师、女护士、女顾客，要是谁告诉我们，他的出轨对象在工作场合，就难找了。”

你们在办公室沙发上刚坐下，就听到门外传来高跟鞋嗒嗒嗒的声音。门被“咣”的一声打开，走进来一个女人。她穿得端庄洋气，化着精致的妆，眼神中透着凌厉和狡黠，叫人捉摸不透年龄和身份。

她的身后跟着另一个戴眼镜的短发女子，穿着浅色西装套装。

“听说两位警官来了，你们好，我就是那个受害人。”她递上一张闪着淡金色的名片，上面洒了香氛，写着名字：刘韩宇 Jennifer。名片背面是一大串身份，包括平泽市政协委员。

她嘱咐身后的女子：“Betty，拿我办公室的好茶叶泡两杯茶。”然后客套地微笑着问你们：“请问还需要我提供什么信息吗？”

你们茫然地看着她。

“我后来把发票都提供给你们了，财物损失总共 15 万元，到刑事立案标准了吧？”她捋平裙子，在你们旁边沙发上坐下来。

她发现你们一脸茫然，便打开短视频 App，给你们看一个视频。只见在嘈杂的人群中，大家在围观一个女人。她的衬衣、半身裙、挎包和脸上都沾了厚厚的红色，双手捂住脸，声嘶力竭地尖叫着。而眼前的女人就是视频中的主角。

“你们看看，网上传得到处都是，猜什么的都有，我的脸都被丢尽了。不说经济损失，这还有名誉损失吧？”

孙邵杰问：“这泼的是什么？”

“油漆！你们不知道？”

“抱歉，我们不是为你这事来的。我们今天要找的是袁东。”孙邵杰对她说。

“找我们袁主任，什么事？”

你们没有回答。

“不方便说也没事。那我就抓紧这宝贵的机会咨询一件事，可以吗？”

“你说。”

“我有个朋友是个有名望的人，在外面口碑很好，但早年得罪过人。现在有人拿手上的黑料威胁她，要她给一大笔钱。你们说，她可以报案吗？”

“什么黑料？要多少钱？”孙邵杰问。

“具体什么黑料我也不清楚，我们就当它是裸照吧。他们要的金额可不是几十万、一百万，比这多得多。”

“那对方涉嫌敲诈勒索了，当然可以报案。”孙邵杰回答。

“那么问题来了，”刘韩宇身体前倾，压低声音问道，“报案后你们能保证对方手上的东西不外泄吗？”

“这个……”孙邵杰看了你一眼，才回答，“恐怕没法保证。我们只能希望对方知道法律的严肃性，他如果传播裸照，不仅是侵犯你朋友的隐私权，还可能构成传播淫秽物品罪。”

“也是啊。”她若有所思地说道，“我之前看过一条新闻。有人拿不雅视频威胁某个官员，官员报警后他就被抓了，判了刑。结果几年后放出来，他为了报复，还是把备份的视频放到网上了。是通过海外的服务器做的，警察没证据抓他。”

“你有这方面的顾虑吗？”你问。

“没，就是替我朋友随便问问。”她挤出一个假笑。

这时，王助理推开办公室的门，端进来两杯茶，放在茶几上，并轻声对刘韩宇说道:“袁主任手术结束了。”

话音刚落，袁东大步走进办公室。他穿着蓝色的短袖手术服，头上紧紧扣了个印花手术帽。

他看到自己办公室里坐了你们几个人，显得有些错愕。

“那我就不打扰了，你们聊。”刘韩宇站起来，走到门口又回头戏谑道，“我们袁主任待会儿还有个会，你们可别把他抓走哦。”

你留意到，王助理自从袁东进来后，一直低头浅笑，显得有几分羞怯。此刻她也跟在刘韩宇屁股后面急急地出去了。

袁东摘掉手术帽，问:“两位今天来还有什么事？”

“我们还有一些问题，不会占用你太多时间。”你在他对面的椅子上坐下问道，“袁医生，怎么去年初从三甲医院跳槽到民营医院来了？”

“还不是为了收入更高一些？公立私立各有千秋吧。有些医生可能放不下编制，但我不太看重这些。”他在自己转椅上坐下，假笑了一下，问，“两位该不会是来了解我的工作的吧？”

“我们今天来其实想了解一下你和方瑶分手的原因。”你说。

袁东听到这句，脸上浮现出不快的神色：“上次我回答过这个问题了。没有特别的原因，性格不合。”

孙邵杰把打印出来的截屏递给袁东，问：“这是她的账号。”

袁东匆匆地扫了几眼，还跟你们说：“我没有账号，也从没看过她发的东西。我不知道她写这些是什么意思。”

“我看这意思挺明白了，她知道你出轨了。”

“可笑。我相信你们也是很严谨的人。怎么能凭她在网上随便两句抒发感情的话，就这么推测呢？就算她当时有这样的怀疑，那也肯定是个误会。我可以很真诚地对你们说——”袁东轻轻叹了口气后，缓和了语气，“如果你们真的想破案的话，最好别在我身上浪费时间。”

“如果你能把你身上的疑点都解释清楚了，我们当然也不希望在错误的地方浪费时间。”你说道。

“疑点？还有什么疑点？”

“你上周收到刘韩宇打给你的100万元，这么大的金额怎么用私人账户打？”你问。

袁东轻轻叹气，小声说道：“这是上半年的分红，这么做，是为了避税。”

“而你很快取现了。你怎么解释大笔现金支出？”孙邵杰又拿出一张银行流水打印单。

袁东放下抱胸的双手，接过单子，脸色阴沉下来。过了几秒后，他才开口说：“那些钱，我借给老家人了，有亲戚得重病，需要很多钱。”

“噢？是什么亲戚？什么病？”你眯着眼睛问。

“这是隐私，我不想回答这个问题。”

“我们需要核实你说的情况。”

你留意到袁东的额头微微渗汗，一只手摸了摸鼻头，这是人在承受心理压力的情况下常有的表现。

他沉默片刻后才低头说：“我从小是我姑妈带大的，她现在是肝癌晚期。”说完，他长叹一口气。

孙邵杰在笔记本上记录了这个信息。

“你给钱的事，与你和方瑶分手有没有关系？”

“当然没有！”袁东似乎已经难以控制他的愤怒，斩钉截铁地回答。

“你们结婚照都拍了，酒宴都订了，究竟为何突然取消结婚？”

“我知道你们在想什么，我和她之间有情感纠纷，这是我的作案动机。但是，我不可能杀她，也没有理由杀她。”

“外遇不是理由吗？”孙邵杰又问。

袁东双手抱胸，翻了翻眼睛说道：“你们想知道分手原因的话，可以去问方路。但他或许觉得丢人，不愿意告诉你们。”

“方路确实说他不知道。”

“既然他这么说……好吧，让我告诉你们吧。”他沉吟了一会儿，说道，“有外遇的不是我，是方瑶。”

孙邵杰快速望了你一眼，问：“这么说有证据吗？方瑶和谁外遇？”

袁东沉默了一会儿，坐直身子，说出另一个版本的故事。

在结婚前夕，袁东撞见方瑶和其他男子在酒店开房。回到家后，方瑶没有否认，而是反过来指责袁东忙于工作冷落她，两人大吵一架。第二天，方瑶搬离了他们当时同居的小区，住进了公司的宿舍。

至于那个和方瑶开房的男人，袁东说他也不认识，只看见是个中年男子。

“这是我们分手的原因。我保证句句属实。”袁东说道。

你们刚回到办公室，孙邵杰立刻表示不信：“撒谎。他这是欺负死人不会说话，给前女友泼脏水。”

他期待地看着你，希望得到你的认可。

你还没回答，就听到有人说：“你先别急，他说的可能是真的。”坐在电脑前的唐菁菁不慌不忙地说道。

孙邵杰惊讶地看着她，问：“昨天不是你从方瑶的账号里发现袁东出轨的吗？”

唐菁菁耸了耸肩，回答：“可我昨晚熬夜梳理她的微信好友，有了新发现。”

“我用她的号码，登录了她的微信。我翻遍她各个好友的朋友圈，昨晚看到一个女人在朋友圈提到过方瑶，还发过和方瑶的合影，两人看起来很熟。我和她打了个招呼，对她说明自己的身份后聊了几句。她是方瑶自考本科的同学，她后来是这么回复我的。”

唐菁菁边说边点开一段语音，一个女子说着话：

“唉，我知道瑶瑶取消婚约的事。我人在西安，所以我们只是在电话里聊了聊。至于他们分手原因嘛，或许你们也知道了，是她和一个男的出去被她未婚夫撞见了。瑶瑶其实是特别单纯的人，做事都没什么目的性，但有时候也比较贪玩。她在和我说这件事时，我能听出来她情绪挺低落的，感觉还是挺不舍得袁东的。

“我记得那男的姓马，是个做什么装修生意的老板。她之前就对我说过，这个老马追求她很久，买了她许多酒。其他的便不清楚了。我记得，方瑶失踪前有个玩得比较好的女性朋友，好像叫思思。她俩整日在一块儿，那个思思应该比我更清楚这姓马的情况。”

唐菁菁在微信里找不到叫老马的人，也找不到叫思思的闺密。

“不知道他们用了什么昵称。”唐菁菁郁闷地说。

不一会儿，方路来公安局取方瑶的车。你逮住机会再次问他，方瑶和袁东分手的真正原因。他的面色变得难堪，抽了口烟，承认了取消婚约的原因。

“这不是什么光彩的事。人都没了，我也不想再说什么。再说，这和抓凶手有什么关系？至于那个男的，我也不知道是什么人，问过堂姐，她嫌烦，什么都不愿意说。”

方路开车离开后，你问大家：“这就有意思了。如果是方瑶出轨，袁东有动机杀她吗？”

“你肯定听过一种恶毒的心理：我得不到的，谁也别想得到。”孙邵杰说。

“那种情况是很多，但通常不都是因为女方想要分手吗？”你问。

“向队说得没错。”唐菁菁附和你道，“对袁东来说，不存在你说的‘得不到’的情况呀，我找到的这个在西安的女同学也说，方瑶其实还是很喜欢袁东的，也还是想结婚的，只看袁东愿不愿意原谅她。”

“那……也有可能是出于嫉妒和报复？”孙邵杰问。

“我觉得向队的意思是，悔婚已经是在惩罚她了，袁东还会去杀她吗？这好像不合情理。”唐菁菁问。

“他不想娶她，不代表他甘心看到她投入其他男人的怀抱。”这时周京云加入了讨论，站到了孙邵杰那一边，“这是一种男性扭曲的占有欲：你出轨了，我不想要了，但我也不会让别人得到你。我看这医生可能就是这种变态。”

孙邵杰连连点头：“医生中很多人压力大，就容易出变态。”

“你这涉嫌职业歧视了哦。”你说道，“我们的压力也很大。”

“我们要不要传唤袁东？”孙邵杰期待地看着你问。

“不要急，”你在桌前坐下来，思忖着说道，“我们现在手上什么证据都没有，只有那个工牌，但上面也没有他的名字。他如果不承认作案，我们没有任何筹码，反而会让他做好心理准备，以后更难撬开口。”

“那你看他现在的妻子会不会有危险？”孙邵杰问。

你想起了最后离开袁东家的那一幕，摇了摇头说：“不会。”

“咋这么肯定？”

“她怀孕了，而且他很在意她。”

“怀孕了？你怎么知道的？”孙邵杰好奇地问。

“我看你的业务水平还得提高，下次观察再仔细些。”你说。

14 丁冰

你走出房间，看到他穿着藏青色衬衫和深棕色斜纹裤，正坐在椅子上穿袜子。客厅的沙发旁立着他的棕色拉杆箱。

他作为医生很爱整洁，也喜欢收拾，就连平日你们两人去旅游也都是他负责收拾行李。

“得出发了。”袁东抬头看了看墙上的钟，自言自语道。

“我送你去高铁站。”你说。

“不用，我打车就行，你好好休息。先吃早饭吧。”

你走向箱子，帮忙把它推向门边，你提了一下拉杆，发现它格外沉重。

“只出差一个晚上，带这么多行李？”你问。

“小心，我来。”他一个箭步冲到你身边，接过了拉杆，“里面有很多开会用的资料。”

你顺手拿起了桌上的墨镜，坚持道：“还是我送你去吧，反正也是闲着。”

“唉，我说了不用，真不用！”他一反常态，口气烦躁。

或许是看到你沉下来的表情，他立刻意识到自己的失态。他轻轻呼出一口气，走上前，轻抚你的双臂说道：“我是怕你累着了，如果你想陪我去车站，就一起吧。”

一路上，你们沉默无语。车上放着一首法国小情歌《我来到你身边》。

天空阴沉沉的。“又要下雨了呀。”你咕哝道，“你的身份证带了吧？”

你的余光看向副驾上的袁东，他盯着前方，正出神地想着心事，似乎并没有听见你说什么。

“那个事情，后来有进展吗？”你又问。

“哪个事情？”袁东这才回过神来，问。

“尸体的事。”你也说不上为什么，宁可称之为尸体，也不想说出姓名。

这是你们两人在警察上门后第二次聊这件事。在上一次聊天中，袁东告诉你，他们当年分手是因为方瑶出轨，而他已经把情况告诉了警察。

“没什么消息……”袁东摘掉眼镜，揉了揉眼睛回答，“希望他们能早日破案。”

这时，你把车开上了高铁站的二层出发平台，这意味着，这个话题结束了。

袁东从后座取出拉杆箱，他又从副驾探进身子，亲吻你的面颊告别。你微微躲闪，让那个吻落在了耳朵上。

他轻轻地摸了摸你的头发，温柔地说道：“开车回去路上小心点。”

看到袁东走进候车大厅后，你驾车回家，在楼下车库停好车。

你在手机上查了下，确实有一趟此时出发去南州的高铁。你给袁东拨了视频通话。第一次没接。第二次，他接了。屏幕里只有他的脑袋，眼袋看上去有些浮肿。

“发车了吗？”你问。

“快了。”他又压低声音问，“怎么了？这么快想我了？”

“想提醒你，到了南州别忘了去看看你同学，上次来参加婚礼帮忙接送同学的那个。他儿子是不是得了白血病？”

“噢，你说老冯。这次开会时间紧张，没时间去他家了。”

挂了电话后，你打开了手机上的地图，那个红点正离开车站，向北移动。

你想象藏在行李箱底部的定位仪，正在向空中发射信号。

从前，你独处时总是会仔细回想和他一起的点滴，仿佛记忆中有取之不尽的蜜糖。

你记得刚认识时，每天下午只要走进心派咖啡馆，看到他刚好坐在角落的沙发上，你的心便雀跃起来。窗外的阳光落在他的头发上，当他拿起咖啡杯，抬起眼睛望向你的方向，你的世界便被点亮了……

可是两个月前，自从你撞见了他的秘密，乌云顿时笼罩了你们的世界。

他在你心中变得面目全非，就连他的亲吻都是那么矫揉造作，令人难以忍受。

此时，当你再打开那个 App，你看到那个红点并没有沿着铁轨往南州的方向去，而是改为向西，穿过闹市……

果然，他撒谎了。他根本不在火车上。

顿时，一股熊熊怒火在胸腔内奔涌，像一头猛兽撞击你的心脏。

他又去见她了！可那个女人是谁？

你拿起自己的手机，拨打了一个号码。

一个女护士接听了电话。你问："袁主任今天在吗？可以找他面诊吗？"

"我查一下哦……不好意思，袁主任今天不在，要我帮您安排其他医生吗？"

"他是出差去了吗？什么时候回来呢？"

对方回答："他请假了，我们不清楚他做什么……但我看到他下周二约了面诊，那时应该会在医院。"

你停顿了一下，才问："朱奂今天上班吗？"

"朱奂？"电话那头显然很惊讶，"请问您是她的客户吗？找她有事吗？"

"上次她向我推荐了一个项目，想再咨询一下她。"

你听到手机那头传来窃窃私语："朱顾问在吗？""在的。我刚还看见她在四楼……"

"她今天上班。需要我叫她来听电话吗？或者帮您把电话转到她办公室？"

"不需要了。我打她手机吧。"

"请问您怎么称呼呢？袁主任周二的面诊需要帮您约吗？"

"我再打来约吧，谢谢。"你匆忙挂断电话。

你回忆起你和朱奂的第一次见面。几个月前的一天，你去医院找袁东，站在他的办公室门前，你听到里面传来咯咯咯的欢快笑声。

你推门而入，看到一个高挑苗条的女子穿着墨绿色衬衣、白色短裙套装，露出大腿，半坐在袁东的书桌上，手上正转着你送给他的钢笔。袁东被她逗得仰头大笑，眼角的几条鱼尾纹像花朵般皱起来。

女子看到你闯入时，立刻把臀部从书桌上挪开，他们两人都还来不及收起脸上的笑容。

她离开办公室前还对袁东做了个鬼脸，并对你说了句："嫂子，再见。"

你是在那天第一次听到这个名字：朱奂。

你在回家路上漫不经心地问袁东："这么美的顾问，是天然的吗？"

袁东笑了起来："东亚人哪有长这样的高鼻子、深眼窝的？她的鼻子还是我给她做的。"

或许是为了让你放心，袁东还在那次提到朱奂有个交往多年的富豪男友。

但你后来见到了朱奂和她男友的照片，那男子其貌不扬，比她矮半个头。

后来你去过几次袁东的办公室，每次遇到朱奂，她都用她那双大眼睛从头到脚地打量你，脸上带着骄傲的假笑。

朱奂还在情人节时送给袁东一张贺卡，画了自己的卡通形象，袁东把它贴在办公室的墙上。

你有一次去他办公室时看见了，淡淡地夸道："画得挺可爱。"尽管克制了，你还是知道自己没有掩饰住醋意。

袁东立刻解释道："医院里好多人都收到了她的手绘卡，因为情人节那天刚好是医院周年庆嘛。"

他说着，从墙上取下贺卡，将它随手放进了抽屉。

刘小姐曾和你打趣，医院的许多客人和小护士都是袁东的粉丝，而朱奂是粉丝团团长，连续一周给袁东送奶茶。

朱奂站在一旁听了，脸一红，娇嗔地撞了一下刘小姐的胳膊说："刘总，你这是在散播谣言了哦，那是我和袁主任打赌，输给他一周的奶茶。其他人都可以作证。"

但既然她今天在办公室，袁东要去见的自然不是她……

你揉了揉太阳穴，在心底的名单中又划去一个名字。

你又打开 App，用指尖把地图放大，看到红点正沿着太湖边前进。它现在已经离开了平泽，停在平泽和黎水之间的一个小镇上。

你又给袁东发了条消息："到哪儿了？"

没有回复。你犹豫了一下，又按了视频通话，在响了很久后通话被掐断了，手机上立刻收到他的回复："正电话会议，不方便。"

你失魂落魄地下了车，在车门边呆呆地站了一会儿。

突然，你又重新坐上了车，系上安全带。你把红点显示的地址输入你的目的地。

15 丁冰

你回到父亲的家时，保姆李阿姨给你开了门。她惊叹道："丁小姐，你咋现在来啦？家里今晚没做晚饭呢。"

这时父亲听到声音，也从书房走进客厅，诧异地问："你这是从哪儿来呢？"

"黎水。"

"去那里干什么？袁东呢？"他问。

"他出差了。"你在沙发上坐下来，轻轻呼了一口气，回答。

丁符生似乎觉察到了你的情绪，小心翼翼地说道："他工作忙点，你要体谅一下。"

你突然想起父亲过去常对母亲说这样的话。

在你读小学时，他离开国企，下海创业。自那以后，他再没有带你出去玩过，甚至有时几天都和你说不了几句话。他回家时你已经睡着了，你早上起来上学时，他还在睡觉。

他常说，小地方做生意离不开应酬。哪怕母亲病了，他也依然每天深夜喝得醉醺醺地回家，甚至彻夜不归。你的耳边至今回响着他们之间激烈的争吵。当然，父亲坚持说，那会儿他并不知道母亲会那么快死去。

如今，父亲已经快到退休的年纪，手上还有两家公司和一家工厂，平日里依旧忙得不可开交。

你撇了撇嘴道："你最近也很忙吧？"

“是啊，工地要动工了。”

“封锁带撤了？”

他有些吃惊：“你也听说那事了？”

“当然，悬赏通告不都发了吗？”

“唉，你看这事搞的，我们原计划推倒那片树林，把园区建到湖边的，怎么会有个死人埋在那儿呢？过两天开工，你汪叔叔打算先找道士做场法事。”

你扑哧一声笑了出来：“这老头可真够迷信的。”

“瞧你怎么说话的！这事太晦气了，各种法子试试也无妨。毕竟这么大一个摊子，我们还欠着银行贷款，压力大啊。”

“当初你就不应该想着盲目扩大，安安稳稳的不好吗？”

“你听说过中年，不，老年危机吗？男人到了这个年纪，会感觉很焦虑，觉得自己一辈子没干成什么事，想抓住这岁月的尾巴，再做成点什么。如果能成，就可以上一个台阶。当然啦，我也想给你们下一代多留点资产。”

你们下一代？瞧，他终于口误，泄露了自己的秘密。

在你的记忆中，母亲是带着怨恨离开的。在癌症复发那段时间，她时不时对你说：“他故意气我，就是想等我死后，可以娶那个女人，让那个孩子正大光明地进丁家。”

那个女人是谁？你有一次偷听到母亲和姨妈的谈话。她们说那个女人姓张，比母亲年纪小一轮，在按摩店上班。自从傍上父亲后，她就开了一家棋牌室，你父亲还给那家棋牌室取了个名字叫“身临棋境”。不知道为什么，你对这个名字的印象尤其深刻，你曾在心底赞叹，这名字取得真好啊。

母亲生病期间，舅舅舅妈都在议论，父亲迟早会带“那个女人”回家当你的后妈。但母亲去世后，父亲从老家找来了小姑，和保姆一起照顾你，那段日子，他回家吃晚饭的次数反倒比以前多了。

大家又说，他或许是怕影响你高考吧？可是直到你都毕业了，依然没有父亲再婚的消息。

舅舅们不知从哪儿听说，那个姓张的女人已经为父亲生了两个儿子，结不结婚都不重要了。他还在公司旁边的一个小区给母子仨买了一套房子安置，你不在家时，他就去那里住。

也有长辈说，父亲已经和小张偷偷领了证，只是顾及你的感受而没有办婚礼。

“我们下一代？”你看着自己的指甲问。

“你和袁东呗。当然，还有你肚子里的。”丁符生瞟了一眼你的腹部，说道。

依然密不透风。

说完，他一拍大腿站起来道：“放心，你爹什么风浪没见过，这点压力扛得住。你这时候跑来，是要找我一起吃晚饭吗？”

“我回来拿点东西。”你答，“没胃口。”

“那也不能不吃啊。”他的语气听上去和袁东一样。

“我自己找点吃的就行。你快出门吧，我刚进来时看到老罗把车停门口等着呢。”

你口中的老罗是你的小姑父，从父亲创业之初就给父亲当司机，你读初中时每天都是他接送，他最大的优点是从不迟到。

丁符生往窗外一看，自己那辆黑色奔驰果然已经停在夜色中，引擎发动着。

“我确实正要去福禄堂吃饭。对了，那些酒不错，我和熟人的饭局会带去。”他说着拿起了门厅柜子上一个黑色长形纸袋。

你哦了一声。

丁符生皱眉，又把袋子放到了桌子上说：“你难得回家，我也不能陪你。要不你和我一起去吃饭？就是老汪他们，没有其他人，他们自从你们婚宴后再没见过你。”

你似乎觉察到了他的用意——他是担心你怀疑他去见女人吗？你揉着脖子说：“我真吃不下。你放心去吧。”

“算了，我也不去了。我们爷俩好好聊聊，我看你和袁东是不是出了什么问题？”

“不用。你去吧。”你显出一丝烦躁，“或者等你回来再说，今晚我睡这儿。”

你站在窗口，看着父亲提着纸袋，坐进了车后座。

你自从念大学后便很少回家。而每次回家，家里只有父亲和一个老保姆。

你转身环顾 20 世纪 90 年代流行的欧式装潢，金色墙纸黯淡了，红木家具过时了。父亲也投资了不少其他房产，但他始终住在这栋旧别墅里，用他的话说，这叫“念旧”。

你拿起书架上父亲的照片，这是去年他在政协会议上和其他政协委员的合影，在一众深色的西装中，有一个穿米色套装的身影格外醒目，这是袁东的老板 Jennifer。

你父亲年近六十，眼睛老花，发量少了很多，有一个大肚腩，并且喜欢把 T 恤塞进裤腰里。但平心而论，他并不显得苍老。他总是精神抖擞，腰背站得很直，显出年轻时在部队训练多年的身姿。当然，再加上财富，他在不少年轻女人眼里也是十分有魅力的吧？

母亲以前在教育局当办公室主任，很爱面子。搬到大别墅的好处之一是，他们大声吵架再也不用怕邻居偷听了。搬新家那天，他们曾一起大宴宾客，扮演恩爱的夫妻，你敢打赌，没一个外人能看出这个家的裂痕。

但不久，母亲就被诊断出了乳腺癌。

中学时你放学回到别墅小区，总会先在后面的河边徘徊好久，才回家按门铃。

你不想回家，害怕看到母亲瘦骨嶙峋的身躯，害怕闻到家里各种中药的气味。母亲歇斯底里的控诉，以及碗盆突然在地上砸碎的声音，总是会惊吓到你。

没完没了的争吵、哭泣、埋怨……那种压抑和恐惧感，成了“家”的烙印，深深嵌入你的血肉。

在母亲的一侧乳房被切除后，医生说她病情稳定，癌细胞被控制住了。但天知道怎么回事，第三年复查，癌细胞已经扩散到了骨头。

在母亲的病情急遽恶化，突然去世后，父亲似乎受了惊吓。

他连着数月晚上不再出门，把自己关在书房里没有任何动静。你无法判断他那种惶恐是来自对母亲仅存的那点儿亲情，还是对死亡的畏惧。

你也有自己的城堡。你的卧室自带的衣帽间曾依照你的要求，被改成了小书房，你可以在这里躲避家庭内部的暴风骤雨。

此时，你走进书房，嗅到书页的气息，仿佛见到了一个久违的老熟人。

书房的两面墙壁上放满了你从小到大读的书，上面落了浮灰。

你从书架上抽出阿加莎的小说《谋杀启事》，翻到第 96 页，里面夹着一只小小的薄膜袋。

你盯着它里面的东西看了一会儿，从鼻子里轻轻哼了一声。

这时，你看到映在橱柜玻璃上的自己，一侧鼻翼微皱，嘴角似笑非笑，眼神冰冷而锐利。

你回忆起袁东第一次和你来这里的场景。他看到书架上摆满的小说，十分惊叹："她的这些书你都读过？她到底写过多少本？"

"75 本长篇小说，100 多篇短篇小说。有些没有翻译，是英文的。还有些是老版的，我从二手网站买的。"

他吃惊地瞪大眼睛："你可真算是她的超级粉丝了。"

他当时从书架上拿起一本《柏棺》翻看着，问："你说，这么聪明厉害的女人，和她一起生活的丈夫会是什么感受？什么都逃不过她的推理，也很恐怖吧？就好像你上课只要开个小差，必会被老师抓到。"

"可你知道吗，她的丈夫还是出轨了。"你坐在椅子上，说道。

"是吗？那她发现了吗？"你的话激起了他的好奇心。

16 阿加莎·克里斯蒂

你是阿加莎·克里斯蒂。你曾说过一句话："表里如一的人少之又少。"

是啊，有谁会把真实的自我完完全全展现给世人呢？又或许，就连我们自己都无法真正地认识自己吧？

你出生在英国一个上层家庭，年轻时是个聪慧、可爱的女士，身边总是不乏追求者。你曾交往过四任男友，并和其中一个订过婚。

22 岁那年，你在一次舞会上遇见了年轻军官阿奇。他的相貌让你怦然心动。你俩迅速坠入爱河，三个月后，阿奇就向你求婚了。

你的母亲反对这门婚事，觉得阿奇长相太过英俊又举止轻佻，这样的男性很容易拈花惹草，不是个可靠的结婚对象。但你此时已彻底被他迷住了，自然不会听从母亲的劝告。

1914 年 8 月，第一次世界大战爆发，阿奇被派去法国打仗。你们没有忘记彼此的承诺，那年圣诞节，他从战场上回来，和你举办了婚礼。

在接下来的四年中，你一边在红十字会医院当志愿护士和药剂师，一边等待丈夫归来。也正是这份工作，让你积累了大量关于毒药的知识，后来应用到了写小说中。

阿奇的职位一路升迁，到了 1918 年，他以陆军上校的身份回到了英国。你俩终于团聚，在伦敦开始了正常的家庭生活，并在第二年诞下一个女儿。

在战争快结束时，阿奇退伍了，在财政部门找了份差事，而此时，你的写作事业打开了局面，稿酬颇丰。你们的生活安稳、幸福，如同童话故事的结尾——噢，不，你的苦难和好运（两者往往相伴）才刚刚开始。

在你 36 岁那年，你的母亲去世了。

那是个迟来的春天，收到消息的你急忙回老家奔丧，并不得不留在那里处理母亲的身后事。母亲的去世让你变得郁郁寡欢，只能给远在伦敦的丈夫写信，寻求安慰。

你不在身边的日子里，阿奇却找到了他的“春天”。他在打高尔夫球时，认识了一名叫南希·尼尔的性感女郎。趁着你在老家时，他和南希火速发展成情人关系。

在你母亲去世四个月后，阿奇不顾你尚未走出丧母之痛，提出了离婚。

你回到伦敦，想挽回这段婚姻，但显然阿奇对你的爱情如泼过水的壁炉，彻底熄灭了。

1926 年 12 月 3 日那天，你失踪了！

那是一个周五的晚上，你走进 7 岁女儿的房间，亲吻她的面颊并道“晚安”后，独自来到楼下，开车外出，一夜未归。

第二天早晨，你的汽车在一个风景区的灌木丛中被人发现，车上有你的一只鞋、一条纱巾和一张过期的驾照。灌木丛旁是一个野湖。

在你失踪当天中午，阿奇接到通知，赶到了湖边。他告诉调查人员，你最近因为母亲去世心情低落。周五那天上午他想独自出门和朋友共度周末，你却不放他走。你俩大吵一架。最终，他还是抛下生气的你，离开了家。

他是在暗示，你会寻短见吗？

15000 个志愿者，1000 多名警察参与了对你的搜索。潜水员潜到湖底，警犬在灌木丛中搜寻，这也是世上首次动用飞机低空寻人。

第一天，第二天，第三天……始终不见你的踪影。

福尔摩斯的作者阿瑟·柯南·道尔甚至带着你的一只手套向一个著名灵媒求助，却依旧没有答案。

你，一个侦探女作家的离奇失踪，顿时引起全社会的轰动。

妻子莫名失踪，丈夫自然成了被怀疑的对象。

警方询问阿奇的不在场证明。阿奇不得已交代，能为他提供不在场证明的只有南希，因为从周五上午直到周六中午，他都在她家。是啊，除了她，还有什么东西能有如此强大的磁力，把他从你的怀抱中吸走呢？

你的神秘失踪被媒体炒成了连续剧，任何一个新线索都会占据英国各大媒体的头版。你甚至因此登上了美国《纽约时报》的头版。

这下好了，你更出名了，你的小说也跟着销量大涨，进入畅销书排行榜。当然，你丈夫和南希的丑闻也随着你的失踪变得家喻户晓。

那么，你究竟去哪儿了呢？

当全英国民众都在推理你的去向时，在距离被遗弃的汽车几百千米的一个温泉度假区里，一个叫“尼尔夫人”的女游客引起了酒店员工的注意。

尼尔夫人自称来自南非，因为刚失去一个孩子，所以出来散心。她已经在这里住了十天，每天和其他客人一样用餐、打台球、玩桥牌……

酒店员工越看越觉得，这个尼尔夫人和报纸上刊登的失踪作家的照片很相像。于是他们悄悄通知了报社。

在失踪 11 天后，记者和警察一起赶到温泉酒店，找到了尼尔夫人，也就是你，阿加莎。

阿奇也和你见了面，你们在记者的镜头中显得那么冷淡和尴尬。

更令你无地自容的是，记者们和阿奇都发现，你用的化名就是阿奇的情人南希的姓氏：尼尔。你说你不在乎，可谁会信呢？

你一定很恨那几个多管闲事的酒店员工吧？但如果没有他们报警，这出闹剧又该如何收场？

当大家急着追问你为何离家出走，以及没有车辆是如何到达这家酒店的时，你却说自己全都不记得了。你甚至说，你在这十天内，把自己的名字和身份全都忘记了，所以才无法回家。

两个精神科医生诊断，你因为丧母的痛苦和丈夫提出离婚的压力，患了短期失忆症。后来，有传记作者认为，你当时精神崩溃了，知道自己在做什么，可就是控制不了自己。

但至今有许多人相信，你没有失忆或者神游。

你只是故意策划了自己的失踪，以此报复出轨的丈夫。倘若你一直不被找到，你那负心汉丈夫或许还会被控告谋杀呢！

除了你自己，没人知道真相是什么。

但这出闹剧并没能挽救你的婚姻。

你和阿奇拖了快两年，才办妥离婚手续。离婚仅一周后，他就娶了南希·尼尔。

在你后来写的自传中，你对这段 14 年的婚姻一笔带过，更是只字未提这起失踪事件。

这让人想起你说过的另一句名言："绝对不要说出自己的一切——哪怕是对你最熟悉的人。"

17 丁冰

你听到门锁打开声，看见他走进门厅，放下拉杆箱，换了拖鞋。

"开会怎么样？"你问。

"挺顺利的。只是太热了，南州真不愧是火炉。"

你的眼中闪过一丝讥讽的神色，当然，他没有发现。

你还是扬起嘴角，走向他，伸出双手。

"我身上都是汗，先冲个澡。"他躲开了你的拥抱，走进卫生间。

正在他脱衣服时，他裤袋里的手机开始振动。他掏出来看了看，迅速掐掉了电话，并把手机调成静音。

"对了，我看到上周你从卡上取了28万？要现金做什么用呀？"你靠在卫生间的门边问道。

"那个啊……"他脱去T恤，把头冒出来才回答，"我忘了和你说，我拿点钱给老家。"

"家里出什么事了吗？"你问。

"我表哥找我借钱给姑妈治病。他们家也不容易，小时候对我很好。"

话音刚落，他放在洗漱台上的手机屏幕又亮了。

"你电话。"你忍不住提醒他。

他匆匆看了一眼，说："就刚才那个陌生号码，肯定是推销东西的。"

他刚按掉，那电话又打来了。看来对方很执着。你一眼望去，是你见过的那个号码，尾号是4373。

"我看你还是接一下吧，没准儿谁有急事呢。"你看着手机，淡淡地说道。

他轻轻叹了口气，动作迟缓地拿起手机。

他的鬓角微微渗汗，大拇指悬在半空，似乎迟迟没有勇气落下去……

就在那一刻，电话振动声突然终止，空气霎时静谧，你的耳朵都有些不习惯了。

他脸上紧绷的肌肉也顿时松弛下来，放下手机，说道："不用管这些垃圾电话，我先洗澡。"

你很了解他。他平日里总是波澜不惊，不把心思放在脸上。当他的眉眼都藏不住忧虑时，就代表真的有麻烦了。

你离开卫生间，关上门，隔开淋浴房的水声。这时，你的手机提示音响了。

那个扎了蓝辫子的卡通兔头像发来一句话："丁大小姐，好久没联系。最近在忙啥？"

你皱着眉，拿着手机走上阳台，思索了一会儿才回复："你在哪儿？"

"哈哈，我正想要你猜猜我在哪儿呢！我回平泽啦。你什么时候接见我？"

她的回答仿似在你本来沉重的心脏上又加了砝码。你咬住自己的下唇，过了许久才打下一句话："明天吧。"

第二篇

荡湖

一个人不想让你看到的，才是他的真面目。

——安德烈·马尔罗

1 马高运

你叫马高运，浙江台州人，今年 45 岁。你经营着运秀装潢设计公司，有近百名员工。你人生的高光时刻是上了一档改造老房子的热播综艺节目，替一家五口改造蜗居，赢得了好评。有网友被你的高情商圈粉，叫你大运哥。但你知道，所谓情商不过是做到两点：一、用心倾听，二、把握对方的核心需求。

你来自小镇，最早是在一所职业学校里学室内设计。比起那些设计师来，你没有高大上的学历可以包装自己，毕业后一步步靠吃苦肯干做到了包工头，带装修队承包小工程。那时候，你每天腋下夹一只公文包，裤袋里放一把卷尺，在各个工地之间行色匆匆。

你的命运发生转变，是认识了名校毕业、眼光一流的设计师合伙人苏秀。确切地说，她先成为你的女友，随后是你的事业伙伴，然后又是妻子。自从你们谈恋爱后，你就从暴发户马老板变成了有格调的马工，但其实你的一切品位，包括上那个节目的发型、衣着，全都是你妻子的功劳。

今天你像往常那样正准备下班时，公司里却突然来了两个陌生人找你。

其中一个年纪轻的个子高些，穿着一件灰色 T 恤，比较清秀；另一个矮一些，也年长一些，神色沉稳，长了一双炯炯有神的小眼睛。

年轻的介绍自己姓孙，是市公安局的刑警，另一个是他们的向队长。

你忐忑地请他们在办公室沙发上坐下，自己则窘迫地坐在一旁，等待他们说明来意。

当他们说起方瑶这个名字时，你掩饰不住手足无措。

“我和方瑶都快两年没联系了，她怎么了？”

他们没有理会你的问题，而是让你好好回忆一下和方瑶交往的全过程。你说你和方瑶只是普通朋友，谈不上交往，但那个向队长不动声色地盯着你说：“不用演了，你俩的事我们理得差不多了，就说说你俩是怎么开始的吧？”

你不知道对手到底掌握了多少信息，但你很清楚自己在这一步的抵抗是没有用的。你在沙发上挪了挪屁股，两手垂落在膝盖间，认认真真交代起来。如果苏秀看见了你这番模样，会笑话你像坦白期末成绩的儿子吧。

你的思绪飘回到了 2016 年的 5 月。

你记得第一次见到她是在梅雨季的一个饭局上。当时你的甲方，餐馆老板金圣龙夫妇请客。你妻子本来要一同赴宴，但因为孩子生病，便让你独自参加。

饭桌上有七八个人，你和方瑶的位置挨着。

那一周南方的阴雨连绵让你意志消沉，但方瑶浑身散发着温暖和热烈的气息，让你的心情顿时明亮起来。

她笑起来很爽朗，毫不做作，鼻尖的小痣在性感中带着一点可爱。她的相貌正长在你的审美点上，确切地说，是已经被苏秀矫正过的审美。

就连餐馆老板娘也注意到了你那天的不同，打趣道：“咱大运哥平时是桌上的开心果，大大咧咧的，今天怎么如此反常，竟有些腼腆？”

席间大家聊到当天的红酒是方瑶带来的，便纷纷向她咨询。虽然你不懂酒，也没这个需求，但当即表示，自己想买几箱送客户，并和方瑶互留了联系方式。

后来方瑶给你发了红酒。说实话，你也不懂贵的和便宜的有什么区别，但苏秀懂。你带了不同的酒回去给她喝，她说那款好，和方瑶推荐的一样。

你妻子是个好女人，年轻时就很高冷，和你的暖炉性格刚好互补。她在生活中总体很严肃，也可以说是严厉，你和家里两个孩子都怕她。但你和方瑶在一起时的感觉，怎么说呢？如沐春风。她仿佛有着与生俱来的亲和力，一颦一笑都那么有感染力。啊，对了，也有网友用如沐春风这个词形容过对你的感觉呢。

或许你和方瑶才是一类人，出身普通，也没有受过什么精英教育，全凭自己的勤奋和情商走进了这个圈子。

你其实一直觉得愧对方瑶。你知道她有个当医生的未婚夫，她最初聊起那个医生也是眉飞色舞，看得出来很喜欢他。她也知道你有老婆孩子，你从没隐瞒过这一点。

所以，你们究竟是怎么发展到那一步的呢？

自从加了微信后，你就不时嘘寒问暖，给她朋友圈点赞，给她转发搞笑的视频。她从不主动联系你，但也会回复你一些可爱的表情。你琢磨不透她是真不讨厌你，抑或只是为了维系客户关系。为了多见她几次，你又陆陆续续从她那里买了不少你不需要的酒，约她吃过几次饭。时间久了就慢慢熟悉了。

那阵子你和妻子闹矛盾，主要是因为工作分歧。唉，她太强势了，对于你的品位和决策总是以居高临下的态度否决。你觉得日子过不下去，赌气搬到了世纪酒店暂住。那家酒店有间你们公司的长包房，拿的协议价，有时提供给外地客户住。

你也说不清楚是为了报复你妻子，还是按捺不住对方瑶存在已久的好感，你借着这次分居的机会明里暗里追求起方瑶来。你觉得她是聪明女人，或许明白了，只是装作不懂。

那阵子只有你觉察到方瑶的情绪很反常。在一次和几个朋友的聚会过后，你送她回家的路上，你问她是不是有什么心事，她这才吐露，她发现医生出轨了……

你在车上安慰了她。那是你们第一次拥抱。那天她有点喝多了，你知道自己是乘人之危。

自那以后，你们聊天就更密切了，你也敞开心扉表达了对她的欣赏和渴望。

她的 30 岁生日是和一个闺密去度假村过的。虽然拒绝你前往，但她没有拒绝你送上的惊喜。后来有一天，她突然发消息给你，说想见你。这是她第一次主动说见面。

你犹豫了一下，在手机上问她到你住的酒店行不行。

她隔了好一会儿终于回了消息，没表示反对。那天在酒店套房的客厅里，你给她事先泡了杯茶，想先和她谈谈心，但她却一言不发地撩起秀发，主动把你推倒……

你猜到她的反常和那医生有关。他太过分了，放着这么优秀的女孩不珍惜。但你又有点庆幸，要不是她遭到背叛，也不会对你投怀送抱吧？

她扣好衣服后，你拉着她的手回到沙发，大胆地把藏在肚里的爱意都表达了出来，告诉她你俩有多么相似和有缘……她抿嘴喝着冷掉的碧螺春，面带微笑地听着，眼神却有些游离。你知道她并没有听进去。

你们从酒店出来，你说送她回去。在停车场，她刚想坐上你的车时，突然身体僵住了。你看到一个高个子男人站在对面另一辆车旁瞪着你们。

虽然这是你第一次见到那个医生，但不知为何你一眼就认出他来了。你当时脑袋嗡嗡作响，问方瑶："你要下车吗？"

她似乎有点生气，冲你说："开车。"你也不敢多问，赶紧发动，你在后视镜里看到那男人还站在那儿看着你们远去。

你在路上问方瑶，刚才那个是他吗？她一言不发。你也有点慌。

说实话，你从没想过离婚，如果这事影响了他们的婚事，那方瑶怎么办？后来，谁能想到呢？他们的婚事真的告吹了。

"你说自己不是渣男是什么？"听到这里，那个孙警官把笔拍在茶几上说道，"口口声声说爱，其实摆明了就是想玩弄人家女孩的感情，破坏了人家的婚事又不负责任。"

"您说得没错，我确实是渣男。"你轻轻扇了自己一个耳光。

你在棕色茶几玻璃上看到了自己的倒影，这些年由于发福，你本来还算标准的五官挤在了一起，脖子上有几圈横肉。当年，你妻子总是开玩笑说她怎么会看上你，现在你也怀疑方瑶是怎么看上你的。

你抬头问："方瑶她现在到底怎么样了？"

"方瑶有没有告诉过你，她未婚夫是怎么发现你们在那家酒店的？”向警官问。

“她说她从没对任何人说过当天来找我的事。至少我的嘴是很紧的，也从没对人说过。这医生似乎对方瑶说，他是刚好经过撞见，但我不信。那个酒店位置很偏，谁没事往那里跑？我和方瑶当时还怀疑医生在她车上或者手机上装了什么跟踪软件……”

说到这里，一个念头从你脑海闪过，你几乎叫了出来：“你们说，会不会那医生当天刚巧是去开房？哎，你一提醒，我才想起来这种可能性呢。”

被撞见后又过了三四天，你忍不住联系方瑶，问她怎么样。方瑶对你说，她和医生分手了。她还让你不用担心她会纠缠你，她那天找你只是想报复医生和宣泄心里的烦闷，对你并没有真的感情。你听到这里，既松了一口气，又有深深的失落感。

她让你不用自责，如果她嫁给医生，也未必会幸福。而你应该忘了她，就当作一切都没有发生。

“那是我们最后一次见面。她也没再找过我。那段时间我们公司刚好在浙江有个大项目，我去出差了两个多月。等回到平泽，我给她发过消息，她没回。我很想找那几个认识她的朋友问问她的近况，但始终没敢问。唉，我是心虚，怕别人知道我俩的事。”

你说完，用手捋了下被汗打湿的头发。这时，你听到向队长说：“方瑶两年前死了，当然不会回你消息。”

“啊，死了？怎么可能？什么时候的事？”你瞪大眼珠，连番发问。

“什么时候的事你不知道？”孙警官又把文件夹往茶几上一拍，喝道，“你后面都是胡扯！什么让你忘了她，当作一夜情，人家女孩可能会这么说吗？她自己结不成婚了，恐怕逼你离婚娶她才合逻辑吧？你是怕她纠缠，被你老婆知道，所以把她骗出来杀了！”

你挠了挠头发，变得语无伦次：“我说，这不，你们怀疑我杀人？这太夸张啦。怎么可能呢，我胆子那么小的人——而且方瑶真的没纠缠我。她不是那种女人，她比我洒脱多了！”

“那你解释下发生在她身上的事。”

“我真不知道怎么回事。我可以发誓，11 月、12 月我都在浙江，我是过年前才回来的。你们不信可以去查我的、我的行程……还有，过收费站什么的总有记录吧？”

“如果你搭车回来呢？”孙警官问。

“那你们可以找我公司的人问问，我是不是和他们在一起……但你们一问，我老婆不就知道了吗？唉！”

“方瑶人都死了，你还在担心自己的事被你老婆知道？”

你委屈地抱起了胸，连连摇头：“我真的体会到了什么叫跳进黄河也洗不清。”

“你最近不要离开平泽，我们还会找你。”两个警察起身离开。

你垂头丧气地陪他们走到电梯口，幸好此时其他员工都已经下班了。

那个向警官在一脚跨进电梯时，似乎想起了什么，又回头问：“方瑶有个女性好友，叫思思的你认识吗？”

你纳闷地摇头：“这是谁？没听她提起过啊。”

你失魂落魄地往办公室走，迟下班的员工向你道别，你也没有反应。

你一回到自己的办公室，便跌坐在沙发上。

一直以来，你都以为方瑶离开了平泽，生活得很幸福，所以不希望你去打扰。你不敢想象，她没回你消息，竟是因为早已被人谋杀了……

这么鲜活、美好的一个生命，怎么可能已经消亡了呢？

巨大的震惊过后，你感到痛惜和忧伤，以及淡淡的思念。你揉了揉眼睛，但终究，没有一滴眼泪掉下来。

2 向毅

你走到白板前，看着方瑶照片上方袁东和马高运的照片。凶手会是他们之一吗？

你们已询问马高运的同事和家人，基本证实他说的行程属实——前年的11月至春节前夕，他一直在浙江台州盯一个大工程。但是，由于方瑶遇害的时间不能确定，这也无法作为确凿的不在场证明。

因为这次调查，苏秀知道了丈夫当年和方瑶的事，他们家顿时鸡飞狗跳。苏秀把马高运赶出了家门，换了锁，要求他净身出户。马高运不得已又住进了世纪宾馆，等待妻子回心转意。

如果是马高运作案，动机应当是方瑶逼他离婚，而他为了保住家庭和财产，卸包袱杀人。但从周围人的叙述看，方瑶似乎并不像是那样性格的女子，他们之间的感情也没深到这一步。

你在去找马高运前想象过他的模样，但见到他后还是有些吃惊。他中等身高，身体发福，笑起来的时候带点谄媚，五官被脂肪推挤在一起。看到他的第一眼，你很难想象方瑶会为了他背叛袁东。

但是爱情这东西，太复杂了，谁知道它的本质到底是什么呢？是荷尔蒙带来的怦然心动，还是像亲人般的温存扶持？是占有欲，还是自我的美好映射？

或许对一些人来说，只是让人暂时忘却烦恼的性欲罢了。

你又把目光投到袁东的照片上。他的下方是方瑶的照片，上方是丁冰的名字。

这个男人身上似乎有更多秘密没有解开。

虽然方瑶出轨了，但袁东当时很可能也有出轨对象，只是不像方瑶那样被抓个正着。

袁东的姑妈确实如袁东所说，去年查出了肝癌。而他的父亲在前两年也是因肝癌病逝。但据你们详细了解，他姑妈在几个月前做了手术后，一直是吃中药保守治疗，花费并不高。虽然你们不知道袁东给她家具体提供了多少资金，但不太可能多达上百万元。

“他取的现金都用去哪儿了？会不会有吸毒或者赌博的习惯？”周京云问。

“我看不像。”孙邵杰摇了摇头，回答，“据周围人反映，他这人忒自律，不烟不酒。每天上午7点出门，先去健身房锻炼一个小时，晚上不是下班直奔家里，就是在医院加班，都没见有什么应酬。”

确实不像赌徒性格，你在心底想。

唐菁菁又拿出一份报告说：“此外我去通信公司调取记录，发现袁东和这个电话联系频繁，特别是最近一阵子。向队，你看，上周五那一天，他们打了六通电话。”

“这个号码是谁的？”

“号码的归属地是河南，平时都是关机，似乎有需要时才开机。我和这号码登记的主人联系了，他说自己丢过身份证，这号码不是他本人购买使用的。这个号码也没注册过任何网络账户，目前无法知道使用者的身份。”唐菁菁回答。

“有意思，”你抚摸着下巴说道，“看来袁东身上的秘密可能和这个号码有关。”

说着，你又随手翻看方瑶生前那一年的红酒销售记录。

此前你正是在这上面找出了“老马”的名字，而此刻，在马高运的名字后面，写着另一个名字：李近思。奇怪的是，其他人包括马高运都在销售单上有收货地址，而李近思的地址却空着。

李近思……你琢磨着这个名字，会不会就是那个思思？

她可能是方瑶失踪前那段日子里最亲密的朋友了，找到她或许就能知道一些方瑶的情感状况，但要怎么找到她呢？

你给方瑶生前工作的乐斯荟国际酒业有限公司的老板陈芳芳打了个电话。

那头传来陈芳芳爽朗的回答：“噢，是这样的。如果是客户自提或者销售人员给客户送去的，就不会填地址。我刚看了下，这几单填的手机号码也是方瑶自己的。所以应当是李近思把款子给方瑶，方瑶自己取货给客户送去了。”

“你们公司还有其他人见过这个叫李近思的客户吗？”

“没有，没有，因为客户都是和单个销售联系。噢，我记起一件事，方瑶生日时说要去附近的温泉酒店度周末。我问她是不是和男朋友去，她说不是，是和李近思。对，方瑶叫她思思。我还开玩笑，她的生日都和思思单独过，小心男朋友吃醋啊。”

“我看到李近思在 2016 年 8 月和 9 月共买了四箱酒。”你问，“能请教下吗，这是什么酒要花 16 万元，平均下来得 3000 元多一瓶？”

电话那头又传来一串笑声。你想象这个涂着猩红色口红的女老板此刻拿着手机笑得合不拢嘴。

“哈哈，向警官，您可别怀疑我们的价格不公道。你看这单子上，除了我们公司代理的澳洲豹外，李小姐还买了好几支不同年份的大拉菲和罗曼尼康帝，那价格肯定贵啦。这位李小姐很有品位。”

你挂断电话后，孙邵杰在一旁说道：“这李近思怎么神出鬼没的？许多人都提到方瑶生前和她走得近，但她却像人间蒸发了。”

“我在系统里查了下，本省共有三个女性同名，但我给她们打了一圈电话，全都表示不认识方瑶。这也可能只是个化名。”唐菁菁说道。

周京云接过你手中的销售单，咕哝道：“两个月买了 48 瓶红酒，这个李近思会不会是个开餐馆的？”

“唯一证明这个人存在过的证据是提货单上的名单。要不是这 16 万元的提酒单，我都怀疑她是不是方瑶幻想出来的了。”孙邵杰说道。

“不是唯一，我这里还有能证明她真实存在过的证据。”唐菁菁取出一张纸，晃了晃。

“向队，你让我调查方瑶失踪前的行踪，我发现她的私人物品中有这家叫普卡的健身会所，便找去了那里。我在查看 2016 年的登记表时，发现有许多次在方瑶的签名下面会紧接着出现另一个签名：李近思。

“很可能，这两人是约好了一同去，同时到达。这个健身会所很大，有几百名会员，主要提供各种类型的团体课。前台小姑娘对方瑶有点印象，但因为李近思去的次数少，没什么交流，她已经想不起相貌和信息了。时间过了太久，监控录像也已被覆盖。”

你接过会员协议看了看，上面写着：不限课程次数的年卡金额是 9800 元，日期自 2016 年 9 月 5 日开始一年。客户名字落款是一个工整的水笔签名：李近思。

“那现在李近思还去上课吗？”你问。

“古怪的地方就在这里。瑜伽会所的员工翻了登记记录，发现李近思的卡要到 2017 年夏天才到期，但自从 2016 年 11 月，她再也没有出现过，刚好和方瑶失踪的时间重合。”

3 杜子华

你叫杜子华，此时正处于人生最黑暗的谷底。但你相信，物极必反，自己接下来走的都是上坡路了。

隔墙另一侧又传来一男一女的大声嬉闹。你光着膀子，倏地从床上坐起，用拳头砸了砸床头的那面隔墙，吼道：“都几点了？还让不让人睡了？”

隔墙后的人立刻安静了下来。

你租的房间不过七八个平方，没有窗户，房顶是一盏昏暗的吸顶灯，里面布满飞虫的尸体。墙上贴着一张某饮料品牌广告，侧面是一个布衣柜，敞开着，露出一个蛇皮袋。床尾处放着一张可折叠的方桌，一只油腻的台扇正吹着风。

你从这张单人床上坐起来，拧大了一档台扇的风量，并走到背风处点了一根烟。很快，整个狭小的空间内便烟雾缭绕。

幸好啊，苦日子就快结束了，自己很快就可以回家了。

你从枕边拿起一部手机翻看着。手机屏幕碎裂了，但不影响使用。

你再次打开你母亲名字的银行账户看了一眼，里面躺着 1,000,000 元。你从没在自己的账户里见过那么多钱。过去五个小时内，你检查了这个账户不下 50 遍，每次看到这个数字，都觉得脉搏加快。

你可以回老家用这笔钱建栋别墅，开家洗车行……或者就不回去了，去海南做点生意……唉，但也只能想想而已。

你不想这么快让霄狗知道你有钱。一旦被他知道，一切就又归零了。你想留它们在自己这里，或者……不如……再试试手气？如果你能赢上两把，还完债后就真有余钱做自己想做的事了……

你盯着那个红心皇冠图标，它仿佛有魔力一般抓住了你那对布满血丝的眼球。你忍不住伸出手指点开了它，并立刻给它转了 10000 元。你平时吃饭、坐车都精打细算，几块几毛都斤斤计较，但每次给红心皇冠充值时，钱对你来说不过是些数字罢了。

你先小试一把，很快，随着一声节奏昂扬的配乐，屏幕上金币撒落，右下角的数字变成 2000。看来今晚运气还不错。你观察几把，并经过一番仔细的计算后，感觉自己有了把握，胆子便又大了点。音乐响起，金币掉落，你身前的筹码变成 10000。你兴奋地低吼一声，坐直身子，捻灭烟头。

右下角的数字变成 50,000、80,000、100,000……老子终于时来运转了？你开心地跳了起来！

你早已摸索出幸运女神的脾气，她总会悄无声息地轮流垂青每个人，当她在你身边的时候你必须抓住机会，因为她会和其他女人那样，说翻脸就翻脸，说走就走。而当她的心不在你身上的时候，你怎么努力都是白搭。

她已经不理你很久了，看来她今晚就在这间群租房里！你得把握住机会！

右下角的金币最高到达 210,000 多。一个声音对你说，好了，够了，差不多了。但另一个更强势的声音却说，这怎么够？才 20 万？这点钱加起来都不够还霄狗的，你还是一个穷鬼！

你壮着胆下注 5 万，可是这 5 万消失了。你仿佛一脚踏空，从高处坠落，失重感让你的肾上腺素也飙升。别这么快离开我！你在心底呐喊着。

幸好，她还没走，你连输几把后，又赢回来一把。

你神经紧张地揣摩着她的心思，玩得口干舌燥，直到猛然发现，右下角的金币只剩三位数，已经不够下注了！你张大嘴，难以置信。

一股不甘的怒气涌上心头，你又立刻充值 10 万……

时间在群租屋里一分一秒地流逝，你沉浸在皇冠中忘记了时间。

五个小时后，一个恼人的喇叭声提醒你，金币归零。你这才如梦方醒。你用颤抖的双手打开银行账户，里面只剩下 67,000 元。

你动作迟钝地点击、删除了红心皇冠，你已经不记得这是第几次删除它。你的血压和肾上腺素都在跌落，大脑一片混乱，你僵坐在床上，胸口闷闷地疼痛……

这时，你猛然想起了什么。你立刻钻到床底，拖出来一个墨绿色大袋子，用腰间的钥匙开锁。拉开拉链，里面露出满满一沓沓粉色百元纸币。过去你从没意识到，50 万现金竟有那么多、那么重。

幸好，你今天拿到钱后没有把它全部存进银行，不然今晚恐怕都要喂狗皇冠吃了。

就在这时，房间里传来熟悉的铃声。你慌忙四处翻找，终于在床下发现了另一部手机。

在看到那个微信头像的那刻，你又像条件反射般呼吸急促、手脚哆嗦起来。你拖延了几秒，才猛吸一口气，按下接听键，把手机移到耳边。

那头传来一个低沉粗粝的声音：“杜子华，还在睡觉呢？怎么才接？我有没有对你说过，老子的电话响三下之前就要接？”

“说过，记得，记得。”你捂住嘴，压低声音，一边哈腰点头，仿佛对方就站在自己面前。

“你电话号码也换了，如果微信上还联系不到，我他妈怎么知道你是不是跑了？”

“当然没跑，霄哥。我能跑哪儿去？”

“你上个月怎么答应的，还记得吗？ 12 号！今天几号了？”

“霄哥，您再宽限几天。数目实在太大了，我还需要一点时间。”你的眼前又浮现出 1,000,000 这个数字，无比懊恼。

“数目大？你借钱的时候怎么不觉得大？”

“那会儿，唉，谁想到我那个生意黄了呢。再说霄哥，我欠您的真没有那么多，您再算算……我陆陆续续不是已经还了您80多万了吗？借的钱都差不多了……"

"什么借的钱？我他妈送你钱玩儿呢？你借了两年多不要利息吗？我早对你说过，你这还的只是利息，本金还没还呢。"

"我真的没法立刻拿出那么多。您可不可以再通融下，再给我一点时间……"

"我看你真的是太滑头了！说好的事又开始耍赖。"对方口气越来越严厉，仿佛锋利的刀刺向你的耳膜，"你拖，继续拖，利息只会越来越多，我都给你记着。"

"我真的没办法了啊，霄哥。"你发出一声抽泣，突然感觉被铰掉的那两根手指又疼痛起来，网上说这叫幻肢痛。

你心一横，哽咽道："我只有命一条，要不你拿去吧。"

"你的命值几个钱？！"那头咆哮起来，"别以为你躲起来了，我就拿你没办法！你跑了也罢，死了也罢，你的老婆孩子和你老母亲可都在我们眼皮底下。"

你感觉胸闷，大汗淋漓，第一次觉得这个不带窗户的房间就像一口棺材。

你的脸涨得通红，喘息、哀求着："霄哥，不要这样说，就是钱对不对？我会活下去，会给您的，就这个月！我对您说过，我和家里早断绝往来了。您拿这来逼我也没用啊。"

"你上个月不就说12号还吗？现在几号了你看看？你玩花招玩到我头上了？从去年拖到今年了！"

"我一直在努力筹钱啊，快了，快了。有个家伙欠了我很多钱，我这不来外地就是找他要钱吗？他有钱，他只要一给我，我就把本金和利息一并还上。"

"你知道为什么你这种人会混成这副德性吗？就是缺少诚信！你都骗我多少次了？"

"我发誓，这次不会。我有难处，不是故意骗您，我怎么敢？……"

“你看看我们的借条是怎么签的？再晚几天利息又要翻倍了，你好好想想啊，脑子还在吧？过了月底，晚一天，你老婆一个手指头。你要不要给我地址，我给你寄去留个纪念？或者先从你儿子开始？”

你把烟盒握在拳头里，紧紧揉成一团。你在心底无声嘶吼着，但在电话里，你依然只是长叹一口气，低声哀求道：“再给我一周时间，这一次，我绝对不会让您失望。”

“我告诉你，这是最后的机会了！我的耐心是有限度的。下次记得快点接电话！”

那头通话断了。你愣愣地坐在床边，几秒钟后，猛地把手机往墙上一摔。

“啊！”“大清早的！谁？”“发什么神经！”四面隔板后抱怨声四起。

你躺平在床上，盯着天花板。

一个月前，你在集市上被霄狗手下的人抓到，拉去垃圾场铰掉了两根手指头。你只在医院里简单处理包扎一下，就逃去了火车站，坐上了一趟从西票开往平泽的火车。

除了一盒从医院拿走的消炎药，你什么都没带，也没告诉家人自己去了哪儿。

你来到平泽，活得像不见光的老鼠。这个月租金380元的群租房，是被隔成八间房的两室一厅中的一间，没有窗户，没有空调，好像永远缺氧。

你为什么要到平泽来？

因为那个人在平泽，钱就在平泽，这是自己摆脱噩梦的唯一希望。

你每天下午都去那家心派咖啡馆，忍痛花28元点杯最便宜的咖啡，是因为那家咖啡馆的露天平台，刚好对着那个人在三楼的办公室。

你每天注视着他，知道他还活着，就感到安心。你等待着他的回复，就像一个孤岛上的人等待着一条船。

你给他打电话，有几次看到他走到办公室窗口接听。他一定很害怕，怕别人发现他的秘密，怕被同事听见他讲的电话。

但是，无论他有多少恐惧，都不及你的十分之一、百分之一……

每次霄狗在逼债的手段上加码，你就转头给那个人制造更多的恐惧。你的确欠了霄狗很多钱，但那个人欠你的更多、更多。

你感觉自己就像骑在那个人的背上。只要那个人不下沉，自己就不会溺水。一想到那个人必然不会轻易放弃自己光鲜的人生，你的心里就稍微安宁了一些。

你又拿起那部碎了屏幕的手机，打开相册，手指在上面滑动，停留在一张照片上——袁东叉腰站在窗口看着远处，窗户下方是一块很大的横幅：鑫美整形美容医院。

4 向毅

你算了下时间，现在是美国俄亥俄州的晚上 9 点。大洋彼岸，顾晓丽似乎还在加班，她身后是一个彩色塑料人脑模型。

以前顾晓丽就一直抱怨，她的那些男同事研究的进度都比她快，因为他们回家一身轻松，不用做家务，也不用带孩子。

虽然你们家里有丈母娘帮忙做晚饭，但顾晓丽每晚还是要花上几小时监督女儿做功课。她总是说，教育这件事没有人可以代替父母去做，既然总是加班的你靠不住，自然只能靠她了。

“品品呢？你不会把她一个人留在家吧？”你着急地问顾晓丽。

她翻了个白眼，撇了撇嘴。

“我在这里。”品品拿过手机。你以前不知道还可以把孩子带进办公室。

品品的脸似乎更圆了，肘边露出麦当劳的大杯可乐。

“让我猜猜你今晚吃了什么，猜对有什么奖品？”你说。

她咧嘴笑了：“猜对了给你带一个礼物回去。猜不对你下次要陪我去恐龙园坐过山车。”她知道你恐高，怕坐过山车。

“麦当劳的大汉堡，对不对？”

她有些失望：“猜对了。”

“你不能继续吃这种高热量食物，美国人不是都吃沙拉吗？牛奶也比可乐健康。你最近称过体重没？”

品品也学她妈翻了个白眼，回答：“我每天的能量消耗很大。”

“都消耗去哪儿了？你的作业做完了吗？”你问。

“美国的小学没有作业。”

“我觉得你需要控制一下食量，我保证再过十年，你会感谢我的。”

“没事，我到时会找个比我更胖的男朋友。”

手机被顾晓丽拿走了：“大向，你就放心吧，我每天早上都逼她跑步呢，我还给她报了一个游泳班。孩子还在长身体呢，你怎么能让她少吃呢？”

这时，孙邵杰的电话来了，他说开车到你家楼下。你挂了平板电脑上的视频通话，下楼。在路上，你反思了一下，觉得顾晓丽说得也有道理。

你们前往紫阳湖畔的工地，今天是移除警戒线的日子，听说工地上会组织一场法事。

“我在想一个问题……”你摩挲着下巴上两天没刮的胡茬，说道：“你说方瑶到底去过银川没？”

“你觉得她从没去过银川？”孙邵杰吃惊地扭头看了看坐在副驾上的你，回答，“我觉得也有可能她确实去了银川，但几天后又回到平泽。她回来是为了向某个人提要求，可能是袁东，也可能是马高运，随后双方起了冲突，就遇害了。”

“那为什么没有她离开银川、回到平泽的火车票及机票出行记录？她是怎么回来的？”

“啊，你说得对。她自从 2016 年 11 月底后就没有任何交通和住宿记录了。”

“如果她根本没去银川呢？”

“那她可能买完车票后，带了行李又去找袁东或者马高运，发生争执后被杀。”孙邵杰想想又说，“但是不对啊。那么用方瑶的身份证坐火车和入住银川酒店的女子是谁？”

“你问到点子上了。如果方瑶没去银川，有女子以方瑶的名义做这一切，看起来似乎是为了伪造方瑶还活着的假象，为了阻止警察立案。谁会这么做？”

“啊，我知道了！”孙邵杰恍然大悟，用手掌拍击了一下方向盘，“如果凶手是袁东，那最有可能协助他的人就是他当时的情人。马高运不是都说了，方瑶当时确实发现袁东有其他女人。你说这个女人会不会就是丁冰？”

“丁冰和袁东坚持他们是在2017年春天才认识，如果是丁冰，就必须有证据证明她和袁东在方瑶出事前就认识。”你说着又摇了一下头，“但是，如果袁东和丁冰早就在一起了，三个人都未婚嫁，没有障碍，袁东为何不和方瑶分手，和丁冰结婚？何必杀方瑶呢？”

“你怀疑这个女人另有其人？”孙邵杰问。

你没有再回答。

工地上已经有几个道士在做法事。有人敲锣打鼓，有人吹唢呐，有人穿着花大褂手舞足蹈。一个道士突然从箩筐里抓出一只壮硕的公鸡，一镰刀下去割断了它的脖子，把鸡血洒在土地上。

你们站在工人和村民中围观了一会儿。这时，你看到一个60岁左右的男人也叉腰站在对面的人群中。他的Polo衫塞在裤腰里，系着阿玛尼的皮带，虽然两鬓斑白，但仪表堂堂。他的眼睛和鼻梁有几分像丁冰，此刻正表情凝重地看着炎炎烈日下的仪式表演。

当他看到你们朝他走去时，立刻换上了更柔和、客套的表情。

你们自报家门，提出想找个地方和他聊聊。他思索了一会儿说：“上公司的话怕人多眼杂，要不上我住处坐坐？”

你们的车跟在他的车后，来到一片21世纪初建的别墅小区。比起像香山别墅这种新豪宅区，这里的房子密度更大，也更杂乱一些。他的那栋别墅门头气派，位于小区最深处。

一个系围裙的看起来 50 多岁的保姆跑来开了门。

丁符生把你们带入他的书房，这里的装修风格和丁冰家大相径庭，用的都是老派的深红色实木和华丽的墙纸。书架上书不多，大多是用来装点门面的成套精装本。墙上还有一排酒柜。墙角的一个深红色架子上，摆放着一个看不出具体造型的大型黄梨木木雕。

丁符生不顾你们推辞，让保姆泡了两杯龙井茶。等保姆一离开，丁符生便关上了书房的门，问道:“两位今天来是想了解什么？”

你问道:“我想请教下，开工前有什么人可以到工地上来？”。

“理论上以前谁都可以进来。”丁符生在皮椅上坐下来说道，“小树林通湖边，那里并没有被圈起来。过去常有村民溜达过来。”

“听说工地上有个小房子里有铁铲等工具，而门锁是坏的。”你说道。

“我对具体情况不太清楚。所以你们怀疑凶手用了那里的铁铲来挖坑埋尸？”丁符生揣摩你的意思，又坐直身体说，“我实在想不出会是什么人，你们现在有怀疑对象吗？”

你没有回答，而是问:“你可听说了小树林里死的是什么人？”

丁符生显得有些困惑，答:“我好像没看到有报道提到身份。”

“她叫方瑶，是你女婿的前女友，在 2016 年秋天失踪。”

丁符生微微张大嘴，显得十分震惊。

“你说那个挖出来的女人和袁东有关系？所以你们怀疑的是袁东？”

“他应当了解这块地平时几乎无人值守。”你说道。

丁符生思索了几秒，突然问道:“那么，我能问下这个女子是何时死亡的？又是什么时候被埋在了树林里的吗？”

你不禁暗自佩服丁符生思维敏捷。你回答:“抱歉，目前这方面的信息我们不能透露。但我也想问问，袁东和你女儿是什么时候认识的？”

“看来我们想到一块儿了。”丁符生脸上露出轻松的笑容，“你不用告诉我具体案情，我只是猜一下啊，人是 2016 年秋天失踪的，很可能当时就埋在这里了。如果我说的是对的，那么你们不用怀疑袁东，因为当时袁东和丁冰还不认识。我记得 2017 年 5 月，我才第一次见到袁东，他们那会儿刚认识不久。”

你问他：“你对袁东了解多吗？”

“虽然不是每天接触，但我相信自己还算了解他。你别说，我看人还挺准的，”丁符生转着桌子上的一个打火机回答，“这是个很正派、可靠的年轻人，工作上进，从不搞那些坑蒙拐骗的事。要不是他自己工作不错，我都希望他能到公司来帮我。”

“你听你女儿提过袁东过去感情方面的事吗？”孙邵杰问。

“那倒没有。唉，现在的年轻人，哪会和父母说这些东西……”

在丁符生回答时，你被身边墙上的酒柜吸引了，那些菱形格里躺着十几瓶红酒。

你站起来，朝柜子里打量一番，漫不经心地说道：“想不到这里酒这么全，有品质不差的澳洲豹，还有 2008 年的李奇堡，2009 年的拉塔希……这可都得好几万一瓶吧？”

丁符生诧异地笑道：“向队既然这么了解，平时肯定没少喝。”

“啊，我不喝红酒，只是略知一二。你收藏了这么多酒，肯定更懂。”

丁符生回答：“其实我也不懂，像我们这种喝白酒的老头，哪懂洋酒？”

“那这些酒……”你问。

“噢，都是抵债抵来的。一个以前混得不错的朋友，在赚钱容易的那几年尽情挥霍，囤了不少酒。这年头经济形势不好，还不起债，抵什么的都有。你看，还有人抵了两万只绿帽呢。”

他说着从写字桌抽屉里取出一只墨绿色棒球帽，说：“你们说这颜色在国内能卖掉吗？送人都没人要！最后我只能放在美国的亚马逊网站上卖，让美国男人戴去！”

他说完哈哈大笑，你们也跟着笑起来。

在送你们到门口时，他认真说道：“希望我们的工程顺利开工，也希望你们能早日破案。”

你们回到车上后，孙邵杰好奇地问你：“向队，你什么时候变洋气了？对红酒如数家珍，什么堡，什么豹的？”

你系上安全带，答：“我就多看了几遍方瑶的销售单，把她卖给李近思和马高运的那些酒的酒庄、品牌、年份给记住了。”

“你这记性也太厉害了！我觉得你可以上《最强大脑》那个节目，保证一炮而红。”孙邵杰赞叹完，不忘问你，“那么，丁符生酒柜里的酒，和那个销售单上的一样吗？”

“倒也不完全一样。但是，酒柜里有一瓶 1989 年的依瑟索十分稀有，刚好也列在给李近思的销售单上。”

“这会不会只是巧合？”

“可能是巧合，也可能是线索。”你回答，“罪犯再谨慎也会留下痕迹，我们所要做的就是在这些痕迹之间建立关联。”

5 郝晨

你叫郝晨。你的微信头像是宫崎骏的无脸男，你觉得自己的一生就像个影子。

此刻，你一边开车，一边听着爵士乐。这个后来嫁给法国总统的女歌手，声音慵懒、随意、洁净又温暖，就像薄荷味的伏特加。你很想知道她在唱什么，可惜听不懂法语。

你正准备去平泽公安局，向专案组提供方瑶遇害一案的重要证据。

你是方瑶的高中同学。时间一晃好快啊。高中校友们刚刚举办过毕业 12 周年的聚会，因为方瑶不在，你也没参加。

如今同学们大多有自己的事业和家庭，而你依然孑然一身，在一家保险公司混日子。

你和方瑶初识时，都在志英中学的五班念书。那是一所全日制住宿的公立高中，虽然离你家很近，但你同样住在宿舍，只有周末才能回家。

你时常回忆起你和方瑶同窗的日子，但只要记忆行驶到那里，就怎么都绕不开那个梦魇般的夜晚。

在高一上学期的某个深夜，你听到房间外传来一声巨响。

你迷迷糊糊地爬起床，走进客厅，抬头，猛然看见一个黑影悬吊在天花板的风扇上。

月光从窗户射进来，照在母亲那条褪色的旧睡裙上。她的舌头伸在牙齿之间，整个身体在半空中轻轻旋转，脚踮着，像在倒地的方凳上方跳着芭蕾。

你瞪大双眼，无法从尸体上挪开目光。

这个画面像一只令你胆战的毒蛇，永远都会在回忆的角落里埋伏，随时准备咬你一口。

很快，学校里传得沸沸扬扬。他们都说，你父亲爱上了一个几年前毕业的女学生，想逼你母亲离婚。你母亲上吊自杀那晚，他正和女学生在一起。

似乎每个人都比你更清楚，这个家庭内部发生的一切。

你父亲是你所就读的学校的数学老师，平日里对待学生十分严苛。事发不久，你父亲离开了学校，去镇上的小图书馆当管理员。

在一些同学眼里，你的薄唇、圆脸、突出的数学成绩，都在复刻你的父亲。那些被你父亲教训过的学生，寻找一切机会报复“郝老师”留在校园里的代言人。

你变得日益沉默，永远低垂着头走在校园里，祈求不被人注意。但他们依然没有放过你。你走在路上，有人朝你的后背掷泥巴。你碰过的卷子，有人会用手轻轻掸一下，说一声“晦气”。

你忘不了那个午后。胖子在教室门外喊：“郝晨，你家里来人了，在门卫室！”

你虽然有些疑惑，但依然奔跑着穿过校园，奔去门卫室。你并没有见到任何人。等你回到教室后，你怔住了。

你的板凳被翻倒在地，书包里的东西散落一地，数学课本上还留着黑乎乎的鞋印。你看看四周，其他人都在忙自己的事，仿佛什么都没发生。

委屈涌上你的心头。你从小是个内向胆小的人，你环顾四周，怯懦地问:“谁干的？”

没人回答你的问题。

你把目光投向聚在黑板前的几个人身上。上一次，是他们把泥土灌进你宿舍的热水瓶里，把蚯蚓放在你的饭菜里。他们此刻背过身去，凑在一起窃窃私语，并捂着嘴笑。

你站在教室中央，等不到回应，像个被冷落的小丑。你只能蹲下身，拾起书包，把东西一样一样捡起来。

这时，一只手把滚到远处的一支笔捡了起来。你抬头，站在眼前的是坐在你前排的英语科代表方瑶。

她一言不发地帮你把文具捡起，放到桌上，并给了你一个鼓励的微笑。

你继续低头收拾。当你想把书塞回书包时，却在包底摸到了一张纸。看到那幅画的那一刻，你的心脏像遭到了重击。

画上是一个上吊的女子，面目狰狞。她一点都不像你的母亲。

恐惧、委屈和对母亲的想念，让你的眼泪夺眶而出。你的后背变得冰凉，手不住地颤抖，一时不知该怎么办。

方瑶走上去，一把夺过那幅画，揉成一团，塞进了她自己的课桌肚里。

“不要想了，上课吧。”她低声对你说。不知为何，她的嗓音能让你立刻平静下来。

说完，方瑶轻蔑地望了望那个小团伙，撩了撩脖子上的头发，坐回自己的座位。她那与生俱来的骄傲和你的窘迫形成鲜明的对比。

那一堂数学课，你都无心听讲，看着座位前方那个晃悠的马尾辫出神。

你此前从没有和她说过话，对她所知甚少，但尽管这样，你也听说了那些关于她的流言，那个令人作呕的故事似乎从她入学第一天起，就悄悄在学生中间流传。

究竟是谁看见的，谁第一个说出来的，她为什么这么做……没有任何考据和推理，传闻只是像一只毒蜘蛛时刻趴在她的背上，引人侧目。但她表现得毫不惧怕，也不介意。

“我们控制不了别人怎么想、怎么说，”她有一天微笑着对你说，“但我们可以控制自己的心情。”

当时你们站在图书馆天台上，望着校园。你还记得朝阳打在她那青春的脸上，她鼻尖上的小痣在阳光下闪闪发亮，眼睛里似乎含着泪光。

“这小地方真压抑啊，我想去人更多、更温暖的地方。你呢？”她又说。

你那会儿只是入神地看着她的侧脸，忘记了回答。

在你的母亲死后，你感觉自己像被困在了一条漫长、黑暗的隧道中，而方瑶就像出现在隧道尽头的光亮。你朝她狂奔而去。

后来文理分班，你去了理科一班。

你们虽然不同班，却依然每天在操场上、食堂里遇见，这是你每天心情最明亮的一刻。

但在高二上半学期，方瑶却突然退学了。

她在离开前对你说，她的母亲病得很重，她得回家照顾她。你知道，以她中等偏上的成绩，考上大学不是问题。她母亲得了什么样的病，会让她连前途都放弃了呢？你为她感到痛心和惋惜，太想劝她坚持下去了。但看着她脸上依然明媚的笑容，你没有说出口。

她是你的英雄，你永远信任她的选择。

一年后，你听说方瑶的母亲还是去世了，而她去了平泽打工。

你是志英中学的数理化尖子生，学校原本指望你能考上清华、北大，替校争光。但你在走出考场后，却声称自己考砸了，在第一志愿中填了只是 211 却并非 985 的平泽大学。最后高考成绩公布，你是县理科状元，却被平泽大学录取。

你可以想象校长、班主任在办公室里是如何痛心疾首，你的父亲又是如何唉声叹气。

只有你，暗自高兴。

你到平泽大学的第二天，便给方瑶打电话，告诉她自己现在和她在一个城市了。方瑶听上去也很兴奋。她当时在一家外贸公司当前台，邀请你去找她玩。

在你的记忆中，那天的方瑶是那么美。她不再穿高中时那种宽大的校服，而是穿了一件紧身米色针织衫、牛仔裤，戴了两个亮闪闪的耳钉。她的皮肤是光泽的小麦色，衬得牙齿洁白，眼睛里像有星河。

在等她下班时，你看到每个同事看上去都很喜欢她。你真心为她高兴。又有谁会不爱方瑶呢?

那天，方瑶请你在公司楼下的饭店吃了一份生煎包。

自那以后，你们便从同学成为真正的朋友。

方瑶当时在读自考专科。她选修的计算机课一遇到难题，你就会立刻放下手头最重要的事，坐车去咖啡馆帮她补习。

看到她的 QQ 动态说起，突然很想吃一款蛋糕，你会坐往返两个小时的公交车替她买回，却谎称自己只是恰巧路过那家店。

她专升本，跳槽了，升职了，你都在她身边。她失恋了，你陪她去夜店，拘束地拿着一瓶啤酒坐在黑暗中，看着在舞池里跳舞的她。

每个暑假，你都留在平泽找兼职，不想离开有她的城市。

当你大学毕业，在平泽的一家互联网公司找到工作后，你决定向方瑶表白。

你已经不再是高中时那个怯懦、畏缩的郝晨了，你相信现在的自己可以给她幸福。

你在一家氛围浪漫的西餐厅定了位。你对食物毫无心思，一直在心底默默排练着表白台词。你想过很多种可能，她会开心地答应，还是委婉地拒绝?或者，她会说考虑一下再答复?

当你鼓起勇气，正准备开口时，方瑶却先说起，她最近正在跟一个律师约会，待会儿等他加班结束，他们还要去看新上映的电影《2012》。

这不在你预演的任何一个剧本之中。你感觉大脑里的线路纠缠在一起，一时不知该怎么接话。如果你是一个机器人，大概此时只能发出一些无意义的噪声吧。

方瑶一边用吸管戳着杯子里的冰块，一边漫不经心地问你："郝晨，你到底谈过恋爱没？"

你愣了愣，诚实地回答："从没有。"

"为什么？"方瑶有些惊讶地问，抬起有神的丹凤眼盯着你看。

你喝了一口冰水，压制住大脑中芜杂的声音，回答："一直没遇到喜欢的人。"

"看来每个人会动心的阈值不一样。我可能是属于比较低的。"她被自己逗笑了，"你看，这是我的第六任。"

"什么样的人会让你动心呢？"你垂下眼帘，问。

"我也说不上来。我喜欢长得帅的，还有聪明、善良、诚实，哈哈，看来我的要求挺高的。"

你准备了许久的表白终究没有说出口。

此后，你们偶尔也会见面，但再也没谈起过这个话题。你依然只是默默陪伴着她。那几年，你听方瑶说起，她和律师分手了，认识了其他人，又分手了……直到有一天，她说自己订婚了，未婚夫是个医生。

那天，她告诉你，她过去从没有那么喜欢过一个人。

"那是一种什么感觉？"你在手机上缓缓地打下字问。

"每天看到他在身边，就心满意足，其他的都不重要了。"方瑶配上了一个卡通人捧心的表情。

你对此深有体会，这正是你对方瑶的感觉。

后来，在一次小范围的聚会上，你见到了那个高大帅气的医生。他的外形和方瑶十分般配。他们两人一直十指交缠，牢牢地牵着。

你说不清楚当时的感受，有些失落、痛苦，又似乎如释重负。你或许骨子里并不确信，自己真的能给方瑶幸福。

然而到了 2016 年 11 月的一天，一切都被打碎了。

方瑶突然失踪了。

她在消失前一天刚向你打听过一个老同学的联系方式。你查到后发给她，却一直没得到回复。等了几天后，你忍不住给她打了电话，关机。你知道她在平泽有一个堂弟，和她关系亲近，便辗转找到方路的饭店打听。

方路当时正忙着卸货，他嫌你烦，应付道："方瑶搬去银川了。"

你十分吃惊，无法相信。你跟在他身后再三追问，方路才承认，自己也已经联系不上方瑶了。你想拉方路去报案，却被拒绝了。方路说他们已经去过几次，派出所确实查到了方瑶的乘车记录和住宿记录，方瑶也给他发消息了。饭店那阵子很忙，再加上他老婆刚生了孩子，他没工夫再管这事。

他最后叹了口气对你说："我姐很任性，应该过阵子会想通回来。咱们让她清静下吧。"

可是她一直没回来。

方瑶消失半个月后，你再也无法坐等她回来。

你照方瑶的火车班次和银川入住酒店的信息，重走了一遍她"出走"的路线。

你同样选在一个周五出发。

当你订票时，就感到不对劲。从平泽去银川，没有高铁，而以你的了解，方瑶应当会选择更便捷的飞机，而不是坐长达十几个小时的绿皮火车。等你下了火车，打车来到酒店的地址，你心中的疑惑更被放大了——方瑶不会选择住在这样简陋的宾馆。

你猜测过发生在她身上的种种可能性。但你一直不愿相信，方瑶已经不在这个世上。

你每过一阵子就会联系方路，问问情况，但是方瑶彻底失去了音信。

前几日，你偶然在手机上刷到一则"平泽公安"发布的悬赏通报。虽然模拟画像中的女子和方瑶的相貌相差很大，但不知为何，你读到通报的一刹那就开始手抖，仿似恐慌症发作。

两天后，你终于从方路那得到确认：尸体是方瑶的。

你无法描述那一刻的心情，仿佛这个世界落下了帷幕，一切与自己无关了。

自己还要在这世上活多少年？40 年？50 年？你开始害怕了，没有方瑶的未来仿似一条没有出口的隧道，令人窒息。你不想再往前一步。

你一个人喝掉了一瓶伏特加，就这样浑浑噩噩、不吃不睡地在家里的沙发上躺了两天两夜。

第三天的凌晨，你走进卫生间，在镜子里看到了纵横的胡茬和布满血丝的双眼。

你找到了一个新的人生目标：找到杀死方瑶的人。

6 向毅

那天上午，你们刑警队接待了一个特别的来客。

他长着一张娃娃脸，薄嘴唇、眼神忧郁、面容憔悴，穿着一件理工男喜欢的格子衬衫。

他说他叫郝晨，是方瑶的高中同学。

他一坐下，便从抱着的双肩包里掏出一个快翻烂的牛皮封面小本本，说里面记录了方瑶失踪的所有疑点和线索。

他翻到其中一页，说："方瑶在银川入住的那家银鹭宾馆离市区略远，三星级标准，各方面管理都很松散。当年他家老板和我确认，方瑶的身份证确实登记入住过，刷的也是她名下的信用卡。但是，我不确定这个人是她。"

"什么意思？"你问。

"我了解方瑶，她向来对住的地方有点挑剔，通常不太会住这种小旅馆。这里还有两段视频，你们先看看。"郝晨从皮夹里掏出一个不锈钢迷你 U 盘，交给你。

这是一段监控画面。两个女员工站在宾馆拥挤的前台忙碌，两个客人在等待。

这时，一个戴呢子料宽边帽和墨镜的女子，提着一只大红色大号行李箱，顺着转门进入宾馆。她站在一名男子身后排队。

轮到她时，她来到前台，从随身棕色单肩包内掏出证件。这期间她一度摘下墨镜。但由于没摘帽子，从上往下拍的监控始终没拍到她的正脸。

“你看着像方瑶吗？”孙邵杰靠在电脑桌上问。

“身高、体形看起来差不多。方瑶当时为婚礼做准备，也确实留起了这样的长发。但我怀疑这人不是她。你们接着看，她每次进出都是这身打扮，没一次能看清她的脸。”

“宁夏那里太阳挺晒的吧？”孙邵杰问，“那她这身打扮也可以理解啊，你怎么就知道不是方瑶呢？”

“姿势不像。”

“你连这个都能分辨出来？”孙邵杰问。

“我业余做过运动康复教练，平时很留意每个人走路、站立的姿势。方瑶之前打羽毛球受伤，我还帮她做过理疗。我知道她在高中时因为跳舞，左膝关节受过伤，所以她站立时总是微微向右偏斜，重心落在右脚。而视频里的女人没有这种问题。”

“这个也说明不了什么啊，可能方瑶当时就想换个姿势呢？”孙邵杰评价道。

“人总是会情不自禁、在不知不觉中暴露自己的习惯。”郝晨很固执。

“真有这么神？”你走上前问。

郝晨回头打量了一下你的站姿，说：“我看你的腰，是不是受过伤？”

你在心中暗叹，真被他说中了。多年前，你在南州公安局工作时，曾在夜间追捕一个逃犯。你和他在厮打中，一同从二楼阳台跌落。那次你立了功，但也造成了腰椎骨折，在病床上躺了三个月。现在你还时不时腰酸背痛。

“为什么这个女人选择坐火车而不是飞机，选择住这样的宾馆而不是大酒店？因为这些方式更容易用假身份蒙混过关。”郝晨自信地说道。

“请帮忙打开一下另一段视频，”郝晨指着另一个文件说，“那是方瑶失踪当天的电梯监控视频。”

“你手上怎么会有这个？方路不是说过物业公司的保安不让拷贝吗？”孙邵杰凑上前问，“刚才那段宾馆的视频又是怎么来的？”

“只要用点心就有办法。”郝晨轻描淡写地说道。

“你不是用了什么非法的手段吧？”孙邵杰问。

“当然不是！”郝晨有些着急，说道，“我是用诚意打动了对方。我在银川那家宾馆住了两周，和那老板像朋友一样熟悉。回来后我还在方瑶住的那个公寓租了一间，和保安老陈也混熟了，去年他回老家前把私下留的备份交给我了。”

“你为了找方瑶在宁夏住了半个月？连班都不上了？”孙邵杰惊讶地问。

“工作算什么？当然是找人要紧。”郝晨同样惊讶地回答，“我辞职了一阵子，现在在当保险理赔员，时间更自由。”

“你们看这是谁？”唐菁菁指着电脑屏幕，突然问道。

大家抬头看着定格的投影屏幕，只见袁东正抬脚跨入电梯，视频右上角的时间显示：2016 年 11 月 18 日上午 8 ：16 ：34。

“没错，是他。”郝晨说道，“方瑶是 17 日晚上 10 点多回到家的，第二天一大早，袁东进了电梯，并坐到五楼。”

“袁东在那儿待了多久？”你问。

郝晨快进视频，只见在 8 ：48 处，袁东又从五楼急匆匆迈进电梯，手上举着手机，贴在耳边讲电话。

“他后来又在鸿宇酒店公寓出现过吗？”你问。

“没有了。”郝晨回答。

“大向，这袁东有问题！他为什么对我们说，他在方瑶失踪当天没见过她？”孙邵杰抬起身问你。

你摩挲着下巴思索着说道:“但监控显示，方瑶是下午离开的，那说明袁东离开的时候，方瑶还活着……”

“但是，方瑶是下午离开的这点也并不确定，你们看。”郝晨打断了你们的讨论。

在视频中，下午 2 ： 15，一个女子在五楼走进电梯。她穿了一件米色大衣，围着一条红色古驰围巾，穿着牛仔裤、黑色皮鞋，戴着那顶黑色呢帽，手上拉着一个大号拉杆箱。

当年方路和袁东看到方瑶离开的监控画面，想必就是这一段。

“这一身确实是她平时的打扮，但是同样看不到脸，”郝晨说道，“你们不觉得奇怪吗？为什么包裹得严严实实？在银川也是如此。”

“如果这人不是方瑶，那方瑶回家后，再没有离开的视频，她去哪儿了呢？”孙邵杰问。

大家面面相觑，最后目光都落到了女子手上的红色大号行李箱上。

要出远门带个行李箱倒也不奇怪。但这名女子在进出电梯时显得有些费力，需要用两只手抓住箱子把手，可见箱子很沉。

“方瑶身高 164 厘米，96 斤。”郝晨小声说道，近乎耳语。

“如果这个女人不是方瑶，真正的方瑶被杀了并被装在行李箱里……那这个女人是何时上去的？应该也有她坐电梯的影像才对啊。”孙邵杰问。

“那是个酒店公寓，一层楼有十几户，还开了美甲店、艾灸店、网络公司等，人员十分复杂。18 日那天上午和中午坐电梯到达五楼的人很多，我还没从这段视频里分析出可疑的人。”郝晨叹道。

“上次去那里，我记得走廊尽头有逃生楼梯，没有监控，”你说道，“如果有人有备而来，也可能走楼梯。”

“如果这个女人不是方瑶，她会是谁？你们顺着这条线索查下去，就能找到凶手！”郝晨抬起头，期待地望着你们。

大家叹了口气，躲避他的目光。

“朋友，没你想的那么容易……”孙邵杰拍了拍郝晨的肩膀，说道，“现在连她到底是不是方瑶都不能确定，你说的站姿、住酒店的习惯等只是猜测罢了。就算她不是方瑶，这人这么小心，连脸都没露，近两年后上哪儿去找她？”

这时，你突然问郝晨：“你听说过方瑶有一个叫思思或者李近思的闺密吗？”

“她和袁东恋爱后，我和她的交流就少了许多，没听她提起过，”他说完后，又歪头仔细想了想后说，“但这个名字我似乎在哪儿见到过……如果想起来了，会打电话告诉你们。”

你又拿出厚厚一沓打印纸放到郝晨面前说：“这是方瑶失踪前几个月的网购记录，你看看有没有什么可疑的？”

郝晨托着下巴，逐条阅读。当他看到一只可以定时锁零食、手机的戒瘾笼子时，宠溺地笑了一下；看到一盒减肥巧克力时，又惋惜叹气道：“她总觉得自己胖，你们若见过她，就知道她有多苗条了。”

最后，他的目光停在其中一条：2016 年 10 月 29 日，方瑶下单购买了某品牌的酸枣仁百合茯苓茶，图片上的广告语是：新配方，还你深度好睡眠，安享好眠！

郝晨指指那条说：“她本人完全不失眠，这是替别人买的吧？礼盒装，看来是送人的。”

你之前没有留意这条购买记录。你打开购物网，搜索了一下这款茶叶的包装，觉得似曾相识。你在大脑的记忆库中迅速检索着。

“我能问一下吗？”孙邵杰趴在桌上看着郝晨，“你为什么对方瑶这么上心？她堂弟和前男友都没再管这事了。”

“因为我了解她，确定她不会出走。而且我没有家庭，工作时间也自由。”

“我看不止这样吧。”孙邵杰抬了抬下巴，道，“老实说吧，你和方瑶是不是也有男女关系？”

“你可别胡说八道！什么叫也有？”郝晨眉头一皱，从椅子上跳起来，“方瑶想和谁恋爱，都是她的自由！但我为她做的所有一切，都是单方面自愿的！”可能发觉自己太激动了，他又坐下，轻声补充了一句，“你就当我是她的粉丝吧。”

“你这可不是简单的粉丝了，简直是研究了一门方瑶学。”孙邵杰啧啧叹道。

面对这句调侃，郝晨的脸上闪过一瞬的骄傲，随即又转为阴沉。他一言不发，默默收拾起东西，准备离开。

“你还对其他人说过这些事吗？”你最后问他。

郝晨沉默了一会儿，回答：“我有一次找袁东的妻子聊了一下。”

“丁冰？”你有些吃惊。

“对。我 2017 年初找过袁东，他只顾撇清关系，说他们已经分手了，其他什么都不愿意说。我今年听说他结婚了，才想到去找他妻子，觉得他身边的人或许会知道一些事。”

“你们聊了什么？”

“我告诉她，我怀疑方瑶不是离家出走，而是遇害了，袁东很可能是当天最后一个见过她的人。我想知道她是否发现袁东有什么异常，以及是否知道他此前有其他交往的女性。我也提醒她小心。”

“那她怎么说？”

郝晨回忆了一会儿，答道：“她看了我打印的视频截图，说自己不了解袁东过去的感情，但认为袁东和方瑶的失踪没有关系，她建议我找找其他线索。”

看到郝晨落寞的背影走出了公安局大门后，孙邵杰对你说道：“原来丁冰其实早就知道方瑶失踪的事，可我们上次去，她装得好像完全不知道。”

就在这一刻，你大脑后台一直在运行的搜索程序也终于有了结果。

“方瑶买的那种助眠茶，我想起来在哪儿见过了。”

“哪儿？”

“丁冰和袁东家的柜子里。”

7 李近思

你叫李近思，在北京待了四年后，又回到平泽。这一次你顺了你妈的心愿。

你从小有个拿手好戏，就是和你妈作对。在你 5 岁时，你妈为了喂你吃饭，满楼道跑，却怎么也追不上你，最后她把碗一摔，坐地上委屈得大哭起来。

你妈总是充满了莫名的自恋。她从初中开始写散文、画国画，以才女自居，梦想的学府是复旦大学。可惜外公去世早，她要照顾弟弟妹妹，只能选择上中专，早早参加工作了。后来她进入教育局上班，看到年轻的同事都是大学生，十分羡慕，暗暗发誓一定要培养自己的孩子考上复旦。复旦的校训“博学而笃志，切问而近思”被她挂在客厅里。

你妈想生儿子，名字都想好了：李笃志。最后却因为计划生育，只生了你这么一个女儿，取名李近思。尽管她深信不疑你继承了她的才华，一定可以光宗耀祖，但你终究还是让她失望了。

你压根不爱学习。别说复旦了，你那年高考连三本的分数线都没达到，只是上了一所大专。你妈在家天天哭诉自己的脸被你丢光了，出门却替你向所有人撒谎，称你高考前吃坏了肚子才发挥失常。

在你大专毕业前，她已经想通了，你可能继承了你爸的基因，缺少学习天赋。她帮你在你爸工作的单位找了个安稳的工作，希望你毕业后嫁个有学识的丈夫，把名校的梦想传递到下下代。可你，又不干了。

你突然对自己的学历自卑起来，工作后忙着考各种学位证书。一拿到自考本科学历，你就把自来水厂的工作辞了，去了北京。这几年你在北京没少折腾，做过房产中介、销售员，也被骗进过传销组织，你嫌自己的学历拿不出手，又考了研，念了三年的中文系研究生。

如今你若在你妈面前高谈阔论自己的求学经历，只会换来一张冷漠脸。能让这张脸上绽放笑容的，只有你恋爱的消息。

你告诉她，没有一份好工作，你没脸谈对象，也谈不到好对象。你妈给你在平泽介绍的相亲对象，你不乐意见。你说自己在北京待久了，看不上平泽这样的小地方，连个像样的艺术展都没有。

你妈不明白你为什么总和她作对，就像你不明白她为何总和你作对。

她和丁冰妈以前都是教育局的同事，早年又住一个小区。从小到大，她最喜欢把你和丁冰做比较，把你爸和丁冰爸做比较。

“你看看人家老公，干哪一行都能干出点名堂来，老婆、女儿也跟着享福！”

“你看看人家女儿，妈妈去世，都没影响她考上好大学！正儿八经留学，不一样在该嫁人的年纪就嫁人吗？”

你每当那时便说，是啊，是啊，丁冰什么都好，我都快爱上她了，我不打算结婚了，为她守寡行不？每当那时，你妈会被你的油嘴滑舌气到捂住胸口。这叫你想起了 20 多年前她喂你饭时被气哭的那一幕，不禁又有点心疼。

你和丁冰是好姐妹，从小学到初中，虽然不同班，但都念同一所学校。你外向、咋呼，藏不住心事，而她安静、沉稳，就连她母亲去世那阵子，你都没见过她哭。

你还留着你们毕业时互赠的证件照。照片上的少女丁冰很瘦很瘦，两条辫子垂落在胸口，红色背景衬得肤色尤为苍白，大眼睛下落了两片淡青色眼圈。她看镜头的眼神有点儿冰冷，嘴角似乎挂着一丝嘲讽的微笑。

当时你俩都在平泽第八中学念书，只是不同班。丁家的司机每天会在校门口接丁冰，虽然她家已经搬去大别墅，但你有时还能蹭她的车。学校里爱慕她的男生很多，有人叫她冰美人。她却似乎从来不会被外物分心，只是埋头学习，直到考上同济大学。

她爸是企业家，她妈生前是教育局干部，他俩肯定很聪明，把智商遗传给了丁冰吧？唉，就你妈自己那点三脚猫功夫，还指望你能上复旦呢，真是痴心妄想。

你听丁冰说过，她在大学期间谈过恋爱，后来分手了。你真的很好奇丁冰会喜欢上什么样的男生，她的老公又长什么样。可惜你当时在北京，没能回来参加婚礼，几次三番向她要婚纱照，她都没发来。

你此刻坐在这家叫鱼骨头的西餐厅里，时刻盯着有人进出的餐厅大门。

已经快两年没见到丁冰了，不知道婚后的她有没有什么变化？你强烈要求她带上老公来见你，她今天会带吗？

终于，你看到她的身影出现在大门口！

她戴着墨镜，穿着一件腰身宽松的米色运动裙，头发比以前短了不少。

她是独自一人前来。瞬间的失望过去后，你又为见面激动起来，从座位上站起来迎向她。

“瞧你，是不是都认不出我啦？”你用厚实的身躯给她一个环绕的拥抱。

“怎么这时突然回平泽？”丁冰刚坐下来，便问。

“我彻底搬回来，不再去北京啦。这里有家企业给的薪水比北京高。而且我妈实在太烦人，再不回来她要和我断绝关系了。”你一说到你妈，语气就会上扬，“她说我一个人在北京，没房、没老公、没正经工作，以后肯定孤独终老，都替我想好去哪家养老院了。我就这么对她说啊，等我老了没人照顾，就天天去丁冰夫妇家蹭饭，哈哈哈。”

丁冰低头笑了一下，说：“我还是给你弄几只猫做伴吧。”

“一晃两年多了，当时咱俩都单身，现在你都是已婚妇女了。难怪我妈这么生气。我们上次见，还是你陪我去做手术那次。”

“我让你在去北京前给我看看恢复得怎么样，你却不说一声就走了。”

“当时我看恢复得差不多了，急着回去开学嘛。”你把脸凑向丁冰，眨了眨眼睛，说，“那个医生水平真不错呢。有北京同学向我打听在哪儿做的，我在网上查过，他好像已经不在那家医院了。”

丁冰没接话，而是打开了菜单，咕哝着："你想吃牛排还是海鲜呢？"

"海鲜吧。对了，你结婚时都没请我喝喜酒。说起这个就生气啊。"你嘟着嘴做出生气的表情。

"你当时不是在北京吗？"丁冰喝了口冰水回答。

"我俩是什么关系？你结婚我当然可以专程回来一趟啦。你没请我喝喜酒，你爸也没请我爸妈去，他俩也挺失望的。不过她没去最好，不然就更要天天数落我了。"你嘻嘻一笑，又说，"对了，改天叫他请我吃饭呀。"

"他？"丁冰今天的反应似乎有点慢。

"你老公啊。为什么把他藏得那么好，都不让我见？"你撩了撩头发，托住了自己的双下巴，"怕他迷上我吗？"

丁冰翻了个白眼，回答："他工作可忙了。"

"他是做什么工作的？长什么样？有照片吗？"你像机关炮似的连连发问，"对了，去年我听你说，你们是在咖啡馆里认识的，是他先找你搭讪，还是你找的他？"

"问题可真多呵，我都饿坏了，先点菜吧。"丁冰的眼睛一直没离开菜单。

"你还记得我爱吃什么吗？"

"当然。这家的薄底比萨是你的最爱。"丁冰自信地笑道。

你感觉一股暖流涌上心头，恨不得抱住她那张精致的小脸亲一口。

"好好好，你先点菜。现在我彻底搬回来了，咱以后有的是机会慢慢聊。"

妈妈说得也没错，小地方自然有小地方的好处，譬如人情味。在北京生活那么多年，可没有一个老朋友还会记得两年前你最爱吃的一道菜。

8 杜子华

你提着外卖盒饭袋子，走回群租房。进入小区后的一路上，你都时不时回头看有没有人跟踪你。

你确定身后没人盯梢，才坐电梯来到 22 楼。

电梯门一打开，映入眼帘的就是物业通知：严厉打击群租房，举报电话：xxx-25568787。

这小区里的那些老年业主个个像搞情报的，总是刺探哪家哪户有人群租。因此房东曾叮嘱过你们，如果不是和自己约好的客人，谁按门铃都不要理会。

这个二房东可真够黑心的，两室一厅竟然隔成了八间房，阳台和厨房也分别成了房间。你宁可住阳台，至少还有窗，但等你入住时只剩下中间的小黑屋可以选。

这八间房围着的，是一个没有窗的客厅，天花板上吊着一只灯泡。客厅里唯一的家具是一张八仙桌，上面放了几个电饭煲，属于不同的房客。

你走到用颜料写着“6”的门前，刚想从裤袋里掏钥匙，却突然发现上面的挂锁不见了，门鼻子被人撬掉了。

你的心里咯噔一下，立马冲进房间，趴到地上往床底张望。果然，那个墨绿色旅行包不在那儿了！

小小的群租房内一览无余，你胡乱翻找了一下，确认它被人偷走了。

你急忙退出房间，猛敲隔壁 7 号房的门。

那个隔间里住了一对年轻男女。女子衣衫不整地躺在床上玩手机，男子伸手撑住门框，用身子挡住你的视线。

“白天来了一个男的，不知道他怎么弄开了大门，自己进来了，”男子朝大门努努嘴，说道，“他手机上有你的照片，问我们你住在哪一间。老兄，你是得罪什么人了吗？”

你立刻明白了，是他找到你了！

上周五傍晚突下暴雨，你在离开心派咖啡馆时，看到一个熟悉的身影，瞬间背脊发冷。

你不知道他的名字，也不知道他的来历，但他们都叫他阿茂。正是他，在老家用一把锈迹斑斑的老虎钳，连皮带骨头夹断了你的两根手指。

你没想到，他竟然追到平泽来了。

你当时透过橱窗，望见阿茂站在街对面的商场门口抽烟，立马悄悄后退。当服务生上前问你有什么需要帮忙的时，你只是摆摆手，说自己没带伞，想等雨停再走。随后你缩到橱窗后面，偷偷观察敌人，想着自己该如何脱身。

你做梦都想不到，会看见接下来发生的那一幕：当那几个刚才坐在包厢里的女人走出大门等车时，阿茂突然穿过马路，朝她们冲去。他一抬手就朝那个穿紫衣服的女人泼了一罐红色的东西。

那个女人愣了几秒，开始尖叫，而阿茂则朝着百川湖的方向逃跑了。

你当时松了一口气，看来阿茂在平泽出现只是一个巧合，他是为其他任务来的，只要雪狗没发现你的行踪就好。

但现在，他还是找上门了，并拿走了那个包。你顿时感觉无法呼吸。

他是怎么找到自己的？已经跟踪一阵了吗？还是，他们有办法进入你的手机，查到你的快递或者外卖地址？

你立刻回到自己房间，插上门闩。这时，你才留意到桌上多了一只白色泡沫饭盒。

你迟疑了一会儿，伸手去触碰那个盒子。

你的心怦怦跳着。打开盖子，盒子里面装了一团报纸。你抓起报纸，手一哆嗦，里面的东西掉在了地上。

你蹲下身一看，是一截腐烂发黑的木头。

不，是一截手指！

你吓得一屁股跌坐在地上，浑身直冒冷汗。

刚好这时，你裤袋里的微信语音铃声又响了。你几乎从地上弹跳起来。

“杜子华，阿茂听说你也在平泽，今天去看望你了，不巧你不在呀！”那头是霄狗嘶哑的声音。

“是，霄哥，我才回来。不好意思……”你惶恐地喃喃道。

“没想到，他在你那里找到了一点好东西。”

你的喉咙梗着，没法接话。

“七哥早就说你这小子奸诈，我开始都不相信。现在我信了。你身上明明有 50 万现金，却不记得还我们钱？”

“我，我，我也是昨天刚拿到的，这不离欠的数目还差点距离嘛，所以想攒齐了一起还——”

“还想骗老子？！”那头传来一声咆哮，打断你，“你哪些卡上还有钱，最好赶紧都拿出来！不然让我发现你不老实，你少的可就不是手指头了！”

“没了，其他都没了，真没了。”

“阿茂找到你不容易啊，你可别再给他惹麻烦了。他说他今天赶时间，就没留下来等你，但把给你的礼物放桌上了……看到他留给你的下酒菜了吧？哈哈，放心，这次不是你儿子的手指，只是你自己的那根，但下次，就不好说了啊。”

语音在放肆的笑声中挂断了。

你本来给自己买了一份卤肉饭，现在一点食欲都没了。

你意识到自己剩下的时间不多了，他们真的什么都做得出来，而你躲无可躲，逃无可逃。

你在地板上呆呆地坐了很久，才终于回过神来，拿起另一部老式手机，拨打了一个号码。

长时间没人接听，然后，被掐断了。

你记得上次见面时，他冷冷地对你说：“这是最后一次。”你也向他保证：“不会再有下次了！”他带你去车上，把钱交给你。

如果你现在向他要更多，他会如何反应？只要他的秘密还在，他一定会再给你吧？

“记得回电话。我要再和你聊聊那件事。”你给他发送了一条消息。

你思考了一会儿后，又拿起原来的手机。

电话响了两秒便接通了，你刚说了一句“是我”，那头就传来你妻子的吼叫：“杜子华，你这些日子到底去哪儿了？那个电话号码都停机了！哪儿都找不到你！我们都急坏了你知道吗？”

放在过去，你若见妻子这么急躁，自己的脾气也就上来了。但今天你反而有点同情这个女人。哪怕自己不打一声招呼就消失两个月，她发最大的脾气也不过这样罢了。

你没有回答她的问题，而是低声问：“儿子怎么样？我爸妈还好吧？”

“他们没事，但我有事！你走了以后不停有人找你。第二次来把家里砸了个稀巴烂，说你欠了几百万，还把农行卡拿走了。你也知道，里面几千块，是你妈看病要用的钱。你到底欠别人多少钱？那些人到底是什么人？”

你感觉妻子的口水要从话筒里喷溅出来，不得不把手机拿得离耳朵远一点。

等那头安静下来，你才怏怏地说道：“我这次真的完蛋了。我怕他们查到我的定位，才把手机号码换了，我也不敢联系你们，怕那样会害了你们。”

“我不管你完不完蛋！反正你不拿钱回来，这个家就完蛋了！我现在在帮人采药，一天才多少钱？谁来养孩子！你现在人在哪儿？在打工吗？找到杜子娟了吗？她这次能借给你钱吗？她若不借，你对她说，我们一家要活不下去了……”

“我知道。我这次搞到了一点钱，先给你和儿子用。但那些卡都在他们手上，我没法打钱给你。这样吧，你来找我，我把现金交给你带回去。”

那头的声音平静了一些，问：“你到底在哪儿？”

“我在平泽。你买好票告诉我时间，我去接你。我们见面再说，电话里说不清楚。”

挂断电话后，你又坐在床边发了一会儿呆，用报纸包着那根发黑的手指，扔到了客厅的垃圾桶里。

随后你收拾了东西，连夜搬离了群租房。

9 丁冰

你在入睡前，突然清了清嗓子，问：“今天那两个警察又去医院找你做什么？”

一阵沉默。背对着你的袁东微微叹气道：“我在她出走那天的早上见过她。他们不知从哪儿拿到了监控，说我骗了他们。我当时没说，只是不想给自己找麻烦。”

你拖长了声调哦了一声，又淡淡地问：“你那天去找她了？”

“不，是她叫我去她的宿舍，说要再聊聊。”

“你说过你们分手了……”

“我们的确在11月初分手了。那次见面，她有想挽回的意思……”

“她不想分？”

他叹气，回答：“她问我是否愿意一起放下过去，继续走下去。她还说，她和那个男人之间没有感情，只是一时糊涂。”

“你信吗？”你问。

“你今天怎么这么关心这件事？”他侧身，看着你说道，“我信不信重要吗？都过去那么久了，人也不在了。”

你躲避他在黑暗中的目光，仰面看着天花板。

“你不会也怀疑我和她被害有关吧？”他枕着一条胳膊，看着你，问，“我不可能是最后一个见她的人。警察还给我看了银川一家酒店的监控画面，让我辨认那个人是不是她。”

“你觉得是吗？”

“虽然没有拍到她的脸，但我认为那个人就是她。”他自信地回答，“那些衣服、饰品我都见她穿过。这说明，在我见过她以后，她明明还活着。”

你试图去解读他的心思：“你的意思是，她去了银川，但不知为何后来偷偷回了平泽，在那时才遇害……”

“一定是这样的。”

这是那晚你们最后的对话，但你却迟迟没有睡着。最近你每天都要到快天亮时才能睡着一小会儿。

你的思绪又回到了那个上午，你开着车，追踪着定位地图上的红点。

终于，你在一个偏僻的小镇上赶上了它。确切说，是它停在那里等你。

这是山脚下的一条老街，街边有一些招揽游客的小饭馆。老街尽头是一个景区，有某个历史人物的园林古宅。你停下车，环顾四周，没有看到他的身影。

可地图明明告诉你，他就在附近——代表你的蓝点和代表他的红点交叠在了一起。

你下了车，在老街上没有方向地漫步，因为是工作日，且天色阴冷，街上路人稀少。正当你彷徨无措时，你突然留意到对面街边停的一排车中，有一辆是平泽的车牌号。你走到车窗边张望，车上没有人。但驾驶座和副驾之间放着一只灰色水杯，是他的咖啡杯。

你转头看着它的后备厢，知道那个行李箱就放在里面。

10 向毅

你小时候家门外有条河。夏天时河水是浊绿色，带着植物腐烂的气息，你和伙伴们跳进河里玩，爬着爬着就会游泳了。那时，你常听说平泽发生溺亡事件，偶尔也有人投河自尽。

你离开平泽去上大学时，只是 18 岁的少年，没想到回来时已是中年人。时间过得真快，这里的路、桥、房子、街区布局和从前大不一样了，唯有湖泊、水道没有什么变化。护城河绕着古城，城外又有大大小小的湖泊，无论顺着往哪条路走到底都能遇见水。

如今，水边都立了牌子，禁止游泳。河水治理干净后，那种浊绿消失了，但沿着堤岸多了光带，一到晚上就会发出幽绿的光。

荡湖是郊区的一个湖泊，位于新区和新建的高铁站之间，比不上平泽其他景区声名在外，这几年平泽人喜欢周末来此游玩。

躺在岸边地上的是个女人。她已出现尸僵，双肘弯曲，伸向天空，拳头微握，仿似要伸手抓住空气中的什么。

她的面色肿胀、青紫，穿着一件暗红色花朵的短袖衬衫和一条九分牛仔裤，一只脚上的鞋脱落，另一只脚上穿着磨损严重的球鞋。她身上还斜挂着一个红色皮包，金属链条和她的衬衫扣子缠在一起。

何建国托住自己的腰，从尸体旁边直起身子，说："死了应该不到24 小时。初步看是溺亡。"

近堤岸的河水中长了很多短小、枯萎的芦苇，她就是在芦苇丛中被发现的。一个住在附近的老头，天蒙蒙亮时来这里钓鱼。抛下鱼钩后，他开始以为是一件衣服，但当把渔线收起来，才看见一条腿浮上水面。

荡湖派出所出警后，因为吃不准是不是刑事案子，便打电话请你们来看一下现场。

落水女尸的随身小包里有一张身份证，一张农行卡，一包纸巾，一张火车票和 259 元现金。

何建国轻轻撩开贴在女人脸上的湿发，比对了一下长相说："身份证上的照片就是她的。"

她名叫谢虹梅，1981 年 6 月出生，户籍地址在本省西票市的一个村子。

火车票被浸泡得烂糟糟的，但依稀可辨，她是昨天下午刚从西票东站坐火车来到平泽站。

你拿过证物袋里的东西看了看，问："这是她身上所有的东西？"

"是。口袋里摸过，没其他东西了。"派出所民警毛葛回答。

你困惑地说："这年头处处都要用手机，她从外地过来不可能不带手机。"

"我们打捞过，湖里也没有。"毛葛说道。

这一段湖岸已经出了核心风景区，位置偏僻，平日里人烟稀少。旁边有座石栈桥，有一米多宽，没有栏杆，桥面有缺损，长着厚厚一层苔藓，踩上去可以听到石头松动的嗒嗒声。

为了防止游客落水，岸边立了块斑驳的木牌，写着：桥面湿滑，请勿上桥。

你小心走上栈桥，蹲下来仔细观察苔藓。你看到苔藓有新鲜踩踏的痕迹，特别是靠近桥边缘一处，似乎用力摩擦过。

你再看桥下尸体那一侧的芦苇丛。枯萎的芦苇没有一根折断，可以排除尸体是从远处漂来的。

她应该就是在这里落水的。

你朝绿幽幽的湖水望了一眼，问："这里水多深？"

"快有两米深了，不会游泳的肯定淹死了。"毛葛说。

这时孙邵杰在一旁小声问你："大向，你怎么看？"

"她的衣着完整，除了手机外，现金没有丢失，身上没有防御伤或其他外伤，不符合一般的劫财、劫色杀人案。"你回答。

"那会不会是自杀？"毛葛问。

"按照火车票的时间，她昨天傍晚刚到达平泽。荡湖离火车站很远，也不算什么旅游胜地，真有人大老远坐火车来这里自杀吗？"你问。

"那同样按这个道理，失足落水也不太可能。游客不太会刚到平泽，就独自来这里玩吧？"孙邵杰想了下，问，"难道，她是被人推下去的？"

你暗自思忖，如果是这样，推她的人为什么只拿走她的手机，没有拿走她的身份证件和现金呢？

虽然沿着湖堤的一千米内都没监控设施，但是任何人要从核心风景区走到这里，都必会经过一个保安岗亭，那里有个治安监控头。

监控显示，昨晚有一个男子和谢虹梅同行。

周三晚上 8 ∶ 40，在红外线夜视镜头中，一男一女走在漆黑的堤岸上。那个男子个子和她差不多高，一条胳膊钩住她的脖子，两人步速很慢，身体有些摇摆。

9 ∶ 45，那个男子独自出现在监控画面中，正往回赶路，似乎很着急。但到了 10 ∶ 05，那个男子再次出现在湖岸步道上，朝着此前和谢虹梅去往湖边的方向急匆匆赶路。10 ∶ 35，他往回走，再次离开，并且再也没有回来。

而谢虹梅自第一次经过监控后，再也没有出现。

"这人来来回回在搞什么名堂？"毛葛嘀咕道，"如果他看到谢虹梅落水，为何当时不喊人？"

你们尝试联系谢虹梅的家人，她丈夫名下的手机已经停机，而谢虹梅本人的手机，提示音是关机。

谢虹梅的姐姐谢福红在电话那头十分震惊。她说自己前几日还在县城集市上遇到虹梅，不相信她会跑到平泽去。同时，她也不知道谢虹梅丈夫的下落，他们家人已经很久没有见过他了。她答应尽快赶到平泽来认尸。

说曹操，曹操到。

就在这时，接待大厅值班的同事推开门，说："你们要找的人在这儿呢。"

一个穿横条纹短袖 T 恤的矮个男子局促地跟在后头。他四十来岁，胡茬纵横、面目浮肿，看似缺少睡眠或者营养不良，身上散发着一股酸味。

他说他叫杜子华，他的妻子谢虹梅昨天晚上在荡湖附近失踪，他找了一夜没找到，今天上午就来报案了。

原来，谢虹梅的丈夫就在平泽，而且他和视频中的男子的身材外形十分相似。

毛葛让他看了几张早上拍的遗体照片。杜子华看了一眼便捂着眼睛扭过头去，连声道："是是，就是我老婆。"

杜子华说他以前是做养鱼生意的，因为生意蚀本，便跑到平泽来找工作，已经住了个把月。前几天他老婆说想他了，执意要来找他。

昨天下午 4 点多，他去火车站接了他老婆，两人花了一个多小时坐公交车到了荡湖附近。他们在一个农家乐吃了晚饭，因为好久不见，很激动，两人共喝了四瓶啤酒。饭后他提议去湖边走走。但是刚走没多久，他肚子疼，就跑回农家乐去借用厕所。

他上完厕所出来后，立刻赶回湖边，却没再看到谢虹梅的身影。他一边打电话，一边沿着湖岸找了一圈都没找到。

“你回去上厕所大概是几点？”毛葛问。

“记不清了，9 点多吧。”

毛葛比对了一下监控视频中的时间，问：“你上个厕所花了近 20 分钟？”

“解大号，而且还有路上的时间呢，农家乐走过去还挺远的。”他说话时弓着背，两手放在膝盖间，十分拘束。

“你回去找她找了多久？”

“大约半小时吧。”

毛葛又看了下监控，算上走一千米湖堤所需的时间，他实际在那儿找了 10 分钟就回来了。但他懒得纠正，而是在电脑里打下：回去寻人 10 分钟左右。

“没找到你就不管她了，自己回了？”

“我当时看湖边没人，心想虹梅一定是等我太久，等不及就离开了。她应该是回我的住处了，因为我之前就把地址给过她嘛，所以我也急着赶回去。可到出租屋一看，并没有人等在那儿。”

“你回到出租屋是什么时候？”

“好像 11 点不到。我也没太留意。”

“然后呢？”

“我给她打了一夜电话，先是没人接，后来关机了，可能没电了。我等不到她，又累又困，就睡了。早上看她还没来，我就来这里派出所报案了。”

"她不见了，你都没找，就自己睡觉了？" 毛葛问。

他结结巴巴地说："城市那么大，我能上哪儿去找呢？她去哪儿了我也没头绪。再说又不是小孩子，能出什么事？"

"你觉得她有可能是自杀吗？"

"自杀？这……不好说……"

"你们昨晚吵架了吗？"

"没……也就吃饭时争了几句。"那双浑浊的眼睛快速瞟了一眼，又垂下了。

毛葛敲击完键盘，重新读了一遍笔录，调整了一些字句。这时，你们都听到一声抽泣声。

坐在桌对面的杜子华突然挤着眉头，抹起眼睛来。他带着哭腔说道："我老婆是个命苦的女人啊，都没过几天好日子。家里还有老有小等着她回去，怎么就掉湖里淹死了呢？"

他那造作的悲伤让你们有些尴尬。

"你在平泽找到工作了没？" 坐在一旁听着的你突然走上前，抽了一张纸巾递给杜子华，问。

杜子华怔了一怔，支吾道："这两年找活不容易，还没着落呢。"

"那现在住哪儿？留个详细的地址和联系方式。"

他犹豫了一下，报了自己的手机号码和租房地址。你拿起来看了一眼电话号码说："换号码了？"

杜子华点点头。

你踱步到办公室墙前，看着张贴的平泽地图，说："可是从火车站到你租的小区，无论走哪条线路都不会经过荡湖。她刚来，你就带她跑大老远去那里吃饭？"

杜子华对你的问题显出一丝烦躁，回答："我觉得那里挺漂亮的，想带她转转。"

"当时天也快黑了，看不到什么风景吧？" 你转身看着杜子华问。

"可以望见对岸新区中心那些高楼，农村人嘛，老家看不到这些。"杜子华从口袋里拿出手机给你们看，"看，我还拍了些夜景呢。"

“你老婆应该也带手机了吧？”

“带了吧。”他回答得有些犹豫。

“那手机呢？”

“我……我怎么知道？”他抬头瞪着眼睛问，大鼻孔一张一息，一反之前嗫嚅的模样。

“你老婆会游泳吗？”你又问。

“这我不知道，从没见她游过，应该不会吧。”

“你觉得她是怎么掉到湖里的？”

“她昨晚一高兴，喝了不少酒，会不会在我离开后，她脚步不稳，不小心摔湖里了？”

“你不怀疑你老婆遇到了坏人？”

“这……歹徒图啥呢？谋财？图色？”杜子华的右手拿着手机，伸出左手抓了抓脑袋，“我老婆看着也没钱没色啊。”

你这才注意到，他的左手少了两根手指。

“你的手怎么了？”你问道。

杜子华立刻缩起了拳头，说：“以前在工地上打工时不小心弄伤了。”

“家里有几个孩子？还在老家吗？”你又问。

“就一个男孩，12 岁。现在在我妈那儿。”

这时，你接了一个电话，慢慢踱向墙边，对着手机说：“体内酒精浓度很低？是吧？好，好，那就做毒理化验吧……”

你的余光注意到杜子华局促不安起来。他在椅子上挪动屁股，身体前倾，凑近悄声问毛葛：“我什么时候才能领我老婆回去火化啊？”

“急什么？还早呢，先等等吧。”毛葛大声回答。

你挂断电话，转过身说道：“你的手续办完后可以先回去了，我们会再通知你解剖的时间、地点。”

“解剖？”杜子华瞪大了双眼问，“不是意外淹死的吗？”

“是不是淹死，当然要尸检了才知道。”

他捏着拳头张了张嘴，但最终什么都没说，离开了派出所。

11 向毅

“有人正在直播跳楼，就是袁东工作的那家医院。”唐菁菁从座位上站起来，拿着她的手机给你看。

平泽本地的一个美食网红博主，正在某短视频平台上现场直播。

他的镜头向上移，拉近，再拉近。只见在四层楼的鑫美医疗美容医院顶楼，站着一个黑衣黑裤女子。她骑跨在栏杆上，探身往下看，做出要跳楼的架势。两三个人在劝她，又不敢太靠近，楼下消防车已经到了。

这时，楼顶突然有东西坠落，众人发出惊呼。你以为那女子跳楼了，等跑偏的镜头重新对准楼顶时，你才发现是那个女子从楼顶上甩下一条长长的标语，白底黑字，迎风招展。

标语上写道：无良医院冒牌医生毁我容，黑心老板刘韩宇骗我钱！

“第一次看到跳楼还带横幅的。定做这个标语得花不少钱吧？”唐菁菁说道。

这时，只见一个穿着连衣裙的长发女子，身后跟着一个戴眼镜的短发女子和三个保安，出现在镜头中。保安开始驱赶医院门口围观的人群。长发女子伸手挡住了直播镜头，用沙哑的喉咙喊道：“别拍了，别拍了。没人要自杀，楼顶的那个女人是骗子，诈骗犯！她根本不是我们医院的客人！”

“这不就是我们那天见到的那个刘总吗？”孙邵杰指着手机屏幕，说道，“她说的那个被敲诈的朋友也是她自己吧？看来她是真惹上麻烦了。”

这时，何建国带来了谢虹梅的尸检报告。

“她的体表没有明显伤痕，肺中有大量溺液，肺脏呈水肿现象。在心、肝、肾、骨髓中检出硅藻。生前落水，死因就是溺亡。”何建国说道。

“死亡时间是什么时候？”

“胃内充满当晚食物，食物形态清晰，饭粒完整，很可能是吃了饭后不到一小时就出事了。”

孙邵杰掏出一个笔记本，琢磨着说道：“在他们吃饭的农家乐旁边有个十字路口，那里有个监控，拍到在 8 ∶ 30 左右，两人就吃完饭往湖边走了。这么说，她可能是在 9 ∶ 30 之前就遇害了？我记得，杜子华是在 9 ∶ 45 才被拍到去上厕所的。所以，谢虹梅落水时，他可能就在旁边。”

何建国评论道：“依我看，不能排除你说的这种可能性。但通过胃里的食物来推断死亡时间，没办法这么精确，不能作为你这个推断的证据。”

“他们当晚喝了多少酒？”你问。

“我问过农家乐老板，说他们当晚点了四瓶啤酒，但并没有喝完。当晚客人不多，谢虹梅好像很不高兴，一直在嘀咕钱的事，还一直拉住杜子华的袖子不让他喝，催促他赶紧吃完回去。杜子华给她倒了一杯，她自始至终也只喝了那一杯。”孙邵杰回答。

“终于说到重点了，”何建国看着你们说道，“她体内酒精含量很低，不足以醉酒，但是，我验出了大量的镇静剂成分。”

“吃了安眠药？你怎么不早说？”你惊讶地问。

“瞧你急的，我才进来几分钟？这不还没机会说嘛。”

“难怪啊，在监控视频里，两人去湖边的路上谢虹梅似乎走不动，杜子华用手勾着她肩膀，推着她走。”孙邵杰说道。

“没喝多少酒，但体内有安眠药……”你说道，“她丈夫那天怎么说来着？猜她是喝多了脚步不稳掉下去的吧？”

“对。她丈夫嫌疑很大，他在故意误导咱。”孙邵杰说道，“谢虹梅坐火车赶路，怎么会吃安眠药？我看八成是吃饭时杜子华给她加在酒菜里的。”

何建国从鼻子里冷笑一下，说：“不奇怪。咱破了多少案子，凶手就是家里的男人？”

他拿起死者的左手照片给你们看：“看这女人的手，经过湖水浸泡，还能看出老茧……她劳碌了一辈子，做牛做马，怎么还是要她的命呢？唉。”

毛葛说道：“别看杜子华看起来有点呆，脑子还挺精的。要不是你验出受害人体内有镇静剂，岂不很容易被他蒙混过去，真当意外落水了？”

“现实中不存在完美犯罪。犯罪必然留下线索，就算不是镇静剂，他整个喝酒的故事也充满漏洞。”你说道。

“如果谢虹梅真是杜子华杀的，杜子华的动机是什么？她在老家照顾老人、孩子，为什么大老远把她叫来后杀害？”唐菁菁问。

这时，何建国的助手郭璋推开门说：“谢虹梅的姐姐谢福红已经到平泽了，我马上带她去认尸。”

12 谢福红

你在冰冷的停尸房里见到了自己的妹妹。她的双眼紧紧闭着，面目浮肿，全身赤裸，白布下的胸口露出缝合的线头。

从小就有人说妹妹和你长得像，你俩身高、体形接近，平时也爱买一样款式、不同花色的衣服，就像一对双胞胎。你突然感觉就像是自己躺在那里。

你记得上周四，你在集市上遇到带着儿子买东西的妹妹，你俩站那儿聊了一会儿，你还给外甥买了几个烤串。怎么突然她就变成了几百千米外一具可怕的尸体呢？

你转过身抱住自己的丈夫阿强痛哭起来：“我以后没有妹妹了！”

陪你从老家坐车来平泽的阿强，紧紧抱住你，把你带了出去。他表现出难得一见的温柔，不停地抚摸你的头发咕哝道：“都是命……”

在给你采了血样后，孙警官就把你们带去刑警队做笔录。

办公室里除了孙警官，还有其他人。其中一位穿藏青色衬衫的警官说他姓向，递给你纸巾和一瓶水，让你介绍一下你妹妹和她丈夫的关系。

听到杜子华的名字，你的气便上来了，立刻停止哭泣，怒斥道：

“要不是遇到了这个畜生，我妹妹哪至于落得今天的下场？”

你父母一共生了两女一男，你是老大，虹梅是老二。她 15 岁便和二叔一家去广东打工，当过服务员，也在工厂做过工。她在 21 岁时得知母亲的身体不好后，便回到老家，在镇上的服装店找了个活儿，帮人卖衣服。她是你们中间最孝顺的一个，平时父母两人也是她照顾得最多。

那年，杜子华也在同一个商场替人看管游戏机房。不知道是哪个朋友的撮合，这两人谈起了恋爱。

杜子华家在镇东，家里生了三个女儿，就一个儿子。他的父亲出过车祸，身体残疾。虽然家里经济条件不好，但父母都特别宝贝杜子华这个独苗，三个姊妹也都让着他。杜子华自从初中辍学后，就一直游手好闲，和一些小痞子混在舞厅和游戏机房。

虹梅在广东打工时只和一个工友处过，恋爱经验不多，性子又很耿直。杜子华凭着一张抹了蜜的嘴，很快让她死心塌地。尽管家里人都反对，但她坚持要嫁。

两人婚后不久，虹梅就怀孕了。杜子华的大姐托关系，带她去医院照了照，发现是个女孩。这下杜家人不干了，说万一下一个再是女孩怎么办，当时计划生育查得严，杜家不就绝后了吗？他们非要她打掉。虹梅也是好欺负，忍痛把第一胎打了。她后来对你说过，她常常做梦梦到那个女儿，长得特别可爱。她后悔不如当时就生下来后离婚，带着女儿去广东打工，日子也比现在过得强。

结婚第三年，虹梅终于生了个儿子。从那以后，杜子华才有了点上进心，跟着他姐夫承包了个养鱼场，那几年他们家的经济条件略微好转。特别是 2008 年左右，他们生意做大了，还养起了其他水产品。但杜子华手上刚有点小钱，人就飘了。

2010 年春节过后，他就经常去一个叫霄九的人开的小场子玩，小赢、大输。他输了就赊账，到 2012 年年底一对账本，输了大几十万。

而那一年刚好你们那一带水被污染，养的鱼都死了，虹梅家欠下一屁股债。

此后的一年多，杜子华以打工的名义外出躲债，听虹梅说，他不仅从不打钱回去，甚至连个电话都没有。虹梅对他彻底失望了。那时刚好有个机会，你们的二叔夫妇在广东开了个加工服装的作坊，想找虹梅去帮忙。她狠狠心，下定决心要走。她盘算好了，等以后条件好了，再回来把儿子接走。但没想到，在她收拾完东西准备离开的那晚，杜子华从外地赶回来了。

他说，他去平泽找到了他最小的那个妹妹，现在混得很不错，给了他一笔钱。他已经把债还清了。他哭着下跪，抱着虹梅的腿，求她不要走。他说她走了，这个家就散了，他就带着儿子一起自杀。他还发誓，这次吃了大亏，吸取了大教训，今后一定安分过日子。

唉，如果虹梅那个时候狠狠心离开该有多好啊。后来二叔二婶那个厂越办越大，在广东买了几套房，虹梅跟着他们不会过得太差。可惜啊，等她发现上当时，年纪又大了几岁，心也懒了，走不了了。

两人和好后，杜子华找了个工作，给快递公司开货车，经常跑长途，前两年看起来收了心。可谁都不知道他从何时开始，又在手机上赌了起来。一个人跑长途在外过夜，也没家里人看着，他就整夜不睡地赌。

他在网上赌得比之前更大，输得更多，这些事虹梅是完全不知道的。直到今年不断有人上门追债，她才知道杜子华早就因为开车打瞌睡、出车祸，被公司辞退了。

虹梅性子要强，报喜不报忧，知道你们兄弟姐妹几个家境都不好，也从不向你们开口要什么。但是这一次，麻烦大了。有人带着杜子华欠债的视频和借条上门，把家都砸了，把家里几张银行卡都抢了。

虹梅这才找你哭诉，把一切都告诉了你。她也搞不清她老公到底欠了多少高利贷。他过去两年拆东墙补西墙，表面上都能应付过去，但其实底下那个窟窿，已经成了无底洞。

你也是那时才知道，杜子华已经失踪一段时间了，手机停机，微信不回、不接，怎么都联系不上。走之前他只给她发了条消息，说要出去避避风头。

最近这段日子，她一个人又要替人采药赚钱，又要照顾家里的老人、孩子，还天天担惊受怕，怕追债的人上门。她有时还会担心那个败家男人到底是死是活。谁承想，杜子华竟然好好地躲在平泽呢?

“谢虹梅可能会自杀吗？”向警官听完后，问你。

“怎么可能?！”你斩钉截铁地否认道，“她根本放不下自己的娃。”

“她平时喝酒吗？酒量怎么样？”

“基本不喝酒。可能有些场合实在推不了，她才会喝几口。”

“会游泳吗？”

“不会。这点我确定。老家没有河，我们姊妹几个，从小都没学过游泳。”

你用手掌根抹了抹眼睛，叹气道:“不管她是怎么出事的，杜子华都有责任。要不是来平泽找他，要不是他带她去那里吃饭，她怎么会掉湖里？他现在人在哪儿？我要见他，把这事问个清楚！”

孙警官安慰了你几句，说他们会继续找杜子华了解情况，目前案件还在侦破中，其他情况不方便透露。

你们刚走出办公室，向警官突然走到走廊，在你身后问:“对了，还有个问题，你刚刚说杜子华还有个亲妹妹在平泽工作？你知道她叫什么名字吗？”

你歪头想了一会儿，杜子华家同一个辈分都带个“子”字，那个泼辣的大姐叫杜子英，那个小妹是叫……

“如果我没记错，她叫杜子娟。”

出了警局，外面的阳光格外耀眼，你刚刚哭过的眼睛感到一阵刺痛。阿强说，好不容易来趟平泽，要带你去那家老字号吃你一直念念不忘的爆鱼面。

你知道他想安慰你，但这家伙也不动动脑子，现在谁有吃东西的心情?

“吃什么吃?！”你扭头就往车站的方向走:“妹妹人都没了，家里一堆后事等着咱回去打点呢！”

13 刘韩宇

你匆匆走进一家会所，摘下墨镜后，看了一眼手表：早到了15分钟。这对你来说可真是难得，毕竟绝大多数情况都是别人等你，而你迟到一小时以上都是家常便饭。

一个服务生带你穿过一条紫色丝绒和油画装饰的走廊，去你预订的包厢。

你以前来过几次，这里的西餐和红酒还不错。你今天特意选这一家，还因为这里的灯光和氛围。里面有张已经布置好的小圆桌，灯光幽暗，烛光摇曳，让这小空间都有了暧昧的气息。

你拿出化妆镜，照了照自己的妆容，补了一点唇膏。这样的光线刚刚好，掩饰了你嘴角细纹卡住的粉底和走势向下的皮肤纹理。

你喝了一口冰水，第二次看了一眼手表。

昨天一天，你把时间都耗在了百川湖派出所。大清早的，那个穿黑衣服的女人不知怎么跑上了医院的天台，假装自杀，还拉起了横幅。楼下聚集了许多赶着去上班的路人，纷纷拿起手机拍视频。

你们的员工第一时间报了警。闹腾了两个多小时后，警察终于将她劝了下来，带到派出所了解情况。

那个女人在派出所里哭哭啼啼，说自己在鑫美毁了容，不想活了。后来警方总算从她嘴里问出了名字和手机号。王助理在系统里一查，发现她确实是你们的客户，但只是一个月前在皮肤科做了不到1000元的皮肤项目。

王助理调取了她在治疗前后拍的对比照，拿给你看。原来在治疗前，她的脸就已经像你老家那条烂村路一样坑坑洼洼了。

“我就说，做个光子嫩肤怎么可能毁容？是自己原本长这副鬼样罢了。”你朝着对面的女子大声说道，她只是从披散的头发缝里斜着眼睛看你。

你坚持要派出所民警调查，到底是谁指使她这么干的。但当这女人并没有因治疗而毁容的事实被戳穿后，又开始哭闹，说自己失业了，并患有精神病。

你们的法务陈律师也赶到了派出所，指出她的行为构成了寻衅滋事罪、诽谤罪，还侵犯了鑫美医美的名誉权，强烈要求警方拘留她。

但那些警察却只想和稀泥。他们把你和律师叫到调解室，劝说双方和解。

“让她写个保证书，以后不再有此类行为，就这样算了，大家各退一步，如何？”

你当然不答应。“她闹得满城风雨，你们自己看看网上有多少消息在瞎传，对我们造成的损失有多大？等她放出来，我还要她赔偿我的名誉损失，怎么可能就这么算了？”你大声嚷嚷道。

“唉，刘女士，你也是个商人，怎么就想不明白？”那个警察很着急，指指自己的脑门，说道，“这人这里有问题啊！你又何必和一个不正常的人计较呢？你的时间也挺值钱的，纠缠下去你只是出个气，经济损失反而更大。你今天非要我们拘留她，万一她哪天放出来又去天台上闹，下次真跳下来怎么办？”

你一听就来气了：“你们到底是不是来保护守法公民的？上次泼油漆的事，说是立案了，也一点进展都没，这样谁敢在平泽经商啊？”

另一个警察也插话道：“那个人确实比较狡猾，我们追踪他跑进了百川湖旁边的树林，没再见到他出来。”

“现在不是有天眼，有人脸识别吗？那么厉害，你们难道不能一个个出口好好排查？”

“唉，你说得简单，排查监控要多少人力、时间？你不知道我们才几个人，每天有多少事要干？你看外头刚报案的那个打工的小伙子被骗了八万，不比你可怜？”

“难道谁可怜谁优先吗？我们有钱就活该被人欺负吗？谁穷谁有理？谁有精神病谁有理？”

你怒吼完，便拎起包离开了，丢下陈律师在派出所处理。

后来你听他说，派出所只把这疯女人关了一个晚上就放了，因为第二天她老家发来一个她半年前的病历诊断书，说她有双相情感障碍。陈律师说，警方也担心万一真遇到个疯子跳楼什么的，把事情闹大。

但你才不信这个女人是精神病。你知道是他指使的，一定是！

你又回想起他那副令人作呕的嘴脸。

在温哥华的某个晚上，他喝得酩酊大醉地回来。你当时正坐在客厅沙发上，一边涂脚指甲油，一边看一部宫斗戏。你瞥了一眼墙上的钟，半夜12点还没到，他比平时早了三个小时回家。

他几乎每天都过着醉生梦死的生活，喝到凌晨两点酒吧打烊才回家，睡到第二天下午起床，又去城中的酒吧打桌球、喝酒。

你闻到他满身酒气，立刻站起来要去自己的房间。他冲着你的后背大喊："喂！等下！"

你双手抱胸转过身，站在房门边，不耐烦地看着他。

"刚接到电话，判了——"他凶狠地瞪着你，从牙齿缝里挤出两个字，"死刑。"

你的心里咯噔一下，手里的指甲油瓶掉在地板上。

你慢慢走回沙发边坐下，脑海中千头万绪。你说不上自己到底是什么心情，有对法律的畏惧，和对这个判决的震惊，但或许，还有一丝窃喜：终于死了。

"怎么？很惊讶？你早就应该想到了，不是吗？当初他们让我们把钱弄回去，我们不听。一条命啊，一条命，换了3000多万，值吗？"

在他妈被双规后，他们家的人就东奔西走，托了许多关系，想把她捞出来。可惜到了那时候，钱已经花不出去了。大约半年前，有人给他家带话：如果把钱全都转回去，将功补过，或许可以保命。

他妈也写了一封信，求你们把温哥华的房子卖了，把所有的钱打回去，救她一命。他问你，怎么办？

别看他当时已经30多岁，还是一副优柔寡断的性子。你很清楚他的心思，他知道他妈最疼他这个儿子，但他最心疼的还是这些钱。

他爸妈在他小时候离婚，他跟了他妈。他妈觉得亏欠他，便在物质上加倍宠溺他。他从小到大没吃过苦，虽然智力和能力都不及格，但因为有个掌权的妈妈，前半生依然顺风顺水。他妈当副市长那些年，周围全是巴结他的人，生意闭着眼睛都能做。哪怕你们在加拿大生活，也都是靠他妈的汇款买房买车，生活无忧。现在他妈倒台了，若再没了这些钱，下半辈子会过什么样的苦日子？

“钱这么多，怎么转回去？转回去谁能保证真的有用？万一是个陷阱呢？你妈快 60 岁了，不管怎么将功赎罪，都至少是无期，但我们的日子还长呢。”你对他吹着枕边风。

你为了最后再推一把力，甚至伪造了一个两条杠的验孕棒，说自己怀孕了。

你知道，放弃他妈是他自己的决定，他只是等着你说出口，由你出面做那个恶人罢了。唉，吕世博啊，他一辈子都当缩头乌龟，以前缩在他妈背后，后来缩在你后面，现在又缩在谁的身后呢？

最终，你们没有汇钱，等来的是死刑的消息。

“接下来怎么办？中国政府会追讨这笔钱吗？他们会来加拿大抓人吗？”你坐在沙发上焦急地望着他，问。

“你他妈的只想着钱！你住的房子和买的包都是她用命换的！”他突然举起手上的威士忌酒瓶，重重地砸碎在地上，浓烈的酒气顿时弥漫客厅。

你从没看到过他这副可怕的模样：他的两只眼睛血红，鼻孔冒着气，像你小时候看到村里宰杀的牛……

当你此刻还恍惚沉浸在回忆中时，门外突然传来了脚步声。你立刻收拾起思绪，看到一个既熟悉又陌生的身影，走进了包厢。

14 刘韩宇

“符生，你可来了！”你娇柔地招呼道。

丁符生正要在你对面的椅子上坐下，你先冲上去给了他一个拥抱：“想你啦！好久没见了！”

他显得有些拘束，只是在你耳边呵呵笑着，没有伸出双手迎接你的拥抱。

“你怎么还是那么有魅力？越老越有味道了！”你热情地称赞他。这也是真心话。看到他进门那一刻，你便回忆起了过去的时光。

你们认识时，他刚从平泽的国企辞职，自己开了家公司，常到你生活的省城出差。他经常去你上班的大饭店宴请客人，久而久之就熟了。你知道他老婆在教育局工作，女儿聪明伶俐，当时似乎还在读小学。

你和丁符生勾搭上时，正在和吕世博交往。丁符生每次出差都会去吕世博给你租的房子找你。

你虽然舍不得放弃陈巧生市长的公子，而吕世博也被你拿捏得死死的，但你当时对嫁进吕家并不抱什么希望。他妈是个精明强悍的女人，派人摸清了你的底细，甚至听说了你和饭店老板的关系。她逼儿子和你分手，还给他介绍了一个女医生谈对象。你相信，吕世博这个窝囊废最终是拗不过他妈的。

但后来，机会来了。吕世博听从他妈的安排，办了投资移民，前往加拿大生活。他前脚刚走，你后脚就申请了旅游签证，飞到加拿大和他团聚。陈巧生鞭长莫及，吕世博在那里对你言听计从，瞒着他妈和你领了结婚证。自那以后的十年，你和丁符生也断了联系。

“唉，我老了，你可是一点都没变啊。上次在会上见到你，还是那么光彩照人。”他笑盈盈地打量着你。你知道这不过是场面上的恭维话，但老情人的赞美依然让你开怀大笑。

这时服务生进包厢给你们倒酒，上菜。

“你现在生意做得很大啊。看到你的采访了，女性励志偶像。”丁符生举起酒杯，夸道。

“哪有，那还不是多亏了你们这些老朋友帮忙。”

你前几年回国后，设法要到了丁符生的电话，又重新联系上了。那时你为了鑫美，正到处筹钱。丁符生在他公司的办公室里接待了你，听完你的介绍后，他立刻决定给美容医院投资 800 万，还作为股东给你介绍了不少人脉。你们这些年虽然在业务上联系频繁，但两人私下单独见面的次数并不多。

你啜了一口红酒继续说："怪我年轻时没向你好好学着点生意经，净想着玩乐了。"

"你聪明，无师自通。在国外这么多年，一直在成长。"

你扑哧笑了："成长，那可是用在小朋友身上的词。"

"时间过得真快，一晃眼，自己都是半截子入土的人了。"他说道。

"唉，说这种话干什么？"你按住了他的手，抛了个媚眼，"忘记数字，我的自我感觉可好着呢！有时早上醒来，觉得自己比年轻时更有活力和干劲。"

"我也记得你年轻时的样子，像只快乐的小鹿。"在朦胧的灯光下，他看你的神色是轻浮的，你也低头羞涩地笑起来。

丁符生和吕世博真是完全不同的两类男人啊。吕世博从小娇生惯养，大脑袋、瘦胳膊瘦腿，一副鸦片鬼的样子，到了国外还酗酒，更倒人胃口。丁符生当过兵，仪表堂堂，身姿挺拔，年轻时一头乌发剃得很短，浑身散发着男性荷尔蒙。你当年可不图他什么，完全是图个开心。

你俩或许都想到了过去的事，突然沉默下来，空气有些暧昧。

丁符生夹了一块干贝尝了下说："这个做得不错。你也试试。"

你沉默了一会儿，终于开口道："符生啊，这次找你是因为遇到了一点麻烦事，想让你帮帮忙。"

他看你的语气变了，忙拿餐巾擦了擦嘴，严肃地看着你问："你说，什么事？是钱的事吗？"

"如果只是钱倒好了。"你微微叹一口气，盯着他的眼睛，回答，"是吕世博，他找我了。"

他的脸色一沉，问："他现在人在哪儿？在国内吗？"

"他应该不敢回来，听说，他在那个名单上……"你把身子凑向他，悄声说道。这时，服务员进来送菜，你立刻停止说话，拿起酒杯喝了一口。

“他想要干什么？”服务员走后，丁符生又问你。

“我们离婚时他就不愿意放手，对我恨极了。前不久他不知怎么弄到了我的电话，威胁我说要曝光我和他家那些事，把我搞臭。他最近已经搞了不少小动作，又是泼油漆，又是拉横幅……”

“没想到是这么一个卑鄙小人。他要多少钱？”

“3000 万。”你小心翼翼地说出数字。

“呵，狮子大开口。”

“前几年我听认识他的人说，他在加拿大过得很惨，还染了毒瘾，人不人，鬼不鬼。他估计实在活不下去了，又刚好在网上看到我回国后事业搞得很好，就心理不平衡了。你说，我们这都离婚离了十多年了，他还向我要钱。”

丁符生皱着眉头，往后靠了靠，说道：“如果你觉得这算把柄，他就会肆无忌惮，越来越过分。如果他还吸毒、赌博，那就更是无底洞了。”

“是啊。”你愁眉苦脸地叹气道，“我担心自己这么多年付出的心血都要被他毁了……我还担心的是，我们正在申请的政府项目，月底就是市领导参加的答辩，只差这最后一步就要评上了……如果被他搞黄了，那可不是我一个人的事，还损害你和其他股东的利益。”

“嗯。给我点时间想一下。”

“谢谢你，符生。”你把手轻轻放在他的手上，用崇拜而痴迷的眼神望着他，试图唤回他内心的柔情。

突然，包厢门被敲了两声，你立马挪开了手。

你见到一个穿无袖波点连衣裙的瘦高个女人走进包厢，她的头发盘在头顶，挎着古驰包，有些歉意地看着你和丁符生。

你生气地瞪着她，刚想斥责这个餐馆员工怎么这么没礼貌时，却听见丁符生问：“你怎么来了？”

“老公，我刚送完儿子们去上培训班，从外面经过正好看到你的车。”她用撒娇的口气说道，“我打你和老罗的电话都没接，所以直接进来看看。唉，都是被这两个小祖宗整的，晚饭都没吃，好饿。”

丁符生面露尴尬，不悦地指指桌边说道：“你没吃的话，叫他们加把椅子。噢，这是我的老朋友刘总。”

在你还没反应过来时，她已经甜甜地对着你叫了一声：“刘总，你好，我是老丁的爱人小张。”

15 郝晨

你正在电脑上翻看方瑶的社交账号相册时，突然听到一个清脆的声音说：“哈！这就是你的地下女友吗？”

你一时慌乱，急忙关闭了整个浏览器，回头，看到身后站着女同事马晓婷。她酸溜溜地看着你说：“原来早有目标了……”

马晓婷二十出头，因为脸型瘦长，比实际年龄显得成熟。她比你先进公司，听说是某个领导的女儿，平时工作很不上心，最近刚休完两周假回来上班。

去年你到公司不久，她每天上午都会给你买一杯咖啡。你一再拒绝，她执意这么做。其他同事常拿你们开玩笑，让你很是烦恼，直到有一天，你把她拉到茶水间，郑重其事地警告她后，她才停止。

还有一次，公司聚会去唱卡拉 OK，她喝了不少酒，拿着话筒唱了一首又一首，结束时大家起哄把她塞进你叫的出租车后座。

在车上，她试图把头靠在你肩头，你用力地推开了她。她突然就流泪了，问：“晨哥，你为什么不能试着喜欢我一下？我有那么讨人厌吗？”你扭头看着车窗外，无言以对。

其实你不是讨厌她，而是讨厌任何人打扰你平静的生活和思绪，特别是在那一刻——你只想任由自己沉浸在酒后思念方瑶的悲伤中，不想被打扰。

你此刻环顾左右，其他同事都在忙着打电话和看电脑。

“别闹了，什么事？”你问她。

“那个死了老婆的人又来了，非要问哪天可以赔钱给他，还吵着要见主管。真是难缠啊……”她摆弄着自己新做的指甲说道，脸上闷闷不乐。

你从抽屉里找到了那个档案袋，翻看后，起身走到外面的大厅。

你只见一个男子站在前台边，大声吵嚷：“那个马晓婷只会忽悠。今天我要见你的领导，到底什么时候给我办，总要有个说法！”

他的身高 165 厘米左右，穿着一件条纹 T 恤衫，头发蓬乱，右手拿着一个塑料文件夹，垂落的左手上缺失两根手指。

前台的姑娘一直试图让他安静下来，坐在椅子上等待。

你走上前，向那个男子伸出手说：“杜先生，你好。”

他没有和你握手，而是斜着眼睛问：“你是谁？”

你递上你的名片，礼貌地回答：“我姓郝，叫我小郝就行了，你的理赔现在由我负责跟进。”

你把他带到了会议室。他的屁股刚沾上沙发，立刻又发起了牢骚：“你是理赔员？那就是你的责任咯？我听马晓婷的话交了表格，可等了几天都没人联系我。我都跑来第三趟了，你们到底什么时候可以赔钱？”

“你的申请已经进入系统了，但资料还不全。”你从档案袋里拿出表格说道，“你申请的是死亡赔偿金，所以我们还在等你提供被保人的死亡证明。”

“这还能有假？要怎么证明？”

“也很简单。你可以去派出所开证明，或者让殡仪馆出具火化证明，只要——”

“行行行，我知道了！”他不耐烦地打断你，说道，“现在尸体还在公安局，他们不让家属领回去火化。你的意思是，我去找事发地派出所开个死亡证明就行了吧？”

“你填的被保人的死因是意外，那我们需要他们开的是‘意外’死亡证明。”

“意外？怎么事情越搞越复杂了？现在案子还没结，他们不肯开这种东西怎么办？”

“既然这样，你也别心急，我们一起等调查结果——”

他似乎一听到“等”字，就被激怒了，把装合同的文件袋拍在桌上，吼道：“这是死亡赔偿金！和调查不调查有什么关系？按照合同，人死了你们就应该赔钱！和她怎么死的有什么关系？找这种垃圾借口拖着不给钱算什么？”因为情绪激动，他说话有些结巴。

“杜先生是急着用钱吗？”你平静地看着他，微笑着问。他真是太着急了。他的急切、暴躁以及冷漠——把刚去世的妻子直接称为尸体，都拉响了你心里的警报。

你从档案袋里取出你带来的合同，翻到后面一页，指着几段密密麻麻的小字说：“我来解释一下。你看这条。”

他不耐烦地撇了撇嘴说道：“我不想看，你直说写了什么就行了。”

“好，我来简单总结一下。到底是他杀、自杀还是意外，它们的理赔条件不一样。”你用一支笔指着那段小字说，“打个比方啊，如果警方最后的结论是意外身亡，那就符合理赔条件，但如果警方最后的结论是自杀呢？恐怕就不行了，因为只有当被保人从保险生效日算起的两年后自杀，才能理赔。你看，你爱人这才过了多久就出事了？如果我没记错的话，保险刚买了两个月十三天吧？”

他的面部肌肉变得僵硬，腾地站起来叫道：“当然是意外！怎么可能是自杀？她根本没理由自杀！”

你只是淡淡地笑着，看着他，在心底打了一个大大的问号：那他杀呢？

送他离开后，你把马晓婷叫到了茶水间。她晃晃悠悠地跟在你身后走了进来，还是一脸醋意地问：“晨哥，那个是你女朋友吗？”

你没有理会她的问题，而是给她看保险合同复印件的最后一页，问：“这里，被保险人谢虹梅的签字，是她本人签的吗？”

她神色紧张起来，看了看身后没人，才小声回答：“谢虹梅那天没来，都是杜子华签的。”

果然不出所料。这个马晓婷可真是乱来啊。

“按规定，被保险人必须亲自到场签字，否则这份合同是无效的。”你严肃地说道。

她撇了撇嘴，咕哝道：“他当时说他老婆在外地，实在赶不过来……我这不也是为了完成业绩嘛。你能别告诉主管吗？”

正说着，她的眼睛突然一亮，又嬉笑着问：“但是……如果现在合同无效，我们是不是有理由，不赔给他了？我是不是反倒为公司做了件好事？”

你无奈地叹了口气，摇了摇头，拿着合同走出了茶水间。

16 杜子华

你在回去的路上，一直嘀咕着“骗子”。那个马晓婷推荐那份保险时，只说自杀和意外都在赔付范围内，她当时可一个字都没提自杀要等两年才行啊！这些卖保险的都是一路货色，想从你口袋掏钱时简直能喊爹，等你要理赔时他们就成大爷了。

唉，今天又是白跑一趟。

你由于过于气恼，在进地铁站时不小心被绊了一下，差点滚下楼梯。

自从搬到郊区后，你每进一趟城都要花大量的时间。你坐 50 分钟地铁到终点站，出了地铁后，又得继续走 20 多分钟才到小区。你满头大汗地走在马路上，四周偶尔有车经过，看不到路人。

在快到小区的地方，你看到了一台工商银行的 ATM 机，于是上前取了 200 元，余额：65,300。

看到这个数字，又想到之前那个耀眼的 1,000,000，你感到一阵心悸。

雷狗狠命催着你还余下的 200 多万。保险赔偿故意刁难，一拖再拖，而那个姓袁的本来还欠你 50 万，这下又没音信了。

妈的！雷狗说得也对啊，不逼急点，这人哪，就没压力。

你烦躁地想着，走进幸福家园的大门。围墙外杂草丛生，大门的挡车杆坏了，一个年老的保安坐在岗亭里对着手机傻笑，你从他身边经过时，他没抬头看你。

几天前，你发现自己的住址被霄狗找到后，立刻逃离了那个群租房，连之前的押金都没向房东要回。你联系了微信上另一个二房东，连夜搬来了这里。

你只租一个房间，每月 500 元租金。但因为另外一个房间尚没人住，你便独占了整套公寓。难得，你也算占到一次便宜。

小区里看不到什么人影，到处堆着未清理的施工垃圾。艳阳高照，一栋栋高层住宅楼死一般寂静，楼道里积着灰尘，贴着一层又一层陈旧的小广告。

你走进 1402 号。这是间普普通通的毛坯房，墙壁粉刷成白色，天花板和地面还裸露着水泥。空荡荡的客厅中间放着一张塑料小桌和一个小板凳、一张钢丝床。你急匆匆跑进厕所撒了尿，然后烧了一壶水，准备泡方便面。已经下午三点多了，你还没吃午饭。

在等水烧开的时候，你点了根烟，顺手打开了阳台门，让 14 层楼上的风吹了进来。还是住这里舒服啊，可以畅快地抽烟，以前那个鬼地方连个窗户都没有。希望这次的事解决后，苦日子能到头。

你抽烟时，不禁又回忆起了四年前被霄狗追债的那次。

老话怎么说来着？人不能在一个地方摔两次，可你怎么就两次都栽在他手上了呢？唉！

第一次都怪自己贪玩。那时你养鱼，手上有了点闲钱，晚上经常出去瞎玩。以前游戏机房的那帮哥们儿平日都在霄狗的场子里打牌，你开始只是看看，但很快手就痒了，也上了桌。你运气好时，一晚上可以赢大几万，这可抵你一年的养鱼收入啊，但有时你的手气就差一点。你输了钱就找霄哥借，直到后来他拿出账本，你才知道自己欠了他多少。

这利息的计算方式简直是抢钱，你当即决定不还了。他扬言，如果你敢赖账，就要挑断你的脚筋。就这样，你嘴上说着想法子筹钱，转身就跑了。

你一个人出去躲债。虽然从北到南，东躲西藏，你的日子过得倒也快活。你在雷州还认识了一个卖烧烤的大姐，两人住到了一块儿。但一年后，你妻子终于通过老乡找到了你，给你下了最后通牒。

谢虹梅说，她要去广州打工了，离婚手续等以后你回老家再办。

这女人抓住了你的软肋。她走了，你的儿子和残疾的老父亲怎么办？谁来照顾？你必须得回去阻拦她，可霄狗还在到处找你，你回去后他弄死你怎么办？

在你发愁时，你的亲大姐给你出了个主意。她说你们几个人中就数娟儿混得还不错，你可以试试找她借钱。

这个妹妹比你们年纪小很多，有代沟，和你并不很亲。她已经出去四年多了，平时很少主动和家里联系，只是偶尔回复大姐的消息。

她前阵子对大姐说，她换了个新工作，在一家大公司上班，工资涨了不少。

现在哥哥有麻烦，她出点钱帮忙渡过难关总是应该的吧？

你去平泽前没告诉娟儿自己的用意，只说替爸妈看看她，给她捎点老家的土特产。她在电话里听上去挺高兴，说你到了以后，她会去火车站接你。可没想到的是，你买了车票后通知她，她却立刻变脸了。

那天你打了几十个电话，发了无数条短信，她才回了一条消息，说她最近正在搬家，比较忙，没法见你，让你退票，以后再去。你一下子火气就上来了，这是故意耍你玩呢？你依然杀去了平泽，想看看她到底在忙什么。

知道你已经到平泽后，她依然对你爱搭不理，发消息不回，打电话不接。直到你威胁她说要去电视台登寻人启事，她才回复说，自己出差了，让你赶紧回。你真被气坏了，大骂她是白眼狼，到城市里发了财，连亲哥都不认了。

自从你和她吵了一架后，她就彻底失联了。你隐隐觉得哪儿不对劲。她到底瞒着家里人在做什么？不行，你一定要找到她！

你那会儿住在十几块钱一天的小旅馆里，身上只剩几百块钱，迫切想要找到她。

大姐告诉你，年初时她曾给娟儿寄过辣酱，娟儿给了一个地址，说是自己上班的地方。你拿到地址后，立刻找了过去。你以为那会是个写字楼之类的地方，但当你站在那门口，你有些迷糊了。你反复核对门牌号，没错，就是这里。

它的招牌上写着：碧海蓝天。繁复的霓虹灯此刻熄灭着，大门紧锁，门上贴了封条。你透过茶色玻璃向内张望，可以看出内部金碧辉煌的装修。

你在旁边的小卖部买了一包烟，问老板："这家店怎么了？"

"扫黄被端了。"他上下打量着你问，"怎么，要去玩？"

"我认识一个老乡在里面工作。"

"是女的吧？"那老头猥琐地笑了笑，说道，"以前可热闹了，被查封后，那些'鸡'也都散了。"

你的心里升腾起一团怒火，原来杜子娟所谓的高薪工作就是干这种丢人现眼的事！难怪她不敢见自己！

你在回去的路上给她发消息："我知道你为什么没脸见我了！做你们这行的不是来钱很快吗？我这次来就是想找你借钱！我都快被人逼死了，在这儿连吃饭钱也没了！如果你见死不救，那我就大义灭亲，报警抓你！我要带你回老家，让你安安分分过日子。"

你没想到这么一逼，真起作用了。她当晚回复了你的消息，说她不是不想帮你，只是最近真的不方便。最后她答应借给你 35 万，说这是她全部的积蓄了。

钱一到账，你立刻心急火燎地赶回了老家。你在车上给她发消息，说等你发达了会还钱给她，也劝她趁早收手，不然若让老家的人知道，杜家在当地都没法抬头做人了。

她为什么答应把那么多钱打给你，却拒绝见面？当时你也顾不上那么多了，一心只想着带钱回去，阻止虹梅离开。

但在接下来的几年中，当你们彻底联系不上娟儿后，你心头的怀疑越来越大：2014 年和你隔着手机对话的人，到底是不是娟儿？

回忆到这儿，你突然有点想念这个妹妹了。

你从破屏的手机里翻出你们家四个姊妹的合影。大姐和二姐站在两旁，10 岁的你抱着刚满 1 岁的娟儿，坐在中间。这是在县城照相馆里拍的，你们个个脸蛋红扑扑，身后是一块外国风光的布景。

前不久大姐的儿子找到这张老照片，用手机翻拍后发给你。当时大姐还说，啥时候娟儿也能一起回家过年，全家就团圆了……

水烧开了，你起身朝阳台外扔掉烟头，往红烧牛肉面的盒子里注水。香气飘了出来，你真的饿坏了。你剥了一根火腿肠，张嘴正准备咬下去时，突然听到了门把手被转动的声音。

你立刻警觉起来，放下了火腿肠。这栋楼连邻居都没几个，什么人会来？你不敢发出声音，蹑手蹑脚地走到门边，朝猫眼里望了一眼。一片黑，什么都看不到，似乎被人堵上了。你全身的毛孔都收紧了。

拧门把手的声音越来越大，越来越暴躁。你急忙挨个检查空房间，却找不到可以躲藏的地方。你又跑上阳台，向下望去，14 层楼的高度让你眩晕。

没辙了，你慌慌张张地跑回小桌边，拿起自己的手机，紧紧握在胸口。你瞪着剧烈摇晃的大门，慢慢往阳台上后退。

就在这时，门锁“啪”的一声打开了。它如同一个响雷，让你浑身哆嗦了一下。

你见到门缝里探进来一只藏青色运动鞋……

17 向毅

你们从西票警方那里了解到，杜子华和谢虹梅夫妇名下除了村里一间不值钱的老宅外，几乎没有什么财产，而读初中的儿子长期由谢虹梅独自照顾，杜子华似乎不存在为了独占抚养权或者财产而杀妻的动机。

杜子华不仅一贫如洗，还和一对叫霄九、霄七的兄弟之间有借贷纠纷。

霄七以前给西票市一个做基建的富豪陈星当打手，后来在聚众斗殴时刺死一人，因为过失致人死亡和其他几条罪名，合并判了15年。但坊间传言，那次斗殴是他故意挑起事端，就是去替陈星杀仇家的，而陈星许诺等他出狱后给他一笔钱。

霄七几年前减刑出狱，用陈星给的启动资金，和亲弟弟霄九等人合伙做生意，现在城里几家足浴店、洗浴中心、棋牌室都是他们兄弟俩开的，风头正盛。倒是陈星去年因为行贿问题被调查，又得了癌症，势力大不如前。

霄家两兄弟经常做一些打擦边球的生意，一直是当地警方监视的目标，但他们很狡猾，做事隐蔽，脏活不自己动手。

霄九人称霄狗，和杜子华从少年时期就认识，他说杜子华最近几年陆续找他借钱，金额多达上百万,一直拖欠着不还，直到去年才还了一小部分。他手上有多张借条可以证明欠款。他还说杜子华为了躲债，停掉了以前的手机号，他们只能在微信上保持联系，他不知道杜子华现在人在哪儿，也不知道杜子华老婆淹死的事。

杜子华和谢虹梅名下的几个银行账户都只剩几百块钱，且近期都没消费、存取记录。

你对像杜子华这样的赌棍十分熟悉。你刚在南州的一个派出所上班时，经常在半夜突击居民楼里的地下赌场。最近十年这种小赌场少了许多，一方面是因为小区监控摄像头多了，一抓一个准，另一方面也因为赌棍都跑线上了。

这些赌棍大多欠了一屁股债，狡兔三窟，很可能会借身边亲朋好友的银行卡来腾挪资金。

果然，唐菁菁查到，杜子华母亲有一张工行的借记卡，在平泽有存取款记录。

这张卡上的流水很多，长年不断给一些境外的网络赌博平台充值。两周前曾在银行柜台存入100万元现金，但当晚几乎全都被用来充值，当成了赌资。

想必这些钱也已经输光了吧。

“他欠了那么多债，哪儿来的 100 万呢？”孙邵杰问。

你突然想起上次谢虹梅的姐姐说起过，杜子华的小妹杜子娟在平泽工作，曾借给过他钱。他这次来平泽，会不会又去找这个妹妹要钱？

唐菁菁很快查到了杜子娟的信息。

“杜子娟子 1989 年出生，2013 年时还在平泽办过居住证。但是很奇怪，她从 2014 年开始证件都没使用过，手机已停机，也没有租房记录、出行记录。”

正在你们讨论时，一个 7.26 紫阳湖凶杀案中的证人打来电话。

郝晨这次不是为方瑶的事，而是作为大洋保险的理赔员，想提供谢虹梅溺亡一案的线索。

你们这才知道，原来谢虹梅的丈夫杜子华在两个多月前，曾替她购买了一份价值 180 万元的人寿险。

按规定，被保险人谢虹梅应该到场签字，但因为杜子华提供了谢虹梅的证件复印件和两人的结婚证，业务员便睁一只眼闭一只眼，由杜子华代替签字。谢虹梅本人很可能不知道她丈夫替她买了保险。

杜子华深陷赌债，又为妻子谢虹梅购买过人寿险，谢虹梅落水时他是唯一在现场的人，且谢虹梅体内发现镇静药物。杜子华有谋杀谢虹梅的重大作案嫌疑，应当立刻传唤杜子华。

你们立刻前往他留下的位于郊区的地址。

在去幸福家园小区的路上，周京云告诉你，这是个动迁小区，前两年是传销重灾区。市局在去年组织了一次打击传销行动，当时在某一栋楼里，他们发现这里非法囚禁着几百个被骗过来的外地人。

自从那些鼠窝被端掉后，这个小区就变得极为冷清了，因为交通不便，那里的自住户和租户都比较少。

那一栋栋高层住宅楼远看很光鲜，近看荒草丛生，衰败萧索。

你们一行四人赶到 8 号楼的 1402 门前。周京云敲了几下门，无人应答，用力一推，它竟打开了，原来并未上锁。

这套两室一厅的房子内空无一人，桌上有一碗泡好的方便面，一摸还有一丝余温。你们拨打杜子华的电话，此刻是关机状态。

你和周京云前往保安室查看监控。小区大门外的监控录像显示，杜子华在今天下午 2 ： 05 分走进大门，手上拿着一个蓝色文件袋。

他在走进小区大门后，还时不时朝身后张望，似乎想确认有没有人跟踪他。当时马路上没有其他人。

但奇怪的是，在他进入小区后，就再也没有走出小区的影像。

“怪了，这个摄像头前几天还好好的，是谁把线铰断了？”老保安背着手，站在 8 号楼前，仰着头往上瞅着。

“除了南北两扇门，这小区还有其他出口吗？”你问。

“有一个。”保安带你们来到 13 号楼后的围墙前，只见这面墙被人为弄了个大缺口，地上一堆石灰和碎砖。

“你们看，那里有个公交车站。有人为了图方便，少走几百米路，把墙弄坏了。现在好多业主不交物业费，公司也不管，至今墙也没修，探头也没安。”

你们回到 1402 室时，其他人已经搜查完房间。

杜子华留下来的物品极其简单，四件夏天的衣物，一副碗筷，一双塑料拖鞋，一只破旧的双肩包，卫生间的龙头上搭着一块毛巾，地上放了一块肥皂。一张钢丝床被挪到了客厅，上面只有一条毯子和一个枕头。

“大向，你看这枕头里藏了什么！”孙邵杰手上拿着一个蓝色塑料文件袋。

袋里有许多文件，和一本半个手掌大的薄薄的笔记本。

你翻看这些文件，吃惊地发现，原来杜子华替谢虹梅买的不止郝晨公司那一份保险。另外还有两份人寿险，投保人和受益人同样是杜子华。

“大半年前，杜子华还在老家时就买了这几份保险。”孙邵杰在一旁说道，“他这事到底预谋了多久？”

周京云拿过保险单算了一下，惊叹道：“如果这三份保险都理赔成功，意外死亡赔偿金最高可以赔 500 多万元。”

“那天看他样子老实巴交的，连话也说不利索，没想到这么狠。”孙邵杰说道。

你翻看手掌大的旧笔记本，只见其中几页上写着几笔数字、日期，像是在记录款项。后面十几页上满是涂鸦和一些混乱的计算公式，像在分析赌局。

“他今天下午才从大洋保险回来，难道现在跑路了？”周京云问。

“不像。”你拿起泡面旁的筷子，说，“你们看，这面都泡好了，但筷子是干净的，说明根本没夹过面条，而火腿肠剥好了也一口没咬，应当是发生了他不能控制的，很突然的事。而且，他如果自行离开，也不会落下这些保单。”

“那看来，可能是债主突然上门追债，把他带走了。”孙邵杰说道。

你走到门口检查了一下门锁，上面有一些刮痕。这是B级锁，如果有人想打开，只靠蛮力不行，得用一定技术手段才行。

再联想到被破坏的监控设施，你不禁自言自语：“这个带走杜子华的人不一般。他有开锁技术，有反侦查意识，很可能是——”

“是什么？”其他人等你说出答案。

“专业催债的，广东人叫收数佬。”

这时，你发现在泡面的小桌子上，放着几张小小的方形餐巾纸，这种考究的纸巾出现在这个简陋的毛坯房里有点不同寻常。

你拿起来看，上面印着淡淡的“心派”字样。

你知道这是一家位于市中心的网红咖啡馆，不禁有些好奇，四处躲债的杜子华竟然有兴致去喝咖啡？还是他去约见什么人呢？

你下班后特意去了心派，想看看是不是有服务员记得杜子华。

虽然已经到了晚上，还是有七八成客人，你点了一杯咖啡，顺便和那个长着娃娃脸、扎着两条小辫的服务员聊了聊。她胸牌上写着名字——张巧巧。

她在墨绿色围裙上擦了擦手，拿起杜子华的照片看了看，立刻举起手势问：“他的左手是不是少了两根手指？”

“没错，就是他。他常来这儿吗？”

“有一阵几乎每天都来，就跟上班打卡似的，中午过后到，点一杯咖啡，坐到下班时间才走。但最近这阵子，突然不出现了。”

没想到杜子华此前竟然每天都来这里喝咖啡，你忙问：“他来这里是见什么人吗？”

“我从来只看到他一个人。只要没人占着，他就坐那个位置。”她走到落地门边，朝露台上的一张方桌指了一下。

你独自走上大露台，这里视野开阔，可以望见黛色夜幕下的百川湖。

但当你在杜子华常坐的座位坐下来后，你才发现视野被一个花坛遮挡，看不到湖景。它正对的是旁边一栋四层粉色建筑的三楼。建筑上方紫色和白色的招牌“鑫美美容医院”，此刻隐在夜色中。

你最近刚去过那里，这是袁东工作的地方。

现在是晚上八点，它应该已经打烊了，但一些窗口还亮着灯。

你的心头突然产生一个感觉：杜子华天天来这里，怎么像在监视什么人呢？

你一边在徐徐湖风中喝着咖啡，一边回忆着你在工作中接触过的那些赌徒。

你有时很难理解，为什么这些人一而再、再而三地跌跟头，却依然无法戒掉赌瘾。

在你刚工作不久时，见过一个50多岁的私营业主，因为赌博，他的企业倒闭、房产被变卖、妻离子散。他在父亲病床前痛哭流涕，说再赌就剁了自己的手。一个月后，他的父亲去世，留下了一小笔钱，他取出钱后的第一件事就是回到地下赌场。

你还审问过一个已婚的年轻女人，她因为赌博欠了高利贷，转而诈骗亲戚朋友，最后众叛亲离。当你问她为何沉迷其中时，她神情麻木地回答：“不知道，我控制不了。”

你见过好几个赌徒都像这番模样，仿似自动隔绝了情感和道德，犹如行尸走肉。

你又喝了口咖啡，看了一眼时间，这时顾晓丽应该起床了。

你们聊了会儿关于品品的英语成绩后，你立刻向她请教这个问题："很多赌鬼大部分时间都在输钱，十赌九输，为什么还这么上瘾呢？"

顾晓丽想了一下，问你有没有听过斯金纳箱。

美国心理学家斯金纳还是学生的时候，做了一个特别的箱子，在箱壁上加了一个控制杆，连通一个装食物的盒子，每一次按压杆，食物都会掉进箱内。

一只很饿的小白鼠被放进箱子后，很快发现了压杆和掉落食物之间的关联，于是它学会了通过主动压杆来得到奖励。后来当实验人员拿走食物，压杆不再掉落食物，小白鼠的压杆行为也很快消失。

后来斯金纳又改了一下装置。这回如果不压杆，依然没食物，但是压杆后，有可能会掉下食物，也可能不会，奖励是随机发生的。你猜发生了什么？

他们发现，这种不确定的间歇性奖励，非但没有让小白鼠减少压杆的次数，反而让它们压杆的次数激增。而且哪怕停止食物供应，它的压杆行为也会持续很久才消失。

"你的意思是，虽然赌徒大部分时间输钱，但过去的经验告诉他，奖励是间歇出现的，没准儿就是下一次，所以他很难收手。"你喝了口咖啡，想了想，又问，"但在输钱的时候，他们不应该觉得很痛苦、很沮丧吗？痛苦的次数多了，人不应该自动趋利避害吗？"

"大向，你可真好学。"顾晓丽笑了，回答，"没错，人是趋利避害的动物，但这个利，不仅仅是金钱，还有快感。这个快感也不只是在赢钱时才有。为什么这些人一上赌桌，不管输赢都会高度兴奋呢？因为在他们期待下一把赢钱的过程中，大脑就会分泌多巴胺，让他们愉悦。"

"你这么一说，我便理解了。品品买那些盲盒也是，大部分是她不喜欢的、纯粹浪费钱的，虽然拆开后有失落，但她其实在每一次拆包装的过程中已经体验快感了。"

这时你看到鑫美大楼窗口的灯光都熄灭了。

你捏扁了喝光的咖啡杯，站起身对手机说道："看来我们每个人，其实都还是在和自己的心魔作战呀。"

18 杜子华

你的双手被束缚在身后，绑在一把椅子的靠背上。这里像是一个仓库，只有靠近屋顶的地方有两扇小窗，框住一片灰蒙蒙的天空。

地上的一只便携小音箱里播放着 Beyond 的歌。

在离你两米多远的地方，一张小桌子上放着一盏台灯。阿茂坐在一只小竹凳上，专注地用刀削着一根竹子。对面的墙上贴着他的巨大黑影，每次细微的颤动都令你心悸。

你的脑海中闪现出几个月前那一幕。

你被他死死按在一只铁皮垃圾箱上动弹不得，鼻腔里充满了食物的腐臭味，你的双手背在身后，和此刻一样。突然间，一阵剧痛从指间传导至全身，你发出了惨叫……

"哎哟！不好意思，他只要一根，我多弄了一根。"他像个无知的孩子，举起血淋淋的钳子瞅着，问你，"多一根没事吧？"

当时你只是剧烈颤抖，龇牙咧嘴地瞪着他，一句话都说不出来。

"喂！喂！"现在，你鼓起勇气，大声吸引他的注意，"帮我跟霄哥说下，钱马上就筹齐了，再等几天。我真的不是故意拖的。"

他没有理会你，而是继续削着竹子。你紧张地盯着越来越锋利的一端，两条腿情不自禁地哆嗦起来，膝盖撞在一起，怎么都控制不了。

"他们都叫你阿茂，是哪个茂字？你也是西票人吗？"你用颤抖的声音和他聊天，试图缓解紧张的气氛，"霄哥想让你把我怎么样？我看你挺年轻的，可别做错事。你知道你现在干的是非法囚禁、是绑架吗！"

他的嘴角浮起一丝讥讽，但依然没有看你，也没停下手中的动作。

你知道他在听，便继续说：“我几年前就吃过霄狗一次亏，后来走投无路了才又找他借钱。谁知他早已经不是以前那个霄狗了。自从他大哥从牢里出来后，霄狗也像变了个人，越来越心狠手辣，没有人性。你给他们干活儿可要小心。

“喂！他答应给你多少钱让你办这事？你放我走，我拿到钱后分给你一半，好不好？你就对他说，你找不到我，好吗？这样，对你我都好。”

听到这里，他起身走到你身前，问：“对我好？多少？”

“我有办法搞钱，100万不止。”你不确定地说。

“真的？分我一半？”他面露惊喜地问你。

你看到了一线脱身的希望，连连点头：“可以，我说话算数。”

没想到，下一秒，你的眼前一黑，鼻梁遭到一记重拳。你的头往后仰去。当向后的冲力让你的头反弹回来时，你透过模糊的视力看到一张扭曲的面孔。

“想收买我？！你就这么瞧不起我吗？！”他额头上的青筋暴突，眼珠凸起，大声吼道，“你也不用脑子想想，我要贪这钱，为什么之前不吞了你包里的50万？”

带腥味的鼻血流进了你的嘴巴，你感觉耳鸣眼花，过了一分钟才缓过神来。你向他求饶：“对不起，对不起，是我蠢……剩下的钱，我已经有办法了，放心，有个人一定会帮我。你放我出去，我才能找他去拿钱啊。”

“他为什么要给你钱？”阿茂睥睨着问。

“因为我知道他的一个秘密。”你回答。

他拿出你的另一部单线联系的手机，说：“现在给他打电话。”

他拨通了那个手机号，并打开了免提。电话响了十几声，无人接听。他那疑惑的眉毛又挑了起来。

你急忙解释：“他经常这样，不方便时就不接电话，也许在手术。他是医生。”

阿茂烦躁地撇了撇嘴，重新拨打。终于在打第五通电话时，有人接了。那头传来一个人冷漠而疲惫的声音：“喂。”

你的双手还被束缚在身后，探出身子，对着手机急切地问道：“钱的事怎么说？我这里急着用呢。”

“我对你说过，不要再给我打电话。”他听上去有些生气。

他的态度让你急得冒汗，担心阿茂以为你吹牛。

“我保证这次是最后一次！我这里出了点麻烦，上次你讨价还价，给的钱不够！如果我周六之前拿不到 100 万，我就死定了！你以后的日子也不会好过。我们可是一条船上的啊！”你狠狠地说道。

“不要再威胁我，你的死活和我无关，你可以做任何你想做的事。”他今天的口气格外强硬。

“我不是这个意思。”你的语气软了下来，“我这不也是被逼急了，没办法吗？如果我们都进局子，你不觉得你太亏了吗？你是博士，又是医生，而我是什么？我就是个垃圾。对了，我见到你老婆了，她怀孕了是不是？如果你出事了，她会怎么想？我说过，只要这次给了钱，我绝对绝对不会再打扰你，会从你的生活里彻底消失。”

那头沉默了几秒，随后快速说道：“我最近不方便见面。你等我消息，之前不要再联系我！”电话被挂断了。

“妈的！”你愤愤地骂了一句，又胆怯地抬头望了一眼拿着手机的阿茂，嗫嚅道：“相信我，他会给钱的。他已经给我拿了将近——”你想到被自己输光的 100 多万，又把话咽了回去，“你拿走的 50 万是他这个月刚给的，我本来想等攒齐了，一起还的。”

但阿茂却似乎不那么乐观。他叹气摇头说：“看来你需要给其他人打电话了……说吧，还有谁能给你打钱？”

你仰头望着他，试着安抚他道：“别担心，我有双保险。我老婆的保险赔偿金一到，就有钱了。”

“你老婆？她不是在西票吗？”阿茂眨了眨眼，问你。

“她前阵子来平泽……掉河里，淹死了。”你悄声说道。

他那烦闷的脸上逐渐绽放出一个大大的笑容。

他用食指蘸着你的鼻血，在你额头上写下三横一竖，然后退后一步，对着你的模样哈哈大笑起来："王八，牛啊，为了钱，啥都干。"

你不清楚他是什么意思，只能讪讪赔笑。

他离开你，又坐回小板凳去削竹子。地上已经摆放了好几根削成尖锥一般的竹子。

你的肚子咕噜咕噜叫起来了，刚才太紧张，都忘记了饥饿。你这才想起自己还没来得及吃的那根火腿肠……但你也没什么食欲了。

事到如今，你还能怨谁呢？都怪这医生，前面几次轻易付钱，让你把麻烦解决得太容易，所以根本没长记性。而上一次，你明明向他要了 200 万，他却抠抠唆唆坚持只给你 150 万。你为了补上 50 万，才又打开了红心皇冠……都是他的错！

可自己究竟怎么走到这一步的？

你前几年其实过得还算安稳，虽然不养鱼了，但给快递公司开货车，一个月也有七八千。只是那个工作又辛苦又单调，每天都是一个人在路上。

有一次，你到一个城市时，用摇一摇加了一个附近的女网友，你俩很快聊得热火朝天。女网友每天都会在微信朋友圈晒她炒币盈利的截图，平时也会晒晒她的跑车、大别墅，你的心也躁动起来，曾几次向她打听有什么赚钱的渠道，她都劝你不要轻易涉足。

直到一个月后，她突然告诉你，现在有个稳赚不赔的机会，问你要不要试试。你在她的指导下，下载了一个叫金寺国际投资的软件，先转入 10000 元钱试试手，很快你顺利提现了 12000 元。这下你放心了，把她当成你的大恩人。她说以后很可能没有这样的机会了，这是最后的冲刺。你把自己账上的钱全都转入，数字跳跃得令你心醉，那几天你连开车都没心思了。

但当你打算提现时，平台提示，你还需要再补 20 万保证金才行。你问她怎么回事，她说这是正常的步骤。于是你打电话告诉谢虹梅，你手上有个可靠的理财项目，让她把谢家姐妹给弟弟存的彩礼钱借给你几天。当你把 20 万保证金都转入那个 App 后，它却再也无法登录，而女网友也把你拉黑了。

你如梦初醒，慌忙在当地报案，但警察说这些平台都在海外，没办法追回来。

那时候你还没听说过“杀猪盘”三个字，只知道自己遇到了缺德的大骗子。那些被骗走的钱，你可要辛辛苦苦开十年车才能赚回来啊。

谢虹梅整天闹着找你要钱。你心烦意乱时，又想到了赌。除此以外，还有什么办法能快速弄到钱呢？

虽然那是你第一次在手机上玩百家乐，但你很快就上瘾了，除了吃饭、睡觉、开车，其他时间都在玩。你起初的目标很明确，把损失的钱赢回来就收手。

你最多时赢了 10 万多元钱，离你被骗的数目还差不少。有一阵不停地输钱，你一怒之下卸载了那个软件，但半小时后，你已经下载了另一款相似的软件。

一次因为你彻夜赌博，白天开车时打瞌睡，撞到了高速的护栏。虽然没伤着人，但是车子被拖去了修车厂，你被辞退，当月工资也没拿到。

你回到西票后到处找朋友借钱，想要翻本，可弟兄们都躲着你。这时你无奈又想起了霄狗。

你在一家饺子店见到了霄狗和他的哥哥霄七。霄七前几年刚刑满释放。他长着一个小小的尖脑袋，剃了光头，眼白泛黄，浑身散发着阴冷的气息。

他问你有抵押物吗？你结结巴巴地说没有。这时，霄狗放下筷子，嘿嘿笑着，说：“就算他跑了，他儿子也跑不了，我们就把他儿子当抵押物好了。”你听着不是滋味，但还是得装着感激，连连点头。

你签了协议，拿了 25 万，妻弟总算结成婚了。你假装在外跑长途，其实住在一个小旅馆里没日没夜地赌，输了就找霄狗借，在你自己记录的小本子上，你前前后后总共借了 80 多万。

霄狗开始也不催你，仿佛忘记了这事，但到了 2016 年年底，他突然连本带息来找你要钱。你看到 285 万那个数字时，惊呆了。你说他们一定是弄错了，但他给你看手写的协议，按照约定的计息方式，并没有错。

有了雷七的雷九，可不再是以前的雷狗。面对你一再拖延，一再求饶，他们找来了阿茂。

唉，人哪，在着急时就会短视，总想着先度过这一关再说，其他的先放放。结果反而给自己制造了更恐怖的难关。

现在，你看着阿茂脚下那一根根尖利的竹子，想到躺在停尸房里的虹梅，和从不正眼看自己的儿子，突然觉得十分空虚。

你真希望过去几年中的一切都不曾发生，你没有在那个春节代替朋友坐上过赌桌，你没有摇一摇手机加上那个女网友，你没有输了还想翻本，赢了还想赢更多，你没有在两周前那个烦闷的深夜又打开红心皇冠……

如果时光能倒流到 2011 年，该有多好，可惜现在的你已动弹不得，在厄运面前束手无策。

第三篇

百川湖

有三样东西不能长时间被掩盖：太阳、月亮和真相。

——佛陀

1 向毅

你和孙邵杰站在袁东家楼下，很久没人应门铃。

你再次按了门铃，静静等了一两分钟后，才听到她的声音："哪位？"

她应该已经从监控中看到你们了吧？但你还是对着门禁摄像头自报身份，并询问能否上去聊聊。

那一头显得很犹豫："可是……他现在在上班，不在家呢。"

"我们就是想找你。"你说。

又是十秒的迟疑，她这才打开门禁。

锃亮的黄铜电梯门打开后，你看到门厅里、大门外放了一双米色女式平底鞋，看起来比旁边的女式鞋子的尺码大两号。

丁冰已经站在门厅等候。她穿着一件深色衬衫和打底裤，扎着马尾辫，露出瘦削的面部轮廓，肤色愈加苍白。

"家里有客人吧？"你走进客厅后，随口问道。

"嗯？"她似乎没听明白你在说什么。

"噢，看到一双别人的鞋子。"你解释道。

"喂，那是我的鞋子。"这时，一个大嗓门从身后传来。

一个头发凌乱的女子走出洗手间，穿着拖鞋来到沙发边坐下。她咕咚咕咚喝完了马克杯中的咖啡色液体，叹道："实在太困了，果然人过了 25 岁就不能熬夜啦。"

你打量着这个女子，她的年纪和丁冰相仿，穿着紧绷的牛仔裤和绣着蝴蝶的短袖汗衫，露出两条胖胳膊。她的杯子旁边是一瓶打开的比利时巧克力牛乳，你女儿也爱喝。

"请问这位是？"你询问丁冰。

"噢，她是我的一个朋友，刚从外地——"

"我这个月刚从北京回来，就和我妈吵了十几次。"那个女孩声音洪亮地抢过了话头，"我昨晚又和她吵架，气得离家出走，去一家网吧看了通宵的韩剧，上午没地方去就来找丁冰了。噢，对了，我和冰从小玩到大。她家搬去别墅以前，我俩其实住在同一层楼的对门，可有缘分了。”

她看你们似乎对她的自我介绍不太感兴趣，便停下来，好奇地问:“冰，这两位是……”

你抢在丁冰前头回答:“我们是她先生的朋友，找他有些事。”

丁冰朝你投来感激的一瞥。

“那你们今天恐怕要白跑一趟了。她早就跟我说了，他今天都不会回来吃晚饭。真是大忙人哪，我都还从没见过他呢。”她像喝醉了酒似的，发出了傻笑声。

“既然你有客人，我就先回去了，改天再来找你吧，”女孩对丁冰说着，从沙发上站起来，跨出摇摆的步伐。

“休息下再走吧？”丁冰嘴上这么说，但依旧搀扶着她到门口。

“不用，你接待客人吧。我回家和我妈道个歉，上自己床上睡。”她打了个大哈欠，从门厅柜上拿起自己的小包。

丁冰送她出门。

你再一次打量袁东和丁冰的客厅。在灰色基调、极简风格的装修下，那幅色彩斑斓的油画格外醒目，仿佛一团奔腾的火焰。

你环顾四周，发现陈设和上一次来时略有不同。

片刻后，丁冰送完她朋友回来，收走了桌上那只喝过的茶杯。

她从厨房走出来时，又问你们喝什么茶。孙邵杰刚说:“不用——”你用更大的声音盖过他，说:“就上次那种吧。”

“我记得上次。”丁冰浅笑了一下，走到茶柜前，打开柜门。

你站在她身后，目光搜寻到了二层架子上的那个酸枣仁百合茯苓茶的包装盒。

“你们家是谁失眠呢？”你靠在墙边问道。

丁冰愣了一下，回头困惑地看着你。

“这个安神茶，对失眠真的有效果吗？”你朝柜子里努努嘴。

“噢，是我失眠。我也是买来喝了没几次，”她随意答道，“似乎没有太大效果。”

“最近失眠，是有什么心事吗？”你的语气像拉家常。

“或许是因为孕期吧……”她停顿下动作，歪头看着地面说，“所以，也不敢随便吃安眠药。”

孙邵杰朝你投来佩服的目光，肯定你之前的观察是对的——她确实怀孕了。

“两位今天来是想了解什么？”丁冰这才不慌不忙地问道。

“还是关于那个案子的事。我们查到袁东和一个电话号码联系比较密切，麻烦你看下。”

孙邵杰递上一张纸，上面写了尾号是4373的那个手机号：“你知道这是谁吗？”

丁冰瞟了一眼纸上的号码，嘴角垂下来：“我不知道这是谁。但最近这个号码确实经常打给他，他说是推销电话……你们知道是谁吗？”

“号码归属地是河南，具体使用人暂时还没查到。”孙邵杰回答。

“你觉得袁东，是不是瞒着你什么事？”你问道。

丁冰背对着你们注水，沉默了几秒，深深叹气道：“或许吧。每个人都有自己的秘密，有些是夫妻之间都不可能分享的吧？”

她端着茶盘转过身。

“你第一次听说方瑶失踪时，没有怀疑过你丈夫吗？”你观察着她的表情。你对一切说谎者的表演都有兴趣。

“第一次？”她迷茫地看着你说，“第一次不就是你们两位告诉我的吗？”

你的神色变得严肃起来，仿佛逮到了说谎的孩子：“你上次确实对我们说完全不知这事。但其实，你很早就知道袁东前女友失踪的事了，我说的没错吧？”

丁冰的眼睛微微睁大，嘴唇抿着，没有立刻回答。

“方瑶的高中同学曾找过你。”你提示道。

“噢，你说那个人……”她这才缓缓回答，“确实，他找我聊过。但在这件事上，我只能选择信任我先生，我也是这么告诉那个人的。

我都忘记了他的名字，好像是姓郝？”

你吹了一口热气，喝了一口醇厚的茶水，说道：“我感觉，你有些事还没如实告诉我们。”

她回望着你，嘴角似乎带着轻蔑的笑意，问：“还能有什么事？那天我没说我知道她失踪，确实是我的错。但原因只有一个，我在见过郝先生后完全没向袁东提起这事，为了避免麻烦，我觉得也没必要重提。”

你的心头掠过一朵疑云。她每次提到方瑶时，似乎都不愿意叫出她的名字，而是用“她”来代替。或许有一些女人太过介意丈夫的前任，以至她们的名字都成了禁忌？

“所以哪怕郝晨来找过你，你也丝毫没有怀疑过袁东？”

“过去没有……”她的回答显示没说出口的后半句才是重点。

“那现在呢？”

“因为一些事，我现在觉得，或许我没那么了解他……”

“什么样的事？”

“……”她的右手捏着左手上的戒指，欲言又止。

“除了那个河南号码，你最近注意到袁东身上有其他反常的事吗？”

你在心底默默鼓励着，但又知道如果表现得太急切，可能会适得其反。

她终于抬起头，说道：“我发现他最近取了几笔钱，取之前没告诉我，后来问他，才说借给了老家亲戚看病。”

“我们在调查中也发现，他最近几个月持续有大笔现金支出。他都没有告诉过你那些钱的用途吗？”孙邵杰认真地问。

她神色黯然地摇了摇头。

你看了一眼孙邵杰飞舞的笔，又问她：“其他的还有吗？”

“今天，我们的谈话是保密的吗？”她眉头紧锁，问。

“是！你放心。”你坐直背，斩钉截铁地说道。

她垂下眼睑，停顿了一会儿，才又用含糊不清的声音说道：“他上个周末说去南州出差，我送他去了高铁站，但我发现他其实并没有上火车，而是去了平泽和黎水之间的云枝古镇，并在那里住了一晚。”

“你怎么知道他去了哪儿？”你疑惑地问。

“这个，你们可以不要问吗？但我确定他在撒谎。”她说完，咬了下嘴唇。

“你知道他是去见谁吗？”你又问。

“我不知道……”她用手捂住了脸，哽咽道，“他为什么去那里，见了谁，为什么取那些现金，为什么会接到那些神神秘秘的电话……我都不知道……”

“陌生来电，大额现金支出，可疑的行踪……这些事很可能是相互关联的。”你提示她。

她的神色忧伤，眼眶泛红：“我能想到的只有一个：他有其他女人了。”

离开袁东的小区后，孙邵杰一边开车，一边评论道：“大向，我发现你完全问到她的心坎里去了。刚开始她还有点防备，但后来就完全打开心扉了。唉，真可怜，不知道被自己家里那位瞒了多少事呢。”

你没有接话，而是问：“你注意这房子的一个变化没？”

“什么啊？”

“之前在壁炉上方放着好几张他们夫妻俩的合影，但今天已经被收起来了，只剩丁冰的单人照。”

“啊？我真没注意，你的记性真好啊。”孙邵杰说道，“想必是丁冰发现他去云枝和其他人幽会，一生气就把合影都收起来了吧？”

这时，你看到前方十字路口发生了一起惨烈的车祸。

一辆白色电动车撞上了迎面而来的马自达汽车，汽车车前盖掀起，车窗碎裂，电动车更是被撞得七零八落，地下散落着碎片。警车和救护车停在旁边，还有许多民众围观。

你和孙邵杰立刻靠边停车，想看看是否有需要帮忙的。急救人员正把趴在路边一动不动的电动车司机抬到救护车上。

你一眼认出了那件缀有闪片蝴蝶的黑色上衣。你急步走近，看到那个女子的头部覆盖鲜血，闭着眼躺在担架上，昏迷不醒。

“这不是刚才在丁冰家见到的那个姑娘吗？”孙邵杰也认出了她。

那辆黑色小轿车的司机捂着自己的胳膊，着急地向交警解释。“是她闯红灯，撞上我的。周围人都可以作证……”他的头往上一抬问，“这上面的监控摄像头没坏吧？你们调来一看就知道我有多倒霉了。她跟疯了一样，红灯也不减速，直往我的车头撞，我躲开都来不及。她这是找死啊。”

“真恐怖。她之前是不是说自己熬了一个通宵没睡？看样子是开着开着睡着了吧？”孙邵杰在你耳边轻声说。

交警从昏迷女子的随身包里翻出了一张身份证，把它和小轿车司机的驾照，都进行了登记。

你凑上去看了一眼，立刻瞪大了眼睛。身份证上面正是那个困惑你们许久的名字：李近思。

2 丁冰

你躺在医院的B超室内，冰凉的啫喱挤到你的小腹，探头在皮肤上面滑动，不时被轻轻按下。

“已经能看到手指和脚趾了，看到没？在这儿。手脚还在动呢……”女医生说。

你把头转向屏幕，可只能看见一些模糊颤动的黑白图形。那个大大的球体是它的脑袋吗？这真的是个小生命吗？

“都挺正常的，不用担心……但你太瘦了，好像体重比以前还轻了点？现在能吃得下东西吗？一定要补充营养啊，蛋白质和维生素都不能少……”

你一向害怕医院中来苏水的气味，可能是因为你母亲去世前那几个月，你每天都闻到这种气味。

你以前读过一篇文章，人的嗅觉很特殊，它直接连接两个与记忆密切相关的大脑区域：杏仁核和海马体。而视觉、听觉和触觉中枢则不会通过这些部位。正因为如此，熟悉的气味总是能直接、迅速释放某些被你囚禁已久的记忆。

那是一个炎热的夏日，你们坐在平泽六院的候诊室，那里弥漫着一股令人压抑、紧张的来苏水的气味。你朝四周张望，哪怕这是整形科，所有人脸上也似乎带着病容。你只想赶快结束，然后离开。

“066 号李*思。”

你看着诊室门口的电子屏幕，说：“轮到你了。”

李近思站起来朝你招手，示意你陪她进去。

这是一间宽敞的面诊室，后半部被一块蓝色布帘遮挡。一个男医生坐在书桌后，他的身边坐了一个年轻女医生，在电脑上打字。他抬头看了看你们俩，问：“谁是李近思？”在得到答案后，他指指一把椅子，示意她坐下。

当李近思开始向医生抱怨她半年前失败的双眼皮手术时，站在一旁的你，视线却落在了电脑下方的摆设上。那是一只没有上釉的白色陶瓷松鼠，胖乎乎的，两个前肢举在胸前，有一双大眼睛。

看到它的那一刹那，你感觉有点眩晕，一时反应不过来：它为何会出现在这里？

你微微探头打量那只松鼠的背面……是它，真的是它。它的大尾巴曾被你摔断，而这只松鼠的屁股上正好有条白色的胶缝。

这是你亲手做的松鼠。世上不可能有第二个了！

你的心脏像被电击了一下，几乎情不自禁地发出声音：“这个……是谁的？”

正专注于交谈的李近思和两个医生都停下来，好奇地看着你。

顺着你的目光看去，男医生用手上的笔指了指松鼠，问道：“它？可爱吗？放这里几个月了，难得有人注意它。”

你的目光撞见镜片后的眼睛，这才注意到他的长相，是你喜欢的那种窄窄的双眼皮，搭配着健康的肤色和硬朗的下巴。

他们又继续讨论。

而你的视线则落在他修长的手指上，心想：他必然有一双医生的巧手，才能把裂缝修补得如此精细吧。

当然，你从此记住了他的名字：袁东。

3 杜子华

“真的太饿了，受不了了。”你喘着气说道。

两天来，他总共只给你吃过四个白馒头。你讨水时，才喂你喝一口。

听到你这么说，他从地上的电饭煲里又拿出一个白馒头，走到你身前，一把塞进你的嘴里。你的嘴被堵得满满的，无法嚼动，只能发出呜呜咽咽的声音。

他不耐烦地撇了撇嘴，从怀里掏出一把匕首，割断了绑住你双手的扎带。你顾不上手腕的红肿，立刻抓住馒头狼吞虎咽地吃了起来。

这时阿茂的手机响了起来。他看了看手机屏幕，走到仓库的另一头去接听。你一边啃着馒头，一边听他哼哼嗯嗯，偶尔听清楚一句：“我肯定会让他（她）全吐出来。”然后仰头哈哈大笑。你的心脏紧缩了一下。

他挂断电话回来，瞥了你一眼，咕哝了一句：“瞧你什么吃相？等我回来时可别噎死了。”

他穿上连帽外套，拉上拉链，戴上手套，迈步走向仓库大门。突然他想到了你，又折回你身边，夺过你手里的馒头塞进你嘴里，重新在你身后捆上你的双手。

你听到了锁转动的声音。

他走后，你紧绷的神经才略微松弛下来。

你的手机被他拿走了，每天不知道时间，只能通过天窗透进来的日光判断：今天已经是被关在这里的第三天。

你仔仔细细环顾这个仓库，这是一个大约两百平方米的建筑，层高四米左右，墙上是裸露的红砖，角落里还堆着一些建筑垃圾，中间放的两张椅子和一张方桌，像是本来就在这里的。两个接线板从墙边接到了房子中央，上面插着电饭煲、台灯和手机充电器。

这究竟是在哪儿？他是怎么找到这鬼地方的？

你开始琢磨怎么才能逃出去。

阿茂不是人，留在这里迟早被他整死。

你尝试着背着这把可折叠铁椅子，弯着膝盖蹦跳了几步。你好不容易挪到了那堆建筑垃圾旁，你看到那里码着一堆一头削得尖锐的竹管。你想捡起一根，试试割断绳子。但因为弯腰幅度太大，你一不小心人仰马翻，带着椅子一起摔倒在地。

你挣扎着拼命扭动身体，在锋利的竹管头上磨蹭手上的塑料扎带。你不知道过了多久，手掌上流满鲜血，皮肤都失去了痛觉……就在你快绝望时，一下震动，你的两只手腕突然弹开了。

你急忙又拿起一根竹管，磨断了自己脚上的扎带。

你走到铁门那儿，使劲推了推，推不动。你从门缝往外望，只见外面荒草丛生，远处是一个山头，上面似乎还有个石塔。

那天，你被他用塑料扎带捆住双手，用刀抵着后背，从围墙缺口带离小区。墙外停着一辆看起来很普通的绿色出租车。他把你推到汽车后座，在你头上套了个黑色头罩，把你带来了这里。

你知道平泽郊外有几座山，但分辨不出这是哪里。

你再转身看看那两扇天窗，它们是那么高，根本不可能爬上去。你陷入了绝望。

当你再往门缝外望去时，你看到远处似乎有一个人骑着自行车经过，可能是附近村民。你立刻对着那几厘米宽的门缝大声呼喊起来：“救命！”

4 丁冰

你在英国读书时，室友是一个在哲学系念博士的英国姑娘，名叫柯拉。她有一头红色卷发，戴着一侧鼻环。她有许多特殊的爱好，譬如饲养蜗牛和自己缝制衣服。

有一次你们在郊外露营，她带你玩了她中学时最喜欢的藏宝游戏。

你从此迷上了这个游戏。

你拿着手机上装的 GPS 去过不少地方寻宝。你还记得在市区桥洞的石头下面，发现了一只生锈的铁盒，里面有一张布拉格风景的明信片；你深夜溜到大学校园的纪念雕像下，挖开泥土，找到一个陶瓷匣，里面是一个小发夹；你爬到人迹罕至的山顶，在一个树洞的深处摸出一个扎紧的布袋，里面是欧洲各国的旧硬币……

每个找到宝藏的人可以拿走容器里的奖品，在日志条上留下日期和姓名，再放一点别的东西进去，等待下一个人找到。

虽然宝物都是一些不值钱的小玩意，但它们让你有了一种和陌生人分享秘密的感觉。毕竟，大部分秘密叫人悲伤，能和人轻松交换的小秘密可不多见。

你印象最深的宝物是在斯卡伯勒的海边找到的。

那是一个黑色盒子。打开，里面是一只陶瓷的小天鹅，白幼剔透。

你在里面留下了一个空蜗牛壳，属于柯拉的一只死去的蜗牛。

在回来的大巴上，你看着窗外的风景，却止不住流泪。

你想到了童年时的那对瓷天鹅。那时候你还在读小学，父亲在国营厂上班，全家住在一套二室一厅的房子里，门口经常堆满邻居的杂物。那时你母亲体内的癌细胞还没长大，你们每天晚上坐在一起吃晚饭，饭后他俩坐在藤椅上看电视剧《神雕侠侣》，会刻意把声音调低，生怕影响你做功课。在电视上方装饰架最醒目的位置，就摆放着一对手掌大的白瓷天鹅，它们的嘴和脖子构成一个心形，翅膀上勾着金边。

如果时间能永远停留在那一刻就好了，可它却匆匆往前，像泥石流冲垮了一切。有一天，那对瓷天鹅也成了母亲簸箕里的一堆碎片。

你还记得那个放下迷你天鹅的人名叫 Lorelle。

你曾想过再回去看看蜗牛壳还在不在。如果被拿走了，那个人又叫什么名字，何时拿走的？但那个海边离你实在太远了，直到毕业离开英国，你也没再回去。

2015年底，你从圣安德鲁斯大学毕业回国。拿着艺术史硕士这样不太有用的学位，你给几家公司投过简历，都没有下文。你每天只是读小说，做你热衷的陶艺。你父亲婉转地提议你去他的公司帮忙："人生荒废起来可是很快的啊。"但你拒绝了。

有一天你在看书时，一个念头突然闯入：会不会有人在你的家乡藏过宝呢？

你重新登录了那个藏宝网站。首页依然是那条熟悉的广告语：世界上有百万地理藏宝，你会遇见哪个？

网站越来越萧条。除了一些国外的退休老人，已经很少有年轻人玩这个老掉牙的游戏。因为宝藏被路人偶然发现并被顺走的概率越来越高，玩家们也不再在藏宝地留宝物，而是留下一个容器，装一张字条，让每个找到它的人在上面签到。

你没想到，在平泽这样的中国南方小城竟有六处藏宝地。它们都来自同一个叫 Jos é phine 的人。

2013年9月23日，Jos é phine 留下讯息：

"我陪我的先生从巴黎到平泽出差半年，我爱上了这个可爱的城市，最喜欢吃玉山街上的豆腐脑（咸的）。我们去了不少景点和小街小巷。被那么多麻瓜包围着，藏宝可不是一件容易的事啊。我在六处地方留下了宝藏。前面五处难度都很低，主要是想引导你们去看看那些地方的风景。我把我最喜欢的盒子放在第六处，等着你们发现哦。这一处或许有一点难找，但希望你们理解，我只是不希望它轻易被麻瓜们偷走。到了那里，你们肯定不会失望！"

你立刻出发去找藏宝地。

前面五处都靠近景点，一处是在园林的假山石洞里，一处位于步行街的银行招牌后面。这些人流量巨大的地方显然不是藏宝的好地方，路人、清洁工或者城管都可能碰巧发现它们。不出所料，这些盒子早已不在了。

你试着在 GPS 中输入第六处的经纬度，发现它被定位在了太湖旁的香山上。

你把车停在山脚，徒步上山。或许由于平日里人迹罕至，上山路两旁的灌木疯长，几乎看不见脚下的路。你平时很少锻炼，不一会儿便气喘吁吁。你捡了一根树枝当拐杖，爬了很久的山路。

最后，当你攀爬上两块大石头后，眼前突然出现一片开阔的草地，碧草如茵，长满了一簇簇白色的小野花。

你被眼前的美景震撼，向前奔跑几步，几乎想要放声惊呼。一望无际的太湖就在你的脚下，葱郁的小岛在阳光下闪烁，波光粼粼，让你精神恍惚。

你这时竟想起了小时候背过的古文：夫夷以近，则游者众；险以远，则至者少。而世之奇伟、瑰怪，非常之观，常在于险远。

你曾以为这座城市的每一处都早已被游客侵占，但是，它终究还是有一些隐秘的角落，就像再心无城府的人也会有自己的秘密。

环顾四周，山崖上立着年久失修的寺庙，部分墙壁已经坍塌。紧挨着它的是一棵古樟树，一根粗壮的树枝甚至伸入屋顶，戳出一个窟窿。

你仰头看，那棵樟树格外高大，感觉有七八层楼高，树冠如伞似盖，枝叶繁茂。主干最粗的地方恐怕得三人才能合抱，遒劲的树根露出地面，和枝干长为一体。

在它离地一米多高的地方，有个碗口大小的树洞，像一道伤疤。

一块灰色圆石被人用来堵着洞口。你取出大石头，向里面张望，果然看到了什么。你伸手从树洞中取出一个漂亮的五彩搪瓷罐子。

寻宝最大的奖励，不是宝藏本身，而是找到宝藏那一刻的惊喜。

你在罐子里面找到一张卷起来的签到纸。

在 Jos é phine 放置罐子后，曾有三个人在上面签下名字和日期。最后是一个落款为 Y 的人写下一句话：今天天气不错，我一个人走到这里。没人玩 geocache 了吗？我不会是最后一个吧？

你看了一下落款日期，是半个月前。竟然时间这么近？你为此怦然心跳。

你在 Y 的下方用笔写下：今天也是晴天，我来了，D。

5 阿茂

你出生在西票的农村，家里有五个孩子，你排老三。你们那儿当年也抓计划生育。每当你娘肚子大起来藏不住时，你爹就带着一家人出去打工，等孩子出生了再回村里。村干部拿你爹没办法，每次只能让他交罚款了事。

你一直很纳闷，你爹为什么要生那么多小孩？他不喜欢小孩，甚至很恨你们，经常对你们大吼大叫，拳脚相加。

你娘常常和你们一同挨打、挨饿。

她的精神有问题，有人说她是被人从广西拐卖来的，你爹在 30 多岁时花两千元买了她。

你记忆中从没叫过她“妈”，只是跟大家一起叫她“女疯子”。

不知道为什么，比起你爹来，你从小更怕女疯子，不敢靠近她。如果其他人把你抱向她怀里，你都会吓得哇哇大哭。你觉得她掉了一口牙，眼睛黑洞洞的，像个怪物。你甚至不让她碰你的头发和脸蛋。

而你爹却常常被这一幕逗乐。他热爱这个游戏，故意把你们推给女疯子，再看你们怎么惊叫着从她身边跑开。女疯子在那时只是痴痴地咧着嘴笑，脸上又好像有点难过和难堪。

在 16 岁那年，你和两个人斗殴，拿砖把其中一个打成重伤。你被送去了少年劳教所。你的家人中只有二姐和你关系较好，去看过你两次。

出来后你就跟着一个大哥到了经济发达的平泽谋生，在这里干过各种苦活儿。十年前，你在一家夜总会当保安时，认识了在那儿上班的一个姑娘并住到了一块儿。你俩曾畅想等再挣两年钱后，就一起找个小县城，开个小店过踏实日子。她或许只是说说而已，你可是当真了，你更惜命，也更拼命地赚钱。

可几个月后，你却再次被捕。

你对那次被捕非常愤怒。明明是那个狗场老板先对着你的脑袋砸酒瓶子，你才用酒瓶碎片割了他的小拇指，可最后他什么事都没有，你却被指控故意伤害罪。你相信自己之所以遭遇不公，是因为对方认识那个派出所的警察，通了关系。最后，你被重判三年，和女友也断了联系。自那以后，你格外痛恨那些穿制服的人。

六年前你出狱了，一直单身，偶尔有需求，也只是找找小姐。

大约从五年前开始，你跟着一个大哥帮老板们追债。那个大哥逃去东南亚后，你就留下来单干了。总有债主急切地想拿到钱，又不想弄脏自己的手，而你喜欢做这事，也很擅长。

你们这工作平时最简单的活儿就是把人关起来吓唬，给对方制造心理恐惧。这对一般人足矣，但对有些老赖，你的手段必须狠一些，挑手筋、脚筋，铰手指也是常做的。

你没有根，没有家，常年住酒店、囚禁点，在各地漂泊，这样更不容易被警方追踪。如果你被抓，当然一分钱都拿不到，也没人会保你，所以你这些年琢磨了不少反侦查的手段。你最得意的是，这五年来，你一次都没进过局子。

但讨债可不单单看谁狠，也是有技巧、要动脑的。施加心理压力的尺度有时很难把握，过头了，对方可能报警甚至自杀。两年前你曾搞砸过一单，虽然你知道这不全是你的错。

那个50多岁的男人在借钱开养鸡场失败后，带着老婆跑路了。他们躲在平泽一个小区，男的当保安，女的当保洁，把读高一的女儿留在西票第六中学寄宿。

你每天晚上都会去找那对夫妻，坐在他们的床上抽烟。他们毕恭毕敬地站在墙边，向你求饶，许诺还钱。随着一次又一次爽约，他们不敢再欺骗你。每次你去时，他们只是面无表情地站在那儿，任打任骂。

有一天，你照霄七的吩咐，在那对夫妻的住处接通了视频电话——你没想到，霄七给他们直播了强奸他们女儿的过程。

他们躲到了离你手机最远的阳台，但男人的嬉笑声和女孩的哭声依然在小小的出租屋里回荡……你有些于心不忍，以信号不好为由，提前挂断了视频。

那天凌晨，在你离开后，这对夫妇手拉着手从十层楼阳台上跳了下去。尸体被送走的时候，你也挤在人群中看。

你回到西票后，霄七还是把酬劳都给你结了。他说这两人就算活着，靠打工要打到何年何月才还得清账务？死了算了，就当用他们女儿来还债了。做生意嘛，总是有赚有亏。

在之后的日子里，你的眼前总是浮现那对夫妇最后的身影。女人坐在阳台的小板凳上双手捂脸，无声地抽泣，而那个男人木然地站在栏杆边，抬头望着夜空，他当时在想什么呢？

做完这一票后，有好一阵你都打不起精神，觉得赚钱没什么意思。但慢慢地，你想通了，对那些老赖心软，是在脱掉你自己的盔甲。如果不心狠一点，谁都可能落得人为刀俎，我为鱼肉的下场。

你今天要做的这一单是另一个南州开保安公司的老板介绍的，给的钱比较多，目标也很好找。

这个女人是一家美容医院的老板。但她的警惕性很高，平时出入都有助理和司机陪伴，很少单独行动。你上次找准机会，趁她在街边等车时泼了她一身红漆，她那尖叫的样子传得网上到处都是，你想到就忍不住要笑。

这个海外的客户希望你给她毁容。

你以前没做过这种事，在她脸上画什么图案好呢？写上她的本名杨迎春？唉，笔画太多，要不就写一个“春”字吧。

你踩下油门，你驾驶的绿色出租车飞驰在烈日烘烤的城市高架桥上。

她住在香山云境别墅区。你知道她下午三点有个重要会议，按她平常的习惯会在两点左右出门。

你停好车后，打扮成维修人员，出示胸卡，进入小区。

小径两旁是从其他地方移植来的高大香樟树，和一个个五彩缤纷的花圃。那一栋栋淡橙色西式别墅分布在一条人工小溪两侧，让你恍惚之间好像到了什么国外风景区。

据说这里是平泽最贵的别墅区，面积小的一套都要四五千万。但你查过，她住的那套不在她名下，是租来的。

你进入地下车库，找到她那辆红色保时捷，钻到了底盘下……

你把车停在路边的阴影处等待。一直等到两点过一刻时，你才看到她的车从别墅区大门缓缓驶出，那个女人坐在后座，副驾是她的助理。你立刻放下手刹，远远地跟上。

你的蓝牙耳机里传来他们在车上的对话。

“老陈，还来得及吗？”这是她的声音，“哎哟，都怪我，选择性障碍症，不知道选哪件衣服好，出门又迟到了。”

“放心，刘总，这个时间不堵车，肯定来得及。”一个沉稳的男声回答。

“来的人都是领导，咱可不能迟到啊。Betty，快给我稿子，我还得熟悉下待会儿的发言稿。”

耳机传来稀里哗啦翻纸的声音，以及助理小心的安慰：“放心，刘总，袁医生他们都已经到会场了。”

不知道为什么，这句话又激怒了她。她气鼓鼓地回答：“他在有什么用？我是老板，我怎么可以迟到？”

在他们的车开出一千米多远后，你突然听到一声巨响。你从车玻璃向前望去，只见那辆红车向左急打方向盘，在路边猛地刹车。

司机下车查看轮胎，又走到车门边告诉后座的老板：“太危险了，怎么不巧这时候爆胎了！”

助理下车，站在路边打开手机上的打车软件，而司机则走到一旁打电话找公路救援。一切和你计划中的一样。

你缓缓地把车开了上去，助理看到你，急忙招手。

你停车，摇下车窗问：“怎么了？要帮忙吗？”

“空车吗？现在可以去博览中心吗？”

“可以啊，走吧。”

助理走回车边，打开后车门，搀扶穿着高跟鞋的女人下车。随后，助理坐上了你的副驾，她的老板则上了后座。

杨迎春一上车，就警觉地看了看车后窗内黏着的黑色网罩。你解释了一句："防晒的。"

车子开动后，你时不时从后视镜中观察她，她正皱着鼻翼，瞅着屁股旁的坐垫。你已经很久没清理过汽车了，白布上粘着可疑的污渍。她抬头一刹那和你的目光相碰，立刻嫌恶地戴上墨镜。

这时，你踩油门冲进路边的竹林，猛踩一脚刹车，车上两个女人惊叫起来。你下车解开助理的保险带，把她拉出车子，一把推向公路旁边的山坡。她那如皮球一般的身材在树上四处乱撞，然后滚向湖边。

"你要干什么？！"后座的女人惊慌大叫，一边掏出手机准备报警。

你不慌不忙地拿走了她的手机，用塑料扎带把她的手和脚绑在一起，用胶带贴上她的嘴，在她的头上套了黑色头罩。你在车牌外，又重新粘了一个假车牌。随后回到车上，从另一条路开出去，绕回了香山。

路上她一直在剧烈挣扎，发出呜咽声。你打开了收音机，调大音量，CD 正放着你喜欢的歌："原谅我这一生不羁放纵爱自由，也会怕有一天会跌倒，背弃了理想，谁人都可以，哪会怕有一天只你共我……"

你用手在方向盘上打着节拍，哼唱起来。

到了目的地后，你把车开进旁边废弃的蔬菜大棚。你用身上的匕首割断了她腿上的扎带，拖着她走到仓库门前，用裤袋里的钥匙打开了铁门的锁。

但就在你拉开门的一刹那，意外发生了。

一个黑影突然从门后冲了出来，撞了一下你的肩膀，朝田野奔去。你急忙把俘获的新猎物往门内一推，由她趔趄着摔倒在地，转身就去追逃跑的旧猎物。

杜子华被你追上、扑倒在地。他反转身，突然用手上的东西，捅向你的脸。当你躲闪时，它扎进了你左肩的皮肉里。

一阵热辣辣的疼痛。你一声没吭，心底却对自己的手艺有些骄傲：它们真够锋利的啊。

你的肾上腺素飙升，每个毛孔都兴奋起来。你立刻骑坐在他的肚子上，想控制他的双手。他的两脚乱蹬，朝你挥舞拳头。

虽然你俩体形差距不大，但你从小就知道，你的体内有一股永不松懈的气。这是在你爹的拳头下千锤百炼出来的韧劲。用你爹的话说:“这小子跟个王八似的，咬着谁就不松口了。”

僵持一段时间后，杜子华的眉间泄露了一丝疲倦，你知道机会来了!

你伸出钳子般有力的双手，精准地掐住他的脖子。你的两只手越收越紧，你从他暴突的眼睛中看出来，他的精神变得涣散，意志开始败退。当然，你并不希望他死。

这时，你松开右手，从自己左肩上拔出那根竹子，狠狠地插入他的左腰。他发出一声凄厉的惨叫。这个只会打老婆、杀老婆的孬种!

你随后按住他的肩膀，抡起拳头，朝他的脸砸去，一拳又一拳，停不下来。你想要宣泄心头的怒火，虽然并不清楚这怒气为何燃烧。

他的惨叫声越来越轻，最后只剩微弱的呻吟。你这才突然回过神来，怔怔地看了看自己的拳头，皮破了、麻了，失去了知觉。你再看看平躺在地上的杜子华，他的鼻子歪了，面部血肉模糊。

你抓住他的两条腿，把他拖回了仓库。

听到你进来，女人立刻停止了扭动，用胳膊肘撑起身子，似乎正在黑色头套下面竖起耳朵倾听。

你喘了几口气，抹去额头上的汗，撕掉下巴上被碰歪的假络腮胡。然后，你拖着沉重的脚步走到门边，关上大铁门，并插上门闩。

终于，两头猎物都进笼了。

6 丁冰

你时不时想起树洞里的字条。现在已经没人再玩这个游戏，你会是最后一个吗?它会不会一直留在那个潮湿的悬崖上，直到腐烂成泥?

过了两个星期，你忍不住又开车来到那里，回访了那个树洞。你发现堵在洞口的圆石头竟然被人转动过。

打开搪瓷罐子，你看到在自己写的句子下面多了一行小字：来这里徒步，只是顺便看看，没想到真有人找到了它。你好，D。下一个会是谁？

你十分惊喜，想不到竟然会有人和你一样重访藏宝地，而且就在一周前！你和 Y 不仅在空间相遇，在时间上也变得近在咫尺。

你突然获得了少女时期交笔友的乐趣，立刻拿笔写道：看来这里只剩下我和你了，我们交换点什么吧。要不自己喜欢的书？我先说一本，格林的《恋情的终结》，你呢？ D。

一周后，你取出罐子，果然收到了回复：没想到你也会回来！谢谢你推荐的书，我喜欢高兹的《致 D：情史》。而且这么巧，你是 D（笑脸）。

一个会回应的树洞。你那百无聊赖的 28 岁仿佛被撕开了一道口子，窥见了另一个平行世界。

那个晚上，你梦见自己是个小女孩，居住在一个漆黑逼仄的树洞里。你好像是从小就生长在那里，像马戏团里的花瓶姑娘，动弹不得。而有一天，突然从洞口照进来一点绚丽的彩光，你的心怦怦乱跳，终于有人来看望你了。这时，前方出现了一个什么东西的脑袋。你睁大眼睛努力想要看清楚……它长得，大概就是松鼠的模样吧。你的心飞了起来，朝它挥了挥手，打一声招呼："嗨。"

你找到了《致 D 情史》，坐在花园的阳光下，大上午读得热泪盈眶。这是法国哲学家高兹写给共度 58 年、身患绝症的妻子 D 的情书，在写完不久，他便和 D 一同自杀了，因为，他们谁都不希望对方离开以后，自己继续孤独地活下去。

世界是空的，我不想长寿。

你过去从不相信世上存在这样的爱情。你一直认为，无论两个人曾对彼此多么渴望，都不可能真正地亲密。

别说 58 年，就算八个月的朝夕相处都足以让两个利己的个体露出马脚、相互憎恶。情人们总会像叔本华说的豪猪取暖那般，每次靠近就会被彼此的硬刺扎痛，被迫分开。有些人在分分合合之后最终找到一个能感受体温又避免被刺伤的距离，而有些人掉头离去，宁可孤独蜷缩、忍受寒冷。

你摸着书皮时开始犹豫，或许，世间真的有人可以像高兹和D那样，用几十年紧密生长，嵌入彼此，融为一体？

Y应该也向往这样的爱情吧？

7 袁东

你和朱奂、财务陈主管三人，身着正装，坐在平泽大酒店三号会议室门外的椅子上，等待着刘韩宇的到来。

今天是鑫美融资项目的答辩。这已经是此次融资计划的最后一关，如果顺利通过的话，可以获得政府基金第一轮3500万元的投资，并提供开发区某商业大楼一个楼面作为第二家分店店址。更关键的是，有了政府基金领投，另外有两家投资机构也会跟上。刘韩宇早就向你表达过她的野心：她要以平泽为基地，打造她的连锁医美王国，让鑫美在五年后登陆新三板。

在你去年跳槽到鑫美时，她许诺给你不少期权，也希望你能签一份协议，同意未来十年都在鑫美工作。

这相当于签卖身契了。你当时很舍不得医院的编制，内心也十分排斥这种捆绑协议。但是，没办法，你急需钱。如果那个像气泡般一直悬浮空中的秘密破碎，你会变得一无所有。只有钱可以轻轻兜住它，让它继续飘浮。

平泽市政府对此项目十分重视，今天政府基金的董事长和招商局副局长，以及其他五名美容医疗行业的专家都会到场。

“刘总非要让我来介绍目前的客户资源。我好紧张啊，昨晚准备了一夜，就跟参加高考似的。”朱奂不停地交换着西装裙下两条长腿的姿势，说道。

“不用担心，你讲的这一块不是最关键的。你今天主要起观赏作用。”你安慰她。

财务陈主管一直站在窗边打电话。这时，他拿着手机急匆匆朝你们走来，说：“不知道怎么回事，大家都联系不上刘总和王助理了！会议还有十分钟就开始了。这可怎么办好？”

你们正急着商量对策时，秘书小金推开会议室门，朝你们微笑招手：“各位可以入场了。领导们的车已经到楼下了。”

你跟在朱奂身后走进会议室时，一边试着拨打刘韩宇的手机。关机。你给她和王助理留言，同样没有答复。你的心往下沉，一种难以言明的预感告诉你，有坏事发生了。

你和朱奂、陈主管坐在一起，你身边的位置是给刘韩宇空着的。而会议桌的对面，是专家和领导。这时，有六个人走进会场，小金急忙给你们介绍，这位是王董事长，这位是从南州来的专家……你们和他们一一握手、打招呼。

这时招商局周局长突然问起：“咦，你们刘总人呢？怎么没看到？”

陈主管急忙解释：“刘总在路上出了点小小的状况，马上到，马上到。”

等大家都入座后，小金也着急了，跑过来低声问你们：“你们刘总到底几点能到啊？已经到时间了。咱不能让领导、专家们等她一个。”

你从没经历过这场面，也不敢擅自决定。你低头看了看手上的流程单，第一项是创始人介绍自己的履历和公司概况，第二步由你来介绍公司的技术强项和专利。

小金看你们一个个都拿不定主意，口气变得强硬：“你们得赶紧给个说法，不能让领导们这么等着，待会儿还要怪我没组织好呢。”他想了一下，又说，“这样吧，你们刘总的助理之前传给过我一个PPT，本来是准备在刘总讲话时放的，要不她自我介绍那部分，我就直接先播放一下PPT？”

“行，我看这样也行。这个放完也得十几分钟吧？刘总到时应该就会出现了。”陈主管向你征求意见，你点头认可。

陈主管用纸巾按了按冒汗的额头，对小金说道：“麻烦你开始播吧。”

小金回到主持人台上，说：“各位领导、专家，鑫美公司的骨干们，大家好。我们今天的答辩会现在就开始了。由于刘韩宇女士在来的路上发生了小事故，耽搁了一会儿，暂时还没到会场，所以我们先看一段关于她个人资历的介绍吧。”

会议室中央的大屏幕上出现了一张刘韩宇的半身正装照。照片旁显示：刘韩宇（Jennifer Liu），美籍华人，加拿大加南大学工商管理硕士。配音读道：刘韩宇女士在加拿大硕士毕业后，前往纽约华尔街工作……

一个雄浑的男声自动配音PPT，念着上面的文字。

你在桌子下面悄悄打开微信，想看看有没有刘韩宇的消息。你刚才已经发到工作群，询问今天有没有人见过她。此时，人事处小汪在群里说，他已经联系上了司机老陈，老陈说下午两点多时车子发生爆胎，他留下来等待公路救援，而刘总和王助理则坐上一辆出租车离开了。

可现在，谁也联系不上她们两人。

这时，你刚好抬头，看到从第六张PPT开始，照片的画风突然大变。屏幕上出现的不再是那个衣着光鲜、皮肤毫无瑕疵的成功商人，而是一张难以描述的诡异图片。

刘韩宇顶着一个非主流的鸡窝头，穿着豹纹短裤坐在沙发上抽烟，眼睑低垂，媚笑着，把光着的脚丫搭在前面茶几上。这像是在一个昏暗的房间，相机打着闪光灯拍的。你猜不出这时的刘韩宇几岁，30多岁？40多岁？

配音朗读的文字也开始走向怪诞的方向。

“刘韩宇，本名杨迎春，桂南人，真实出生日期为1968年11月26日。”

你被吓了一跳，差点从椅子上弹跳起来。刘总从没提过她的真名，而且一直对外声称她是1976年生的。

这个AI男声继续一字一顿地朗读着PPT上的文字：“杨迎春23岁时在南州金礼遇KTV当坐台小姐，因交际能力出色，被老板调到其名下的金麒麟大酒店当公关，也是在那里遇到了时任南州市市长陈巧生的独生子吕世博。杨迎春勾引吕世博发展为男女关系。他们的感情遭到陈巧生的极力反对。杨迎春通过一系列手段，拆散吕世博和其正牌医生女友，跟随其前往加拿大，并在当地瞒着陈巧生办理结婚手续。婚后，她作风奢靡，挥霍无度，怂恿吕世博多次向其母亲索要巨款……”

看到这里，朱奂吃惊地一手捂住嘴，另一只手牢牢地抓住你的胳膊，指甲都掐进了你的肉里。你也大气不敢出，环顾会议桌：王副市长双手抱胸、眉头紧蹙，王董事长身体前倾，目瞪口呆，而周副局长这时恼怒地站了起来，指着僵立在原地的小金。

小金这才回过神来，急忙冲到电脑边。

“在陈巧生被双规前，其资产已全部转移到海外。这几千万赃款后来被杨迎春独吞，成为她在美国创办色情行业的首桶金——”

直到播完这一句，小金才终于手忙脚乱地关闭了PPT。

桌子对面的领导们交头接耳起来，会议室里一片混乱。

这时，你的手机响了。你低头一看，是个陌生电话。按下接听键后，里面传来王助理带哭腔的声音：“袁医生，大事不好了……”

“怎么回事？你们到底在哪儿？”你急忙起身，走去会议室外安静的地方接听。

“我也不知道刘总在哪儿……”她啜泣着说道，“我们被打劫了。那个开出租车的，把我推下车，带着刘总跑了！就在……在那个从香山别墅开出来不多远的山路上。我的手机也丢了。警察来了，现在救护车送我去医院，我借了护士的电话，但我只背得出你的手机号码——”

“刘总还没找到？”你焦急地打断她。

“没，没找到。我们没法来参会了，麻烦跟陈主管说一下，取消吧。先取消。”

“你看看现在都几点了？还怎么取消？”

虽然有时你也觉得刘韩宇对王助理过于轻蔑和苛刻，但你也不得不承认，王助理这人有时确实有点拎不清。她在拿到手机报警的同时，就应该第一时间给你打电话说明怎么回事，好让你们取消会议呀。

挂断电话后，你愣在原地。现在怎么办呢？

朱奂也跟着跑了出来，焦急地跺着脚说：“领导们都被气走了，人都撤了，可咋办啊？这事是不是黄了？”

“刘总被绑架了。”你咕哝了一句。

“啊？！绑架了？被谁？”她一把拉住你的袖子问。

你没有回答她。

过去十分钟内发生的一切，是如此荒谬和反常，让你恍惚之间有一种无法踩地的不真实感。你仿佛提前体验了一把世界末日——当有一天自己的那个气泡也从空中摔下、破碎的时候。

8 丁冰

转眼到了春天。你和 Y 交换了你们喜欢的书、电影和音乐，变得更熟悉和亲近。有一天，你对 Y 提议，或许我们可以交换秘密，成为彼此的树洞。

你坐在盘绕的树根上，托着下巴想了一会儿，写下第一个秘密。

在高考前几天，你曾偷走一个同学的笔记本。因为，他几次三番在放学路上拦截你，有一次甚至用钥匙划花了老罗开的帕萨特。你坐在汽车后座上，把那两本笔记本撕碎，扔出窗外。前不久你偶然发现，那个同学现在在平泽开了一家麻辣烫店。

几天后你回去，发现 Y 取走了你们之前写满对话的字条，留下一个卷成小棒的新字条：“你就是这么对付追求者的吗？他应该只想引起你的注意。不要内疚，他当年考砸了或许和笔记本的关系也不大。我的秘密：6岁时我把在院子角落里捡到的香肠拿去喂了邻居的狗，并不知道我妈在香肠里加了鼠药。狗死了，他家孩子哭了好几天，至今所有人以为是狗跑进我家院子误吃的。（记得把字条带走。）”

当你们交换的秘密开始变得难以启齿，你突然闪过一个念头：会不会有一天你和Y刚好同时来到藏宝地，撞见对方？如果真有那一刻，你一定会逃之夭夭吧。

以后，你来到寺庙时会四下张望，确保四周没人，才走近那棵古樟树。

你终于想对Y说出那个秘密。

你过去从未对任何人说过，因为你确信它只会激起听者对你的害怕和厌恶。但古怪的是，你心底又有一种冲动想要跃跃欲试，似乎要试探另一个人接纳你的底线。Y就算知道后厌恶你、离开你又有什么关系？反正你们也不认识。

他和你一样是中国留学生，来自北方小城，起先只是你的追求者中的一个。他比其他人更为坚持，你以为找到了可以互相取暖的人。他搬到你租的公寓，你们一起去食堂吃饭，一起去图书馆学习，就像连体婴一般。

你们有过一些争执，多半因为你觉得他不如过去那么在意你。但此外，你并没有觉察到异样，直到毕业前夕，你从信箱里取出一封来自美国的邮件。你打开邮件那一刻，双手开始发抖——他竟瞒着你，申请到了去美国的工作，下个月即将启程。

你感觉心脏很难受，就像一头野兽在胸口冲撞。当他回家时，你举着厨房里的刀搁在手腕上，哭着要他给一个解释。你幻想他会用温柔的谎言安抚你，譬如，他只是想给你个惊喜。

不，他没有安抚，也没有解释。他只是满脸惊恐地说，朝夕相处的日子让他窒息，他开始反思自己是不是真的爱你。他觉得自己还年轻，想看看更大的世界，包括寻找答案：到底什么是爱。而你越这么做，只会让他越加想逃。

他以为你最终想通了、接受了、冷静下来了。不，你并没有。你在他每天喝的健身蛋白粉里加入疏通下水管道的清洁剂。一点点，不多，但足以腐蚀他的内脏。他生病了，每天腹痛，精神萎靡，英国医生检查不出毛病，认为他不过是亚健康罢了。你们分居在两个房间，你尽心履行照顾的责任，给他带外卖，替他买药，但他越来越孱弱，不得不推迟了旅程。

你是何时才停手的？直到他死吗？不，直到有一天，你在餐厅的橱柜玻璃上看到自己的脸。

你的一侧嘴角和鼻翼歪斜着，面颊挂着一个冷笑。你被那副表情震惊了，立刻放下手中的清洁剂盖子。

从小到大一直有人说你继承了父亲的相貌，比你母亲漂亮许多，但那一刻你的脸庞却完全复刻了你的母亲——你最不愿意成为的人。这让你害怕得哭了起来。

你当天晚上就搬离了和他合住的公寓。后来你听说，他休息了很长时间，逐渐康复，但再也无法恢复过去的状态。他去了纽约，和你也没有任何联系。

当你把故事卷起来，装回罐子时，有一种恶作剧的快感。你在心底预言，瞧吧，Y一定会像其他人那样，看清你的面目后离开你。

你意兴阑珊，拖延了一周才去取字条。你甚至以为他不会再回复。但当你舒展字张时，上面的每个字都让你惊讶："不要责怪自己，我敢保证每个人都曾有一刻想让另一个人死。其实，我真的杀过一个人，你信吗？"

你看到最后一句时瞪大双眼，一时忘记了呼吸。直到这时，你才觉得你俩真正认识了对方。

有时你也怀疑，Y写下的一切经历或许都是编造的。他这么说，只是为了宽慰你，让你不再觉得自卑和孤单。

多么善良的Y！他究竟长什么样？是男人还是女人？多大年纪？做什么工作？……

想到这些，你又深深叹气：你们在空间中相遇，在时间上却永远不能触碰了，因为你们知道彼此太多的秘密。

你躺在床上想，人和人之间所有的相遇，都是蜻蜓点水。如果不是在时间上错过，就是在空间上错过，或者两者皆错过。

哪怕是白头偕老的高兹和D，放在宇宙无穷无尽的时空中看，也只是擦身而过而已。

想到这里，你就觉得胃里泛起一个巨大的空心的泡泡，飘到你的胸腔中，悬浮在那里。或许这就是孤独的感觉吧。

9 刘韩宇

你坐在椅子上，穿着丝袜的双脚踩在水泥地上，两只高跟鞋掉在不远处。你被扎带束缚住的双手和双腿，因为缺乏血液循环而变得冰冷麻木。

距离你一米多远的水泥地上，平躺着那个男人，他的脸肿得像个西瓜，你完全看不出他的表情，只能听到他嘴里发出哼哼唧唧的呻吟声。

那个畜生正赤裸着上身，躺在钢丝铺上玩手机。他的肩膀上缠着白色绷带，那是半个小时前他让你帮他缠上去的，当时你看到他胸口文了一只虫子。

这个仓库就像是他的一个固定窝点，床底有个带密码的大箱子，里面竟然还有酒精、纱布、手术刀、药物……

你听到躺在地上的男人叫他阿茂。

下午你的车轮爆胎，你和王助理坐上了一辆出租车。你有很多年没坐过这种臭烘烘的出租车了，要不是当时急着赶去开会，你肯定就留在原地等王助理在手机上叫专车了。唉！你怎能想到，这是个圈套呢？

你坐在车后座时，发现司机时不时从后视镜里打量你，就觉得怪异。你看他有几分眼熟，但又想不起在哪儿见过。他戴了假胡子和帽子，你怎么能想到他就是泼油漆的那个畜生？那些警察真是吃干饭的！他们说找不到他，可他却在平泽大摇大摆地开黑车。

王助理滚下山坡死不了，现在应该已经报警了。可那些警察有本事找到这里吗？想到这里，你的心又凉了半截。

那个会议不知道顺利取消没？你没到场，那几个领导估计都气坏了吧？回去以后要挨个拜访，好好赔礼道歉。想到这里，你又感觉一团怒火在胸口燃烧。

吕世博那个浑蛋，你真想亲手把他撕成碎片，用鞋跟碾烂！

他哪怕活到50岁，也是个没摘尿布的变态，只会找女人讨奶喝。

那年，他妈因为贪污受贿罪被枪毙，而他因为转移、隐瞒陈巧生的犯罪所得，也在国内被通缉，他舅舅提醒他千万不要回国，不然一入境就会被抓。

他惶惶不可终日，每天和一帮做苦力的华人在一起鬼混，喝酒、抽大麻，回到家要么烂醉如泥，要么发酒疯、砸东西。他和他妈长了一模一样的大鼻孔，还有那带着酒精气味的酸臭体味，懦弱又暴戾的性格，都令你无比厌恶……

吕世博似乎把他和他母亲身上的霉运，都怪在你头上。当他自甘堕落、一天天走向末日时，你却只想起飞。你有心在温哥华发展自己的美容事业，可吕世博把国内弄来的钱都攥得紧紧的，不允许你做任何投资。

有一次你告诉吕世博，华商会的白主席手上有一个稳赚不赔的房产项目，你们不能错失机会。你特意撮合了一桌饭局，还叫了华商会的几个大佬。可这草包不仅迟到了，还喝得醉醺醺的。他借着酒劲在酒桌上对你颐指气使，叫你为他端茶倒水。当白主席打圆场说：“不用，叫服务员来就行了。”吕世博却冷笑道：“没事，杨小姐以前就在夜总会当服务员。”最后，当你带着愠怒按住他的手，不让他继续拿起酒杯时，他竟在众人面前扇了你一记耳光。

那次当众羞辱，把你对他的恨意推到了最高点。你决心报复他。

你后来在床上向白主席哭诉了自己的苦恼。

你有时也会在心底拿白主席和丁符生比较。虽然白主席长得黑瘦矮小，说着一口广东普通话，远没有丁符生有魅力，但他做事更有魄力，或者说更加不择手段。

某天清晨，三个男子敲门要求见吕世博。吕世博被你从床上叫起来，穿着睡衣、睡眼惺忪地来到大门口。这三个男子自称是大陆来的公安，正调查他转移赃款一事，并递给他一份文件……吕世博吓得从宿醉中清醒，立刻关上门。

他去了加拿大那么多年依然无法阅读英文。他问你文件上写了什么。你翻译给他听：中国政府对他转移、藏匿陈巧生赃款的起诉已经进入司法程序，他们正在申请加拿大一项特殊的流程，只要通过后，就可以没收他名下所有财产，并将他遣送回国。他听完立刻抱头蹲在地上，仿佛大难临头。你好不容易才忍住笑。

接下来的日子，那三个男人无时无刻不在你家门口蹲守，甚至连你们去超市也要尾随。吕世博拉上所有窗帘，不敢独自出门。

你给他找了一个中国律师的电话。那个律师建议，因为你杨迎春和陈巧生没有血缘关系，不在通缉名单上，所以如果吕世博能把钱都转到你的名下，然后假离婚，中国那边便没有证据没收你们的财产，也无法申请遣送。等这阵子风头过去后，你们可以复婚。

他对此犹豫不决，直到有一天凌晨三四点，这三个男人突然闯进家里，把他从床上拖起来，带走了。他从来没对你提过那晚究竟发生了什么。

但第二天上午，当他失魂落魄地回到家后，立刻同你去银行，把名下所有的存款都转给了你，而你们当时居住的房产也很快放到了市场上出售。三个月后，你们搬入租来的公寓，并走完了离婚手续。

此后的某天清晨，你趁着他刚回家入睡不久，带着一些个人物品，彻底从他的生活中消失了。

你留给他的，只有床头一封简短的告别信，表达对他爱意的破灭，以及他名下银行卡上的3000多加元。

当你坐着白主席的车穿过美加边境，前往西雅图时，你觉得自由而有钱的空气是那么清甜。

你同情过他吗？老实说，一丁点都没有。每当想起他扇你的那一巴掌，你甚至对他的惨状有些幸灾乐祸。

你一直相信，失去了你和财产后，他会萎靡不振、愈加堕落。总有一天他的肝会硬得像石头，暴毙街头，或者凌晨被黑帮的流弹打死。那时的你绝对想不到，在许多年后，他又找到了你，成为你摆脱不掉的噩梦。

你到美国不久便和白主席分了手。他不止你一个情人，本来对你也只是逢场作戏。你很快搬去了纽约，你最向往的地方。在那里，你嫁给了做移民的刘律师。虽然你们的婚姻只持续了三年，但你依然主动冠了夫姓，把自己所有证件上的名字从 Yingchun Yang 改成了 Jennifer Liu。

在 2000 年和刘律师离婚后，三十出头的你方才开启人生中最春风得意的十年。你在纽约买了公寓，开了按摩院和美容院，和一家淮阳风味的餐馆。你的事业做得风生水起，直到十年后的一天，你收到一个口信。

那天，一个红头发的白人男子到你们公司兜转了一圈，在前台留下一句话："有个姓吕的先生委托我找你们老板叙旧。"

你被那个口信搞得心惊肉跳。你后来才知道，那个男人是吕世博雇佣的私家侦探。

你立刻翻出了过去的联系方式，拨通了你和吕世博的共同朋友阿雪的电话。自从你离开加拿大后，你便切断了和他们所有人的联系，也从未打听过吕世博的情况。

阿雪夫妇曾给你家做装修，她的丈夫过去经常和吕世博一起鬼混。她告诉你，在你离开后不久，吕世博就被房东赶了出来。他曾试图找工作，但因为不通语言、没有技能，只能做些搬货之类的苦力，晚上睡在一个拖车里。

他只要一有点钱就买酒喝，活得像具行尸走肉。有个隆冬的晚上，他醉倒在马路边，差点被冻死。等第二天他被人发现送往医院后，他的三个脚指头已被冻坏，不得不截肢。

有朋友劝他回国，哪怕回去坐几年牢也比现在强，但他死活不愿意，大家都不明白他为什么这么恐惧。

阿雪夫妇中间也有几年没和吕世博联系，但前两年突然在街头偶遇，发现他在街头派发报纸，理了头发，比以前反倒精神了一点。

吕世博说，他在快死的时候，有个华人教会收留了他，把他送去了戒酒中心。而那时他的舅舅到加拿大与他在戒酒中心见了面。在那次见面中，他舅舅替他分析了在加拿大发生的事，他才如梦方醒，想明白了一切都是你的阴谋。他现在信了教，也戒了酒，发誓要找你算账。但是美国那么大，他能上哪儿去找你呢？他真能找到你吗？

你才不信吕世博能凭自己的本事能找到你。吕世博的舅舅，是南州规模最大的保安公司的老板。一定是他在背后出谋划策。

吕世博找到你时，你正在与一个比你大 16 岁的白人共和党议员交往，他带你出入的都是美国上流社会的宴会，你已经见过他的孩子们，甚至谈及年底订婚。

可吕世博的出现，把你从云端拽进了泥潭。他雇的小混混三天两头去你的住处骚扰，到你的餐馆闹事，举报你的按摩院提供色情服务……那段时间你焦头烂额。

你不是没尝试过和他谈判，但他狮子大开口，一开口就要 500 万美元。他想趴在你身上吸一辈子血，门都没有！

后来你和议员的婚事也告吹了。你妈在国内，身体不好，十分想念你。你想到吕世博应该不敢回中国，于是在被他骚扰一年多后，你关停、变卖了几乎所有的产业，搬回了国内。

可你万万没想到，他人躲在海外，继续通过遥控阿茂这样的社会渣滓来折磨你。

这时，你觉得穿丝袜的脚尖有点凉，思绪又被拉回到这个阴冷的仓库。

你低头一看，惊叫一声，立刻蜷缩起脚趾。你的脚下流淌着一条红色的河，你抬头望去，河的源头就在地上男子的身下。

这男人脸色惨白，满头大汗，血早已把他腰间的纱布和衣服染红。

他看起来神志不清，闭着眼睛，嘴里咕哝着一些你听不懂的话，好像是:“死了，她们都死了。”

“他流那么多血……”你颤抖着哭道，“他好像在发烧，他会死的……我不骗你，他会死的。你得送他去医院，要不人死了，就成杀人罪了。”

阿茂有些烦躁地走到男人身边，蹲下身观察了一会儿，取出一根烟，点着后塞进男人嘴里。但这时，男人的嘴唇已经合不起来了。

“嘿，快醒醒！”阿茂拍了一下男人的脸，他的面颊抖动了几下。

“快说，那个医生的秘密是什么？剩下的钱找谁要？你老婆的保险单在哪儿？”阿茂接连发问。

但无论阿茂怎么摇晃他，他都说不出更多的话来，只是不停地哆嗦，嘴里发出一些没有意义的音节。

你紧紧缩着脚趾，生怕再接触漫延过来的血迹。

看来，阿茂不可能送他去医院了。

当你意识到自己目睹阿茂杀了一个人时，你的全身冰冷，如坠冰窟。你突然明白了自己的真实处境：他还会让你活着离开吗？

这是第一次，你感觉死神离自己那么近，仿佛正紧紧贴着你的后背，在你耳边吐出分叉的长舌头。

第二天黎明，一束日光从高高的天窗射进来，照在那张死灰色的脸上。

这个男人的眼睛和嘴巴都微微睁着，两颊肌肉僵硬，看上去已经死了。

10 丁冰

你每次都会带走、撕毁 Y 的字条，留下一张新的，你相信 Y 也是这么做的。现在，你想送 Y 一个礼物，一件不同于秘密、可以公开展示，也可以被保存的东西。

你从书桌上的那沓信纸上撕下一张，带着亲手做的礼物前往藏宝地。你的卷发上戴着一只湖蓝色发夹，心情明快，仿佛赶去约会。

在你开车经过一个风景区古镇时，一辆熟悉的黑色奔驰车从你旁边经过，你立刻认出这是你父亲的车牌。你有些纳闷，他的车为什么会到这里来？你不禁踩了油门，悄悄跟了上去。

行驶两千米后，黑车放慢速度，靠街边停了下来。老罗下车，点了支烟，站在街边打起电话来。

不到半支烟的工夫，你看到一个女人从街边的门面走出。

她抱着一个两三岁的孩子，身后跟了一个六七岁的男孩。两个孩子穿着大牌童装，头发梳得很整齐。女子穿了蜡染的长裙，长发随意盘在脑后，挎着一个名牌托特包，母子三人好像要去参加什么聚会。

老罗替他们打开了车后门。女子让那个大点的男孩先上车坐后座。她站在树下和老罗聊了几句，两人的肢体语言看起来十分熟络。随后，她抱着小一点的男孩也坐进了后座。

老罗扔掉烟头，回到驾驶座启动了车。

等他们离开后，你抬头看，才发现女子走出的那家店面招牌上写着：身临棋境。

那一刹那，你感觉自己的胃像被打了一拳，紧紧揪在一起。

在母亲去世前，你从母亲和其他亲戚口中听说了父亲的风流韵事。你和他们一样怨恨他，并把母亲早早患病去世的原因归咎于他。但那么多年来，随着父亲每天回家、一个人生活，你的情绪变得迷茫、失去力量。你反而时不时怀疑，会不会所有人都错怪了父亲。

但是，就在那样一个普普通通的下午，你偶然撞见了父亲捂得密不透风的秘密。

你松了一口气，终于可以让自己名正言顺地恨他了。可是到了这一刻，你却又恨不起来了。

他是多么执拗和可笑呀。为了证明大家是错的，也可能是为了自己心安，他竟然把那个女人和她的两个孩子藏了十几年。你说不上来，对他更多的是鄙夷，还是同情。

你在车上呆坐很久后，终于失魂落魄地发动车，缓缓前行。

等你爬上山路，来到那棵古樟树前时，你胃部的疼痛越来越尖锐，像有人在不断地拧紧螺丝。你的额头冒汗，无法站直身子，只能捂住肚子，弯腰蹲了下来。

这时，你大衣口袋里的白色陶瓷松鼠，滑落在地上，摔断了尾巴。

你坐在盘根错节的树根上给 Y 写信。

Y，你梦到过自己的家吗？听说每个人梦到的家总是自己童年的那个住所。我有时也会梦到家，但不知为何它是一个恐怖片里的那种地窖，冰冷、黑暗、不透气。里面住着两只互相争斗的老鼠，遍体鳞伤，一只是撒谎不断、控制不住偷腥的父亲，另一只是擅长讥讽，在愤怨中枯萎的母亲。他俩带着鼠疫的血液却巧合地混合、流淌在我的身上。怎么才能抽干净他们的血液，继续活着呢？

你写完信，把它折叠起来，和断尾巴松鼠一起放进了搪瓷罐子。

暴露自己污秽的血液，比承认作恶，更难以启齿。这是你第一次向别人提到这个屡次出现的诡异而不祥的梦境。

只是一回到家，你便后悔了。

一周后，你心情忐忑地回到藏宝地。甚至面对那棵老樟树时，你都感觉到有几分尴尬。

但当你转到树的背后时，你一眼发现树洞口的石头不在了。如被棍子重击头部，你一下子蒙了。

树洞里空荡荡的，就连那只罐子都不在了。

是麻瓜偷走了它们，还是 Y 不想继续玩这个游戏了？

你的心一点点沉下来，压在胃上面。你坐在树下思索了很久，最终下了结论：一定是 Y 读到你那封信后讨厌你了。当你说出自己最糟糕的秘密，期待他厌恶、害怕、远离你时，他没有走。而当你只是说出一个真实的梦境，他却走了。是啊，谁会瞧得上一只可笑又可悲的老鼠？

在接下来很长一段日子里，你的胸腔里都空荡荡的。你有时甚至怀疑自己是否出现幻觉，你和树洞之间的一切都不曾发生过——直到有一天，你在那个医生的桌上发现了那只松鼠。

自此，抽象的 Y 终于有了具体的形象。

11 刘韩宇

昨夜虽然被绑在椅子上，你还是困倦难挨，打了一个小盹，可能就是在那时，躺在离你不远处的男人咽下了最后一口气。

到了早上，他的面庞已经变得僵硬，如同灰色水泥雕像，从他体内流出来的血液已经凝固。

阿茂终于停下削竹子。在中场休息的时候，他擦干净手，坐到简陋的钢丝床上，手肘搁在膝盖上，微微抬头斜着眼看你，问："杨迎春，你落到今天这地步，后悔不？"

你叹气回答："一切都是命。后悔有什么用啊？"

"你可把你前夫害惨了。这做人留一线，日后好相见的道理，你不会不懂吧？"

听到这一句，你才真正确认幕后指使的就是吕世博。虽然你早已猜到了，但听到阿茂口中说出"前夫"两个字，依然一阵心悸。

"你别被他骗了！是他把我害惨了！"你气恼地回答，"什么样的男人会勒索已经离婚十几年的前妻？"

他抚摸着锋利的匕首说："他现在找你要 3000 万，不拿出来就不让你走，你说怎么办？"

"你收他多少钱？我给你双倍，行吗？"你诚恳地说道，"我出去后绝对不会向警方揭发你，我发誓！我们做生意的人很讲信用。"

阿茂的面部肌肉抽搐了一下，走到你的身边，俯身问："那你看我像是那种不讲信用的人吗？"

"不，不，我不是这个意思，"你挤出一个假笑，急着辩解道，"你替人做事我理解，但我哪儿来的 3000 万啊？我的钱都投进公司里了，你别看我外表光鲜，我住的地方还是租的，我真拿不出那么多钱来啊。”

“没事，每个人刚开始时，都这么说。”他嬉笑着，掏出了手机。

他走到你身边，用一只手粗鲁地解开了你的衬衣纽扣。你的手脚被束缚，只能扭动身子，嘴里叫骂着“畜生”。

他无动于衷，一把扯去你的文胸带子，对着你裸露的上半身拍了几张照片。你无法逃脱这羞辱，只能尽力扭过头去，让长发遮盖住自己的脸和胸口。

在发送照片后，他的电话响了，他开了免提。

“看到你新鲜出炉的照片了，哈哈。”是那个像黄鳝一样黏腻的声音，“世界上最让人惋惜的一件事就是美人迟暮啊。老了，你我都到了知天命的年纪，想当年，多少人馋你的身子。”

不愧是夫妻一场，他懂得如何才能羞辱你。你被气得浑身哆嗦，但压制住了自己的怒火。

“吕世博，你做这些事真的没有用，我拿不出你要的那么多钱。我账上剩的几百万都可以给你，但3000万，你开什么玩笑？我在美国那些年没赚到什么钱，那家餐厅生意本来就一天不如一天，后来其他的店也都被你搅黄了。现在的美容医院才开始，投资还没收回来。求你想想我们以前夫妻的情分，你那次胆囊开刀，是谁在床边照顾你的？让我的名声臭掉，对你有什么好处呢？”你说着，大声哭了出来。

那头却笑了起来，仿似口水都喷到了话筒上：“哈哈哈，夫妻的情分，杨迎春，你口才一直那么好。我有时想，你究竟是多早设计好了圈套？那时你执意到加拿大来找我。我去机场接你，你开心地跳到我身上，究竟是不是真心的啊？”

“当然，当然是真心的！我那时是那么爱你，只可惜后来缘分变了——”

“哈哈，你还是那只老狐狸，谁要心软放了你，你转身就会咬人。我一想到那个晚上，三个假公安对我的折磨，我就恨意难消啊。这都是你和那个姓白的姘头干的好事。现在这些债只能你一个人来还了！”

“我真不知道那晚他们对你做了什么，姓白的没有告诉过我，你也没有告诉过我。其实，那晚他们冲进家里时，我都吓坏了。”

“撒谎的婊子！要不是上过你那么多次当，我都差点要相信了。好好享受你最后的日子吧！哈哈哈！”

电话挂断了。你抬起眼睛，看到阿茂正握着匕首站在你的身边，他身后的台灯给他的身形勾勒了一个刺眼的轮廓。

“你教教我春字怎么写，第一笔，是横吧？”他问你。

“你要干什么？！”你的心脏倏地收紧了，恐惧地瞪着他。

他突然一把抓住你头顶的头发，把你的脖子按在椅子后背上，让你被迫仰着头。

“我想起来怎么写了。”他说着朝你的左脸举起刀，刺下，拖动刀尖……

“啊啊啊！不要，不要！疼！”刺骨的疼痛让你厉声尖叫起来，“我有钱！”

终于，他停下了刀，松开你的头发。你低头痛哭起来：“我的脸怎么了啊？你快给我镜子看看啊！”

他拿出一部屏幕破裂的脏手机，冷冷地说道：“如果今天收不到钱，我可就帮你把春字写完了。”

他给你看了一张字条，上面歪歪扭扭写了几行指示，要求你在一个交易网站上购买价值 3000 万元人民币的数字货币。

他拨通财务主管陈来福的手机。

等待电话接通时，你强迫自己镇定下来。

陈来福听到你的声音后非常惊讶，忙问你在哪儿。你让他不要多问，也不要联系任何人。你把字条上的内容读给他听。

“刘总，你要把所有钱都用来买这个，这个什么比特币吗？”

“对，尽快！你那儿不是有我的网银吗？把公司账上所有的现金和我个人账上的钱都买它。”由于刚才的厉声尖叫，你的嗓音更加嘶哑。

“可加起来也没有 3000 万啊，现在账上活动资金就 1600 多万。”

陈来福是你的表外甥，你十分信任他，把个人账户都交给他打理。

“有多少买多少！”

“姨，你那里情况到底怎么样？警察昨天和今天都来过公司……你现在不方便说话吧？”他突然压低声音，说道，“这样吧，你只要咳嗽两声，就代表并不真的需要我这么操作。”

你抬起眼皮，看到阿茂凛冽的目光逼视着你，那带血的刀尖还抵着你的喉咙。唉，怎么自己尽养一帮蠢货呢？他不会想到你开着免提吗？

“咳什么咳？少自作聪明！我要你做什么，你只要照着做就行了！”你说话哆嗦，没有了平时的威风，“等买好后，把账号、密钥都发到这个手机号码上。”

“好，我现在就试试，你别急，稍等一会儿，马上搞好。”

挂断电话后，阿茂似乎很失望：“才这么点钱？不够啊，那剩下的怎么办？”

“我没有骗你们，我真的全部加起来只有这些了……快给我镜子看看脸吧！”你又哭了起来。

“快想想还有谁可以借给你？你那一个个老情人呢，不会见死不救吧？”他不耐烦地催促道。

这时盘旋在你脑海中的，只有丁符生。上次因为他的妻子张凤不请自来，你们没有继续聊下去。他真的会念旧情，救自己吗？如果放在20年前，你对自己的魅力十分有信心，可以立刻拉出一个长长的清单，让上面的男人排队给你打钱，但现在，你甚至没有把握自己用情最深的丁符生真的会帮忙。

听到那一声低沉而熟悉的“喂”，你简直想要扑进他的怀里号啕大哭。

“迎春，怎么是你？怎么用这个手机号？”他问你。

“对，呃，我手机没电了，借了别人的。”你结结巴巴地说着，瞟了一眼阿茂，“我找你有点急事，我这阵子手头紧，想找你借点钱。”

“你要借多少？”

"我也真的不好意思开口。但越多越好，如果有 1400 万——没有那么多的话，有多少都行。希望今天就能到账。"

"今天？你看现在都下午四点多了，做什么用这么急？"

你在大脑中飞快地想着，要如何给他信号，才能让他明白自己的处境。

"生意上的周转，我会尽快还你的。"你用不自然的声调说道，不想引起阿茂的注意，又想让丁符生听出弦外之音。

"这可不是小数目啊……你也知道，工地开工了。"

你听出了他的推诿之意，想再推一把："我知道这数目不小，所以要不是急用，我都不好意思开口。但你尽量啊，我这辈子都不会忘记你的好，以后一定报答。"

你说到这里突然心生凄凉，如果是年轻的时候，你说最后那句话中的暗示足以兑现许多好处，但现在，对方能期待你回报什么呢？

"今天下午不是有政府基金的会吗？进行得如何？要不，我们找个地方聊聊？"

"我现在在外面，不方便。"

丁符生也觉察出不对劲，问："不方便？你这么晚了还在哪儿呢？"

你的余光又看到了带血的刀刃，立刻回答："香——"

山字还没说完，阿茂已经夺过手机，挂断了电话。他在你的小腿上狠狠踢了一脚，生气地斥责道："耍花招？还想着让你的老情人来救你？"

你又感到面颊上的刺痛，放声大哭起来："我的脸，完了，快给我镜子看看啊。你不如杀了我算了！"

阿茂不为所动，他坐到你对面的钢丝床上，冷冷地说道："告诉你吧，谁都靠不住，谁都救不了你。现在，只有钱能救你。"

12 丁冰

自从见到 Y 后，你总是在黑夜中看着天花板，想着他的容貌、他的声音、他的手，想着你们在宝藏盒里交换的秘密，他对你的温柔安慰。

李近思约定做双眼皮修复手术的日子到了。你陪同她去医院。

进手术室前，李近思摸到你冰凉的手，忍俊不禁：“你怎么这么紧张？我知道你太在乎我了，但真不用担心，这手术都不需要全麻。”

你以为能再见袁东一面。但直到手术结束，你才远远地望见他穿着深蓝色短袖手术服，手上拿着饭盒，从走廊尽头经过。

在回去的出租车上，李近思的眼皮上盖着两块厚厚的纱布，靠在你胳膊上感叹：“这医生戴手术帽都那么帅，声音又好听，我都担心那些护士犯花痴，会递错刀子……”

李近思的伤疤尚未完全恢复，就回到北京上学了。你没有机会陪她复诊。但袁东从走廊上经过的身影，如同卡住的磁带，在你的脑海中一遍遍播放。

你必须再见他一次。

或许你应该告诉他，那天你看到陶瓷松鼠的失态，只因为你就是树洞里的 D？

两个人在魔法世界相遇后，又在平行的现实世界中邂逅，这个概率多小呀！他会和你一样惊喜吗？

不！不！你绝对不能告诉他。那些坏秘密就像横在你们之间的高山和大海。一想到这儿，你的心又沉下来。

你控制不住自己，想再见他一面。你在医院网站上查到他哪天会在门诊值班，提前挂了他的号。

那天，你化了妆，用口红和腮红掩饰没有血色的皮肤。你提前一个小时到了门诊，紧紧盯着电子屏幕上的叫号。你感觉自己的心扑通乱跳，就像小时候站在跑步比赛的起跑线上，带着兴奋和紧张。

终于轮到你了！

他穿了一件白大褂坐在书桌后，上次那个女医生不在，而断尾巴松鼠依旧蹲坐在电脑屏幕下方。你虽然很好地控制了自己的表情，甚至表现出一丝矜持，但你的心却快乐得像撞上了天花板。

他直视你的眼睛，问你有什么问题。显然，每天面诊大量病人的他，早已经不记得，你是一个月前陪朋友来咨询手术的那个女孩了。

你说，你想要加宽双眼皮。

袁东拿出一根小棒，轻轻触碰了碰你的双眼皮，把镜子举到你的眼前。你的目光却忍不住瞟向镜子后的他，他的眼神是如此专注，完全不同于自己的心猿意马。

“为什么要加宽？”他问你。

“那样眼睛会显得更大、更有神，对吗？”你问。

“我看没什么必要，”他放下镜子说，“你的眼睛挺好看的。再说，现在也不流行那么宽了。”

“那，我再考虑下……”你努力回想着简介上他擅长的项目，或许可以临时换一个。但这时袁东已经微微一笑，按了下开关，门外开始报号。

“谢谢医生。”你只能从他对面站起来。

“听我的，别乱动，你的五官刚刚好。”在你走到门边时，他抬头微笑地看着你，友善地提醒道。

你离开门诊室，和长着一双长腿的 54 号擦肩而过。在门关上前，你听到她说：“医生你一定要帮帮我，我的腿被美容院搞得凹凸不平……”她迫不及待地撩起裙子，想给他看自己抽脂失败的大腿……

你一遍遍重温他的手指在你眼皮上的触感，他专注的眼神，和他的那一句：你的眼睛挺好看的。

你在网上搜索袁东，他的履历、他的学校、他的过去……可惜关于他的内容少之又少，你甚至没找到他的任何社交账号。

你在某个在线问诊网站上找到了袁东。他的头像是穿西装的标准职业照。他只回答过五条提问，得分却高达 4.85，咨询的人都对他很满意。你给他写下匿名好评。

你无意中发现了袁东某个大学同学的账号，在早年曾发布过一张学校篮球队的合影，袁东是队长。那时的他头发有点长，面庞稚嫩而阳光。你把照片保存在手机里。顺着这个大学同学的博客，你又找到了袁东其他同学的社交账号，而这时，你才在一篇帖子里得知：袁东已经订婚。

那一刻，就如同一家正在营业的舞厅突然断电：音乐掐断、灯光熄灭，只剩你像个小丑一样站在舞池中间。

你永远不可能靠他更近了，这个想法把你的五脏六腑都掏空了。

你对自己的失落感到震惊。因为你这才更清醒地意识到，自己已经彻底迷恋上他。从什么时候开始的呢？当他还是 Y 的时候吗？

你逼迫自己停止在网上继续搜索关于他的一切。

可惜，无所事事的日子就像秋天干燥的草原，只要有一丁点的念想没有完全熄灭，就很容易再度燃起熊熊大火。

这样孤独地度过了几天后，你又忍不住开始在网上搜索起他的未婚妻。起初，你只是好奇她是做什么工作的，长什么样，但很快你的好奇心一发不可收拾。

你顺藤摸瓜，找到了她的社交账号“永远的小路痴”。

小路痴喜欢分享，留在网络上的踪迹远比袁东多。你沉迷于翻看她的账号，根据每一篇帖子的日期，填补着缺失的信息，猜测着她和袁东的情感时间线。

你在她上一年的一篇帖子里，见到了袁东。当她拍摄桌上的心形慕斯蛋糕和他送的花时，把他一同带进了画面。他坐在她的对面，双手抱胸，看着她。她配的文字是：度过了一个难忘的生日。

看见照片上的他，令你的心雀跃了一下。但当你看到他对着拍摄者一脸宠溺的表情时，心又跌落下来。

你从她发的某张照片中辨认出，她常常去古城的一家叫普卡的瑜伽会所。几天后，你也在普卡办了一年的会员卡。

你没有深思自己为什么这么做，或许只是想看看，袁东爱的女子会是什么样。

在开课前后，会员们可以在弥漫着柠檬草气味的小会客厅里喝茶、休息。

一个女子推门进入，不知为何，你见到她的第一眼，便认出了她。

她比照片上更瘦一些，穿着瑜伽裤和小背心，露出紧致的肌肉线条。她的皮肤是小麦色，闪着健康的光泽，让人挪不开眼睛。她热情、大方，主动向每个人打招呼。

当你还在发怔时，她拿着水壶转向你，笑道："以前没见过你。你是新会员吗？"

你局促地回答："是，新来的。"

"你好啊，我叫方瑶，琼瑶的瑶。你呢？"

她冲你友善地微笑，而你却紧张到手指发麻。

"你好，我叫，"你脱口而出，"李近思。"

13 郝晨

晚上，有个同学突然在五班的群里说起，前阵子平泽警方在网上通报的无名尸听闻就是高二退学的方瑶。她很早就去平泽发展了。

这个消息就如一枚炸弹，扔进了本来一潭死水的班级群。那些久无音讯的同学们开始七嘴八舌地议论有关方瑶的各种传闻。

你越看越气愤，忍不住双手颤抖地在对话框里打下一句话："你们够了没？她不在了还要造谣。十几年了，你们不过是嫉妒她！"

在消息发送出去那一刻，你感觉自己又回到了当年那个聒噪的教室。有许多次你感觉到胸腔中的一股冲动，让你想要拍着书桌大吼一声："你们够了没？"当年，恐惧熄灭了你的冲动，而现在你再也不愿忍受了。

可你错了。你曾以为只要自己勇敢站起来喊出自己的愤怒，他们就会停止对你和对方瑶的霸凌，但现实并非如此。

你面对的是一个无情的群体，他们因一个假想敌而抱团。霸凌目标的反抗往往只会令他们更为兴奋，更毫不悯惜地攻击。

几秒的沉默后，有人问："这个沉浮之辈是谁？"

"好像是后来分去理科班的郝晨。"

"难怪啊，哈哈哈，当年他就是方瑶的忠犬，十几年还没变啊。"

“他俩应该好过，所以他这么激动。”

“方瑶果真来者不拒。”

“他妈是为他爸搞师生恋的事自杀的，我没记错吧？有其父必有其子。”

看到那条毒蛇，你的心脏颤动了一下。如今你已经长大了，它变得渺小，不再那么可怕。但你难过的是，当你想为方瑶挺身而出时，自己背负的父亲的耻辱，反倒一同成了他们泼向方瑶的污水。

满屏恶毒的污蔑让你心痛，你知道自己改变不了任何人的看法，只能默默退出班级群。

这世上没有了方瑶，再也没有人保护你了。

当年在你被恶意围攻时，只有她向你伸出善意之手。

在那个年代，大家都穿着一样的蓝白相间的运动校服，但方瑶在你的心目中闪耀得像太阳。你被她的温暖吸引，想靠近她，围绕在她身旁，却又不敢直视她的光芒，不敢拥抱她。

她的出现驱赶了命运笼罩在你身上的黑影，令那些耻辱感和悲哀感都烟消云散。你告诉自己，只要和她呼吸同一片空气，这世上还有什么大不了的呢？

你甚至生出了勇气，觉得自己将来有一天也可以保护她。

后来，方瑶退学了，你依然找回了她；再后来，她真的不见了。

从那天起，那点光亮又熄灭了，你仿佛置身黑暗的没有出口的隧道之中，彷徨失措，不知该朝哪个方向迈步。

你的人生也被划分为“方瑶失踪前”和“方瑶失踪后”两个时期。

辞去工作，你整整找了方瑶半年无果。你对自己的前途都失去了兴趣，去一家保险公司当理赔员，空闲的时间都用来搜集有关失踪案的线索。

你曾花无数个深夜翻看她的社交账号，以缓解对她的思念，以及寻找关于她失踪的蛛丝马迹。

她的社交账号的更新停留在2016年11月15日。最后一条是她公司阳台上的一盆仙人掌，上面长出一朵娇嫩的黄色小花。她写道："仙人掌都开花了，我的运气是不是会变好？"

可惜，并没有什么好运。

反复阅读她的每一篇帖子、每一个评论和点赞，你才发现，自己原来并不如你以为的那样了解方瑶。

她看的第一部情色片是丁度·巴拉斯的，她最常穿的衣服是紫色和黑色，她浏览网页的时间有一定规律，工作日总是在晚上10点多，她喜欢的香水是高缇耶的易碎品，她去荡湖公园喂野猫时偏爱那只四只脚爪是白色的灰猫，她给它取了个绰号：鞋套……

你仿佛重新认识了她一次。

今天，夜深人静之时，你打完游戏，再次登录了自己的账号。你的ID叫沉浮之辈，方瑶的每篇帖子下几乎都有你的点赞。

你像往常一样，点开了方瑶的账号，滑动鼠标。

她的200多篇帖子，已经被你翻看无数遍。尽管你对这些内容几乎可以倒背如流，但每一次看，你总能发现一点新东西。

这时，你的鼠标停在了2016年9月23日的一篇帖子上。

这是一篇普普通通的帖子，照片只配了简短的文字：思思，夕阳。

你突然想起来，那天警局的向警官问你是否听说过一个叫李近思的人。现在你才反应过来，当时这名字让你想到了这篇帖子中的"思思"二字。

配图是一张照片。一杯带着枫叶形状拉花的咖啡，夕阳从玻璃窗外洒进来，把白色桌面染得红彤彤的。咖啡杯旁边有一张精致的白色餐巾纸，角落上印着两个淡淡的字：心派。在咖啡杯盘子上搁了一把不锈钢小勺。

你已经看过这张照片无数次，但此刻，你的脑海中突然有了一个灵感。

你把照片放大再放大。果然！那把银勺如同一个小小的凸镜，反照出了同桌的人。

你曾打量过每张照片里出现的路人、倒影、反光，唯独漏掉了这把勺子。

在勺子的反射中，出现了一双十指交叉，搁在桌面上的手，手部皮肤白皙，看起来是女性的手。左手手腕上戴着一块深蓝表面的手表。

经过 AI 软件的修复，手表愈发清晰，深蓝波浪纹表面上有着白色时间轴和菱形表针，外圈还有 20、30、40、50 的数字，表带是银色金属链。

你把手表照片放到网上搜索，很快有了结论：这是一款 20 世纪 90 年代面世的欧米茄海马系列 300 米潜水表。

14 丁冰

你本来只想看看她长什么样子，却又像被一股力量推着，不断向悬崖更边缘的地方试探，想看看深渊之下是什么。

你和方瑶在普卡的小会客厅里变得越来越熟悉，甚至建立了友谊。

你并不觉得她有多么漂亮，但她似乎具有与生俱来的魅力，坦然自若、轻松随性，和神经紧绷的你截然相反。她和你身高相近，但比起你缺乏锻炼的羸弱，她显得体形匀称，肌肉线条流畅，脚踝纤细。你极少开怀大笑，而她笑起来的声音富有感染力，鼻尖上褐色小痣也会跟着颤动。

你告诉方瑶，你的父母分别在自来水厂和教育局工作，你大学学的是中文，最近刚从一家公司离职。而她说并没有上过正儿八经的大学，高二那年因为家里出了点事不得不退学。

你很好奇她的家庭，而她很少谈及。只有一次当你惊叹她怎么能做出那几个高难度的瑜伽体式时，她开心地笑道，她从 5 岁开始便练舞了。

“我妈是舞蹈老师，她教我时十分严厉，所以我那会儿很排斥上舞蹈课。但我小时候很喜欢看她跳舞，在台上灯光照着，可真美啊。”

她说的时候脸上洋溢着陶醉的神情。但当你问起她母亲的近况时，她的笑靥瞬间收拢，只是匆匆说了句，“她很早就去世了”，便转移了话题。

在知道方瑶的工作后，你为了拉拢关系，告诉她你认识一个开高档连锁西餐厅的朋友，可以替她促成一些销售业绩。

几天后，你让保姆一起从车库把两箱红酒搬回家。你父亲替你开门时，不解地问：“你又不喝酒，怎么一下买这么多？”

你没有回答，而是拿出其中几瓶放在餐桌上，说道：“这几瓶比较好，你放酒柜里。”

你还告诉方瑶，和你谈了几年的男友上个月突然和别人结婚了，你是在别人的朋友圈看到他的喜宴请柬之后，才接到了他的分手通知。你至今没能从痛苦中恢复过来。

方瑶十分惊诧你竟有这样的经历，感叹：“这太残忍了，我不敢想象有人这么对你。其实我都不敢想象有人会这么伤害任何人。”但她显然没法用自己更悲惨的经历来安抚你。

她自称每一段感情都很浪漫，分手过程平和，她和前任都成了朋友。

她朝你挤了挤眼睛，俏皮地笑道：“这世界上最不缺的就是男人，我相信更好的在前面等我。你也要这样告诉自己。”

你才不信这种鸡汤呢。她能如此轻松地调侃过去的经历，是因为她现在身边的人是袁东。不是每个人都像她那么幸运。

她说和袁东是在朋友组局打羽毛球时相识的，互相对对方一见钟情。她翻出手机上和袁东的自拍合照给你看，说找到袁东是“捡漏”：没想到这么英俊的男医生竟然 30 多岁还单身。

你耸耸肩说道：“越完美越要小心，万一他藏着什么秘密呢？”

方瑶笑问：“能有什么样的秘密啊，说来听听？”

你说：“或许，他杀过人？”

方瑶差点把咖啡喷出来：“你一定是小说看多了！”随后，她眼神中出现一丝迷离的笑意，“如果他是杀手，想想岂不更刺激了？”

方瑶多次提起，想介绍你和她最爱的男人见面认识。当然，你不会让她的心愿实现。——每次见面前一刻，你都“不巧”临时有事，放了他们鸽子。

某个周末袁东刚运动完，问方瑶在哪儿。方瑶抓拍了你俩的合照，想要发给他看。

“先给我看看。”你立刻伸手夺走她的手机，以极快的手速把照片删除。

“啊，干吗……”方瑶吃惊地叫道。

“哎呀，拍得太丑了。”

“哪里丑？那咱打开美颜重拍一张？”

“不拍了，昨晚没睡好，脸还水肿着呢。”

另一次，你们从商场出来，袁东下班经过，提议去接你们。在他的车快到达时，你说要去下洗手间，便离开了。你躲在二楼的柱子后，直到看见方瑶实在等不及，独自走去停车场后，你才接听她的电话，谎称自己在洗手间遇到一个老同学，先走一步。

接连几次以后，连一向好脾气的方瑶都开始不满：“每次都那么不巧，我男朋友都开始怀疑你是我幻想出来的了，再这样下去要带我去看精神科医生了。”

有阵子袁东去南州培训，你和方瑶看了一场电影，结束后又去酒吧，喝得有几分醉意。方瑶把你带回她和袁东租的房子，一同睡在大床上。

“平常你睡哪一侧啊？”你穿着方瑶的丝质长袖长裤睡衣，躺下问。

“就睡我自己这一侧啊，你睡我老公的。”穿着睡裙的方瑶嘻嘻笑着伸手搭在你的腰上。

那一夜，你轻轻摩挲自己那一侧光滑的棉质床单，想象自己的肌肤正贴着袁东的肌肤，感受着他的体温。

方瑶和袁东为年底的婚礼积极做着筹备，订酒席、拍婚纱照、送请柬。她让你陪她去试穿婚纱和礼服。

你站在她的身后，为她整理白色头纱，看着她镜中优雅而沉醉的模样，想象他们在婚礼上的宣誓……

你感觉有一根绳子在一点点缠住你的心脏，快不能呼吸，想立刻冲出那个没有窗户的婚纱店。醒醒吧！你该死心了，她和你是完全不同的人，袁东根本不可能喜欢你这样的！必须停止了！你必须停止！

你告诉自己：等到方瑶和袁东结婚那一天，你必须从他们生活中彻底消失！

但事情突然有了变化。

几天后的一个下午，方瑶突然给你发消息，问你想不想去附近的璜山温泉度假旅游。她说原本定了和袁东一起去，但袁东临时去不了，而房间也不能退了。

你和她开车前往度假区的一路上，她一改往日欢欣雀跃的模样，沉默寡言。

“怎么了？”你瞥了一眼副驾上病恹恹的方瑶问。

“他一直在骗我。”她回答。

15 丁符生

你19岁时去了越南战场。那是个炎热的九月，你和先遣队的战友们穿过越北的丛林，一路向南。那里枝叶茂密，遍布毒蛇、毒虫和地雷。在这几天几夜的时间中，你们不能发出很大的声响，也不能有一丁点偏离队伍，只能像一群幽灵一样埋头赶路。你的弦无时无刻不紧绷着，耳朵里只有窸窸窣窣的衣服摩擦声和鞋子踩踏植物的声音。

有一天黄昏，一个走在你前面几米远的战友因为要去树丛中解手，踩上了地雷。

在一声轰鸣中，他的下半身被炸得血肉模糊。即便这样，队伍也只是发生了小小的骚动，很快恢复平静。

你记得他在断气前，只有上半身完整地躺在地上，用祈求的目光望着你们。他想让你们帮他一把，可怎么帮呢？

那个深夜，你把头靠在自己的背包上，不敢动弹，但心中却有个声音在呐喊：我坚持不下去了！

如果那一刻，你真的当了逃兵，会发生什么？你不敢想。

你退伍转业后，先分配到派出所，后来又调到平泽本地的国企工作。因为工作能力出色，你三十出头就进入管理层。但你并不满足于此。在 20 世纪 90 年代初改革开放的浪潮中，你承包了工厂的两个车间，解决了几十个工人的就业问题。但有一天你意识到，要发大财，还是得自己干。此后你辞职创业，成了别人口中的丁老板。

你心中那根紧绷的弦却从未松弛过。这些年你有耳鸣的毛病，总会听见既静谧又喧嚣的窸窸窣窣声，会顿时变得不敢喘息。你总是觉得，自己如果稍一松懈，就可能踩上生活中的地雷，带着那些依附你、信任你的人，一同毁灭。

但那个深夜出现在你内心的呐喊，又让你知道：其实，人都是有坠落的欲望的。

只是，至少，不会是在此刻。

昨天上午，你收到一条来自陌生号码的短信，上面写着："你女儿在 2016 年秋天丢了一块欧米茄手表，她肯定很想找回吧？"

不知为何，你立刻明白他说的是哪块手表。

你下海后赚了点钱，有一次去深圳出差，在一家免税商店给月寒母女挑礼物。你被欧米茄柜台上贴着的 007 詹姆斯·邦德的海报吸引，给月寒挑了一块新出的海马表，36 毫米的蓝色表面、白色宽指针，很洋气。她收到后很喜欢，但在你们之间的关系恶化后，她便再也不戴了。

月寒去世几年后，丁冰有一次大学放假回家，在柜子里发现了它，此后每天戴在手上。哪怕你去英国看望她，给她买了一块镶钻的卡地亚手表，她依然钟爱这块旧表。

你想起已经很久没看到她戴那块欧米茄了，而那条短信里不怀好意的语气，让你有了某种糟糕的联想。

"开个价吧。"你试探着回了一条消息。

“100万。”

看到这个数字时，你的心咯噔一下。

“开什么玩笑？你知道买块新的多少钱吗？”你回复。

“它在店里卖多少钱不重要。关键是它丢在哪儿了。100万不是买手表，是买你女儿的命，你说值不值？”

你立刻明白事情的严重性。你放下手机，摘掉老花眼镜，揉捏着自己的眉心。

这个人是谁？手表怎么会在他手上？他是工地上的工人？附近的村民？对方的语气似曾相识，是身边的人吗？……你反复研读这句话，体会它的口吻，在脑海中搜索着那些泛泛之交的面孔。

你就像进入备战状态的豹子，俯身、弓背、缓慢后退，只是为了看清全局，准备下一步的动作。

“老丁，怎么了啊？又犯头痛？”张凤给你端来洗脚水，瞅着你问。

当小儿子爬上沙发扶手，准备跳向你的肚子时，张凤眼明手快地拎住了他的睡衣领子：“去，跟哥哥去房间，别吵你爸。”

你今年刚过了六十大寿。你本不喜欢过生日，却连过了两场，吃了两顿长寿面——先和你的那些亲戚以及女儿女婿过了一场，又带张凤母子三人和生意场上的老朋友们过了一场。

酒席上，张凤像女主人一般在客人之间穿梭，落落大方地招待着大家。她现在也年近四十，颧骨上开始长斑，得用许多粉底遮盖，只有声音还是那么清脆。

在酒席上，略带醉意的老汪对你连连摇头叹道：“何必呢？何必呢？”

你知道他是什么意思。他以前就说过，丁冰都那么大了，她妈也去世那么久了，何必还要遮遮掩掩，把家一分为二？

“你不懂……我还是怕。”你给他斟上白酒。

老汪拍了拍你的大腿说：“放轻松，好好对月寒家人解释，他们都会理解的。”

不，老汪又怎么会知道，你到底害怕什么呢？

丁冰小时候长得既秀气又英气，皮肤白皙、眉梢向上。你把她带去你上班的单位，同事们都说她像你。但你又清清楚楚知道，她身上流着她母亲的血液。

你和月寒谈恋爱时，她把一切时间和心思都给了你。她对你的依赖起初令你感到温暖，时间长了却如同把你困在一个闷热、不透气的房间，令你烦躁不安。随着时间流逝，最初的甜蜜慢慢酿成了恐惧。

在 40 多岁时，月寒的身体出现各种问题，但最严重的还是她的疑心病。她像一条猎犬，用力嗅着你换下来的每件衣物。她会突然打电话问你在哪儿吃饭，然后骑着电瓶车杀去那家饭店。她甚至一度怀疑你们公司的会计和你有染，只因为那个月她多领了一盒公司发的月饼。在她去办公室大吵大闹后，会计受不了这屈辱，很快辞职了。

你受够了这一切，你不喜欢回家，不想见到那张永远充满怨恨和怀疑的面孔。

当月寒被确诊了乳腺癌后，丁冰的小姨住在家里照顾她。也是那年，你遇到了张凤。那时她在按摩店打工，虽然脸蛋不算多漂亮，但身材高挑，五官耐看，最关键的是善解人意，能言善道。你每次去做按摩，她都会和你聊聊她家乡的事，她上过的学，她的前男友。你们好上后，你给她租了房，每次约会都去她的出租屋，分外小心。

但月寒还是知道了。她的悲怆带着一丝得意，她总是挂在嘴上："我早就知道是这样……"

自那以后，她便禁止你进入你们的卧室。她甚至每晚睡觉时都会在枕头下放一把锋利的杀鱼剪刀。你有一天早上只是想去卧室衣柜找一下自己的存折，她便举起剪刀，吓得你逃出了卧室。你担心她会伤害丁冰和自己，只能让保姆把家里所有的刀具都锁起来。你越恐惧，就越躲避。你越躲避，她越恨你。

你起初完全没考虑过要把张凤当成伴侣，但你们幽会两年后，她说她这辈子不打算嫁人了，只想给你生个儿子。

你一直想要个儿子。不久，她怀孕了，你俩都很高兴，但没过多久，月寒的癌症复发了。你那时很痛苦、很纠结，一方面觉得对不起月寒母女，另一方面又担心张凤的事被人发现。

这个孩子绝不能在这时生下来！最终你让张凤打掉了孩子。你在感情方面真是个优柔寡断的人。后来月寒还是没挺过去，不到一年就去世了。

月寒死亡那一刻出现了神经紊乱的状态，她不停地叫着你的名字“符生，符生”，就像年轻时那样。但当你走到医院的病榻边，试图握住她的手时，她却蜷缩肩膀，向后躲避，说你是假的。这样闹腾一夜后，她终于合上眼睛，不动了。

月寒死亡的过程比越南丛林里被炸飞的下半身，更让你胆战心惊。

月寒家人都说，她是被气死的，连你也无法打消这样的念头。你把自己关在书房里不敢出来，因为那是月寒生前唯一不会进去的地方，你仿佛觉得那样就安全了，挡住了她的鬼魂。

月寒死后，你拉黑了张凤的手机号，让司机给了张凤一笔钱，把她送回老家。

半年后，你才走出死亡的阴影。有一天，一个新的微信号加你好友。你通过了以后，发现这是张凤的新号。她说她又从老家回到了平泽。你给她的 35 万，她一分都没动，她只是想念你，想再看看你，顺便把钱还给你。

你到她的出租屋看她。看到她瘦成那个样子，很心疼。你顿时又觉得自己太对不起张凤。你已经辜负了一个女人，不能再辜负另一个。

自从你俩重新在一起后，便再没分开。你们从不吵架。她除了从你这里拿固定生活费，在经济上很少提要求，新买的房子也没要求加名字。张凤后来又怀孕生了诺诺和真真。丁冰在英国留学那两年，你和张凤回她老家农村摆了酒，但直到今年诺诺要上小学，你俩才去民政局领了证。

你不敢让丁冰的世界遇到张凤的世界。与其说你害怕麻烦，不如说你担心一些事会触发丁冰性格中的悲剧因子，改变她的命运。

虽然丁冰总是一副冷漠的模样，从未表现出对她母亲过多的爱，但你确信她的性格中有月寒的基因。

当丁冰第一次带袁东回家吃饭时，你就嗅出了危险的气息，因为你发觉，她几乎在用全部的力气爱这个男人，就像当初月寒对你。

你没有办法改变月寒的命运，但这次，你必须保护你们的女儿。

16 丁冰

你们坐在度假村的湖边大厅，玻璃幕墙外是太湖雾蒙蒙的夜色。降温了，方瑶披着一条紫色掺金线的羊毛披肩，托着下巴，用手指拨弄着熔化滴落的白蜡。玻璃杯里的烛火摇曳，映照着她脸庞上萎靡的神色。

那天傍晚，方瑶和袁东拍完婚纱照后在店门口告别，她先回家，而袁东则赶回住院部查房。

她离开不久，就收到了摄影师助理的电话，说他们有一部手机落在了影棚，让方瑶回去取。

方瑶立刻叫出租车司机掉头，回到影棚，拿回了手机。当她站在街边等车时，她装在衣服口袋里的手机收到一条短信。她平时从不看袁东的手机，此时只是顺手打开看了一眼。

“亲，感谢您在 10 月 30 日 14 ： 42 入住平泽希瑞花园度假酒店，邀您对本次服务进行评价……”

她有些困惑，袁东什么时候住过这家酒店？再看一眼日期，刚好是他前阵子在南州培训的时间。

她猜到袁东的手机密码，打开了他平时订房的 App，发现他在南州培训的那三天，其实一直住在本市郊区的这个度假村，订的是有两份早餐的大床房。

方瑶又检查了他的微信，没有发现可疑的对话。

她感觉胃里沉甸甸的，晚饭都吃不下去，一直在心头琢磨袁东为何说谎。这会不会是个误会？但又可能是什么样的误会呢？

她删去那条已读短信，把手机放在了袁东的书桌上。

袁东加班回家后立刻拿起自己的手机，读起消息来。方瑶坐在一旁的沙发上观察着他的表情，突然说道，上周有朋友看见他在希瑞度假村出现。

袁东听后有些发怔，过了几秒才讪讪笑道："怎么可能？什么朋友？一定是认错了。"

"不会认错，她看到你和一个女人在一起。她还拍了照片。"

"让我看看照片，这人到底有多像我？"

方瑶说，她开始只想试探一下，但袁东说话时面部肌肉僵硬，眼神躲闪，加深了她的怀疑。她终于忍不住摊牌道："你看看，你手机上的酒店预订记录还在。"

"什么酒店？"袁东问完，突然用掌根轻拍一下额头说："唉，瞧我这记性，我想起来了，这间房是我替姜医生订的……"姜医生是袁东的校友，也是同事。

"我知道他在撒谎，他也知道我知道他在撒谎。"方瑶苦笑一下，喝掉了杯底的酒，"我其实想过，如果他心里真的有其他人，我可以选择放手。如果他向我道歉，说他只是在结婚前开了小差，我也可能会原谅。但让我最生气的是，他完完全全否认了，把我当成傻子。"

你安慰她，事实或许就是袁东说的那样呢？是已婚的姜医生出轨，但怕用自己的信用卡订会留下消费记录，所以才让袁东帮忙订的呢？

"不，这不是误会。当我说要打电话给姜医生求证时，他立刻阻止我，又改口说，他其实只是工作压力太大，找了个借口一个人去郊外住三天散散心。"

方瑶不信，你也不信。

"那你现在打算怎么办？"你小心翼翼地问她。

"我还没想好……他有事瞒着我，而我不知道是什么。我没法假装它不存在，就这样和他走进婚姻——"

方瑶说到这里，苦涩地笑了。

她的笑容都是沉重的，仿佛嘴角被线向下拉扯着，提不起来。自你认识她以来，你从未见过她这般模样。但你却第一次感到莫名的轻松，甚至有一丝窃喜。

袁东和方瑶，原来并不是天生一对——原来，他们之间也有裂缝、争执、猜忌。原来不是你不配，而是这世界上根本没有完美的爱情。

如果袁东是一个撒谎的人、不忠的人，那是不是意味着自己还有机会？但那样的袁东还是自己向往的那个 Y 吗？

这时，一个女服务员走到你们桌边问：“哪位是方瑶小姐？”

当得到回答后，她朝后面招了招手。很快，三个穿马甲的服务生推着一辆小餐车来到你们桌边。打开盖子，里面是一个点燃了线香花火的生日蛋糕。蛋糕毫无新意，白色厚奶油上装饰着一个大大的粉色蝴蝶结和时令水果。旁边的一束奶油色玫瑰花刚好 30 朵，或许代表了她的 30 岁生日。

这些服务员突然齐刷刷地为方瑶唱起了生日快乐歌，令你尴尬地坐在一旁，只能拍着手跟着唱起来。

邻桌客人停止了游戏，投来好奇的目光，举起手机拍照。

“今天是你生日？”你凑近她，惊讶地问道。

她有些尴尬地点了点头，也显得有些困惑：“我不知道是谁……”

就在这时，她的手机响了。她低头看了一眼，对着屏幕笑了起来。这个笑刺痛了你。

幸好，你很快知道这是一个误会。花和短信并不是来自袁东，而是一个叫老马的男人。

“为什么他的消息总是那么好笑？”方瑶似乎快把眼泪都笑出来了。

那条消息上写着：“有一个人攀岩，当他快爬到山顶时，一只大灰狼拿着一根燃着的蜡烛想要把绳子烧断。那个人说了一句话，大灰狼就自己把蜡烛吹灭了，你猜那人说了什么？ HAPPY BRITHDAY！”

你小声地问：“这个老马是什么人？”

“一个建筑师。他挺逗的。”她一边低头回复消息，一边问你，

“这花可怎么办呢？留在酒店怪可惜的，要不明天你带回家吧？”

你突然什么都明白了。

第二天，那束玫瑰花躺在你的副驾上，跟你回了家。

你把它插在一个简易玻璃大瓶里。这些玫瑰花尚未完全盛开，每一枝似乎都经过精挑细选，花瓣新鲜饱满。你一边想着心事，一边摘着花瓣，仿佛对它们进行着凌迟。

你是那么地心疼袁东。自从知道老马的存在后，你已经不信他会背叛方瑶。方瑶不过是为了给自己的劈腿找一个借口，故意污蔑袁东罢了。

这真是个又自私又贪婪的女人。她怎么可以同时占着袁东和老马的感情呢？

你摘掉最后一片花瓣，此时花瓶里只剩一把光秃秃的带刺的茎干。

你想替她做出抉择。

17 赵刚

你叫赵刚，今年31岁。你家在村口开了家小卖部，平日里都是你老婆在打理。而你自从被卷管厂辞退后，就在家附近的工地上打工。最近家附近的工地开工了，你的活儿也多了起来。等建完后，这里会有三家纺织厂的半自动化厂房，你也可以去厂里上班。

你很早前就听说，金丝公司主营的那种化纤面料，在原料中就含有一级致癌物，生产过程中会污染水和空气。人们议论纷纷，金丝老厂房旁挨着的那个村子，有一半人都得了癌症，养的鱼都死光了。那个村的村民曾趁着夜色，把好几吨腥臭的死鱼堆到环保局的门口抗议。可问题依然没有得到解决，谁让大老板有关系和门路呢？

金丝这些年生意越做越大，和另两家公司在三年前跟政府拿下紫阳湖畔的这块地，准备建一个纺织园区。这消息泄露出来后，你们村的人哪还坐得住？这不等于要到你们家门口来下毒吗？

三年前挖掘机就曾进过工地，但因为村民每天聚集起来抗议阻挡，以及几个带头的人上访到南州，工程不得不中止。你爹也参与了一些示威活动。但后来因为你和赵强兄弟俩被选中看守工地，你的家人就不掺和这事了。

去年区政府曾派人来调解。这三家企业的老板做出两点承诺：一、工厂开工前，给附近两个村子的每户居民发放补偿款；二、不管是工地还是以后的工厂，都将优先招聘两个村的村民。你怀疑村支书和那几个带头闹事的家伙私下里收了好处费。反正在那次调解后，他们倒戈了，劝说大家都散了。

唉，这世道可真黑啊。村里条件好一点的，像村支书这些人早就在其他地方买了房子，反正到时候毒气也飘不到他们院子里，而像你们这种穷光蛋就只配留在村里喝毒水，吃毒菜。

今天，你把堂弟赵强叫到家里来喝酒，让你媳妇丽音炒了几个小菜。聊着聊着，赵强又说起工地旁边发现尸体的事。

“哥，你说是什么人把尸体埋这儿的？”赵强问你。

“肯定是熟悉这里的人呗。”你夹了颗粘着盐粒的花生米扔进嘴里，回答。

“那会不会是咱村的人？”

你没有立刻回答，而是回头瞅了一眼，等确认自己老婆已经去院子里，才小声对他说：“我捡到过一个东西。”

“什么东西？”

“一块手表。”

一年多前，秋雨连绵不绝，寒气逼人。下午，你打着伞从村里去工地值班，在半路上，远远看到一辆白色小轿车停在靠近挡板的公路边。由于当时大雨滂沱，你看不清楚车上有没有人。这里前不着村，后不着店，怎么会有辆车呢？你嘀咕了一下，也没多想。

你斜穿过满是泥浆和水滩的工地，来到工具房。一推开门，你就觉得不对劲，门内地上有一摊水渍，像是刚刚留下的。你抬头看，屋顶并没漏水。这一排水渍从门口一直延伸到西边的墙角，那里堆放着铁锹、锄头、扫把等工具。

你有些困惑，是谁刚刚来过这里？你审视那些工具时，突然注意到在它们的缝隙之间似有反光。你拿开一把耙子，看到地上躺着一块银色表链的手表。

是谁丢在这儿的呢？你疑惑地站在工具房窗口，放眼望去。倾盆大雨拍着黄泥，偌大的工地上不见任何人影，远处的树林影影绰绰。你又打起伞走到挡板外，发现那辆白车也已经开走了。

你第二天把手表带回家给了老婆丽音，说是送给她的结婚纪念日礼物，让她好好收起来。

"是二手的吗？怎么看起来像戴过？"她把手表试戴在手腕上，问你，"哪儿来的？

"别问那么多，我说过，总归会送你个礼物的。"

"你这不是偷的吧？"

"怎么可能？捡来的。"

"捡来的旧东西也好意思送人？还当纪念日礼物？嘁。"她摘下手表塞你怀里。

"你这娘们儿可真没良心。你知道这表是什么牌子吗？我查过，是名牌，叫欧米茄，店里要卖好几万呢。换其他男人早就把它当了，拿钱吃喝嫖赌去了。你看，我带回家送给自己老婆，你还不感动？"

赵强听到这儿，好奇地问你："这是一块女士手表？什么女人会去我们工具房呢？"

"你蠢啊。"你不耐烦地撇了撇嘴说，"你忘记我告诉过你，死的是什么人了吗？是丁老板女婿的未婚妻！"

"等我理理这关系啊。"赵强摆出几颗花生在斑驳的八仙桌上，说，"这是丁老板，这是他女婿，这是女婿的未婚妻，那——"

你把筷子反个身，狠狠抽了一记他的脑袋，压低声音说："这表是丁老板的千金丢那儿的。"

赵强大惊失色："啊，不会吧？你怎么这么肯定？"

"我可不是凭空瞎猜的。我有一次去丁老板办公室，看到他墙上有张放大的父女合影，好像是国外什么学校的毕业照。当时她挽着她爹的胳膊，手腕上戴的就是一模一样的表。我暗想，看来这表是丁大小姐丢那儿的。可是，那天那么大雨，她去工具房干吗呢？前不久我听到工地上在传那具女尸是什么身份，我突然就把事情串起来，想明白了！”

“所以你觉得凶手……”

“两个女人为男人争风吃醋，这种事我可见多了。”你得意地说道。

“那现在你打算怎么办？这事要告诉警察吗？”

“蠢！告诉警察对咱有啥好处？”

你从口袋里掏出一部淘汰多年的旧手机，说：“我昨天用这个没实名的号码给他发了消息，这是他的回复。你看，这就是聪明人之间的对话，大家都心知肚明又不说破。他一下子就明白他女儿干了什么。”

赵强拿过手机一读，表情变得惊恐：“你跟他要……100 万？”

“怎么了？100 万对他这种大老板来说不是毛毛雨吗？”

赵强的嗓音颤抖：“他们都说他以前在越南打仗时杀过不少人，做事很狠，万一哪天他知道是你发的短信可怎么办？”

“他怎么会知道？”

“你要收钱，总要告诉他账号吧？不然你怎么收这 100 万呢？”

“这我早就想好了。”你得意地打开草稿箱，对着里面一条已经编辑好未发送的短信读了起来：

“准备不连号的 100 万现金，装在一个黑色不透明的垃圾袋里，把它放进荡湖步行道边第三个垃圾箱。你继续沿步行道一直向前走，不要回头。等我们确认钱无误，会在那条路尽头最后一个垃圾桶里放进一个红色塑料袋，里面有你要的东西。”

你又对赵强解释道：“这事我需要你的配合。我测算过，走那条路照他的速度大约需要十分钟。我在这头确认好钱没错，就给你发消息，你就在那头把装手表的袋子扔进垃圾箱。记得当天要戴上帽子、口罩，扔完就跑。反正，等钱到手，咱哥俩分。”

赵强听后竖起大拇指，连连称赞："高啊，刚哥，你真是高。"

随后他又悄声说："先让我欣赏一下那块手表吧。到底什么样的手表值 100 万？这可比咱两家的房子加起来还值钱啊。"

你嘿嘿一笑，让他在饭厅里等着。你走进卧室，打开衣柜门，把手摸到衣服深处，掏出一个铁皮月饼盒子。这是丽音的藏宝盒。里面有一件你儿子婴儿时的小衣服，层层打开，包裹着几件金银首饰。可是，你拿起那件衣服抖了抖，没有发现手表。

去哪儿了？你明明看到她此前把手表放进这个盒子里的。

你有点着急，把柜子里的衣服都扒拉到地上，没有看到其他藏首饰的地方。正在你找得满头大汗时，丽音走进房间吼道："赵刚，你这是干什么？"

"那块手表呢？"你直起身子问。

她听到这句，平日里的嚣张气焰竟一下子熄灭了。她没有吭声，而是默默走到衣柜前收拾起地上的衣服。

"问你呢，表呢？"你焦急地又问了一遍，嗓音高了几个分贝。

她蹲在地上沉默了一会儿，才小声说道："有一次戴出去弄丢了。"

"丢了？！"你几乎跳了起来，吼道，"你知道你掉了多重要的东西吗？！"

她不咸不淡地说道："我就说那个旧表链扣不牢，要不当初别人怎么会丢了，给你捡个便宜？"

"我怎么从没见你戴过？什么时候丢的？到底丢哪儿了？！"

"有几个月了，现在哪还找得到？"

她那无所谓的态度激怒了你。你一把揪住了她的发髻，把她的脸翻回来，扇了一记耳光："败家娘们儿！"

她跌坐在床上，号啕大哭起来："赵刚你这个王八蛋，竟然打老婆！我跟了你这么多年，什么都没有，你竟为了一块破表打我！我过这狗日子，还要挨打！"

赵强听到哭声，赶紧走进房间来劝架。

你被他拖曳着走到外屋，正在这时，你口袋里的那部旧手机响了一声。没其他人联系这个号码，不用说，一定是丁符生发来的。

“把手表拍张照片，我才能知道它是不是我丢的那块。”

刚好不巧！

你让自己镇定下来，拿着手机走进了夜色中的院子里。你在台阶上蹲着细想了一会儿，才回复：“不用怀疑，海马系列，90年代款式。”

那头过了半分钟后回复：“如果不能提供照片，那至少告诉我，你在哪儿捡到的？”

“当然是在出事地点附近。你问你女儿，她最清楚。”

那头不再回复。

此时你的心情平复了一些，听到屋内还传来丽音哭哭啼啼的声音，开始有点后悔自己刚才的冲动。这婆娘特别记仇，估计接下来一个月你都没清净日子过了。

“刚哥，表没了，这可怎么办呢？要不咱把这个手机卡扔了，别再和丁老板联系了。”

唉！你重重叹气，在门槛上坐了下来。自从发现手表的秘密后，你就像一个充满氢气的气球，每天飘飘然地浮在空中。可就在刚才，手表弄丢的消息如同一根针扎在你肚子上，你倏地泄气，摔到地上。

难道因为那个愚蠢婆娘的错误，快进口袋的100万就这么飞了吗？你感到痛心疾首，用手机敲击自己的脑袋，逼自己赶紧想办法。

突然，一个主意冲入你的脑袋。哈！你忍不住笑出了声。只要肯动脑，天无绝人之路。你立刻打开一家卖旧手表的网店网址，输入那款手表的品牌：欧米茄。

赵强蹲在你身后，诧异地观摩了一会儿你在手机上的操作，突然恍然大悟：“刚哥，你打算重新买一块？高啊！可你不是说那款二手的也要好几万吗？”

你不耐烦地用胳膊肘推开了他，说道：“我以前就对你说过，我观察过那些做大事的人，一要舍得老本，二要有胆量。等我收到100万，这几万算什么？”

你说完轻笑了一下，点开了信用卡支付。

18 向毅

鑫美的老板刘韩宇已经被人绑架超过 24 小时。韩副局长紧急把你叫去办公室，把这个任务也交到了你手上。他双手叉腰，气愤地说道:“一个外籍企业家竟然光天化日之下被人绑架，这还怎么让投资者对平泽的经商环境有信心？”说完他才放低音量补充一句，这是副市长刚才对他说的话。

据刘韩宇的助理王晓雁所说，他们因为车抛锚，不得不在路上拦了一辆刚好经过的出租车。但刚上车不久，在经过一个僻静的路段时，司机突然刹车，下车抢走王晓雁的手机并把她推下山坡，随后带着她的老板飞驰而去。

王晓雁一路滚到了 20 多米的坡底，幸好那个坡度较缓、泥土松软，她除了受了点皮外伤和轻微脑震荡外，没有大碍。她好不容易挣扎着爬了起来，蹒跚到附近一条公路上，拦住过往的车辆后报警。

可能事发突然又受了惊吓，王晓雁没有记住车子的车牌号，也没留意车子的其他特征。她所能给出的全部描述是:这是一辆绿色的出租车，后座窗户内加了可拆除的黑色网罩。

平泽市最大的出租车公司是齐盛，它旗下的车都是绿色，也就是说，共有 1600 辆绿色出租车在全市范围跑。而这辆车很可能是绑匪自己改装的黑车，套的是假车牌。

那段盘山路上没有监控，也无法确定它后来走的是哪条路。目前专案组还在排查从香山通往市区的几条道路上的监控。

王晓雁说司机戴了鸭舌帽，留着胡子，穿着一件藏青色长袖衬衫，个子不高，偏瘦。至于具体相貌特征，她都说不上来。你们给她看了给刘韩宇泼油漆的那个男子的监控影像，她无法确认是不是同一个人。

“唉，这个王助理一问三不知，好像脑子不太好使。”孙邵杰说道。

“人家刚刚摔出了脑震荡，没失忆就不错了。”你说道。

“技术科的人在抛锚的车上发现带监听的定位跟踪仪，两个前胎也被人动过手脚，所以才会在开出不久后爆胎，作案手法十分专业。”

唐菁菁说完，又把U盘插进电脑，说道：“这是从会议上取回来的PPT。”

你们在办公室大屏幕上看完了刘韩宇的“宣传片”，一时间陷入了沉默。这个PPT在政府基金的答辩会上播放了近十分钟，其实后面还有十多分钟更劲爆的内容。

一个男声配音对刘韩宇在纽约法拉盛设立色情按摩房，和政客权色交易等各种黑幕娓娓道来。虽然这些指控毫无证据，只不过配了几张照片，但它终究还是达到目的了——撕开了刘韩宇精心维护的体面。

“这PPT是怎么被人调包的？”你问。在网络技术方面，你永远可以相信唐菁菁。

“目前来看，有IP在境外的黑客破解了王助理的邮箱密码，在她的草稿箱里替换掉了PPT，王助理没有仔细检查便发送给了主持会议的金秘书。而金秘书收到后也只是看了前面几分钟，便下载到了U盘准备当天使用。”

“等刘韩宇回来，这王助理估计要被炒鱿鱼了。”孙邵杰说道。

“做这个PPT的一定是她身边的人，才对她的历史这么了解吧？”唐菁菁问。

“如果这视频是真的，她那些年一定得罪了不少人。”孙邵杰说道。

“不过最恨她的，应该还是陈巧生的儿子，她的第一任丈夫吧？”唐菁菁问，“她当年到底用了什么办法，把所有财产都弄到手的？”

吕世博自从1996年出境后，至今没有回过国。如果是他干的，那便是他人躲在海外，遥控国内的人绑架的刘韩宇。

这时，周京云走进办公室说：“我刚接到派出所的电话，有刘韩宇的消息了！”

“她手机开机了？”你问。

“她本人的手机一直不能定位。但几个小时前，她用一个陌生号码给他们公司的财务主管陈来福的座机打了电话，要求陈来福把公司和个人账户上的钱都用来购买境外平台的数字货币，涉案金额超过千万。”

“啊？这么多钱都已经转出去了？”你很惊讶。

“陈来福是刘韩宇的表外甥，平时也帮刘韩宇打理私人的钱，掌握她所有银行账户的密码，对刘韩宇言听计从。他挂了电话后立刻操作了她个人活期账户上的600余万，但在操作公司账上的现金时，他犹豫了，通知了鑫美其他股东。”周京云说道，“现在鑫美没人敢拿主意，钱一旦转出去，肯定很难追回来了，但如果不照做，刘韩宇会不会有生命危险？”

“陈来福已经把第一笔比特币的密钥发过去了？”你问。

“是的，发给了这个手机号码。”他递上一张纸，上面记了电话号码。

你坐到椅子上，端详着纸上的那个电话号码，一个念头在脑海中闪现，又倏地消失了。你抓了一把自己的短发，咕哝道：“这个电话号码怎么看起来这么眼熟？”

大家安静地看着你，看上去都对你的记忆力很有信心。

“这号码归属地是哪儿？”你问周京云。

“河南。”

河南？……没错，就是那个号码！

“这是最近一直和袁东联系的那个号。”你说道。

“啊？是它？”其他人都很惊讶，孙邵杰急忙翻笔记本。

“不用翻了，就是它！”你十分确定。

这个电话号码在过去几个月中曾给袁东打过近百通电话，有许多没有接通，但也有多次接通了，其中一通长达20分钟。它登记在一个河南人名下，但这个农民曾丢失过身份证，号码并非他本人注册使用。这个号码也没有用于绑定、注册任何软件，除了偶尔开机给袁东打电话外，大部分时间都是关机，所以你们一直没法核实其身份。而袁东此前一直咬死说这是推销医疗产品的骚扰电话。

“我已经糊涂了……”孙邵杰皱着眉说，“假设这个电话是绑匪在使用，那绑匪同时在勒索刘韩宇和袁东两个人？还是说，绑匪和袁东是一伙的？”

“怎么感觉哪儿都会冒出袁东来，就跟地鼠似的。”唐菁菁说道。

“这个号码打完电话后就立刻关机，无法精确定位。根据基站的数据分析，它应该位于这一块。”周京云走到平泽市地图前，在香山那一带画了个圈。

你没想到，绑匪竟然就藏在香山……这么说，他在刘韩宇家附近绑架她后，绕个圈又折回香山某处躲藏了起来。难怪其他同事看了那么久监控视频，都没有在去市区的路口发现可疑车辆。

“那一带搜起来可不容易。”周京云说道，“别看就这么一小圈，那里有两个村子，许多民宿酒店，而山上这一块都是荒地，还有可以藏人的天然洞穴。”

“要找人确实有难度，先让那里的村民都留意下有没有可疑的绿色出租车。”你说道。

你和周京云动身去找袁东。袁东在电话里说，刘韩宇被绑架后，虽然鑫美正常营业，但已经流言满天飞，他不希望你们去办公室，再引起其他客人和同事的议论。

你们约在医院附近的心派咖啡馆见面。

“上次问过你的河南号码，只给你一个人打过电话，我们需要知道他是谁。”

“我说过，这是推销——”他没有掩饰自己语气中的厌倦。

“他涉嫌绑架刘韩宇。”你没有时间再听他说谎，打断了他。

“是他绑架的刘总？！”他看上去十分震惊，不像是装出来的。

“刘韩宇自己的手机关机，但用这个号码打给了你们的财务主管。”

袁东困惑地看着你，似乎没听明白这句话。

“他和你到底是什么关系？如果你不交代的话，我们有理由怀疑你参与了绑架案，不然这绑匪怎么会精确掌握刘韩宇当天所有的行踪？”

“越来越离谱，我什么都不知道！”袁东的面部肌肉抽动，双手握拳。

“刘韩宇生死未卜，鑫美前景难以预料，你肯定也希望能救回她吧。”

袁东摘下眼镜，擦了擦镜片，又重新戴上，显得有几分手足无措。这是你前几次去找他时，所没有见到的。你明白你们正在一点点接近他极力想要掩藏的东西。

“否认没有意义，最终一切都会水落石出，到时你只会更加被动。”

袁东依然没有回答，垂头看着自己的影子，眉头紧皱。

“既然你不愿意配合，只能请你跟我们去一趟局里了。”你说完向周京云使了一个眼色。

周京云拍了一下他的肩膀，说：“请吧。”

“他是西票人，叫杜子华。”袁东的声音很小，却仿佛用尽了力气。

他又补充了一句：“我只知道这么多。”

杜子华？这个回答完全出乎你意料，你瞟了周京云一眼，后者也同样吃惊。

你怎么都没想到，这号码竟是正被通缉的杀妻嫌疑人在使用。

“杜子华另外有部手机，为何单独用这个号码和你联系？你和他是怎么认识的？”你问。

袁东走到栏杆边，眺望暮色中的百川湖，不再回答。

正在这时，周京云的手机响了，他接完电话后小声对你说：“派出所打来的，让我们赶紧去香山的庙岗村，人找到了。”

“刘韩宇？”

“不，是杜子华。”

19 丁符生

你在上午突然接到刑警队的电话，他们说根据移动公司提供的通话记录，查到前一天有部尾号为 4373 的手机给你打了电话，想向你了解情况。

你一翻手机通话记录，发现他们说的正是刘韩宇使用的陌生号码。你解释说你和刘韩宇两人相识多年，在商业上有些合作。她想借一千多万，只说用于周转，没说其他的，你没答应。

挂断电话后，你立刻打给了袁东。从自己的女婿那儿，你方才得知前天下午在答辩会上发生的一切。

不用说，这种下作的事肯定是她那个前夫干的。

你对吕世博的印象已经很淡了，只记得 20 年前在南州的金麒麟饭店，有人指给你看，那是陈市长的公子。他当年看上去身板柔弱，尖嘴猴腮，被一群人簇拥着。你没想到他如今变得这么狠，用绑架的手段逼杨迎春给钱。

但你转念一想，吕世博像条疯狗咬着她不放，想必也是因为杨迎春真的做了什么过分的事吧？她是什么样的人，你的心里还是有数的。

近 20 年前，你们共度的时光还历历在目。你记得在一个春心荡漾的夜晚，她躺在你的臂弯里说："如果天永远不会亮就好啦。"你一时产生错觉，以为你们之间有了真情，便更紧地搂住她的肩膀。但天亮了，你也清醒过来：她的话能有一半是真的就不错了。

当然，你没在电话里告诉袁东，你怀疑杨迎春是被她前夫指使的人绑架了。因为，你不想在女婿面前，暴露自己和杨迎春超出商业合作的私人交情。

你坐在书房的窗前喝了一口茶，从胸口长吁一口气。你很同情杨迎春，但她要借那么多钱，你怎么可能答应？现在基金投资的那笔钱很可能也打水漂了，医美行业竞争激烈，鑫美到底发展前景如何也未可知。这笔钱借了恐怕有去无回。

你不想掺和进杨迎春和其他男人的麻烦里，更何况，现在有更重要的人等着你保护。

这时，眼尖的你透过落地窗，看到院子里的竹子之间又冒出几株高高的植物，它们都有着针状叶片和一簇簇细小的黄花。你立刻警觉起来，快速走到室外，把它们连根拔起。

这种植物好像叫黄莺，也叫加拿大一枝黄花。有人说：黄花过处，寸草不生。它们隐蔽性极强，一年可以生成两万多粒种子，四处占领空间，释放有害物质，杀死它周围的任何植物。

因此，一旦发现这种小黄花，就必须立刻拔除，否则后患无穷。

它们究竟是怎么跑进你家院子的？或许是被野猫带进来的吧？

你把拔除的小黄花扔进了垃圾袋，并洗了手。

你在商场上混了那么多年，不止一次遇到麻烦事。你总结出一个定律：先下手为强。就像这黄花，一旦扩散开来，再收拾它们就困难了，所以必须一发现就扼杀在萌芽状态。

记得警察对你提过，那个叫方瑶的女人是在2016年11月失踪的。你立刻让工头老李查查，当时是谁在工地上值班。老李不需要查看，便回复你：不是赵刚就是赵强，因为那阵子是这兄弟俩轮流在夜间看守工地。

你对赵刚有印象，他是附近村子的村民，尖尖的脑袋剃了个光头，油嘴滑舌，每次看到你去工地就喜欢跟在你屁股后面转，说些奉承的话。而那个赵强，你已经没什么印象了。

你也顺便向老李了解了一下赵刚家里的情况，得知他和老婆住一起，还有一个儿子在读中专。

"赵刚这人虚头巴脑的，年轻时入室盗窃，被人抓到后往死里打，一只脚现在还有点跛。但他运气不错，娶的老婆比他大三岁，很能干，在村口开了个小卖部。听其他人说他老婆人很实诚，店里从不卖假烟假酒。赵刚在外面很活络，但在家里也是忌惮老婆的，结婚后赌博、喝酒都少了许多。"

你立刻出发去赵保村。你让老罗把车停在村外马路上，步行到了村口。

你一眼看到了那间水泥裸露、方方正正的像火柴盒子的平顶房，门口挂着招牌：天天超市。一个穿粉色暗纹衬衫的娇小女子刚巧走出小卖部，拉下卷帘门。

你走上前问："你是赵刚的媳妇吧？"

她诧异地上下打量你，恭敬地问道："请问您是？"你刚说完自己姓丁，她便立刻兴奋地说："您是丁老板吗？我就说像呢，以前赵刚给我看过您在网上的照片。"你立刻想到，前几年那些村民闹事时，有人把你的照片在网上曝光，大肆炒作。

她又重新抬起卷帘门，请你往店里坐。你问她此刻出去有急事吗，她忙说："没事，没事。"

她邀请你坐在店铺后面的储物间，给你拿了瓶冰红茶，你推辞，她坚持把盖子拧开，放到你手上。储物间不过几平方米大，堆着货物纸板箱，还放了一张躺椅和一张板凳。你坐在板凳上，而她只是倚着箱子拘束地站着。

你也想过，或许手表不是赵刚捡走的。但结合值班时间、短信里的口气，以及赵刚的性格，你觉得是他的可能性很大。你还听说赵刚家平日里都是女的当家管钱，赵刚的工资主动上交，所以当初他若捡到了手表，很可能不会瞒着他老婆。但他老婆这人又比较正派，应当不知道也不会参与勒索一事。

你开门见山地问："听说赵刚捡到过一块手表？那是我丢的。"

她的眉间闪过一丝慌乱，顿时两只手都不知道往哪儿放，小声说道："手表是您的啊？"

"是啊，我这次来正是想谢谢你们。"

"不不，不用谢，我如果知道是您家的，早就还回去了，可是……"她支支吾吾地说道，"这表，现在也不在我家了。"

"什么意思？"你的心头一紧，盯着她看。

她咬着下嘴唇，犹豫了好一会儿，才说："被我不小心弄丢了。"

你发现她此时眼皮都抬不起来，面颊涨得通红。如果真丢了，说明赵刚手上也没证据了，倒也不见得是坏事。但你觉得她在撒谎，她究竟想隐瞒什么？难道勒索一事她也参与了？

“小沈啊，你也应该猜到了，一块旧表不值什么钱，我想找到它，只是因为它和我亡妻有关，对我意义重大，是独一无二的。不管你是真的丢了还是送给了谁，你都需要给我线索，让我能够继续找下去。”

她抬起眼皮，胆怯地看了看你的眼睛，似乎想确认你说的是实话。当得到你的眼神鼓励后，她才小声说道：“其实是被我送到当铺去了。”

你的心中立刻又升起一线希望，忙问：“送哪儿了？”

“就附近的亿德典当行。”她立刻又为自己的行为辩护道，“我爸今年年初要做手术，住院费加上用的药，要好几十万，我们兄弟姊妹都得出钱。赵刚好吃懒做，儿子读书、实习还要钱，这些年全靠这家小店才能过活。我不想姊妹说我不孝顺。他捡到表时对我说它很值钱，但我把它拿去当铺，人家说这表链坏了，只给了 1.5 万。我把这笔钱都拿给我爸了。”

“你们当时怎么协商的？多久赎回？”

“活当，约定半年……”

“然后呢？”

她像做错事的孩子，绞着两只手，低头回答：“上个月到期了，他们给我打过电话，我手上没钱，就没去。昨晚赵刚突然找起表来，把我吓坏了。我想都死当了，也赎不回了，而且他和我爸关系很僵，老死不相往来那种。我若说了把钱用到哪儿，他更要发疯。所以，我索性骗他说表丢了。没想到，他竟动手打人……刚才我想趁着中午生意少，去亿德看看表还在不在……真对不起，您找上门来，我交不出表，钱也还不上……”

你耐着性子听完她的话，安慰道：“现在工地开工了，收入的问题，你们就放心吧。”

她看起来十分感动，红着眼圈说：“赵刚这人不争气，现在这年纪更难找工作。幸好遇到您这么好的老板。您真是个大善人，还答应让他以后去厂里上班……”

你不想听她继续啰唆，站起身，从口袋里掏出一个信封，说道：“这里有 5000 元，你拿着，感谢你告诉我去哪儿找。”

她坚持不收这笔钱，一再推辞。你喝了一口手上的冰红茶，把钱留在了柜台上，说道：“我收了你的饮料，你也收下这个吧。我的建议是，你别对赵刚说当表的事，反正表也拿不回了，免得到时又吵架。也不要提你见过我，这笔钱是给你爸治病的。”

她犹豫了一下，点头应允，眼泪汪汪地把你送到小卖部门外。

你走出村子，立刻坐上老罗的车，赶往亿德典当行。幸好，那块表还在那里。

在回去的路上，你坐在车后座上，给工头老李打了个电话，让他这个月盯着赵刚工作上的差错，找个合适的理由把他辞退了。老李很识相，没有多问一句为什么。

随后你又给丁冰打了电话，问她什么时候到家里来吃饭。

挂了电话后，你用大拇指摩挲着手表的表面，突然又回忆起丁冰读幼儿园时的那个意外。

那时你还在厂里上班，和月寒的关系还算和睦，你时常会带丁冰去厂里的游乐场玩。

虽然叫游乐场，其实只是立了一些可以攀爬的铁架子。有一次，她和你几个同事的孩子比赛，她爬到了五米多高的架子顶端，兴奋地大叫着：“爸爸，你看！我高不高？”

你仰起头，太阳当空，只能看到她的剪影，两条小辫垂落着。你看不清楚她藏在阴影里的表情，但知道她一定在对着你傻笑。

突然，随着一声尖叫，一个黑影坠落，遮挡了太阳。你一个箭步冲上前，紧绷双臂，接住了她瘦小的身躯。巨大的冲击力，让你们一起摔倒在沙地上。

现在想到这一幕，你依然会心跳加速，肾上腺素飙升，手臂肌肉也变得僵硬。

但万幸的是，你接住她了。你真希望此生自己每一次都能做到。

20 向毅

庙岗村位于香山东麓，因为交通不便又不靠旅游区，属于当地比较落后的一个古村，这些年只剩一些老人居住。

当天有个70多岁的大爷带了他的狗去山上挖野笋，他的狗似乎嗅到了什么气味，跳进密集的灌木丛中吠个不停，不肯出来。他出于好奇，拿着镰刀割去杂草，挤进灌木丛，发现了那具尸体。

你赶到时，尸体已经被人挪到了草地上，放在塑料膜上。

许多尸体被发现都是机缘巧合。若等哪天它成了白骨，气味消散，藏在这半人高的灌木丛中，可能几十年甚至更久都不会有人发现。

在等法医到来时，你蹲下来查看尸体。他的脸被打得面目全非，难以和杜子华之前的样貌联系起来，在他后腰部位还有一道黑色的伤口。

尸体上没有发现证件、手机和其他财物。派出所民警根据左手两根手指缺失的特征，判断他可能是通缉令上的嫌疑人杜子华。

你环顾四周，肯定这里不是第一作案现场。香山很大，这一片区域属于野山，没有路，只能徒步上山。凶手难道是扛着尸体上来的？

你弯腰细细查看脚下的土地，有一处杂草被碾平，下方泥地上留下两条平行的痕迹，相距大约半米。这不是自行车，也不会是汽车，那是……？

这应当是板车或者手推车一类的车轱辘印！

你追着车轱辘印又走出十几米远，它消失在一条石板路上。

这么看，第一现场可能距离这里不会太远，凶手趁着夜色推着板车把尸体运到这里丢弃。

这片抛尸地也在刘韩宇拨打电话的手机信号范围之内。从早上起就有一队人马在这个范围内搜查，重点搜的是能够藏人的废房、山洞、猪圈、牛棚之类的地方。

到了傍晚五点多，传来好消息：第一现场疑似找到了。在庙岗村郊外靠山脚的地方，有一栋孤零零的砖房，旁边还有个残破的蔬菜大棚，里面有一辆生锈的手推车，车上有残留血迹。

当你赶到那里时，痕迹检验科的同事正对着沙地上的车轮痕迹和凌乱的脚印拍照。砖房的那扇锈红色铁门紧闭，敲门、喊话都无人应。

领路的村民告诉你们，这个房子以前是个农用仓库，和旁边的蔬菜棚都是属于村外一个老板的，但听说那人好多年前移民了。早年还见过有人在里面存放东西，但后来一直未见人使用。因为它离最近的村宅都有两三里路，平时也没人来这里。

这时另一个村民插嘴说，最近他在田里干活，曾远远望见一辆绿色出租车往这儿开。

被绑架的刘韩宇会不会还在里面？

仓库的窗户都很高，离地约三米，且都是小天窗，很难爬进去。不得已，你们只能叫了附近镇上的锁匠。等到天色渐暗时，一个看起来还不满二十的年轻小伙才骑了一辆电瓶车姗姗来迟。

“今天师傅牙疼，不接活儿，他让我来试试。”他给你们看证件和手上的蓝色塑料工具箱。

他的身材瘦小，十指更加纤细。他在脑门上绑了一盏小头灯，一边借光用工具开起锁来，一边嘀咕道：“这门很旧，但这锁是新换的。这种专业锁不好开啊。”

其他人坐在旁边的沙地上等他倒腾。半小时后，铁门发出一声吱嘎声，你立刻振奋地从地上蹿起来。

你还没来得及阻止，小锁匠已经拉开门，迈进了仓库，好奇地向内张望。你紧随其后，里面光线十分幽暗，令你的眼睛一时无法适应。

“不要继续往前！”你向前方的小锁匠喊话。你的话音刚落，他像被什么东西在脚下绊了一下。

刹那间，你感觉上方有一排黑压压的东西呼啸着向你们飞来。你大喊一声“撤退”，自己踉跄着后退两步，跌坐在地。同时你听见一堆东西噼里啪啦互相碰撞、摔打在你的脚边。

“啊！啊！”小锁匠倒在地上，嗷嗷大叫。你定睛一看，他的胸膛和肚子上插了两根长长的绿色的东西。

你再借着门外的光线看脚下，这些从天而降的东西竟然是一根根被削得极尖、极锋利的竹子，每根有三四十厘米长。

等到救护车把小锁匠接走后，你们才打着手电筒，小心翼翼地再次走进仓库。

地上有一道黑色轨迹，仿佛巨型毛笔拖出的笔画，一直向仓库深处延伸。你循着这混合尘土的血迹越走越深，在一把折叠椅附近，找到一摊已经干涸的血泊。

仓库里只有一张钢丝床、一张桌子和一把椅子，显示有人在此生活过，但并没有留下吃喝拉撒的痕迹。

你用手指摸了摸桌子表面，没有灰尘，就连钢丝床下也很干净，应该是犯罪嫌疑人在撤离前进行了彻底的打扫。

你在仓库里来回踱步，突然，手电筒光束在建筑垃圾堆中照见一个白色物体。你捡起来正反面翻转着看，是一朵造型简单的白色小花。

“你看这像不像那个啥牌子，对了，香奈儿的山茶花？”你问身边的周京云。

他将信将疑，拿起手机搜索了一会儿，找到一张照片和你手上的花进行比对。这是一双黑色中跟平底皮鞋，前端就装饰着一朵造型相同的白花。

“确实像！大向，想不到你这么时髦，连这都懂。”

“我虽然买不起，但在广告上见过。谁让我这人记性好呢。”你一边举着手电筒观察四周，一边说道。

看来，刘韩宇被绑架后曾被藏在这里，还在这里用杜子华的手机打电话给陈来福。她看上去是个聪明人，可能故意留下鞋子上的装饰作为线索。

绑匪料到你们会通过定位手机信号搜索，于是打完电话当天就带着人质转移。现在他们要的金额还没全部到手，或许不会撕票。可他把刘韩宇带去哪儿了呢？

在回去的车上，窗外是黑漆漆的夜色，向毅一直在琢磨这个问题：绑匪是谁？杜子华和这个案子又是什么关系？

周京云一边开着车，一边对后座的你说："像杜子华这种欠高利贷的赌棍我见多了，为了钱什么都能做！他杀死了他老婆却没能拿到赔偿金，现在又替吕世博绑架刘韩宇来赚钱。可能因为分赃不均起了内讧，所以被另一个同伙干掉了。"

你没立刻回答。你还在想，今天的那个机关真是惊心动魄啊，回头一定要向顾晓丽描绘一番。十来根竹箭悬在上面，每根都比匕首更锋利，第一个进去的人很难逃脱。什么人会进仓库？最有可能是搜查仓库的警察。

看来这个绑匪不仅拿钱办事，心态也很扭曲，可能仇视警察。这样的人通常是有犯罪前科的老手。吕世博如果找了这样的人作案，又怎么可能还会再找杜子华这样不牢靠的赌徒呢？

你这时开门说道："杜子华可能也只是个猎物。"

"一个绑匪同时控制两个人？"周京云诧异地看了你一眼，问。

"正因为不好控制，他才失手了，导致其中一个死亡。"你说道。

"为什么你觉得杜子华是猎物而不是同伙？"他皱着眉头问你。

"因为那碗没来得及吃上一口的泡面和火腿肠，证明他是被迫离开那里的。"你回答。

他想了想问："那么袁东呢？他是什么角色？"

"他嘛……"你犹豫了一下，才回答，"或许是猎物的猎物吧。"

21 丁冰

你走进自己的卧室，突然像被电击了一下，身体僵住了——你看到那块眼熟的蓝色手表正躺在床头柜上。

你难以置信，拿起它，翻过来看了又看。表链有点问题，卡扣太松了，用力晃动几下就会打开。没错！就是它！可是，怎么可能……

你回头看了一眼身后关上的房门。是他！是你爸帮你拿回来了！他一定什么都知道了！

你的心怦怦乱跳，既有失而复得的欣喜，又有忧虑和紧张。你把手表戴在手腕上，走出房间。他正戴着老花眼镜，坐在客厅沙发上看平板电脑。他很喜欢在上面浏览新闻，这专注的模样总让你想起小时候他坐在沙发上读报纸的样子。

你在他对面坐下，轻声问："怎么找到的？"

他抬起眼睛看了一眼你的手腕，又低头继续看屏幕，漫不经心地说道："有人捡到了。"

你快速思索了一下，又问："手表拿回来了，那捡到的人会不会说出去……"

他抬头看着你，严肃地说道："这你就不用管了。记住一点：你这块表，从来没有丢过。知道吗？"他的声音虽然听起来笃定，但你看到他眉间的两道沟壑更深了。

你乖巧地点了点头。

"还记得小时候你做作业，我经常提醒你什么吗？"他问。

你想不出来，他已经自顾自地回答："是细心。我一直对你说，如果你真的做不出来这道题，那没关系，我们认了，但如果是因为粗心丢的分，就是在阴沟里翻船。"

你咬了咬嘴唇，憋了好一会儿，才小声说道："对不起，爸。其实——"

你已经记不清自己有多久没叫他爸了。

"你不用向我道歉。我们都没法改变过去发生的事了。"他深深叹了口气说道，"但我永远会尽最大的努力保护你，谁让我是你爸呢？"

你的鼻子突然有点酸。你似乎第一次注意到他头上的白发。他老了。

你此刻突然觉得他看起来有点疲惫。你站起来，想拥抱他一下。

"怎么了？"他看到你傻站着问。

你只是耸耸肩，说：“早点睡。”便走进了自己的卧室。

你躺在床上，捏着久别重逢的手表，久久不能入睡。

你永远也忘不了那天的大雨。下午时分，头顶的天空暗如黑夜，但公路尽头的天际线却透出一种奇怪的红光，好像疯子脸上的喜悦。

你把车停在工地附近的路边。

外面狂风暴雨，席卷着垃圾和落叶，向前方奔跑。街上空无一人，只有落寞的红绿灯杆子在风中晃动。

你打开车门时，差点抓不住门把手。

你戴上风衣帽子，拉上拉链，钻出驾驶座。你从后备厢费尽力气才取出那个沉重的行李箱。你拖着行李箱，走到工地四周围着的蓝色铝板前，挪开一块板，从缝中挤了进去。

冬天，你父亲刚拿下这块地不久，曾带你来过一次，踌躇满志地谈起他对园区未来的规划。当时他还寄希望你能到公司里去帮他，学着做点事。

你用两只手抓着行李箱把手，顶着狂风，吃力地一步步挪向那片榉树林。丢下行李箱后，你又掉头奔向工具房。

你曾见过工头老李是怎么打开工具房门的。他没有用钥匙，只是把门往上一提，同时转动门把手就可以了。

你从屋子角落的工具堆里翻出一把生锈的铁锹。

你在树林里挖了一会儿泥，便气喘吁吁，不得不停下来，撑着铁锹休息一会儿，雨水顺着帽檐滴落，模糊了你的双眼……你挖了一个多小时，终于挖出一个不浅不深的坑。

你打开行李箱，把它倾斜过来，里面的人就顺势滚入了泥坑。她以一个看起来很舒服的姿势躺在那里，双腿微微打开，左臂垂落身旁，右臂放在自己的腹部，头转向右肩。她全身裸露的皮肤在黑色大地的衬托下格外刺眼。

你拿起铁锹，抛撒下第一铲泥土……

大地被填平了，就像从来没有被挖开过。树林里雨声嘈杂，哗哗的水流让这些新盖的泥土和周围大地融为一体，而她也将回归自然。

你完成一切后，数了数，这是从工地走过来的第 17 棵榉树，便用铁锹在树干背面刻了一个十字作为记号。

深夜的火车站，你拿着她的身份证进了站，登上开往银川的火车。

当列车徐徐开动时，你走进摇摇晃晃的洗手间，用纸巾擦去脸上和头发上的雨水，并清理了鞋子和裤管上的泥垢。

等你回到自己的软卧包厢时，突然发现对面的下铺坐了一个中年男子。他刚泡好一碗泡面，把自己的手机压在上面，看到你走进来时，似乎眼睛一亮。他谄媚地笑着和你打了个招呼："没想到今天平泽的雨那么大啊。"

你没搭话，在他对面坐下来，深深地舒了一口气。当天发生的事令你的心跳一直不能平稳，现在身子还止不住颤抖。

终于，一切都结束了。

这时，你想看看火车发车是否准时，但在抬起手腕那一刻，你惊讶地发现手表不在手腕上了。你被惊吓得跳了起来，立刻转身在包和大衣口袋里摸寻。没有！它真的不见了！

你努力回忆，自己在来火车站的一路上都是通过手机和车上的液晶屏看的时间。最后一次见到这块手表……你记得自己在进入工具房后，曾抬起手腕看过一眼时间。啊，没错！一定是丢在那里了！

你呆立在狭小的车厢中间，呼吸停止了。

"丢东西了吗？"对面的男乘客好奇地看着你。

"没……没事。"你又跌坐回铺位上。

此时火车已经高速前进，昏暗的窗外只有凌乱的雨点拍打在玻璃上。

或许，从你成为李近思那一天起，一切就已经朝着失控的方向奔去。

你起先只是好奇，往悬崖边走了几步，再走几步，走得更近一点，你探身往脚下望，想看看悬崖之下是什么。而那时，你脚下一滑，坠入深渊。

有时一件糟糕的事情发生了，很难分清楚它到底是霉运造成的意外，还是自己潜意识里渴求它发生。

而在你下坠的过程中还会遇见什么，已经由不得你了。你只能暗自祈祷。

对面的乘客不时用不安分的目光瞟你，他问道："美女，看你的车票也是去银川，一个人去旅游吗？"

"嗯。"你轻轻回答了一声。

"我就是银川本地人啊，我叫黄义波，大家都叫我波哥。"他讪笑着，面颊泛着红光，说道，"咱接下来 20 个小时都要住一间，也是缘分。如果你到了那儿有什么需要帮忙的，或者需要人带你去找好吃好玩的，可以找我。"

他递上自己的名片，你接过来，看到是名房产中介。

"请问，你怎么称呼啊？"他笑眯眯地看着你问。

你收起名片，淡淡地回答："我叫方瑶，琼瑶的瑶。"

第四篇

香山

三个人也可以守住一个秘密，假如其中两人死了的话。

——本杰明 · 富兰克林

1 向毅

香山的山脚下有一片伸入太湖的半岛，如果从三万英尺的高空看，它就像是一只脚掌踩在一汪深蓝水潭里，而大脚趾尖便是冲山村。

清晨，冲山村的两个孩子在村外玩捉迷藏时，发现在一人高的草丛中藏了一个棕色的庞然大物。他们扯掉上面覆盖的棕色无纺布，看到一辆芥末绿的汽车。

孩子回去告诉大人，有村民报警了。

在你面前的这辆出租车，车牌已被人卸掉。你们打开锁住的后备厢，发现里面塞满了工具、杂物和日常用品。你还在车上找到了几百根黑色塑料扎带。在杜子华的手腕和脚踝上，何建国也发现了这种扎带留下的勒痕。

它应该就是那辆劫持刘韩宇的黑出租车，可刘韩宇人呢？

鑫美的财务主管陈来福在接到刘韩宇的电话后，在一个境外网站分多次购买了 780 万元比特币，并把账号和密钥都发给了杜子华的手机号码。因为你们的介入，他没有再对账户里余下的钱款进行操作。

接下来的三天，绑匪没有再发来进一步的指示。陈来福曾给杜子华和刘韩宇的手机发去多条短信询问，但这两部手机都没有再开机。

那一头越安静，越令你们不安。

离停车地点不远，是一段荒芜的湖岸，岸边留着一根木桩，似乎是用来拴缆绳的，但并不见船的踪迹。

你判断，绑匪很可能把车停这儿，带着刘韩宇坐船逃跑了。他带着人质，应当跑不了太远，也不会去人多眼杂的城镇。太湖上有许多小岛，包括一些无人居住的荒岛，他们会不会藏在哪个岛上呢？

你们和负责太湖水域治安的派出所连线讨论。他们进行外围的摸底，分析下来后，一致认为最有可能藏人的是位于太湖中央的昂山岛。

你从小在平泽长大，却也从没听说过这个岛。

你查了查，发现这个岛背后还有个神话故事。相传治水的第九年，大禹到太湖来治理江南最后一处水患。大禹发现太湖上有个很大的泉眼，情况十分危急，奋不顾身地跳进了泉眼，水面才恢复平静。直到第二天凌晨，大禹才踩着一块大石头浮出水面，而他脚下的石头便是昂山岛。

如今岛上还有一座禹庙。听说每年五月太湖开捕前夕和汛期过后，太湖上的渔民都会去那座庙里祈福还愿，而平时那个岛上除了一个看庙的老头，无人居住。

你们和看庙的蔡老伯通了一个电话。他是个鳏夫，今年 76 岁，平时独居在岛上。他在山脚下种了些菜，一个月只出一次岛，去镇上采购。他的亲戚几乎都在冲山村，有时也会坐船给他送去肉和米。

他提供了一个重要信息。前天他像往常那样在独自吃过早饭后绕着岛走了走，却发现在一段偏僻的湖岸边，停着一条小木船，船的缆绳绑在一棵树上。

经过一番寻找，他发现一些向山上走的脚印。他以为又有一些无聊的平泽年轻人来这里探险，便没有多想。

但奇怪的是，他第二天去看，那条船还在那里，说明游客一夜没离开。山上除了山顶一座废弃的小石屋，几乎什么都没有。难道他们在那里过夜了？蔡老伯虽然好奇，但因为腿脚不便，也没有上山查看。

专案组决定当夜行动，趁夜色包抄山顶小石屋。

你们坐船驶向目的地时，你远远望去，只见昂山岛黑黢黢的影子兀立在烟波浩渺的湖面上。

上岸后，你听到四周传来蝈蝈和青蛙的叫声，抬起头，从这里竟能看见久违的星空。

你们一行人攀爬着向山顶靠拢，小石屋立在黛色天光中，石屋门口地上有几根烧剩的木头，门缝里透出一丝光亮。

从仓库留下的竹箭陷阱看，此绑匪穷凶极恶，不计后果，而且他的手上有人质，你们不能贸然行动。

你上前敲了两下门，里面传来疑似一个女人呜呜呜的声音，又戛然而止。

你心头一喜，他们果然在里面。

“谁？”一个男声问。

“我是下面看庙的。”你装出深沉的嗓音，“你们是什么人哪？”

接下来，里面再无回应，但片刻后又传来那个女子呜呜咽咽的声音。

你顿时觉得不对劲，和周京云交换了一个眼神后，便一脚踹开木门，持枪冲了进去。

这间黑乎乎的小屋子在你们的面前一览无遗。

屋子中央的小桌子上点着一根蜡烛。在烛光辐射的边缘，在灶台边的黑暗角落里，蜷缩着一个蓬头垢面的女人。

这是已经失踪四天的刘韩宇。

可绑架她的人却不在屋子里……

你顺着刘韩宇的目光抬头看，才发现靠墙角的屋顶竟被人凿了个洞，可以望见夜空。

你们冲出石屋，只见一个黑影从屋顶上跳落，向山下冲去，随即淹没在一人高的杂草中。

“他往山下跑了！”不知谁高喊一声，你和其他人一起往山下追。

最近因为降雨多，植物疯长，山坡湿滑，你一路连滚带爬……十几分钟后，你下到山脚下，却滚进了一片带刺的藤蔓灌木丛。等你终于挣脱了那些植物，冲到湖岸时，只见那里已经聚集了嘈杂的对讲机声。

你腰椎上的老伤又发作了。你托着腰，站在岸边喘气时，孙邵杰跑来对你说：“他跳湖了，已经请求附近船只进行水面搜查。”

此时，一条船上射出来的探照灯光束在湖面上扫射。幽黑的湖面看不到人影，只有一波又一波浪潮。

刘韩宇坐在回平泽的船上一言不发，眼神呆滞。她身上的那套本想在会议上展示的白色套装，已经染成了炭灰色。她光着脚丫，脚底鲜血淋漓，丝袜在腿部张开许多蜘蛛网似的大洞。但最触目惊心的，还是横在她左侧面颊上的一道皮开肉绽的伤痕。

当唐菁菁拿起相机，想要给她拍照记录时，刘韩宇情绪激动地伸手挡住脸："不要拍！"

2 唐菁菁

绑匪跳进太湖，下落不明。

你们通过留在出租车和石屋的指纹，明确了他的身份。

薛成茂，西票人，今年 29 岁，曾因故意伤害罪入狱，六年前刑满释放。但最近几年他的行踪变得捉摸不定，用假身份证在各地流窜作案。你们锁定了几个他使用过的身份证和电话号码，正在对它们进行监控。

他藏在冲山村的那辆出租车，留下了大量线索。你们在车上找到两部无线电台，看来这家伙一直在用它们调频监听各分局的行动。

后备厢里有一只带密码锁的金属大箱。

在切割开密码锁后，你发现里面储备了一个逃犯所需的各种东西：药品和医疗急救用品齐全，七部手机，不同形状和功能的刀具至少有八种，各种充电线和电子设备缠绕在一起，一只黑色旧钱包里鼓鼓囊囊塞了 6000 多元现金……可惜他没机会取走自己的百宝箱了。

现在你们已经确定，向毅之前的推测是对的——杜子华也是被囚禁的人质，绑匪只有薛成茂一个人。

你们在百宝箱中找出了刘韩宇和杜子华的手机，它们都已被取走电话卡。但另一部尾号为 4373 的手机却不见踪影，它是杜子华曾用来联系袁东的手机，也是刘韩宇用来打给陈来福和丁符生的那一部。

杜子华的常用手机上除了一堆赌博应用外，几乎没装什么软件。

向毅在翻看杜子华的手机通讯录时，突然停下来问你："菁菁，我记得他有个妹妹叫杜子娟，也在平泽，但这两年却没消息了？"

"是。"你回答，"杜子娟从 2014 年起就像人间蒸发了，她用过的手机号早就停机销号。她的名下还有一张农行借记卡，自从 2013 年 7 月提取过两万元后，就再也没有存取款记录，里面还剩一万多元钱。”

“查一下这个号码是什么人，这个人可能知道杜子娟在哪儿。”他说着给你看通讯录里的一个号码，备注的名字：娟朋友。

你很快在系统中找到了答案：“这个号码归属地是四川，注册人名叫郭玉婵，1986 年出生……等等——”你又滑动了几下鼠标，说道，“八年前她因卖淫被治安处罚过。”

电脑上有一张郭玉婵在处罚期间拍的照：红色短发贴着头皮，圆鼻头，脸上没有笑容，脖子陷在肩胛骨中间，眼神有些桀骜。

“我都脸盲了，你们看，这俩好像是同一个人啊。”站在一旁的孙邵杰惊异地说道，递给你们看他手上的照片。

这是从薛成茂的钱包夹层里找到的一张艺术照。

照片边缘磨损，看起来有些年分了。照片上的女子画着黑色眼线，红色短发打理出飞扬的卷度，穿着低胸黑色吊带衫。她坐在红色光晕前，手上拿着一朵玫瑰花，笑靥如花，眼神魅惑。

虽然她的神情和气色都和档案里的照片迥异，但还是能从五官看出来这是同一个人。

杜子娟朋友的照片，出现在了薛成茂的钱包里？这个关系让你更为困惑。

你和向毅在一家私立医院的单人病房里见到了刘韩宇。她穿着病号服躺在床上，左脸贴了一条纱布，凌乱的长发扎在脑后，显得疲倦且焦躁。

她被救出来后，立刻被送到医院，做了各项检查。幸好，除了有些脱水和挫伤外，身体没有大问题，只是因为赤足跋涉后，脚底溃烂、感染，需要留院输液观察一晚。

她向你们叹气道：“算命的早就说我今年有个坎，果然啊。项目黄了，名声臭了，这么多钱追不回，我这脸也算彻底毁了！”

看来，她已经知道了政府基金答辩会上发生的风波。

王助理正在床尾小心翼翼地给刘韩宇的脚底板上药。她一只膝盖跪在床上，另一只踮在地上，俯身撅着屁股，灰色职业裙紧绷在臀部。

“哎哟妈呀！”刘韩宇叫了一声，条件反射般缩回了那只脚。

“蠢！做啥都做不好，笨手笨脚！为什么你连上个药都比别人疼？”刘韩宇吼完挥了挥手，“去去去，还是让护士来吧。”

王助理的脸和脖子倏地红了，没敢抬起眼睛看你们，一溜烟跑出去了。

刘韩宇一边用纱布重新缠好自己的脚底，一边回答你们的问题，讲述自己被绑架的经过。

当你询问杜子华是怎么死的，她面色冷漠地回答：“我的眼睛被蒙住了，没看到他被打死的过程，只听到他在那儿叫唤……”

说到这里，她的眼神有些涣散，仿佛灵魂又被吸回了记忆深处。

杜子华是杀害谢虹梅的唯一嫌疑人，他现在已经被证实死亡，那谢虹梅溺亡案也只能撤销，但杜子华到底来平泽干什么，为什么频繁联系袁东，他是怎么被薛成茂盯上的……依然没有答案。

“薛成茂后来为什么带你去岛上？”你问道。

刘韩宇的目光上移到你的脸上，过了两秒才回了神，答：“他把死人留在那里过了一天一夜，第三天凌晨才带出去处理。他去了很久，天亮后回来了，急急忙忙收拾东西。我猜，他可能听说了你们有什么行动。”

“那仓库是谁打扫的呢？”你又问。

“是他叫我打扫的。他说事后检查，如果有没弄干净的地方，会继续划花我的脸。他自己就一直忙着弄那些恶心的竹子……一直折腾到天黑，才带我离开那儿。也不知道他从哪儿弄了条船，到山顶时天都快亮了，我光着脚爬山，差点没死在半路上。”

“他本来有什么计划？”你问。

“我不知道……吕世博没拿到他要的钱数，肯定不甘心……我听到他们还在商量向我姐要钱赎人……”她说完突然皱着眉头问道，“我的手机你们什么时候才能还给我？”

你回答："刘女士，我们之前已经告知过了，你的手机是重要物证，调查结束就会立刻还给你。此外，我们这次来，还要带走你的平板电脑。"

"我已经对你们说过多次，这是吕世博指使的！还有什么需要调查的？"刘韩宇提高了嗓门，"你们查我的手机、电脑算怎么回事？"

你没有表现出胆怯，依然坚持道："请你配合一下。相信你比任何一个人都更希望赶紧破案。"

站在角落里的王助理，此时看看你们又看看刘韩宇，小声开口道："平板在这里，我怕 Jennifer 要用，带过来了。"

在刘韩宇的怒视中，她把红色皮套装的平板交给了你。

刘韩宇面带愠色地抬高下巴，用怀疑的语气问道："吕世博在国外你们抓不到他，我可以理解，但怎么让那个畜生也跑了呢？那么多人都抓不到他一个？"

你没有答话，而是瞟了一眼站在身旁的向毅。

向毅轻轻咳嗽了一声，回答："他跳进太湖了，当晚没有打捞到，生死不明，但我们已经确认了他的身份，正在全力搜捕他。"

"他如果还活着怎么办？他来报复杀了我怎么办？我的照片还在他们手上，这要上传到了网上，我怎么做人？"刘韩宇痛苦地拍打了一下裹住大腿的被褥。

"如果他真的在网络上有动作，我们倒可以找到他……"你小声插嘴道。

"你的意思是，你们拿他一点办法都没有，只能靠我的裸照当诱饵了？"刘韩宇声音变得尖厉。

"不是这个意思——"你刚想要解释，响了两下敲门声，打断了你们的对话。

"刘韩宇，换药、量血压了。"穿粉色护士服的女孩走进病房。

刘韩宇深吸一口气，驱散自己脸上呼之欲来的暴风雨。

你们也趁机告辞。你突然有点愧疚，要把王助理留下来独自面对刘韩宇。

回到车上，你一边系安全带，一边问："大向，你说这王助理整天被她吆来喝去，心里就没一点想法，也没想着辞职？"

"有些人看起来老实，心里记着账呢。我看她上药时下手那么重，没准儿还真是故意的。"向毅用开玩笑的口气说道。

这时，你觉得有必要说出自己的一个发现。在你检查了王助理的笔记本电脑后，就产生了一个模糊的怀疑，但又想不明白是什么。听到向毅向刚才说的那句玩笑话，你突然知道自己的怀疑是什么了。

"大向，我要汇报个事……"

"说！干吗神神秘秘的？"

"我之前调查调包 PPT 的事，曾检查过王晓雁的笔记本电脑。邮箱草稿箱里的那封邮件确实被人调换过，也有几个海外 IP 登录过她的邮箱，但我其实没在她的电脑上发现任何木马软件——黑客要入侵 Gmail 可没那么容易……"

他把档位重新推回停车挡，皱着眉问你："所以……你怀疑，这个王助理其实也参与了？那她从山坡上滚下去，难道只是苦肉计？"

你又犹豫了，没法给出明确的回答。你想起刚才王助理唯唯诺诺的样子，她真的有胆量参与绑架老板吗？但你们之前也讨论过，薛成茂究竟是如何精确地守在咖啡店门口，以及埋伏在去会场的路上的呢？

你又想到了阿加莎说过的名言：表里如一的人少之又少。

3 丁冰

跨进玻璃门后，你又闻到了来苏水的气味。它对你而言很复杂，是病痛、分离、死亡的气味，也是相遇、重逢、喜悦的气味。

你坐电梯来到五层，找到九号病房。病房里有三张病床，用帘布隔开。她在最里面的那一个床位。

她就像变了一个人，你差点没认出来。

在你记忆中，她从小学起就是胖乎乎的，但此刻的她瘦了一圈后，下颌显出棱角，圆脸成长脸，两颊凹陷。她的脑袋上缠了白色纱布，眼珠直愣愣地向上翻。

你撩开门帘，试探着走近，叫了一声：“思思？”她没有回答，依然一动不动地注视着天花板。

“丁冰，是你？你来啦！”

你听到声音回头，看到李近思的妈妈端着装满水的大红色塑料脸盆，走进病房。她的头发花白，面容憔悴，比你前几年见她时苍老了好多。

她放下水盆，迫不及待地握住了你的手，叫道：“你可真是她的好朋友，一听说她醒了就立刻要来看她。唉，我们家近思太可怜了，做了两次大手术，昨天才终于醒过来。”

“她现在怎么样？”你轻声问，仿佛怕被床上的女子听到。

近思妈拧干毛巾，一边给李近思擦拭脸蛋，一边叹息道：“你看，就这副模样，眼睛睁一天都不闭，今天上午她 80 多岁的外婆来看她，她也没反应。”

她说着眼眶湿润了：“唉，好不容易读了个研究生，刚回到我们身边，却出了这事……被撞成这样，交警还判我家近思负主要责任，明明查出来没喝酒、没吸毒，她怎么会自己撞上去呢？唉，都怪我！都怪我！那天晚上不该和她吵架，我其实心里急啊，催了她几句相亲的事，她就不高兴了——”

“阿姨，您也别责怪自己了，谁也想不到会发生这种事。”你迟疑了一下，还是把手放到了她颤抖的后背上，问，“医生说有多大概率可以康复？”

“谁也说不准。医生说，就算康复了，也可能丢掉一部分记忆和语言能力，以后可能连字都不认识了。我们就这一个孩子，她的后半辈子可叫我们怎么放心啊？”

“现在医术越来越发达，咱就专心养伤，再想想办法。”

近思妈含泪点点头，拿刀削起了床头小柜子上的苹果：“这些水果还是昨天那个警察带来的呢。他知道近思醒来后，是第一个赶来的。”

床头柜上放着一个被拆开的果篮，里面除了苹果，还有杧果、火龙果、橘子、葡萄。

“警察？”你用手拨弄着果篮上的彩带，疑惑地问，“不是定了双方责任了吗？还需要调查？”

“不是为车祸的事……”她专心地削着苹果回答，“刚出事不久，警察就来过医院。走之前把他的电话号码给了我们，说等近思一醒就给他打电话。昨天近思醒了，她爸一高兴，通知了一圈人，没想到他立刻赶过来了。”

“他真的是警察吗？阿姨，现在诈骗的可多了，你们可别上当了。”

“是真的。他给近思爸看过证件，叫向毅。”

听到这个名字，你的心脏像被人拉拽了一下，眼前立刻浮现起那张老狐狸般的面孔。

“可真够敬业的，”你幽幽地说道，“他这么着急是想打听什么呢？”

“我也说不上来具体是什么事。他昨天来了，试着和近思聊天，可她也是没一点反应。后来他就问我和近思爸，过去有没有听女儿提起过一个叫方瑶的女人，我们都说没有。他又问起，女儿认不认识一个姓袁的医生，我们也说不认识。他还不死心，问近思有没有做过整形手术。我这才想起来，她前两年暑假回平泽，不是去六院割了个双眼皮吗？那警察仔仔细细打听一番后便走了。”

你此时开始觉得有点胃痉挛。

“现在她爸晚上看护，我白天看护，两个人都不敢离开一步。我俩都是党员，现在都开始烧香拜佛了，只祈祷能出现奇迹，希望她的智力和记忆都能恢复到正常水平……”

削苹果刀已接近苹果的底部。

你又看看床上的李近思，她从前明亮的双眸上仿佛蒙了一层灰。

没想到，事情竟然搞成这番模样。现在这样，她的父母最可怜，医药费也是一大笔开支，活着还不如死了吧？你在心底想。早知道就在牛奶里多放几片阿普唑仑了。

近思妈把削好的苹果用纸巾包裹着，递给你。你推辞："我不吃，留给近思吃吧。"

"她吃不了，你拿着。"她硬塞到你手里，另一只手抓着完整连成一条的苹果皮。这让你想起小时候的一幕。

你还记得有一次去她家，等近思一起上学。她一边削苹果，一边向你打探你爸妈前一晚为什么吵架。老房子的隔音那么差，他们大吼大叫又砸了几个碗，周围邻居都听到了。

"是为了钱的事吗？还是，你爸外头有人了？"你永远忘不了她那张兴致勃勃的面孔。

你当时倔强地低着头，不说话。临走时，她塞苹果给你吃，你不要，她非塞在你手里，和今天一样。

你和小时候一样讨厌吃苹果。没等走出住院部，你已经把纸巾裹住的苹果扔进了垃圾桶。

4 向毅

刘韩宇的手机中果然被人安装了一个隐藏的窃听软件。但是唐菁菁说，需要有人拿着刘韩宇的手机操作，点击短信中的链接，才能下载安装这个软件，而刘韩宇则说，她记不清自己何时点过什么链接了。

刘韩宇自称，以前吕世博用一个小号加过她微信，但谈判失败后，她把他拉黑，并顺手左滑删除了对话框。唐菁菁本希望能恢复刘韩宇和吕世博的聊天记录作为证据，却没想到，有了意外的发现。

"刘韩宇还曾大量删除了和另一个人的聊天记录。"她神神秘秘地对你们说道。

"别卖关子了，是谁？"孙邵杰问。

她公布了答案："袁东。"

"是他？"你也从资料中抬起头，诧异地问，"刘韩宇为什么要删和他的对话？"

“我恢复了近期两人之间的部分聊天记录。”她给你们看纸上打印的一段对话。

Jennifer：“今天开完会叫你留一下，你为什么走了？最近很累，想找你聊聊，你总是躲着。你就那么怕我吗？”

Y.D.：“我说过不想这样，特别是在工作场合，对你我都不好。”

Jennifer：“我在你身上花了那么多钱，你不能这样对我吧？”

Y.D.：“这钱不是花在我一个人身上的，那事也不是我一个人的责任。”

看到这段对话，你立刻想起过去几年刘韩宇曾用私人账户给袁东转过几笔巨款。

“你们肯定好奇刘韩宇和袁东的关系吧？”唐菁菁推了推眼镜，露出得意的笑容。

“你还知道什么？”孙邵杰急忙问。

“你们还记得吗？丁冰曾说过大约两个月前，她发现袁东没有去南州出差，而是去了黎水下面的云枝古镇，第二天才回来。”唐菁菁说道，“而我看到同一时期，刘韩宇有云枝度假村的入住记录。”

难道袁东的情人就是刘韩宇？这两人的关系着实令你惊讶。之前你看过他们之间的交往，没有发现一点迹象。而且刘韩宇的真实年龄也比袁东大了14岁。

“他俩开始多久了？方瑶此前怀疑袁东有其他女人，会不会也是刘韩宇？”孙邵杰问。

“刘韩宇第一次给袁东转账是在2016年11月，差不多就是方瑶遇害前不久。”唐菁菁回答。

“我看这案子越来越明朗了，”周京云说道，“现在杀害方瑶的凶手，袁东的嫌疑是最大的，而刘韩宇早在2016年就给袁东转过钱，这说明两人的情人关系从那时起就开始了，那么，那个去银川的女性帮凶是谁也很明显了。”

专案组的同事都很兴奋，只有你对于这种胜利在望的氛围十分警惕，你在心底一直没有忘记“李近思”这个名字。

这个在方瑶失踪前和她形影不离的闺密，在方瑶失踪后，也像个气泡一样凭空消失了。她的痕迹留在了瑜伽馆登记簿上，留在了红酒购买清单上，留在了一些人的转述中……却没有其他任何人在现实中见过她。这真的只是个巧合吗?

没错，那个扮演方瑶去宁夏的女人，必然是和方瑶认识甚至亲近的人。她可以在11月18日当天让方瑶为她开门，她知道方瑶有去银川开酒庄的想法，她也十分了解方瑶平时的穿衣风格，以及微信上的聊天语气，等等，因此，她才能如此缜密细致地扮演方瑶，就连方瑶的家人都难辨真假。

这一个“假方瑶”，会不会是刚好在同一时间消失的闺密李近思呢?

你看着桌上的日历，计算着顾晓丽和品品回来的日子。

她们不在身边，你挺享受一个人的自由时光。她们娘儿俩在的时候，你和顾晓丽总是为谁多花时间照顾家里发生矛盾。

你经常会在晚上执行任务，顾晓丽不得不放下手头的工作，在家陪孩子做作业。等你加班回来时，她怨气十足，必然不给你好脸色看。而她自己在书房赶论文的时候脾气最为暴躁，你和品品都不能在家里发出大的动静。

但你又挺想她的。虽然她研究的方向是认知神经科学，和你的工作并不相关，但她总能在你的调查陷入瓶颈时，一针见血地指出问题。

你的晚上，大洋彼岸的早上。顾晓丽送品品上学后，给你拨了视频通话过来。

“你昨晚对我说的那个案子，我一直在想——”顾晓丽一边用勺子搅拌着碗里的牛奶麦片，一边思索着说道，“你无意中发现，丁冰有个朋友就叫李近思，这简直是踏破铁鞋无觅处，得来全不费工夫。现在，你怀疑她就是方瑶失踪前的女性朋友。”

“我的确这么怀疑过……但是我后来核实了，在方瑶失踪前几个月，李近思大部分时间都住在北京，不太可能和方瑶形影不离，同进同出。虽然两年前，袁东为她做过手术，但确实没有证据证明他们之间有更多的交集。当然，至于她是否认识方瑶，只能等她苏醒后，问她本人了。”

顾晓丽托着下巴想了一会儿，说：“如果这个女人一开始接近方瑶就抱有不可告人的目的，她自然不可能用自己的真名吧？你刚才说的刘韩宇，在现实中认识方瑶，那么她不可能用‘李近思’的假名。大向，假设你是对的，那么谁会冒充李近思呢？”

没错，这就是其他人的理论“刘韩宇是‘假方瑶’”，和你的理论“李近思是‘假方瑶’”相冲突的地方——因为方瑶认识刘韩宇，刘韩宇就不可能再化名李近思接近方瑶。

你回答：“现在看来更可能是有其他人用了这个名字，但我不清楚这个冒充者和医院里的李近思有没有关系……”

顾晓丽打开水龙头冲刷了一下碗，若有所思地说道：“我跟你说个心理学的现象吧，虚构身份的人很少凭空想象，而是通常把自己听说过、读到过、见识过的其他人的素材，进行加工、组织、替换。”

你正思索她这句话的时候，她突然叫道：“呀，马上要迟到了，我得去听课了。拜拜！”她不等你回答，已经挂断了视频电话。

人们说谎时往往会从其他人的生活中寻找素材。你倒想起来以前办过的一个离奇的诈骗案，那个罪犯冒充他前妻表哥的身份，不仅用了对方的名字、照片、经历，甚至从两年前开始就注册小号，同步复制对方的朋友圈。

那么，这个李近思会不会是……一个念头在你的脑海中若隐若现。

5 向毅

刘韩宇的脚伤还没恢复，你们去她的住处询问。

刘韩宇住在香山云境别墅 34 号。王助理跑来拉开了厚重的深褐色对开门。客厅装修豪华，灰色大理石地板锃亮，两层楼高的天花板上垂挂着水晶灯。一旁的边桌上放着几个色彩缤纷的果篮和鲜花篮，贴着“早日康复”的字条。

大落地窗对面的墙上挂着一张刘韩宇的个人写真照，有一米多高，她穿着一条白色茶歇裙，眉眼弯弯，两片红唇像花瓣绽开。

刘韩宇此刻穿戴整齐，化着精致的妆容，坐在转角咖色真皮沙发上，和上次在医院见到的她判若两人，只是横在脸上的那块白色纱布依然刺眼。沙发旁边停着一把轮椅。

她环顾客厅，自顾自地说起来：“这房子12万一个月，租金不贵吧？房东在国外，和我签了三年的租约，年底就要到期了，我还没想好要不要续。我还挺喜欢这里的，可是一个人住400平方米，实在有点冷清。特别是在吕世博闹出那些事以后，我总是做噩梦，所以每晚都要Betty陪着。”

她说完翘着兰花指，拿起桌上的茶杯，抿了一口茶，脸上显出一丝忧郁。

你不认为她真的想知道你对这个房子的看法，便开门见山地问道：“方瑶你认识吗？”

“你说袁东之前那个女朋友？”刘韩宇的眼神中显出一丝疑惑，回答，“在袁东准备跳槽前，带她来参加过我们的活动，见过一两次。”

“方瑶后来发生了什么你知道吗？”

“当时只听说他们分手后她就去外地了。我也是最近才听说，找到了她的尸体，但具体情况没人对我说过。”她顿了顿，似乎有些吃惊地问，“问这个干什么？你们今天来，不是为我的绑架案吗？”

你回答：“两个案子都要查。但我们首先想搞清楚，你和袁东的关系。”

刘韩宇微微抬起下巴，眼神中闪过一丝警惕，说道：“什么意思？我和他能有什么关系？”

你微笑道：“他在第六医院都评上副主任医师了。你还能说服他跳槽到民营医院，这过程一定不容易吧？”

她的右手把长发从脑后捋到身前，遮挡住脸上的伤口，轻描淡写地说道：“只要给的价钱够，有什么人才挖不到呢？当然，他的技术和口碑也值这个价。”

“能请问下‘这个价’是多少吗？”

刘韩宇恢复了女商人的锐利：“这是商业机密。”

“公司给他的报酬，需要用私人账户转吗？”坐在你身边的唐菁菁，把打印的袁东账户的流水清单放在她面前。

刘韩宇没有立刻回答，而是直起上半身，对坐在窗边椅子上的王助理喊话：“Betty，你去物业公司帮我把这个季度的物业费交了。”

在支走王助理后，她才又冷冷地说道：“转账和你们的调查有什么关系？”

“解释清楚了，我们才知道有没有关系。”你指指2016年11月的第一笔问，“你当时为什么转给他这笔钱？他那时还没去鑫美上班吧？”

刘韩宇瞟了一眼，回答：“当时他已经决定从六院辞职，过完年就到鑫美上班。那阵子他因为准备和之前那个女朋友结婚，需要钱，所以从未来工资中预支了100万。”

“那最近的这笔呢？”你又指了一下一个多月前的这笔100万，“他已经在鑫美工作了，为什么还是你私人转账？”

“这是给他的分红。”

“真是好老板。你发工资都是私对私转账吗？”

刘韩宇听出了你的讽刺之意，反唇相讥道：“怎么？你们今天到底是来查案子还是查税？”

你没有回答，而是淡淡地问道：“你们上个月一起入住了云枝度假村吧？”

刘韩宇怔了一下，看着你和唐菁菁，不再说话。

唐菁菁又从包里拿出几张打印的照片，放在茶几上。

这是度假村的走廊监控视频截图：穿着白色长裤和黄色Polo衫的刘韩宇先进入走廊尽头的房间；接着，穿藏青色衬衫和深棕色斜纹裤的袁东也进入同一个房间。右上方的时间轴显示，两人相差六分钟。

两人一直待到第二天中午才先后离开同一个房间。

刘韩宇微微抬起眼睛瞟了一眼照片，随后双手抱胸，把脸撇向一边。她的两颊不快地耷拉着，向下走的面部肌肉，让她显得很疲惫。

“你们之间的关系就不用否认了。”你说道。

“你们今天就是来调查这个的？这和这两个案子有什么关系？”刘韩宇提高了声调，“我是单身，我可以和任何人约会！”

“袁东不是单身。”唐菁菁小声补充道。

“那又怎么样？我做了违法的事情吗？”

“你们的关系是从什么时候开始的？”你问。

“谁还记得呢？我们见面次数很少，只是偶尔打发下时间，找点乐子而已。”说到这里，刘韩宇突然情绪崩溃了。她捂住脸哭诉道：“现在那个畜生还逍遥法外，你们拿他一点办法都没有，却把时间浪费在我这儿，问我这些莫名其妙的问题。我到底犯什么法了？我的私人生活和你们调查的案子有什么关系？你们调查出来那么多隐私，若传出去，让我以后怎么做人啊？”

这会儿，你们除了确认她和袁东的关系外，也无法再问出更多内容。

你们告辞离开，一拉开大门，王助理一个趔趄，摔进门来，尴尬地看着你们所有人。也不知道她什么时候回来的，贴着大门偷听了多久。

6 向毅

你和唐菁菁算准了袁东下班的时间赶到他家。他替你们开门时，身上的外套还没脱掉。听到你们提出想再找他聊聊的要求，他面露愠色，说：“还有什么可问的？那些问题你们都问过无数遍了。”

这时丁冰也走到他身后，默默地看着你们。你知道袁东的话并不是问题，只是一种拒绝，但你却觉得有必要在这时给他一点提示。

你轻轻咳嗽了一下说道：“这次除了要问你有关杜子华的问题，还想问问你和刘韩宇……”

你留意到他的脸上闪过一丝慌乱，轻声说道：“我们出去聊吧。”随后他抓起柜子上的钥匙，穿上鞋子，对丁冰说：“我去去就回。”

你提出让唐菁菁先带袁东下楼，找个适合聊的地方。而你想单独再问丁冰一些问题。袁东和丁冰的脸上同时显出几分疑惑。

当袁东开口反对时，丁冰平淡地打断他道：“没事，你们先下去吧，我再和向警官聊几句。”

在电梯门关上后，你便问她：“我想请问一下，你认识一个叫李近思的人吗？”

她的眼神中闪过防御之色，裹紧罩在睡衣外的羊毛开衫，反问道：“哪个李近思？”

“远近的近，思考的思。有印象吗？”

“我确实有朋友叫这个名字，”她想了想回答，“对了，我想起来了，你们上次在我家还见过她呢。但很不幸，她后来出了车祸。”

“你的朋友李近思也认识袁东，对吗？”

“我不知道他们是否认识。”她一边回答，一边往客厅里走。

“她曾在六院做过双眼皮修复手术，我们查了记录，当时为她做手术的医生就是袁东。”你跟在她身后，走进客厅说道。

“是吗？那太巧了……”她转过身，显得有点吃惊，又说，“但是，这也不奇怪。袁东可能是平泽最好的眼睛整形专家了，慕名找他做手术的外地人都很多，听说以前在六院，排队都要一两个月。”

“李近思和你关系这么好，没向你提过袁东吗？”

“她或许提过医生的名字，可我那时还不认识他，自然也没留意。”她站在沙发边，显得茫然无措地看着你问，“为什么要问起李近思呢？”

“根据我们掌握的情况，在方瑶失踪前，和一个叫李近思的女子走得很近，但在2016年11月方瑶失踪后，这女子也像消失了一样。”你观察着她的表情。

“你觉得，李近思会知道点什么？”她眯着眼睛问，她的嘴唇干燥苍白，刚起床后头发还有些凌乱。

“我们开始只是想找她了解情况。但当我发现她的痕迹抹得过于干净时，我觉得事情没那么简单。”

这时你偷偷环顾四周，不知从何时起，丁冰和袁东的合照又重新摆回架子上了。你来过三次，只有遇见李近思那次，它们都被收起来了，只剩丁冰一人的照片。

“噢？怎么不简单？”她把散落的头发夹到耳后问。

“方瑶案里有一个女性嫌犯。”你简单地回答，不想透露更多案情。

“同名同姓的有很多，一定会是我那个朋友吗？”

“确实不一定是你朋友。因为谁都可能用这个名字接近方瑶，甚至李近思本人都可能被蒙在鼓里。”

“听起来很奇怪，我想不明白，也帮不了你。”丁冰面色阴沉地说完，默默往窗边走去。朝南的大玻璃窗外是秋高气爽的天空和对面的高楼。

“你们已经知道和他在云枝古镇见面的那个女人是谁了？”她看着窗外，突然开口问道。

你有些吃惊，暗自寻思她是否已经知道了刘韩宇和袁东的关系。或许在你刚才提示袁东时，聪明的丁冰已经从他的态度变化中察觉出了真相。女人的直觉啊。

“你是什么时候知道的？”你问。

“你们上次问我如何知道他的行踪的，我没回答，是因为我不想在你们面前承认……我在他的行李里放了定位器。在这之前，我不知道那个女人是谁，但看到接他的那辆车，就明白了。”

你看着她的侧脸。她面向窗户，脸上却蒙上一层阴影，仿佛窗外有一个巨大的物体刚好遮挡了她脸上的光。

你心里依然有小小的疑惑，她最早发现袁东的婚外情是在什么时候？

“记得上次你说过，你觉得自己没那么了解他。他身上的秘密就是这段婚外情吗？”你问她。

“他的秘密对我已经不重要了，我打算离婚。”

听到突如其来的这句话，你十分惊讶。与其说惊讶她想要离婚，不如说惊讶她会选择在此时告诉你——一个她总是在提防的人。

她的语气听上去很果断，应当已经对此深思熟虑过。但你听出了她的喉咙深处细微的颤动，并看到她单薄的肩膀微微抖动。你完全相信，她平静的外表下正经历惊涛骇浪般的痛苦。

你不知道该说些什么。

“不用安慰我。有些东西看起来牢固，只是因为没有遇到更强大的冲击罢了……生命中的一切都是如此，亲情、爱情、友情……”她突然转过身，背对着窗户问你，“向警官，你觉得有什么是永远不会碎的呢？”

那一刻，她的脸藏在背光的阴影中，哪怕你眯起眼睛，依然看不清楚她的表情。

你接到唐菁菁的电话后，来到袁东家小区附近一家叫烟雨楼的茶馆。他们正坐在走廊尽头一个幽静的小包厢里等你。

袁东此时已经恢复了镇定，始终咬定杜子华联系他，只是为了推销医疗器械。

眼看着再耗下去也是浪费时间，你转换了话题：“你和刘韩宇是什么时候认识的？”

袁东回答：“之前我在六院工作时，有个同事介绍我们认识的。”

“哪个同事？”

“整形外科的姜皓医生。怎么了？”

“哪一年认识的？”

他似乎意识到了什么，放缓了语速，回答：“很早了，记不清了……”

“没事，我们可以再问问姜医生。”你喝了口茶，清了清嗓子，又问，“那你们的男女关系是什么时候开始的？”

袁东猛地抬起眼睛，又立刻垂落，咕哝道：“我不懂你在说什么。”

唐菁菁从包里取出平板电脑，放在桌上，播放起酒店的监控视频。

当看到刘韩宇的身影出现在铺着彩条地毯的走廊上时，袁东的额头开始渗汗，不自觉地解开了领口纽扣。

当他看到自己的身影出现在视频中时，他摘下眼镜，双手盖住脸，低声说道："我确实犯了错，你们可以不告诉我太太吗？"

"你们这种关系保持了多久？"唐菁菁问道。

袁东轻轻叹气，又重新戴上眼镜，过了几秒才回答："到鑫美后，有一次她让我陪她出差谈事，在那个酒店我们发生了关系。后来偶尔有几次，她寂寞时想找人陪，会联系我。"

"这恐怕不是你们第一次吧？"唐菁菁说道，"你在2017年2月才跳槽到鑫美，但刘韩宇在2016年11月就给你转了100万。当时你们还不是情人关系的话，她为什么私人给你那么多钱？"

你看到，袁东太阳穴上的血管在跳动，似乎正咬紧牙关，在做心理斗争。

但他给出了和刘韩宇一样的回答："那笔钱是她预付给我的工资。"

"你为什么要预支那么多钱？六院医生的收入也不低吧？"

"当年12月打算和方瑶结婚，她还想在春节期间去法国度蜜月，那阵子开销很大。"

"向刘韩宇借钱和方瑶度蜜月？"唐菁菁笑了一下，问，"你觉得有人会信吗？方瑶不正是因为发现了你和刘韩宇的关系，才闹分手的吗？"

"没有，不对，"袁东皱着眉，连连摇头，"方瑶在2016年11月就失踪了，她不知道我和刘韩宇的事……"

"方瑶认识刘韩宇吗？她俩有多熟？"你问。

"方瑶当时支持我在年后跳槽去鑫美。我带她参加过鑫美的酒会，刘韩宇过来打了个招呼。她们相互留过联系方式，但应当不熟。"

你拿出了打印的单子："再说说这些转账吧？最近一次的100万她转给你以后，你就和账上的其他钱一起提现了。用在哪儿了？这回不是度蜜月了吧？”

袁东的声音流露出疲惫，他回答：“上次对你们说过了，我老家的亲戚有许多事都需要花钱，娶妻生子，生病丧事，说起来头疼。找她借，是因为她比较爽快，我的工资、分红都由她控制，她也不用担心我不还。”

“和丁冰结婚后还继续找刘韩宇借钱？你怎么不跟自己老丈人借？”唐菁菁问。

袁东沉默了几秒后才答：“因为男人的自尊吧……虽然我的收入听上去还可以，但结婚时没什么存款，现在住的房子还是老丈人买的，所以我不好意思再开口。”

“好一个男人的自尊，”唐菁菁说道，“你拿了刘韩宇这么多钱，你们之间的关系算什么？这时候你的自尊呢？”

袁东显得羞愤难当，搁在桌上的拳头握紧了，说道：“我有错，我没经得住诱惑，但我们的关系和金钱无关。她借给我的钱，我早就承诺会用分红偿还。”

在离开茶馆，回到车上后，唐菁菁突然好奇地问你：“大向，袁东和刘韩宇到底是什么关系？他们有没有感情？纯粹是性关系？”

“他们之间是情人关系……”你摩挲着自己的下巴，自言自语道，“可是，又好像不只是那样……”

“那会是什么？”唐菁菁看着你问。

“他们之间像有什么约定，这个约定应当和这些转账有关。他们最想隐瞒的东西，不是两个人之间的关系，而是另一个秘密，只是我们一直都在外围打转，没有触及核心。或许只有当我们问对了问题时，才能让他们露出马脚。”

7 赵刚

你从老李的办公室门走出来时，用力摔了一下门。你听到身后传来老李的咒骂。

外面工地上的地基已经打好了，戴黄色安全帽的工人们正在忙碌。你怒气冲冲地走了没多远，望见了丁符生。他的身后跟着秘书，正从工地另一侧走向老李的办公室。

你条件反射般立刻换上了笑脸，想冲上前打招呼，诉说自己的委屈。但你一想到自己发的敲诈短信，又有点心虚，停住了脚步。这时候自己不宜在丁符生面前多出现，引起他的注意。于是，你转头穿过工地，离开了。

你回到家后，想到老李的嘴脸越想越气。老李竟然因为你昨天旷工就把你开除了！你又不是第一次因为打牌翘班。可他刚才却人模狗样地说什么现在公司走上正轨了，要严格按照规章制度办事，去他的！

其实现在工资也不过三四千，你根本瞧不上，但丽音和你爹妈都很高兴你有这么个安稳的活儿。如果被她知道你是因为和村里的人打牌而弄丢了工作，不知道又要怎么闹腾了。

这时，你听到院子里传来狗叫。穿蓝背心的快递员没有下电瓶车，而是把一个小包裹抛进了院子，便骑着车离开了。

就连个小小快递员也看不起你！

你立刻追到院外，对着村路上远去的背影骂道："狗娘养的瞎子，没看到贴了易碎品吗？坏了找你赔！"

你打开纸盒，一看到里面的蓝色皮盒，肾上腺素就升了起来。手表终于到了！

你把玩着手表。它花了你三万多元呢！

你翻过手表，商家按你的要求在表盘背面刻了一行字：1962.4.5。幸好在丽音弄丢手表前，你记下了背后的那串数字。你不知道它代表什么，但看上去像是谁的生日。

商家客服当时向你反复确认刻字的意愿："刻上去以后，手表的流通性就差了哦。""什么意思？""就是以后要出手就没那么容易了。""没事，刻吧。"

你拿着手表躺在床上，心情又变得像气球般轻盈。丢了工作算啥，你马上就会搞到一票大的。

因为丽音管着家里所有的钱，你生怕她知道，只能用网贷的钱买了手表。你得早点让丁符生把钱给你。你打算拿到钱后，再告诉丽音，自己最近因为炒股赚到了大钱，才主动辞职不干的。

这时，你看到丽音拎着菜从外面回来，你立刻把表揣进了外衣口袋。

你嬉皮笑脸地凑上前，扒开她手上提的塑料袋："让我瞅瞅今晚吃啥好吃的？"她没有回答，而是朝你翻了个白眼，扭着腰肢进屋里去了。

你走进房间，拿出那部旧手机，开机，给丁符生发去了消息："钱准备得怎么样了？"

没有等到回复，你又用那部老式手机拍了手表正反两张照片，虽然像素很低，但勉强能看清楚，你用彩信发了过去："你那天要的手表照片。"

等到了晚上都没有收到回复，你心烦意乱，吃饭都没有心思。

"不吃拉倒。"丽音没等你吃完，就把碗筷、剩菜都一起收走了。

你有气无力地走进房间，倒在床上，继续给丁符生发消息："你如果不回消息，那我就把手表交给公安，我还会告诉他们是在哪天、在哪儿找到的，相信他们一定会感兴趣。"

突然，手机响了，你收到一张彩色照片，一看立刻从床上惊跳起来。

这是和你手上的那块一模一样的手表，正下方小孔显示的日期是16，时针和分针指向8 ：13，正是今天、此刻拍的照片！

怎么可能？他手上为什么也有这块手表？难道是你给丽音的那块？可丽音遗失了，怎么会落到他手上？

这时你想起赵强那天的话："他们都说他以前在越南打仗时杀过不少人呢。他做事很狠，手段厉害，万一哪天他知道是你发的短信可怎么办？"你顿时感到毛骨悚然。

但你又安慰自己：镇定，镇定，他又不是神仙，哪有这么神通广大。有可能，他也去淘了一块二手货。还有可能……

你探出脑袋，朝厨房望去，看到丽音正站在水槽前洗碗。难道是她给丁符生的？不可能啊。她怎么会知道这表是谁的？自己从没对她说过。你抓了抓脑袋，又盯着照片上的手表。

突然，你手上的手机振动起来，是丁符生打电话过来了。你吓得不敢接听，立马掐断。可他马上又打了过来。

怎么办？

你关上房门，犹豫了一下，按下了接听键，把手机挪到耳边。你决定不出声，听听他怎么说。

听筒里传来一个威严而深沉的声音：“之前是我弄错了，原来我的手表并没有丢。谢谢你啊，小兄弟，你那块自己留着戴或者交给公安都可以。我想他们肯定可以鉴定背后的字是什么时候刻上去的，也会对报假警和敲诈勒索感兴趣的。”

你大气不敢出，听到最后一句，立刻掐断了电话。

你的胸口上下起伏，怔怔地在床边坐了下来。

自己丢了工作，损失了三万元，换了块刻了字、卖不掉的破表……

一天的疲累、怨气都涌上心头。你抓起屁股边的手表，把它往地上摔去，但在松手那一刻，你又转了个角度，把它摔到了枕头上。

你整个人都扑到了床上，又狠狠地捶了两下枕头。

8 丁冰

你还记得过去曾和李近思讨论过一个问题。

“你说整形医生会不会分辨不出美丑了？反正谁都可以加工成一个模样，在他们眼睛里只有尺寸、高低、弧度的区别吧。他们应该不会再对一个人的外貌有心动的感觉了吧？”

“嗯，有这种可能性。”李近思眨着肿肿的眼皮，说道，“我以前还看过有人讨论，妇产科男医生会不会见多了那里，就对女性没生理反应了？后来我还去问我一个高中男同学，他毕业后就当了妇产科医生。你猜他的回答是什么？”

“是什么？”

“他的回答是：不会。”

你若有所思地说道：“我想起来，我在英国时也问过我的美术老师，画人体模型时看到那些漂亮的裸体女性，会不会有性冲动？他没回答，反而问我，如果你画一串葡萄的静物时会很想吃它吗？”

“哈哈哈，这是什么意思？你会吗？”李近思问。

“如果我很饿，或者如果画的是我喜欢的草莓，我大概会吧。”你笑了起来。

“所以呢，咱还是没讨论出结果，整形医生到底会不会对美女一见钟情呢？”

你直到一年后，把头靠在袁东的胸口，才认真地问了他这个问题。

他回答：“我理解的一见钟情，就是某个人的形象刚好触动自己心里的某个点吧。这时，我肯定不会用职业眼光去审视她具体的五官，而是用心去感受她整个人的魅力。”

“一见钟情就是我见到你第一眼时的心动，”他又低头亲吻你的头发，说道，“真的，以前从来没有过。”

他或许没有说谎——一见钟情和五官无关，只是氛围和气质的合作罢了。

方瑶消失后，你用几个月的时间计划和他的“邂逅”。

过去你在方瑶面前总表现出自己对爱情懵懵懂懂，对她的感情经历以及另一半十分好奇，而她也乐于和你分享她的幸福。

你因此知道袁东中学时喜欢读古龙的书，不爱吃辣，饮食清淡，常喝比利时的一个牌子的啤酒，喜欢打篮球，看 NBA，偶像是柯比，而最喜欢的女明星是李孝利。

你研究李孝利的发色，学着画她的眼线。唉，你的皮肤太白了。你站在烈日下打网球，故意穿着吊带小背心，让自己的肩膀和胳膊都晒得更黑一些。这也让你的鼻翼上多了几颗小小的雀斑。

你一边在跑步机上运动，一边在手机上补习 NBA 比赛，熟悉球星的名字。你在刷牙时，站在镜子前面，练习方瑶的开怀大笑。

你发现他跳槽了，去了你父亲持有股份的美容医院。你跟踪他，看到他每天中午会去医院附近的咖啡馆吃简餐。你设想过无数和他第一次见面的场景。

有一天，你觉得自己准备好了。

你推门走进心派咖啡馆，走向收银台。你穿着灰色针织连帽衫，染着亚麻栗色头发，涂着哑光的暗色口红……一切看似漫不经心，却遵循着最严密的计划。

他坐在角落里，一边喝咖啡，一边在浏览手机。在某个瞬间，他抬起头，扫了一眼刚进门的客人后又低下头。但很快，他又立刻抬起眼睑，再次望向你的方向。

你们四目相对。

他的眼睛望得很深，似乎要看进你的眼底，镜片后的眼珠带着微微的震撼。那一刻，你差点喜极而泣，你知道自己成功了。

袁东早已不记得，你是几个月前曾占用他的两分钟时间，提出想要加宽双眼皮的女孩，更不会记得你是更早以前陪朋友问诊时坐在角落板凳上的羞涩的女孩。

一个医生每天要看那么多病人，又怎么记得住呢?

如果李近思永远不能醒来，那么心派咖啡的这次相见，便是你和袁东之间完美的“第一次”见面。

当你们相恋后，你总是有一股冲动想要告诉他，你就是树洞里的 D。你多么渴望让 Y 和 D 在现实中相认啊。你太想知道他会是什么反应了：会和你一样惊喜、激动，还是惊慌失措? 但你不能这么做。那些互相吐露的秘密是横在你们之间的高山大海。你不想让他看见健康肤色下苍白易碎的你，更不想让他知道你真正的面目。为了和他相伴，你愿意被惩罚永远戴着面具。

你只是有一次在吃饭时随口提起:“我今天在一本书上读到了藏宝

游戏，你听说过吗？”

他看似漫不经心地回答：“听说过，现在还有人玩这个吗？”

关于藏宝的话题就此打住，你不敢继续试探。

当你们同居后，你在他的书架上找到了Y在信中提到的《致D情史》，并在他电脑里发现了Y喜欢的日剧《东京爱情故事》和电影《逃之夭夭》。

“你也看过这部吗？”你假装惊喜地问道。

“是啊，苏菲·玛索很可爱。你也喜欢吗？”他问。

你在他车子的手套箱里找到了布吕尼的专辑。

“你能听懂她唱什么吗？”你问他。

“听不懂，”他笑道，“但她的声音很好听，你觉得呢？”

你还在柜子深处的角落里找到了一包芥末味花生，Y提过的零食。

“怎么没吃掉呢？”

“吃厌了。”他随口答道。

你拆开包装，刚要把手伸进去，听见他叫道：“等等。”他离开写字桌，快步走到你身边，翻转包装看了看说道：“瞧，已经过期很久了，改天给你买包新的。”他摸了摸你的脑袋，把袋子扔进了垃圾桶。

虽然你从没有找到那个五彩搪瓷罐子，但你依然从他的生活中找到了Y的蛛丝马迹。

有时你想到他最后拿走罐子，不再回信，心情会突然被一阵阴云笼罩。你很想问问他，为什么对D那么决绝？但你不能。

有时你又会对自己说，你还不明白吗？没人想和一只老鼠做朋友，你凭什么苛求他？一想到D和Y在树洞中相伴的时光，你对Y的怨气又迅速消散。

你偷偷地、一遍遍重温从树洞中汲取的喜悦。你小心翼翼，诚惶诚恐，怕有一天会被他发现你就是D。

可是后来，你们的关系怎么变成现在这般了呢？

当然，当然，都是因为他的欺骗和背叛！

他可真有一套，竟让你代替他去参加他的情妇组织的下午茶！

呵，他甚至把你怀孕的消息第一时间告诉了她。而这个不知廉耻的老女人，诓骗你父亲的投资，霸占你丈夫的感情，却还想和你做朋友。

那天在刘韩宇的别墅，他竟然不顾你和王助理在场，说要为她在面颊上文一朵玫瑰。他们把你当成空气，完全不把你放在眼里！

你在每个失眠的深夜，细细咀嚼着失望的愤怒。他在树洞里辜负了你一次，在现实中又辜负了你。背对着 30 厘米距离外的另一个人，你常常让无声的眼泪浸湿枕头。

你甚至开始对这种自虐式的愤怒上瘾，就像小时候每次父母吵架，你就会默默用铅笔尖戳自己的胳膊。

你用一种疼痛压制住另一种疼痛。

今天傍晚袁东回到家不久，就来了两个警察，并提到了刘韩宇的名字。袁东神色紧张，答应和他们去外面聊，直到现在都没有回家。

你希望他的背叛罪有应得。

这时，你听到大门门锁被打开。你看了看墙上的钟，接近 11 点。

他走进客厅，轻轻在玄关的柜子上放下自己的钥匙。当他走进客厅时，脚步突然停顿，因为瞥见了你坐在窗边的身影。

“怎么没开灯？”他打开了客厅中央的艺术灯，光线刺痛了你的眼睛。

见你没有说话，他又有几分狼狈地解释道：“唉，又是那个案子，没完没了。那些警察找不到凶手，就像苍蝇似的盯着我不放。你怎么还没睡呢？在担心我吗？”

你的嘴角浮现一丝冷笑。

他直到这一刻还以为可以隐瞒自己和刘韩宇的关系呢。

警察一定也找了刘韩宇。你可以想象，不用多久，桃色八卦就会在那栋四层建筑内像粉尘一样弥漫开来，恐怕连朱奂和王助理都会感到震惊。你的耳朵里仿佛能听到那些女人交头接耳：“袁主任和刘总竟然有一腿呢。可怜他老婆，肚子都那么大了。”

你突然站起身，由于小腿过于用力，摇椅沙发在你的身后面猛烈摆动。你冷冷地说道：“睡吧，太晚了。”

你的目光绕开他，一脸冷漠地从他身边经过。他惶然无措地站在原地，或许正苦苦猜测着你的心思。

你在你俩的大床上躺下。当你侧身蜷缩身体时，能感觉到腹部的隆起，顶着你的胸口。已经17周了呀。它的隆起是那么反自然，就好像不是你身体的一部分，而是某种疾病造成的赘生物，和你的生命相悖。

这些日子，你猜测过种种背后的阴谋，他们为什么这么对你。方瑶当年没有撒谎，她发现的第三者就是刘韩宇吧？他们无论如何也分不开，那为什么不光明正大地在一起？既然他们纠缠难解，他又为何和你结婚？或许因为她年纪大了，不能生育，所以他们合谋把你当成生育工具？

想到种种可能性，你便因为气愤和恐惧而浑身颤抖。

此刻，你感觉一股怒火即将从体内喷薄而出，你忍不住想要用拳头狠狠地捶打自己的小腹，或者把藏在梳妆台里的抗焦虑药片全吞入肚子。

但你控制住了自己，因为那个计划已经在进行中。你试着腹式呼吸，让自己平静。

这时，你听到他的脚步声出现在门口。但他没有走进房间睡觉，只是在门口停留片刻，又悄悄离开了。

9 袁东

你站在主卧门口，偷偷望了一会儿侧躺在床上的背影。她似乎已经睡着了。

你轻轻关上门离开。

经过儿童房时，你又打开门看了一眼那个薄荷绿的童话世界。深蓝色天花板做成了星空，床头挂着一盏月球灯。当时你们决定粉刷成这个颜色，是因为它对男孩女孩都适合。但不知道为什么，你总感觉丁冰肚子里应该是个女孩。或许你内心是这么希望的吧。

最后，你走进楼下的客房，打算独自在这里睡一晚。

刚才，你看着丁冰的背影如幽灵一般飘入房间时，突然有种异样而强烈的感觉：她不是初见时的那个丁冰了。她仿佛已经完全变了一个人。

你是在医院对面的咖啡馆第一次见到她的，只是无心抬头一瞥，就挪不开眼睛了。她站在前台点单，摘掉了墨镜，一边和前台的女孩说话，一边望向你。

微卷的栗色长发，小麦肤色，微微上翘的眼尾，让你有几分恍惚。虽然你见过各种各样精雕细琢的美貌，但她的气质却是那么契合你的心意，甚至让你有点忧伤，仿佛能看到几分方瑶的影子。

她也留意到你正望着她出神，朝你包容地笑了笑。

当时是中午时分，咖啡馆里客人很多，刚好没其他空座位。她环顾四周后，走向你，看着旁边的沙发问："这里有其他人吗？"

"没，没有。"你莫名地窘迫，急忙把自己的东西往旁边挪，腾出身边的座位。

她坐下来，啜了一口杯中的咖啡，放下杯子，从自己的纪梵希托特包中掏出手机和一本书。

你有些惊讶，这是你和方瑶讨论过的《西西弗斯的神话》，不过她当时并不感兴趣。你随口说道："很少看到女孩读这种书。"

她低头嗤笑了一下："这是什么偏见？加缪讨论人的话题，又不只是男人的话题。"

在方瑶离开四个月后，当你对爱情充满了怀疑和胆怯，以为自己不会再为谁心动时，你遇到了丁冰。

那时的丁冰阳光、灵动、聪明，各方面都让你为之倾倒。当然，她的家境也是加分项，让你觉得自己配不上她。

人生若只如初见。

可逐渐地，她却变了样，不仅仅是性格、气质，甚至还有容貌。她很少出门，肤色变得越来越苍白，能看见小臂上青色的血管。有一天你发现她面无血色，提醒她检查一下身体，没想到她拉下脸来，莫名其妙地答了一句："这才是我正常的肤色呢。"

她的头发也换成了黑色长直发，这倒也没什么，配她的鹅蛋脸也挺好看。但她再也不会欢快地大笑，话也越来越少。特别是这两个月，她不再给你调皮的拥抱和亲吻，当你要靠近她时，她的身体变得僵硬。如果你没有误解的话，你甚至从她的表情中读到了轻蔑。

只有她父亲的财富，比你当初猜测的更多。

你们的婚姻中充满寒气，就像这天气，入秋以后，每下一场雨，就会更冷一点。而刚才她的态度更是让你如坠冰窟。

她一定知道刘韩宇的事了，她是什么时候知道的？她也怀疑你和方瑶的死有关吗？

她越是什么都不问，越让你心里没底。其实你已经想好了如何回答她，但你不可能在没有问题的时候，先主动抛出答案。

如果她问起，你会对她认真解释：真相不是她以为的那样。当然，也不是你即将解释的那样。

如果只是情人的丑闻，对你又能有多大影响呢？

桃色绯闻不过是男人身上的蜘蛛网，拍一拍就掉了。真正的秘密却是一只趴在皮肤上的毒蜘蛛，终生都难以甩掉。

这夜，躺在客房床上的你也少见地失眠了。你觉得心灵深处是那么空虚和孤寂，甚至有点怀念另一个世界的方瑶了。

第二天当你睁开眼时，太阳已经在窗帘的缝隙中闪烁。你猜至少九点钟了。果然，你一看床头的手表，都已经九点半了。你打开手机，这才收到她一个小时前发的消息："我们离婚吧。"

看到这句话的瞬间，你仿佛一脚踏空，从高空坠落。你立刻清醒，坐起身，跑进主卧。床上是空的。你打她手机，提示音是关机。

你又飞奔去她的陶艺工作室，她不在那里。

你打电话给岳父，他重重叹气道："你们的事，我管不了。"你追问他丁冰现在人在哪儿，他沉吟半晌才说："她今天突然说不想要这个孩子了，我劝不住。"

你慌了神，开车来到她平时做孕检的私立医院。你冲进妇产科室找了一圈，并询问护士，但她不在这里。你开车去了更远的人民医院，也没有找到她。

你突然想到你们曾聊起过另一家私立医院，她本来想选择在那里生产，但因为离家较远而作罢。抱着一线希望，你又开车来了这里，但妇产科依然没有她的身影。

她会去哪儿呢？上哪儿才能找到她？你就像一个溺水的人，手足无措，只能等着一点点沉没。

你在候诊室的椅子上，颓唐地坐了下来，捂住了脸。

此刻在你的脑海中挥之不去的，是得知她怀孕后的甜蜜时光。

你们挤在儿童床上彻夜聊天，猜测是男孩还是女孩，取什么名字，以后从事什么职业……你们一致觉得如果宝宝眼睛像她、鼻子像你，会更好看。你们反复拉着开关绳，看着月球灯在新月、半月和圆月之间切换，想象新生儿看了会有多么兴奋。

丁冰曾说，她希望是个男孩:“我希望他长得像你。他或许长大了也想当医生。”

而你说，你想要一个女孩。“如果是个女儿，我可以狠狠地宠她，把一切最好的都给她，但如果是个男孩，我就得克制自己了，以免被宠成败家子。”

但你心底清楚，这平静而充满希望的生活，是驮在那只怪兽背上的。而那只怪兽总有一天会嘶吼着醒来，倾覆你们辛苦筑建的一切。

一切都是你的错。正因为你每天怀抱着秘密，才无法真正拥抱现实中的人，让自己一次次和幸福失之交臂。

从五年前的那天开始，你就像一只被抽打的陀螺，只能不停地转动、不停地说谎，因为你只要一松懈，就会彻底摔倒，再也站不起来。

你真的感到累了，或许，倒下也好。

你后悔昨晚没有在睡前，把一切都告诉她。不，不是那一套你过去曾搪塞方瑶的谎言，而是真正的秘密。可现在已经晚了。

你落寞地站起身，准备离开。

恰在此时，你的余光在外面走廊的尽头，发现了一个熟悉的身影。

她一个人坐在最角落的铁椅上，穿着一件咖啡色羊毛开衫，佝偻着背，单薄的肩膀紧紧缩着。她看起来像在想什么事出神，唇色苍白，目光呆滞。那一眼，你心底最柔软的地方被刺痛了。

她都是因为你才变成了另一个人。

你大步流星地奔向她，蹲在她身边说道："我有话要对你说。"

她低头看了看手上的白色小纸片，面无表情地回答："晚了，马上到我的号了。"

"只要十分钟，可以吗？"你把手搁在她的膝盖上，祈求地望着她，"我尊重你的任何决定，但请你一定要听我说完。我不希望两人之间因为误解而结束。"

她一言不发地站起来，快步朝露台走去。她的头高傲地仰起，似乎想让你明白，无论接下来你说什么都改变不了她。

你跟在她身后，也走上了露台。你靠近她，拥抱她，轻声说道："方瑶的死和我无关，我真的没杀她。"

"呵，你明知道我们之间的问题不是这个！"她挣脱了你的拥抱，叫道。虽然她的音量很小，但你能感受到瞬间爆发的愤怒。你明白了，她说的是刘韩宇。

她声音微颤着说道："她像是你身上的一颗痣，一直都在那里。你的品位和欺骗都叫我恶心！"

"不是这样！根本不是这样！"

你有些着急，甚至生自己的气。

"我一直没告诉你，我和刘韩宇之间的事，是我害怕说出来，你不能接受那样的一个我，我可能会失去你，失去一切。但我发誓，整件事不是你想的那样！"

她转过头，皱着眉，用困惑而质疑的目光牢牢盯着你的眼睛。

你松开了她的胳膊。你知道自己已经无路可退，不得不面临选择：失去她，或展示那只毒蜘蛛，尽管那么做也可能会失去她。但此刻，你已经顾不上那么多。你太急切想让她知道，你对她的心意。

让她去揭发你，让她踩住停不下来的陀螺，让她来终结这一切吧。

你轻轻叹一口气，走到她身边，扶着栏杆说道：“我无法说清楚我和她之间的关系算什么。

“我以前听过一个故事。有个人见过鬼，他告诉了其他人，可谁都不相信，只把他当作疯子，于是他只能把这件事藏在心底，直到有一天他遇到另一个也见过鬼的人，才能敞开心扉。他们有了亲近的关系，这是取暖，是理解，是结盟，也是勒索，是控制。我以前以为，一个见过鬼的人是没法和没见过鬼的人相爱的，直到我遇到你。”

她不解地望着你，似乎费力想要从你的眼睛中读明白这个故事的含义。

“这些年，我常常做一个噩梦，梦到我夜晚独自站在湖边。明明是黑夜，我却能清晰地看见湖水变红了……是那种血的红色。一个人从湖水里爬起来，朝我走过来……”

你垂下头，低语道：“有个人死了。”

10 郭玉婵

上午你睡得迷迷糊糊时接听了一个电话。对方说是警察，你吓得立马清醒，掐断电话。你起床后急得团团转，以为平时替你接单的“经纪人”被抓，把你供出来了。过去曾经发生过这种事。

过了一个多小时，就有两个警察找上门来。其中一个姓向的警察向你出示了他的证件，并要求看你的身份证。在看了你的身份证后，他问你，是否认识杜子华。

你松了口气，原来他们是为其他事找你的。

“你们说的是丽丽的哥哥吧？”你问。

“丽丽就是杜子娟？”他问你。

“对，习惯了叫丽丽。”

“她哥哥为什么找你？”

“能抽烟吗？”你从烟盒里抽出一支烟问。他点了点头。你点着了，吐出一个烟圈后才缓缓说道：“我认识丽丽是五年前的事了。”

2013 年，你在新区的碧海蓝天 KTV 上班。夏天过后，来了一个新人叫丽丽。她说她以前在一家电子厂上班，前不久工厂倒闭，有人给她介绍了这个活儿。

你记忆中的丽丽长得不算漂亮，身材瘦小，但有些客人就喜欢她这种中学生似的身材。她的皮肤很黑，但你们平时都是化浓妆，粉底一擦，再加上灯光的衬托，也没人看得清楚肤色。

这是她第一次做坐台的活儿，刚开始紧张得像只蜷缩的刺猬，连回答客人的问题都哆嗦。后来时间久了，再加上被妈咪训了多次话，她才渐渐放开了一点。她比你小三四岁，叫你婵姐。你俩和另一个一起上班的女孩合租了一套三室一厅。

丽丽简单说起过，她父亲因为车祸被截肢，无法务农，家里都靠她母亲和大姐，生活很艰苦。她的哥哥姐姐都在老家，只有她出来打工了。

你觉得丽丽脑子简单，没那么多心眼，可以说很老实。干你们这行，“老实”可不是一句夸人的话。她的嘴笨，不会说好听的话，客人叫她喝酒，她就喝，每次回家都吐得天昏地暗。你就教她一些劝别人多喝，自己耍赖，又可以活跃气氛的诀窍。

她有一次说：“婵姐，你总是让我想起我的大姐，以前就数她对我最好。”

你们三人在一起住了三个多月。2013 年秋天，平泽公安局搞扫黄打非，碧海蓝天被暂时查封，你们拿着一点点底薪，没有班可上。

丽丽有一天出门后，再也没有回来。

那个晚上，你发消息关心她何时回。她很晚才回了条短信给你，说她不回来了。她在南州找到了一个喜欢的工作，因为搭别人的车，走得急。你很吃惊，问她那么多个人物品怎么办。她说她没时间处理了，全送给你了。你当时心底还嘀咕，她这初中学历能找到什么好工作？这个傻丫头该不会是被人拐卖了吧？

丽丽仓促离开，在当时的你看来，也不算太奇怪。做你们这行的，因为换工作频繁，常年漂泊不定，没有太深交的朋友，谁都不会去管别人的闲事。

没过几天，老板通知碧海蓝天正式停业，停发工资，你们也只能自谋出路，各奔东西。丽丽留在出租屋的物品没人处理，最后应该是被房东给扔了。你带走的她的唯一的东西，是一只古驰包。

在后来的日子里，你的生活也充满动荡，许多人、许多事都忘得差不多了，只有在看到那只古驰包时才会偶尔想起那个姑娘。

大约在丽丽失踪三年后，有一天突然有人打电话给你，打听一个叫“杜子娟”的女人。

你们鸡同鸭讲了半天，你才反应过来他要找的人是丽丽。

这人说他是丽丽的哥哥，最后一次联系丽丽是在 2013 年秋天。但到了那年年底，丽丽手机突然停机，和所有人都失联了。他想问问你，怎么才能找到她。你很惊讶，告诉他差不多也是在那阵子，丽丽说要去外地工作，此后再也没有和你联系过。

丽丽的哥哥真是个讨厌的家伙，他竟然觉得这事成了你的责任。他在电话里说:“我们一家人只知道丽丽当年和你住一起。她还用你的手机给她大姐打过电话，亲口说，她当你是亲姐一般。我们好不容易找到你的号码，联系上你。现在你不肯帮忙，我们还能找谁？”

你嗤笑了一下:“还亲姐呢？走的时候都没告别一下。”

你本不想再搭理他，但他突然神神秘秘地说，他怀疑当年和他联系，给他汇钱的人不是真的杜子娟，而是有人假冒的。

听他这么说，你可吓坏了。

丽丽离开后，你和另一个合租的女孩也猜测过种种可能。但大家相识时间很短，互相不知底细，也只是猜猜罢了。如果说她的离开有让你生疑的地方，恐怕就是那只古驰包了。那是一只棕色 logo 印花的硬皮斜挎包，是个客人送她的，她平日里把它当宝贝一样放在防尘袋里，只有重要的日子才背出去。可她离开时，连回家取一下包都来不及吗？

你和杜子华约了在心派咖啡馆见面。他替你点了一杯咖啡，便迫不及待地打听起来：丽丽以前的收入，有没有男朋友，大概存了多少钱。

你记得丽丽先是当“公主”，没多久就开始陪酒。虽然点她的人不多，但碧海蓝天当时很火，她一个月也能挣一万多。做你们这行的，平日里遇到再恶心的客人也得奉承讨好，难免忍气吞声，所以下班后会报复性消费，许多小姐都入不敷出。但在你的记忆中，丽丽平日里十分节俭，也不谈恋爱，把钱存着。她对你说过打算再做几年挣够了钱，回老家镇上买套商品房。她到底有多少存款，你也不清楚，但她才工作几个月，想必也不会很多。

杜子华接着不停地催促你回忆丽丽失踪前到底做了什么事，可能去哪儿了。

你在记忆中搜索和她最后交往的点滴。

你记得当时大家不用上班，就在出租屋里打游戏，玩玩手机，等重新开业的通知。丽丽说她想趁这个空闲的档期去做个隆胸手术，可以悄悄度过恢复期。妈咪以前总说她身材像块门板，对男人没有吸引力。

你曾陪她去找医生咨询。你记得当时约的手术时间就是她离开的那个周六。她问过你有没有时间陪她去做手术，但那天你恰巧有其他事，没答应她。

周六那天你睡到接近中午时才起床，发现她已经出门了，还以为她是独自去隆胸了呢。没想到，她后来在回复你的消息里说，她遇到一个老乡带她去外地工作，没做成手术。

“隆胸手术？”两个警察快速对望了一眼，问你，“你当时陪她去的哪家医院？”

“不是医院，是那种开在居民楼里的小诊所。我记得她先去六院咨询过，但后来还是选择了那个诊所。她似乎说过……在那里做比在六院便宜近一半，而医生其实就是六院的医生。现在不也有那种吗，公立医院的医生到处跑穴？我当时还开玩笑，让她当小白鼠，如果效果好，我也去做。”

“医生叫什么？”

“我记得给她面诊的是个男医生，戴眼镜，长得斯斯文文，但身材很健壮。我对于帅哥的相貌，记性还是挺好的。”你自顾自地傻笑起来，“哎哟，但我把他的名字又给忘了。”

这些年你总是日夜颠倒加上喝酒，记忆力大不如前。有时你都不确定，这些记忆碎片究竟是来自你的想象，还是真实发生过的。

“‘又’忘记了？”向警官问道。

“对，对，当时杜子华用手机上了六院网站，把整形科男医生的照片全都找出来让我认，我一下子认出他来了。去年我到鑫美去打瘦脸针，又刚好看到他的照片放在大厅。我当时还想他怎么跳槽到这里来了。照片下面有他的名字，瞧我这记性，看了就忘。但你们若看到那一排专家的照片，找最帅的戴眼镜的那个，准没错。”

“杜子华知道这些事后，说了什么没？”

“他听完连谢谢都没说一句，就走了，后来再没联系过我。我曾发消息问他，找着他妹没。他只简单地回了一条消息：‘找到了。’那你们知不知道，他们兄妹到底见着没呢？”

他们同样没有理会你的问题。姓向的警察合上本子，似乎准备结束问话。但突然，他又从包里拿出一张照片问：“这上面的人是你吧？”

你接过照片，惊讶极了：“我自己都没了这照片，你们怎么会有？”

这是十年前你在另一家夜总会上班时他们统一安排照的写真，有时会贴在相册里让客人挑选。

“薛成茂你认识吗？”他又给你看另一张男人的照片。

这下你更加吃惊了。在你的记忆中，照片上的男人也不姓薛。

“不对，他叫陈小松。至少，他当保安时，大家都叫他小松。”

你记得送给过小松这张照片，难道他一直留着吗？你突然有些伤感，把散落的头发轻轻夹到耳后，说道：“我和他也好多年不联系了。

你们知道他在做什么吗？还好吗？”

“你和他以前什么关系？”

“我俩好过一阵子……”你说这句时还能感觉到面颊有些热。

那时的他对你可真好啊，甚至还在胸口文上了一只蝉，代表你名字中的婵字。他比你先离开那家夜总会，但依然在每个凌晨接你下班，带你吃夜宵。有一次你们在外面吃烧烤时，三个男人认出你在附近 KTV 上班，对你说些轻浮下流的话。虽然你让小松不要理会，但他容不得别人侮辱你，和那三人打了一架，被揍得头破血流。

那次他不肯去医院，你只能陪他回到出租屋包扎。你惊异地发现，他那里有一个百宝箱，里面不仅有各种应急药物，还有许多不同人的身份证。那个晚上你问他，自从不当保安后到底在做什么。他说在跟老乡做生意，这些身份证都是别人存放在他这里的。但你从没见过他具体做什么生意。

他行踪不定，有时一连消失一个月，有时又很优哉，每天在出租屋打游戏。他总说自己会发大财，只要手头阔绰一点，就给你买衣服、买首饰，但一旦挥霍完，就连吃碗面都要找你借钱。

你曾对他很认真，还带他一起回老家见过家人。但时间久了，你发现他性情古怪，不高兴时总是一言不发地瞪着你，模样十分吓人。有一次，他消失了一个多月联系不上，你对此十分生气。当时有个做工程的客人追求你，你便搬去了他给你租的房子里。

后来小松想办法从监狱给你打了个电话，你才知道他被抓了，还被判了三年。他让你等他出来。你沉默了一会儿告诉他，你和一个老板同居了。他只是冷漠地“噢”了一声，挂断了电话。此后，你完全失去了他的音信。

“当时我俩还差点结婚了呢。没想到啊，连他的名字都是假的呀。”你惨淡地笑了笑，猛吸了一口烟，把它在外卖饭盒里捻灭。

“如果他来找你，你必须立刻通知我们。”两个警察留下了联系方式。

他们离开后，你坐下来，又点了一支烟。

你后来被那个老板甩了。陪他的那一年里，常常挨打，也没捞到什么好处。你重新出来找工作，去了碧海蓝天 KTV。你也时常会想起，他出狱后在做什么呢？八成是犯了啥大事，这两个刑警才会找到你吧？

这就是命呀。一个人只要开始走错了一条路，以后面对的选择中可能就没有一个是正确选项了。你的人生也是一样。你有点厌倦这样的日子，又不知道怎么结束它。

不知道丽丽后来到底怎么样了，她哥到底找到她没？你这辈子还会见到她吗？你竟有点想她了。

11 袁东

2013 年夏天，你被同一个科室的姜医生拖去参加了刘韩宇在福禄堂设的晚宴。席间其他的人你都不认识，只记得有医美药品的代表、海归商业人士等。那时的刘韩宇刚回国半年。她谈笑风生，一个人把控全场，把每个人都照顾周到，对你尤其热情。

你们留了联系方式。几天后，她单独约你，开着一辆红色跑车到医院接你下班。在那家日本料理店的包厢里，她似乎多喝了几杯清酒，动情地倾诉起她辛苦打拼的前半生。

她说了很多私事，包括她是如何因为忙于事业，而错过几段姻缘的，坦诚得令你惊讶。她还谈到了未来的规划：虽然目前她只有一家小美容院，但她已经找好投资和场地，第二年就会搬入一栋四层大楼。她说人这一生太短暂了，要尽力活得精彩才不会对不起自己。

你也来自小地方，靠自己奋斗才在平泽扎根，并期待未来在医美界大展拳脚。在听了她的经历后，你在内心感叹，这真是个有魄力的女人，靠自己走到今天真不容易。

她自称在加拿大和美国从事多年美容业，有美国的护士证，懂得各种注射。悦己美容院目前只提供仪器抗衰护肤和注射项目，但随着咨询开双眼皮、抽脂的客人越来越多，她也想趁早开展更高端的业务。这需要和一个技术高明的专业医生合作，而姜医生推荐了你。

你对她虽有几分敬佩，但当时的你心高气傲，是看不上她那种小医院的，而且你评职称和工作已经够忙了，也没有接私活的念头。刘韩宇倒没有太给你施加压力，只是云淡风轻地提出了一个远高于市场价的价格，让你考虑。

你后来才知道，她口中的悦己美容院只不过是一个开在酒店公寓里的小作坊。甚至你直到在答辩会上看到黑客的 PPT，才知道就连她自述的从业经历都是捏造的。

那天晚上走出日料店时，她问你有没有女朋友。你当时和同校女友刚分手不久，还是单身。她醉眼迷离地把手放在你的胸脯上大笑道："如果我再年轻十岁，就找你当男朋友了。"你觉得这不过是她为了活跃气氛的玩笑话罢了。

两个月后，你的父亲被诊断出了肝癌晚期。

虽然老家的医生都说生存的希望很小，但你不想这么放弃。你把父母接到了平泽，让他在六院继续接受治疗。那天听完医生介绍父亲的病情后，你要求给父亲用上还没纳入医保的进口药，这样一个月下来就要十几万的费用。

下班后，你给刘韩宇发了消息。

你怎么会想到，这个决定后来完全改变了你的人生轨迹呢？

你的父亲在坚持了十个月后，还是去世了。可哪怕时光倒流，你很可能还是会做出同样的选择。

此后的两个月期间，你的周末常常耗在悦己，绝大部分时间是做割双眼皮和开眼角的手术，也做过几台抽脂、脂肪填充手术等。刘韩宇有时会扮演麻醉师，而两个只在美容院工作过并没有护士经验的姑娘充当护士，一起给你打下手。

为了多挣一点，有时你会让一些在六院就诊的病人添加你的工作号。当他们在手机上咨询时，你会有意无意地提起，如果去其他诊所可以省去排队的麻烦，收费也更便宜。

悦己诊所内虽然布置得洁净、高雅，看起来很专业，但顾客刚来时总归有些迟疑，他们信任的根基是你。那个 23 岁的女孩想必也是一样。

那年十月的某个周末上午，她躺在由宽大的主卧改造的手术室内，等待接受一台全麻的抽脂隆胸手术。

她很瘦，你计划从她的腰腹、大腿和手臂等地方抽出 300cc 的脂肪，注射到她的胸上。

你不是没给她提供过其他方案，但她不接受假体，坚持要自体脂肪隆胸，因为她听说那样的手感更加逼真。

刘韩宇对她进行诱导麻醉，动作看起来熟练且专业。

女孩躺在病床上等待麻药发挥作用时，还和你们聊着天。你依稀记得她自言自语般说着，平泽的天气湿润，难怪这里的女孩皮肤都好……她的声音紧绷，听上去有几分紧张，刘韩宇俯身安慰她："睡一觉醒来就结束了。"

几分钟后，她已经昏睡过去。你准备对她的腹部进针，但这时，她的血压突然下降，心率加快，血氧饱和度呈波形……

你立刻意识到是麻醉出了问题。是注射过量，还是过敏？可她明明在所有过敏选项上都选了否。你问刘韩宇怎么办，可这时她却手足无措，完全没有了主意。

你急忙从柜子里找到去甲肾上腺素对病人进行注射，但让你恐慌的是，她的血压不仅没有上升，反而快速下降……

这里根本没有抢救设备，得立刻送去医院！

当时只有一个小护士在手术室内，她跑出去取她的手机打 120。你和刘韩宇对病人进行心肺复苏，可一切无济于事，她的呼吸和心跳骤然停止。

你现在回想起那一幕，依然觉得手脚冰凉。

你没想到的是，这时刘韩宇迅速走出病房，把你独自留在了手术室。

你听到门外隐约传来对话。

"再打一次 120，取消救护车吧。病人现在没事了，今天她决定先不做了，等彻底清醒就回家。今天周末，你也提前下班吧。"

“她真的没事了？”那个年轻的小护士不放心，又连问了几遍。

在确认不需要她留下来帮忙后，她去更衣室换衣服。接着你听到刘韩宇也支走了前台的姑娘。等她们离开后，她取下“OPEN”的招牌，并锁住大门。

你又回头看看凌乱的手术台和全身赤裸的病人，大脑一片混乱，就像超负荷的计算机嗡嗡作响。你想到科室主任的叮嘱，自己在评的职称，父亲的化验单，姜医生的玩笑，女病人最后的话……

“她不能留在这里。”刘韩宇回到手术室后，第一句话便是这个。

她贴着门站着，似乎不敢向前靠近手术台，但声音却异常冰冷：“得想办法把她挪走，不能让其他人知道这件事，不然我俩都完蛋了……”

你转头和她的目光碰撞在一起，互相确认了对方的意思。

那天傍晚，你们开着刘韩宇的车，把尸块运到了太湖边，埋到了荒野中。当完成这一切后，最后那一缕瑰丽的霞光也沉入湖水，被黑暗吞噬。

你们站在树下，看着脚下微微隆起的土地，默默无言。晚风从漆黑的湖面上吹来，你感觉紧张且疲惫不堪。突然，刘韩宇一把环抱住你的腰，把头埋进你的胸口。

你僵硬地站在那里，能感觉到紧贴着你的那个温热的身子在哆嗦，不知道是因为冷，还是害怕。她也有害怕的时候吗？

你迟疑了一会儿，终于伸手环抱住那个身体……

而这是第二个错误。

你和刘韩宇结清费用后，再也没去过悦已。作为医学生，你当然见过不少死人，但当一个几分钟前还在聊天的人、一个健康的年轻人，因为你们的失误而死亡，这依然让你惶恐不已。你既对年轻的生命感到痛惜，又怨恨刘韩宇的鲁莽和自己的轻率。

大约几周后，刘韩宇突然告诉你一个消息。那女孩的哥哥到平泽来找人了，并威胁说找不到就要报警。她为了打发他走，拿着女孩的身份证去银行柜台给他汇了 35 万。她末了又说：“我这么做，是不想这件事影响你的前途。”

她这么做难道不是为了她自己吗？但你犹豫了好一会儿，还是回复了一条：“谢谢，算我欠你的。”

她接着又说：“最近老是头痛，想到那事，就害怕得睡不着，你来陪陪我吧。”你没有再回复。

你以为那件事到此彻底结束了。你不再理会刘韩宇发给你的信息，不管是工作上的还是私下里的。

但是三年多后的一天，当你准备下班去和方瑶吃饭时，一个邋遢的矮个男子突然闯进诊室。

你惊讶地看着他，问：“你挂号了吗？”

他没有回答，而是关上身后的门，说：“你就是袁医生吧？唉，我可找了你好久啊。”

你警觉地瞪着他，心头立刻有了不祥的预感。

“杜子娟你记得吗？我是他大哥。听说她失踪那天就是去找你做手术了。从那以后，再没人见过她。现在，你知道她人在哪儿吗？”

你像被人一下子掐住喉咙，什么话都说不出来，在他对面的椅子上缓缓坐下。

你应该否认，激烈地否认，我听不懂你在说什么，并叫保安。但是晚了，你的犹豫和踟蹰暴露了一切……

他说他有证人，当年最后见过他妹妹的人，就是你。他说他查过妹妹的银行卡，她根本拿不出 35 万，当初替她支付这笔钱的人应该也是你和你的同伙。他自称是个守信的人，过去三年都没再来找过你，但这一次他真的走投无路，遇到了过不去的难关。他已经摸清了你的底细，你的事业前景和收入。他说，如果你可以补偿他家人 300 万，他发誓会从你的生命中消失。

你对杜子娟和她家人心有愧疚，如果你手上有钱，你愿意补偿她的家人，当然，不会是他要的数字。但前段时间你刚买了一套二室一厅的二手房，计划用作和方瑶的婚房，你给父亲看病之余留下的存款，也全都用来交了首付。

你找刘韩宇商量，希望她能帮忙解决。没错，杜子华找到的人是你，可当时负责麻醉的人是刘韩宇。你查过法律条文，你们两人虽然有分工，但当时是作为一个团队，部分行为全部责任，你要担责，她更逃不掉。你们两人都可能面临牢狱之灾。她必须帮你，这也是帮她自己。

而刘韩宇正是在此时趁机提出，钱由她来出，你去鑫美工作。

你那会儿根本没想到杜子娟的哥哥是个赌徒，你们将要面对的是个财务黑洞。随着杜子华一次又一次的威胁，你和刘韩宇的关系也陷入更深的纠缠……

她一次次出钱帮你，却也控制了你。或者说，你有求于她，其实也在威胁她。

你对她有一种难以言明的复杂情绪，从她那天表现出异常的冷漠开始，你便对她打心底里厌恶和恐惧，但你又因此鄙夷自己，你装什么装？你难道会去自首吗？你其实只是害怕自己隐藏的那一面罢了。

而另一方面，只有想到她时，你才不那么厌恶你自己，似乎只有在她的映衬下，你的道德感才不显得那么丑陋。你俩是参照物，是敌人，是同盟，也是道貌岸然的同类。

你站在医院的露台上对丁冰说："我只想让你知道，和你在一起时，我有时的冷漠、低落、说谎，都是因为这个秘密。这些年，我越害怕这件事被人知道，就越被它牢牢控制。但现在我顾不上那么多了，我不希望你误解我爱上其他人。"

把压在心上多年的大石搬走的感觉真好啊。

你看到丁冰的眼睛里噙满泪水，无法猜透她现在的心情。

"如果你现在依然决定不要孩子，或者……离婚，"说到"离婚"二字，你的声音轻了一些，"我都可以接受，这是你的权利和自由。我只是想把自己最害怕的把柄交给你，让你来替我结束这一切——"

丁冰突然伸出胳膊，紧紧揽住你的脖子，打断了你的话。

"我不会报警，不会离开！"她在你的耳边哽咽道，"我会替你，替我们保守秘密，比她做得更好。"

她的话让你深受震撼，这是你从来不敢设想的。你甚至一时难以明白她的真实想法。你的手在她的后背摩挲了一会儿，终于用有力的双臂回应了她，抱住她消瘦的身子。

你们的拥抱代表你们之间达成了协议。

这时，露台上开始起风，你把她抱得更紧。

“我们回家吧。”她仰起头说。

你知道那一天终究会来，你感觉到它已经越来越近了。虽然知道秘密的杜子华已死，但那些警察发现了你和刘韩宇的关系，他们像嗅着血腥味的鲨鱼，正越来越接近鲜血的源头。

你只希望他们把你带走以前，你能有多一点时间弥补丁冰。你想把当年没来得及弥补方瑶的，一起给她。

你看着客厅窗外阴沉沉的天空，把下巴搁在她的肩头，说道：“人们都说拥有得越多，就越害怕失去，我现在担心失去的已经不只是职业前途，还有我们的小家庭。我此前没敢告诉你，是因为一直没把握你会怎么看我，是不是觉得我太自私、虚伪、卑鄙？会不会因此恨我？”

“你最喜欢的电影是《逃之夭夭》，那你看过美国版吗？女主角说她妈妈送给她一尊雅努斯神像，为了提醒她每个人都有好的一面和坏的一面，过去的一面和未来的一面。面对其他人时，我们总是只展示最好的那一面，但真正爱一个人时，我们就应该接受他所有的面。”她冷静而略显成熟地说道，“或许，我也不是你以为的那个我呢。”

你轻轻地整理她的头发，心中充满了柔情：“我知道自己可能没有那么了解你，但我真的不在意你的发色、肤色，性格是外向还是内向。两个人对彼此的认识，是来自共同的经历……

“我还记得你那次在云南被蛇咬，我真的太害怕你出事了……记得背你下山时我紧张到腿都软了，简直没法喘息。总是有人在讨论，爱情到底是什么，我觉得它是一种可以让两个没有血缘关系的人生命相联通的体验。就像刚才，我看到你一个人坐在那张冰冷的椅子上，真正体会到了什么叫心如刀割。”

眼泪从丁冰的脸庞滑落，她用手背快速抹去，突然又仿似高兴地笑了起来：“一切都会好起来。”她似乎也在对自己这么说。

晚上你躺在床上久久没有睡着，虽然丁冰在另一头很安静，但你猜想她也没有入睡吧。这时，她的手默默越过被子，摸索到了你的手，握住你的指尖。

你回应了她，也牢牢握住她的手……

12 刘韩宇

你从窗帘缝向外张望，漆黑的夜空中闪过一道闪电，照亮了在风雨中摇曳的树枝。这场秋雨已经下了一天，不知道何时才停。

你把自己的左脚搭在右腿膝盖上，解开缠绕着的白色绷带。一看到脚底伤口的情况，你立刻皱起了眉。之前你输了两天液，又打了破伤风的针后，伤口已经开始好转了，可不知为何，此刻却渗出棕色液体，并散发一股奇怪的味道。

你用指甲掐了一下旁边的皮肤，整只脚似乎都麻木了，没什么知觉。明天一定要叫护士上门看看。你拿起桌上的药膏又用棉签在伤口上抹了一点。

今天只有你和保姆在家，王助理周末请假回老家，要明天上午才能过来。你今天一整天都觉得头晕眼花，恶心反胃，保姆端来的晚餐你几乎没怎么吃。刚才她撤走餐盘后，又给你端来燕窝和一壶菊花普洱茶。

可能因为下雨气压低，你一整天都感觉胸口闷闷的。

你转着轮椅来到配着茶色玻璃的大梳妆台前。呆坐几秒后，你才鼓起勇气，用颤抖的手，轻轻揭掉脸上的纱布。脸上的伤口逐渐愈合了，此时正像一条扭曲的酱红色虫子趴在你颧骨最高处，刺痛你的眼睛。

那个畜生下手真的太狠、太狠了，伤口割那么深。

你的喉咙里震荡出一声哀号，一把抓起桌上沉重的面霜罐子，想要向镜子掷去。但就在出手的那一瞬间，你停住了。

你感觉天旋地转，手臂也突然失去了力量，那个面霜罐子重重地掉落在地板上，砸出一个凹痕。

你的身体后仰，捂住了自己的脸，突然又想起了那个算命先生的话。

你 16 岁时跟着比你大 10 岁的男友到广州打工，在那里遇到了一个瞎眼的算命先生。他说，卦象显示你这一生有两道坎，第一道在你 40 岁时，可能会有牢狱之灾，若顺利度过就可以飞黄腾达、大发财源，但到了 50 岁时你会遇到第二道坎，将难以越过……

你当时听了嗤之以鼻,50 岁距离那时的你实在太遥远了。或者说，那时的你并不在意自己能活多久。你一点都不怕死，只是怕变老。你一直觉得有句话特别有道理：人们总是比谁更长寿，殊不知人的青年期只有那几年，所有增加的岁数都是延长老年的尾巴而已。

你不敢想象自己有一天会满脸皱纹、皮肤松弛下垂、身材变形。你在那个年纪总是对自己说：或许我会在那一天到来前就自杀吧。

但等真的到了 50 岁，你发现这个数字也没那么可怕。皱纹可以打肉毒杆菌，下垂可以埋线或者拉皮，斑点瑕疵可以用激光，腰间赘肉可以抽脂……外表上的衰老都很容易用钱解决。你每天化完妆后照镜子，依然觉得自己明媚性感，当你走进宴会厅时，依然暗自得意所有男士的目光都会被你吸引。

但身体内部的衰老你却无法阻止。你已经连着四个月没有来例假了，尽管你吃了许多昂贵的补品，但绝经时间似乎并没有比其他女人更推迟。当麻烦你大半辈子的例假不再光顾后，你产生了强烈的失落感。半年前你在体检时还查出了高血压和高胆固醇，前几天在医院检查，血压更高了，这两天的头晕也可能和这有关。

你现在很怕死。特别是经历了绑架一事后，你觉得能活着就好。在衰老前自杀？那是多么幼稚的想法。你有信心自己可以富足、美丽地老去。

你又把受伤的面颊凑近化妆镜细看，你们医院正准备引进一台新款激光仪，听说效果还不错。如果能把遮瑕膏调出合适的颜色，或许以后看上去就不会这么明显了吧？

幸好，50 岁这个坎已经跨过去了。年纪越大，你就越信命。下个月是你的生日，你一定要隆重庆祝一番……

你老家在农村，家里有三个姐妹，你是老幺。你年轻时没什么条件读书，当过饭店服务员，做过柜台小姐。你在广州学了美容美发的技术后，来到南州开了家发廊。后来发廊倒闭，你在推销美容产品时，认识了金麒麟大酒店的老板朱子辛，你先在他的金礼遇 KTV 管理那些姑娘，后来又去大酒店当了公关经理。

你在金麒麟遇到吕世博的那晚，朱子辛在床头轻抚着你的后背说："我的春儿魅力真大啊，今晚吕公子的眼睛都不舍得从你身上挪开，你要把握好这个机会。"如今一想到他那双扬扬得意又色眯眯的小眼睛，你就觉得无比恶心。但在那一刻，你的心情复杂，有骄傲，也有隐隐的心寒——哪怕为他打掉过一个孩子，在他眼里，你也只是个随时可以和人共享的玩偶。

接触吕世博后，你才发现他是个头脑简单的纨绔子弟，举止有时很嚣张，但骨子里懦弱幼稚，没什么主见，他很快对你彻底沉沦，被你完全拿捏住。你趁机离开了金麒麟大酒店。朱子辛后来多次联系你，想让你给吕世博带话牵线，你都没有理会。你终于报复了他对你的轻视。

想到你生命中经历的一些男人，包括丁符生，你便很不服气。你不仅想要他们在性上依恋你，更想要他们在情感上离不开你。你还想证明给他们看，你的能力不比他们差，只要有机遇，可以比他们干得更出色。

45 岁以前，你身边的男人从不间断，但这几年，桃花运少了很多，你归结为是自己的经济能力和气场越来越强大，男人不敢对你轻浮，也不敢再占你的便宜。

你的两个姐姐如今都到了退休的年龄，她们一辈子过着随大流的人生，孩子们也都上大学了，只有你依然是单身。

自己的老年会是什么样的？孤苦伶仃？别逗了。只要有钱，哪来的孤和苦呢？

你轻叹一声气，喝了一口茶，又看到保姆留在小桌上的空碗和勺子，旁边是玻璃瓶里的冰糖血燕。你拧开玻璃瓶，把它倒入碗里，吃了一勺。

你突然想起来，这是丁冰那天带过来的。

你从医院回来后，同事和朋友陆续来看望你。袁东是和他妻子一起来的，当时王助理也在。他的妻子像平时那样不失礼貌地微笑着说："这些是之前从香港买回来的印尼血燕，你得好好补一下，伤口才能好得快。"

你看到她的肚子比上次见面时大了不少，穿着藏青色针织裙，依然可以看出滚圆的腰身，但脸蛋还是那么消瘦。

你推辞说："送我干什么？你现在才应该补补，瞧你那么瘦，袁医生要心疼死了吧。"话一出口，你才猛然意识到自己的语气酸溜溜的，竟然带着几分醋意。

你为了让袁东安心，过去常对他说，你们之间没有特殊关系，只不过是互相排遣一下寂寞。可为什么现在你反倒是放不下的那个人？你甚至不止一次闪过念头，如果你再年轻十几岁，他会不会爱上你？

你又抬起眼睛打量这个比你足足小了20岁的女人。她真是个幸运儿啊，继承了她爹的相貌和智力，长得秀气又精致，听说从小读书就好；她的家境富裕，养尊处优，什么都不用自己拼搏，家里花那么多钱供她拿了个洋文凭，她也不过是整天在家做做陶艺。她生下来就不用吃你吃过的那些苦。

她和袁东在条件上确实很般配。但她看上去实在很无趣，她的丈夫在床上真的对她有激情吗？

你再偷偷瞟一眼袁东，他坐在茶几对面，神情自若地低头喝茶。他倒是个好演员。

袁东后来拿你脸上的伤开玩笑，说实在去除不掉，他可以帮你文一朵玫瑰。你知道他故意说些没心没肺的话，你也假意用手机砸他。

但不知为何，他的这个提议点燃了你的欲火，你立刻想起他抚摸你时那性感、修长的手指。

几年前刚和他共事时，你便对他想入非非。这其中也夹杂了你对他精湛技术的钦佩：他的线缝合得那么漂亮，有些全切双眼皮，一周就可以消肿。你一辈子挑选男人的眼光都是慕强的，只有吕世博是个意外。

你相信，在警察从你的手机里恢复聊天记录前，周围没有人看出来你和他的关系。你没法再向警察否认和他的那几次开房，但你保住了你俩的秘密，这才是最关键的。

那个夜晚湖边的气温很低，他一个人挖了深坑，汗流浃背。而你在一旁抱着胳膊等他，越等越冷。当他扔下铲子后，你一把抱住他，隔着单薄的衣服面料，你感受到他浸湿汗水的强壮身躯。

美好的肉体让你一扫面对死亡的惊吓。你凄柔地说道："我不敢一个人回去，陪我回去吧。"他没有表示反对，你们一路默默无语。

当时你住在悦己诊所隔壁那套公寓。他把你送到门口，转身要走。你一把牵住他的手，把他拖进门里。你轻轻点了点他的后脖说："你怎么能这样回家？这里还有血，快去洗个澡吧。"

在他洗澡时，你也脱去了衣服，走进了水帘里。他显得有些错愕和抗拒，你理解为他并不讨厌你，只是觉得那不是一个好时机。但还有什么时间比那会儿更需要一次性爱来排遣重负呢？他最终投降了。

是的，你们第一次发生关系，就在杜子娟死亡的那天晚上。

他全程没有说话，动作激烈而又粗鲁，像是在狠狠惩罚你，又像是宣泄着什么。你心潮澎湃，只顾着喘息。你们就像在用一场隆重的仪式来驱逐厄运。

你想留下他。但他说父母还在家等他，第二天一早还要去六院坐诊。他面无表情地穿好衣服后离开了。

你想到第二天护士会来上班，便又壮着胆回到隔壁诊所收拾东西。当你在卫生间冲刷地板时，客厅里突然传来刺耳的音乐……你被吓了一跳，循着声音翻找，才发现沙发靠垫下面有一只棕色小包。

包里有部西门子手机。你等到彩铃响停止后才敢碰电话，一看，这个叫“哥”的人刚才已经打来五个未接电话。

你点开一条未读短信。一个叫“婵”的人问：去弄你的胸了？啥时回？带钥匙了吗？

你想起两周前，有个红发女子陪她一起到诊所，一直坐在客厅沙发上玩手机。

包里面还有她的钱包、证件和手机。一张碧海蓝天的工作卡，让你猜到了她们从事的职业。

你模仿她此前短信的口气回复，自己今天没做手术，而是跟人去外地打工了。

刚回复完，讨厌的彩铃歌声又炸响了，让你心颤。你掐断它后，很快一条短信追来了：“怎么老不接电话？我买好票了，后天下午三点到平泽北站。你不是说要来接吗？大哥到时等你。”翻看他们过去的对话，显然早已商量好了这趟行程。

如果他来平泽却找不到他妹妹怎么办？如果她突然间和所有人失联，有人报案找她怎么办？如果那天陪她来的女子告诉别人，她今天来做手术了怎么办？到底还有多少人知道她今天会来这里隆胸？

在你揉着脑门思索时，一个念头闯入你的脑海：不行！不能让他知道她现在失联，至少，你要推迟她失踪的时间。

接下来的几天，你找各种理由应付这个哥哥。但是有一天，他突然怒气冲冲地发来威胁，说他终于知道“你”在做哪行了，把家人的脸都丢尽了，要报警去找“你”。

你当时被吓坏了，不知道怎么阻止他。幸好，几句聊下来你发现这人其实并不关心他妹妹的死活，他只想要钱。他说自己养鱼亏了钱，急需资金周转，希望“你”能借给他 60 万，并发誓以后除了还钱，都不会再打扰“你”。讨价还价后，你答应给他打 35 万。

你拿着杜子娟的身份证去银行柜台，把这笔钱汇到了杜子华的银行卡上。

此后他果真回了西票，再也没联系过你。他大概也巴不得永远不再联系，可以赖掉这笔借款吧。

你拿着杜子娟的手机一个多月，每天充着电，想看看谁会找她。这真是个可怜的姑娘啊，你发现除了索钱的哥哥和垃圾小广告，几乎没有任何人联系她。

危险解除后，你拆掉电话卡，把她的手机和其他个人物品一同扔进了路边的垃圾桶。

你直到前几天才知道，那个在仓库里死在你面前的男人就是杜子华。

那件事发生不久后，你就关停了悦己，退掉租来的房子，全身心投入到鑫美的运作上。

你认识了一些新朋友，获得了更多的投资。鑫美开业后，有三个常驻医生和一些走穴的医生。但你清楚袁东的水平，你还是想拉拢他。

而且，你常常梦到那个晚上。

一个没有死亡的春梦，你们在冷冽的湖边不是挖坑，而是做爱。他在你身上时赤裸着上身，眉头紧皱地凝视你。你总是在梦里笑，这么严肃干吗？

在你年轻时，有个男人对你说："有毒的蘑菇都是鲜艳的、诱人的。你就是个有毒的蘑菇。""我怎么有毒了？能毒死你倒好。"

可现在你竟然想把这个比喻用在一个男人身上。

你曾给他发过好几次消息，他都没有回复，而被男人拒绝的事过去从没发生在你身上。你听姜医生说，他交往了一个新女友，是一家葡萄酒贸易公司的销售总监。

2016 年 11 月的一个晚上，你在鑫美加完班，坐着司机开的车回住所的路上，突然收到他的消息。你有些得意，他终究还是记得你。但打开，里面只有一句话："他找上门来了。"你立刻明白了他在说什么。

你让他订一个酒店房间，第二天当面聊。他问为什么不能在电话里说。你呵了一声："现在还有什么人可以相信？我连你都不敢信。"

在酒店的房间里，你们赤裸相对。你笑道：“这下没有录音设备，也不会有聊天记录，我们互相不会给对方把柄。”你告诉他，你可以替他付这笔钱，只要他答应到鑫美来工作。

那一刻，你终于活成了那些老渣男的样子。

你向他保证，鑫美的操作一切正规合法，完全不同于三年前的悦己。你还带他参观了鑫美大楼，并向他许诺会给他一部分股权。你描绘了光明的前景，提到公司可能在未来上市。

随着杜子华越逼越急，袁东在考虑了两周后终于接受了你的建议。你知道他对于离开六院是心有不甘的，你愿意在各方面都尽可能补偿他。

没想到，他的女朋友后来从他的手机上发现了你们开房的事，他们的婚事后来不知怎么就告吹了。

在他恢复单身、到鑫美工作后，你们继续维持着性伙伴和事业伙伴关系，直到有一天他坚决要求停止私下联系，因为他认识了丁冰——丁符生的女儿。

这时，你突然感觉胃很难受，而喉咙像被人掐住一般，咽不下去燕窝，甚至无法吞咽口水。你不知道自己的身体正在经历什么，开始变得恐慌，而这让你的血压升高，呼吸困难。

你离开轮椅，想到床上去躺着，可双腿肌肉却像麻痹了，不听指挥，你往前倾倒在自己的床上。你爬去床头柜拿自己的手机，可那张床却突然变得巨大，手机是那么遥不可及。

终于，你的手指碰到了手机，可它却滑落到了地板上。你想大声呼喊保姆朱姐，可嗓子里却只能发出一些咕噜咕噜像鸽子叫的声音……

你躺在那里喘不过气，仿佛看到生命中的仇人们一起压在你的胸口，扭曲着面孔，放肆地笑着。你的视线变得模糊，意识混乱，无力再挣扎……

这孤寂的雨夜啊。

希望等明天太阳升起的时候，又是新的一天。

13 向毅

大雨持续了一天一夜，到了凌晨变得淅淅沥沥，直到 6 点多才停止。经历了一个阴霾的早上，10 点多时太阳终于从云层后面冒出脑袋，但它已没有夏天时的脾气，打在人身上都绵软无力。

你从衣柜里翻出了秋天的夹克衫，皱巴巴的，带着一股潮味。你套上后立刻赶往香山别墅。

王助理今天早晨从老家搭车回到平泽，直奔刘韩宇的住所。她十点半到达时，看到早饭已经摆在餐桌上，有鸡蛋、水果和一只空碗。朱姐听到声音，从厨房走出来解释道，前几天刘小姐都起得很早，她怕烫，一早就把红薯粥盛出来凉着了，但今天刘小姐直到这时还没起床，她不得不把粥又倒回锅里保温。

王助理蹑手蹑脚地走到二楼主卧门口，轻轻叫了几声 Jennifer，没有得到回应。她轻轻转动门把手，推开一条门缝，看到房间窗帘拉拢着，开着两盏小灯，刘韩宇不在床上。她又轻轻呼唤着走进房间，猛然发现刘韩宇倒在床另一侧的地板上……

等你走进那个宽敞的主卧时，窗帘已经被人拉开，阳光照射在刘韩宇身上。她瘫坐在床和床头柜之间的地板上。

她的后背靠在床上，穿着酒红色暗花缎面真丝睡袍，里面是同色系的吊带裙，睡袍从右肩滑落，袒露那一侧的乳房。她的双腿微微分开，脑袋垂落，压着右肩。

你走到她的正面，蹲下身才看清楚：她的眼睛半睁着，眼球浑浊，仿佛覆盖着一层灰雾。

这是你熟悉的死人的眼睛。

桌上放着一只空的玻璃水杯和一个盖子打开的药瓶，是止疼退烧用的布洛芬。房间内很整洁，梳妆台上摆满了各种瓶瓶罐罐的护肤品。

靠阳台的贵妃椅旁边是个小桌子，上面有一壶棕色茶水，一只玻璃小杯，一个华丽精致的陶瓷碗，碗里有吃剩的透明半固体状东西。

你在旁边的垃圾桶里翻看了一下，里面有个装燕窝的玻璃空罐子。

朱姐说昨晚 9 点多她去主卧收走晚餐的餐具时，听到刘韩宇靠坐在床头打电话，说着朱姐听不太懂的方言，似乎是打给家里人的。刘韩宇几乎没怎么动晚饭，朱姐从贵妃椅旁边的小桌上取走了剩余的饭菜，又端上普洱茶和燕窝。当时，刘韩宇还在煲电话粥。

朱姐问了一下刘韩宇，确认没什么需要她做的，便去地下室睡觉了。地下室洗衣房旁有个不带窗户的小房间，里面有一张小床和一个小卫生间，她每天就睡在那里。

地下室和刘韩宇的卧室隔了两层，如果二楼发生什么事，她在小房间是听不到的，但一般刘韩宇若有事找她都会打她手机。

早上 5 点多，朱姐就起床了，开始打扫卫生和做早饭，但一直等到王助理来，都没见刘韩宇出现，她也不敢上楼去叫。

周京云刚查看完小区监控和地下车库监控，确认从昨天晚上到早上王助理出现，都没有其他人进过 34 号别墅。

这时，何建国检查完尸体后，根据尸僵和尸体温度初步判断，刘韩宇死于晚上 11 点至凌晨 1 点之间。

“她身上除了之前被绑架时造成的伤口外，没有其他明显外伤或者针孔之类。”何建国对你说道，“这种情况像突发疾病，或者……中毒。”

刘韩宇的尸体被挪走后，你在地板上找到一部手机，此前被她的睡袍遮盖了。但看起来，她临终时没有来得及拨出任何电话。

你来到主卧门外，看到王助理正坐在走廊的椅子上等着。她时不时发出啜泣声，用手里的纸巾擦拭眼泪，尽管脸涨得通红，但纸巾和她镜片后的眼睛都是干的。

你又想起唐菁菁此前说过的关于邮箱黑客的话，便上前问她：“听说你最近都睡在这里，昨晚怎么刚好不在呢？”

“不只是昨晚，我周四就请假回老家了，我家在安徽，要坐一个多小时的高铁。我今天早上坐 7 点的火车赶回来的。”

“你听说过刘韩宇有什么健康问题吗？”你又问。

“Jennifer 有高血压。记得最近一次在医院测，是 150/95，她挺担心的。她会不会是……”她瞪大了眼睛问你，“脑梗或者心梗？”

“大向，你快过来看看！”这时孙邵杰站在楼梯下方，急切地招呼你。

你跟随他来到一楼客厅后的房间。这是一间书房，中央放了一张深红色写字桌，上面有一台电脑的显示屏，一张刘韩宇和她姐姐、母亲的合影。

书桌侧面的那面墙上有个大书架，但摆设的只是一些洋酒酒瓶和看起来很珍贵的木雕、石雕，中间一层插了十多本书，都是商业方面的。

孙邵杰抽出其中较厚的一本，翻到一页，取出一张颜色泛白的旧火车票，说:“就是在这里发现的！”

你接过来仔细看，车票显示:

平泽站 K579 到银川站

2016 年 11 月 18 日 18：06 开 01 车 002 号下铺

￥490.5

限乘当日当车次

方瑶

你惊讶地抬头看向他和唐菁菁，道:“这是方瑶失踪当天的火车票？！”

你再低头看手上的书，黄色封面上印着醒目的红色字《语言决定成功：怎么说员工才肯干？》。你翻到夹火车票的第 119 页快速浏览了一下，没发现内容有特别的地方。你摸了摸书顶，又伸手轻轻触碰书架上其他书的书顶，心头升起一些疑惑。

“车票在她这儿，她没得跑了！”孙邵杰激动地说道，“这证明了我们此前的猜测是对的：刘韩宇就是假扮方瑶去银川的女人。她和方瑶身高接近，虽然稍许丰满一些，但只要穿件外套，戴顶假发，完全可以在监控视频里以假乱真。”

第二天，何建国拿着刚出炉的尸检报告急匆匆来到你们办公室。

“死者身上没有发现任何机械性损伤，死因是中毒引起的呼吸衰竭。”

“中毒？”你立刻从椅子上站起来问，“中的什么毒？”

“你们猜猜。”何建国卖了个关子。他看到你们一脸茫然，大约料到你们也猜不中，便自己公布了答案，“这玩意儿她应该在脸上没少打，是肉毒杆菌素。”

“这是用来除皱的吧？”你吃惊地问，“它会导致中毒死亡吗？”

“这你就不知道了吧。肉毒杆菌素是目前发现的毒性最强的一种生物毒素，其毒性相当于等量氰化钾的一万倍，一克肉毒杆菌素就可以毒死一百万人，中毒后的死亡率高达5%~10%。它有剧烈的神经毒性，如果有人食入或者吸收这种毒素后，神经系统就会遭到破坏，将会出现吞咽困难、头晕、呼吸困难和肌肉乏力等症状，严重的会因呼吸麻痹而死亡。”

“难道是因为打了太多的除皱针？”孙邵杰纳闷地问。

“因为医美注射过量而导致中毒的例子有，但打多了致死的例子我还没查到。”何建国回答。

“致死需要多少量？”你问。

“以刘韩宇的体重来看，大约2500个单位就可以致死。听上去很多，但其实这个量大约相当于0.1微克，也就是一千万分之一克。”何建国用大拇指掐着小拇指尖说道。

“既然这么少的量就可致死，那为什么那么多打针的人都还活蹦乱跳的？”唐菁菁问。

“因为打针的量就更少了，一般打一针只有几十个单位，一瓶也就100单位。”

“照你的意思，只有当刘韩宇给自己一次性打二三十瓶肉毒杆菌素才会死亡。”

“没错，所以这种医疗事故很罕见，因为医生不太可能犯这种低级错误。而且她做这行这么多年了，应当很有经验，更不至于给自己多打几十倍的量。”何建国总结道。

“快说说，你觉得她是怎么中毒的？”唐菁菁拍了拍何建国的肩膀，迫不及待地问道。

“我以前也没接触过这种案例，只是查了些文献，猜一下咯。”何建国喝了口茶，慢悠悠地说道，“肉毒杆菌广泛存在于我们生活的环境中，比如泥土、河水、动物粪便里都有。它是一种厌氧菌，喜欢缺氧的环境，可以在真空罐头食物中分泌毒素。这种毒素很顽强，胃酸对它不起作用，但只要以 85 度以上高温煮 5 分钟就可以破坏它，所以，我们平时吃的煮过的食物还是比较安全的。但是，如果有种真空包装食物是即食的，譬如一些罐头食品，就可能引发神经中毒。”

即食的真空罐头，又不能加热……你立刻想起了在垃圾桶里瞥见的玻璃罐。

“譬如即食燕窝？”你问老何。

“燕窝被细菌污染了？”唐菁菁问。

“不会，不会，”何建国连连摇头，“你说的这种应该是有品牌的正规食品，通常会经过真空无菌处理，理论上不可能有肉毒杆菌，自然也不会产生毒素，如果有的话，那一定是……”他说到一半，停了下来。

“有人在送给刘韩宇之前曾打开过盖子，并在里面下毒。”唐菁菁接着说道。

“中毒后，多久会出现症状并死亡？”你问。

“如果是通过食物吃下去的，中毒症状通常在接触毒素 12~36 个小时以后出现，所以，并不一定是她前一晚刚吃的东西，也可能是前一日吃的。”

你急忙给朱姐打电话询问。

朱姐说，刘韩宇有每晚吃燕窝的习惯，以往都是由她隔水炖在药房买的干燕窝，但最近有人送了即食燕窝，所以刘韩宇就让朱姐先拿那些给她吃。包装上写了保质期三个月，没有要求冷藏，所以朱姐只是把它放在食物储藏室的柜子里。

那一盒总共有十瓶，现在还剩七瓶。这三瓶她端给刘韩宇吃时都是常温的，并没有加热，只是帮忙拧开盖子，并搁了一个空碗和一把小勺子，方便她吃。

你又追问燕窝是谁送的，朱姐表示最近探望的人很多，刘韩宇会客时她一般都在地下室或者花园里干活，所以并不清楚。她让你问问王助理。

“是金色包装蓝色绸缎的盒子吗？”王助理在电话里想了想说道，“我记得是有一天袁主任和他太太带来的，当时我也在。”

这么巧，嫌疑最大的燕窝，竟然是袁东和丁冰送的？

电话还没挂断，孙邵杰就用口型对你们说出四个字：“杀人灭口。”

14 袁东

孙邵杰在你面前放下一张照片，问：“这盒燕窝是你送给刘韩宇的吧？从哪儿来的？”

你立刻认出了它。这是你和丁冰在看望刘韩宇时带去的。

你今天上午在医院里，听到许多小护士在议论，刘韩宇出事了，警察现在都在她的别墅里。你给王助理和刘韩宇分别发消息询问，一直没有等到回复。到了下午，你却在办公室里等来三个警察。他们给你看了一份传唤通知书后，把你带到了刑警队。

刘韩宇现在到底怎么样了？这个姓孙的现在问这盒燕窝做什么？

“这是上周我太太的姑妈从香港带来的，因为我太太说她孕期吃什么都觉得有腥味，就把它送给了 Jennifer。她吃了吗？她现在到底怎么样？”

“真有你的啊，让自己的太太给情人送补品，”孙邵杰用讽刺的口吻说道：“放心吧，刘韩宇还在医院，很快会醒过来。”

他又走到你的身前，放下另一张照片。你一看到那个女孩的脸，就像被光灼伤眼睛似的，立刻扭过头。

“这是谁？”你知道自己如果是无辜的，必然应该这样问，但你没法对着照片说谎，仿佛她正盯着你看，随时会戳穿你。

你以为自己已经不记得她的样子，但直到看到照片那一刻，才发现自己一直牢牢记得。

她留在你记忆中的印象是赤身裸体躺在浴缸里时。刘韩宇站在你身后的门边，焦急地催促道：“我们得抓紧时间了。”

你慢慢在浴缸边蹲下来，脑门上的神经抽动，后背冒着冷汗，举起了手术刀：不知道第一刀该从何处下手。

见你没有回答，孙邵杰又问道：“你知道照片上的人是谁吧？她在失踪前找你做隆胸手术，此后再也没有人见过她。”

他们终究还是找到杜子娟了！

你感到自己的鼻尖和两鬓都在渗汗，但你的一举一动都在他们的注视中，你不能举起手背擦拭。

他们的架势让你明白，这一次不同于以往的询问。你不知道他们到底知道多少，手上有没有其他证据，但你此刻只能扛住不松口，否则会全盘皆输。

“我们已经查到，刘韩宇在2012年曾在工商局登记注册过一家叫悦己的医美诊所，它虽然取得了执业许可证，但并没有进行全麻手术的资质。而我们从姜医生那里了解到，刘韩宇实际上一直在偷偷进行这类手术，经姜医生的介绍，你也曾在2013年替悦己干过一阵子。我们有证人可以证明，当时杜子娟约的手术医生就是你。更巧合的是，在2013年10月杜子娟失踪后不久，刘韩宇就关闭并注销了悦己。后来，当杜子华发现他妹妹的死亡真相后，便一次次勒索你和刘韩宇，对吗？”

听到这里，你吞咽了一下口水，微微闭上眼睛。你现在的抵抗都是徒劳的吧？

这些年来，这个秘密和你共同成长，仿佛已经成为你身上的一部分。那种时时刻刻害怕秘密被揭穿的恐惧和紧张，让你感觉自己一直悬挂在万丈深渊之上，仅靠手中抓住的一根藤蔓支撑着。

五年了，你太累了，想要松手了。结束这一切吧。说出自己的秘密，让它不再成为秘密，你就无所畏惧了。

一想到悬空的双脚，以及马上要面临的下坠，你紧绷的神经反倒松弛了下来，还有一丝兴奋。

“杜子娟死亡时到底发生了什么？她是怎么死的？”他又紧盯着你问道，“想想清楚吧，如果等刘韩宇醒来先交代，你就被动了。”

你轻叹一口气，说道：“是麻醉出了问题……”

你缓慢地把医疗事故的过程，都告诉了他们。

“为什么被杜子华勒索后，你从没有想过报警自首，而要一次次给钱？”他问你。

你苦笑一下，他问这样的问题，还是太年轻了。

“事情刚发生时，我担心被单位知道，我刚开始的职业生涯就全毁了。我的家境一般，父母辛辛苦苦供我读了那么多书，我不能因为这个意外断送全家人的希望……而且当时我父母都住在平泽，我爸病重还等着医治，我的工作更不能出差错，也不能让他受打击。我听信了刘韩宇的话，以为只要那段时间没人报失踪，混过去就好办了。时间久了，就算她家人找人，警察也没有调查的头绪。

“后来，我的事业发展还可以。但我越往上走，就越害怕失去自己拥有的。杜子华2016年冬天找到医院来时，说他做生意亏钱、欠了外债，后来我从刘韩宇那里拿了钱，和他见面，给了现金，他答应我还完债后会踏实做事。我太傻了，没想到他是个赌棍，这是个无底洞……等我意识到这一点时已经太晚了。

“我现在终于相信一句话，你越恐惧什么，就越可能等来什么。现在事已至此，我愿意承担一切责任，付出我自己的代价。”

在你说完这番话后，坐在孙邵杰旁边的周京云开口了：“尸体后来是怎么处理的？”

“埋到了太湖边。”

“具体位置呢？”

你的脑海中立刻浮现出被切分成六大块的尸块：腿、胳膊、躯干、头……做完这一切后你的手臂肌肉僵硬，浑身大汗。刚才躺在那里的完整的人变成了一堆码好的渗着血迹的黑色袋子，这给了你一种怪异的、灵魂出窍的感觉。

“当时随便找的，”你解开一颗衬衣领口的扣子，说道，“只记得是在一个山崖下。那么多年过去了，具体位置早不记得了。”

“那我们怎么验证你说的是不是事实？”周京云放下笔，盯着你的眼睛，问，“我们只有找到杜子娟的尸体，才能判断到底是医疗事故还是故意杀人。”

“请你们用常识想想，我们有什么动机杀人？如果你们想知道具体的位置，还是等刘韩宇醒来，问问她吧。”

“你所说的情况如果属实，刘韩宇涉嫌非法行医罪，而你涉嫌医疗事故罪。”周京云总结道。

医疗事故罪，是的，关于这个罪名的一切你已经在网上搜索过无数次，也匿名咨询过律师。医疗事故罪最高判三年，而追诉时效只有五年。

事情发生在2013年10月12日，而今天是2018年10月22日。

“根据我国法律，这个罪名的五年追诉期已经过去了，你们应该撤案。我要求见律师。”你说道。

“着什么急？不管撤不撤案都得先经过调查，确认你说的是否属实。你今天说了那么多，一直都在避重就轻！”周京云突然提高了音量，“别以为承认这个案子里的责任就可以蒙混过去。还有另一桩故意杀人案呢？”

你困惑地看着眼前的两人，一时反应不过来他们在说什么。

“你和刘韩宇身上可不止这一条人命啊，说说方瑶的案子吧。”

他的话令你难以置信，你一直以为自己已经摆脱了那个案子的嫌疑。

你情绪激动地回答：“你们怎么会有这种荒唐想法？刘韩宇不可能做这种事，我更不可能！如果你们真有证据，为什么到现在都不逮捕我？”

这时，孙邵杰绕过桌子，把一个塑料袋子放在你身前的小桌板上。你低下头看，这是写着方瑶名字的火车票，而发车时间正是她失踪的那一天。

你惊诧地问：“这是在哪儿找到的？”

“刘韩宇的家里。”

“不可能，不可能。”你连连摇头，“方瑶的车票怎么会在她那儿？”

“除了她涉案，你觉得还有其他解释吗？”周京云自信地说道，“车票在她那里，那个假扮方瑶去银川的女人一定是她。”

你觉得脑袋里好像被线团缠绕，一时失去深入思考的能力。

你松了松衣领，透了口气，说道：“她到底做了什么我不清楚，我只知道这一切和我无关。”

你只能放弃为刘韩宇辩护。或许你真的不了解她。她的经历那么复杂，有什么干不出来呢？你只能确认你没有做过的事。

“和你无关？”周京云冷冷地说道，“2016 年 11 月 18 日，周五上午，是你杀害了方瑶吧？”

你被激怒了，回答：“你们手上不是有我离开的电梯监控视频吗？我当时赶回医院参加一台大手术，持续四个多小时，你们去六院的系统里可以查到记录。我一直到那天深夜才离开医院，而方瑶或者其他不知道什么女人，那时已经坐上了去银川的火车！”

“你的手术并不能成为不在场证明，让我来告诉你发生了什么。”周京云不慌不忙地说道，“那天早上，你去了方瑶住的公寓，与她因为结婚的事发生争执，正是在那时杀害了她。你因为有手术，没法留下来处理尸体，而且你已被电梯监控拍到，身上的嫌疑很大。于是，你便找了当时的情人刘韩宇帮忙，并把拿走的公寓钥匙交给了她。

“她随后赶到方瑶的公寓，为了躲避电梯监控，还特意走了楼梯。她对房间进行打扫，把尸体装进行李箱，并伪装成方瑶把箱子带出了公寓，带到了紫阳湖边的小树林。她这么做，一来可以处理尸体，二来可以制造方瑶在你离开时还活着的假象。而此时你的手术已经结束，你溜出医院与她汇合，挖坑埋尸，和你们对杜子娟做的一样。正是在那时候，你不小心把身上的工卡掉在了坑里。

“当天傍晚，刘韩宇用方瑶的证件购买车票，并坐火车去了银川，故意留下交通、住宿记录，制造方瑶离家出走的假象。她之所以能扮演得那么像，连方瑶的家人都被骗了，正是因为你——方瑶的未婚夫，给她提供了许多关于方瑶个人习惯的信息。”

你听着，苦笑、叹气、摇头：“你编了一个好故事，简直可以当剧本了。可我们为什么要杀她？动机呢？”

“丈夫联合情妇杀死原配的事，还少见吗？你说为什么？”

你又苦笑了一下，反驳道：“呵，你说的是男人为了摆脱婚姻关系。可当时我和方瑶并没有结婚。照你说的情况，我只要和方瑶分手，和刘韩宇在一起就行了，何必杀人？”

周京云停顿了几秒，又立刻有了新的灵感，说道：“方瑶发现你出轨刘韩宇，紧接着又发现了杜子娟的秘密。你确实想分手，但方瑶不愿意。她威胁你，如果分手就要对外揭发你们害死杜子娟的事，于是你们两人不得不杀人灭口。”

他看上去似乎有几分得意——他把所有证据串在了一起。

你皱着眉，摇头道：“太离谱了，这根本不可能！如果是我和刘韩宇做的，为什么不把尸体埋到太湖边？”

“那里太偏远了，还需要步行很长的距离，你中途从岗位上溜出来，时间上不允许。你从丁符生那儿知道这片小树林离医院近又隐蔽，便指使刘韩宇把尸体带到那里。”

你的眉头略微舒展，因为你抓到了这个推理中的漏洞：“可我那时根本不认识丁冰，又怎么会知道那片小树林和工地？”

周京云一时语噎，摸了摸自己的后脖，又想到了什么，说道：“那就是刘韩宇从丁符生那里听说的。”

“不，我从没去过。”你挺直了腰杆，说道：“我可以发誓，在我走的时候，方瑶明明活着。我相信她真的去了银川，是后来回到平泽才被人杀害的。”

“那你解释一下，你在六院的工牌怎么会出现在方瑶的埋尸地？六院办公室总算给找出了当年的记录簿，你正是在方瑶失踪的第二天，补办了工牌。”

“我那天早上去她宿舍见她时，工牌戴在身上，后来到了医院发现丢了……我不知道它怎么会和尸体在一起。”

“难道它还自己长脚了？”周京云冷笑一下说道，“那你再解释一下，方瑶的火车票怎么会出现在刘韩宇那里？”

你像泄了气的皮球，愁眉苦脸地塌下腰。你解释不了这些问题。

“这些问题你们应该去问她。我也很好奇她会怎么解释。”

“现在想把责任都推给同伙了？你自己也说过，刘韩宇和方瑶并不熟悉，没有你的协助和安排，她怎么可能这么成功地杀害方瑶并假扮她骗过所有人？”

“我说了我不知道怎么回事，你们应该去问她。”你决定不再回答他们的问题。

这时，周京云和孙邵杰对看了一眼，走出了讯问室。

几分钟后，周京云手上拿了一份文件回来了。他一脸严肃地公布：“袁东，我们现在正式通知你，你因为涉嫌医疗事故罪和故意杀人罪，被刑事拘留，将留下来继续配合侦查工作。”

你目瞪口呆地看着他，说不出话来。

“在这里签个字吧。”他把通知书和笔放到你的面前，“通知书副本会在 24 小时内送达家属手中。”

15 丁冰

你从警局取回了刑事拘留通知书，但你没能见到他本人。你在走廊里遇到了向警官，向他打听袁东因为何事被拘留。他思索了一下，简短地回答：还是方瑶的案子。你当即表示，你会替袁东请律师。他看起来有些吃惊。

这也难怪，上次你在家中见到他时，向他表达了自己想要离婚的意愿。然而，短短几天，你的想法已经彻底变了。向毅似乎还想问你话，你已迅速转身离开。

他如今是你和袁东共同的敌人。

那天在妇产科医院的露台上，袁东告诉了你，他身上背负多年的秘密。你立刻想到了那张已经被你烧毁的字条："其实，我真的杀过一个人，你信吗？"

你曾相信那只是Y宽慰你的玩笑。但现在他站在你面前，告诉你，他们之间所有的联结只有那个秘密。

你相信他说的。他可是看过四遍《东京爱情故事》，且次次会看哭的人呀！

他虽然长得人高马大，但其实内心脆弱，性格软弱，他的脸皮很薄，总是不好意思拒绝亲朋好友的各种要求，你甚至从没见过他发脾气、说脏话。

你也猜测过，他是如何成长为这样的性格的，或许这只是因为基因吧？他曾说过，他的父亲在生病去世前也是个细心温柔的人。

而刘韩宇是什么人？她是个老奸巨猾的商人。从小到大，你曾在你父亲的酒桌上见过不少这种人，男女都有。他们以自我为中心，不择手段地利用身边的一切人。杜子娟那件事明明是她的责任，她却用它来勒索他，控制他，剥削他。

是你误解了他，这也让你更加心疼他。

自从他说出自己的秘密后，你们的关系便进入一个新的层次。你们整个周末都缠绵在一起，你紧挨着他坐在沙发上，拥抱他，抚摸他紧张的肌肉。你们互相告诉对方自己的童年，仿佛重新认识了对方。他或许惊讶你可以接纳他另一面的包容度，而你则暗喜他和你分享了不曾告诉方瑶的秘密。

爱，是试图穿透他人的一次旅行。

周三早上他去上班时依然对你依依不舍。中午时分，他突然打来电话告诉你，医院里有人在传，刘韩宇出事了。

"出什么事了？"你停下在瑜伽垫上的动作，拿起地上开了免提的手机。

“我不清楚，”他小声说道，“有人说她死了……”

听到这个消息，你愣了好一会儿，才对着电话幽幽说道：“这也算是个好消息，不是吗？从此除了你和我，再没有其他人知道那件事。你已经被折磨了那么多年，不应该为此付出更大的代价了。”

他在那头沉默着。

下午，你突然再也联系不上他，你立刻意识到发生了不好的事。

你决定和他共渡难关。

你不能放弃袁东。还有一个你永远不可能让他知道的原因是：这个世界上恐怕只有你最清楚方瑶消失的真相。

今晚你在睡前喝了一杯安神茶，熟悉的味道，带点山楂的酸甜。最初，是方瑶听说你经常失眠后，找来送给你的。你喝了后似乎有点效果，就自己回购了。可时间久了，它又失去了作用。

每当夜深人静之时，你都躺在床上，无法入眠。任何细微的光和声音都会被无数倍地放大。月光似乎刺穿窗帘和你紧闭的眼皮，照进你的眼底。还有木家具的开裂、某户邻居家的呢喃、水管中的水流声，都震动着你的耳膜。

而方瑶一定会准时出现在房间里，站在床边一言不发地看着你和袁东，到天快亮时才肯离去。

而今晚，房间里只有你和她。

她动作轻缓地爬上床，在袁东睡的那一边躺下，侧过身枕着手臂，安静地看着你，就像你们相识时曾做过的那样。

2016 年 11 月 18 日。

你看到鲜血从她的后脑勺上漫延开来，你连连往后退，一屁股跌坐进浴缸里。你愣了几秒后，又反应过来，随手从架子上扯下一条白色浴巾，垫在她的脑袋下方。

你爬出浴缸，从地上捡起自己的手机，输入了 120。

但在那一刻，你的大拇指悬在空中不动了。一个念头冲进你的意识，并像爬山虎一般牢牢盘踞在那里：如果她被救醒了，会发生什么？

是你伤害了她，她一定会恨死你。

“我不会原谅你！”她的声音还在耳边回响。

她一定会告诉袁东，是你假扮李近思接近她，是你告的密，是你故意想要拆散他们。袁东也会恨你，你伤害了他最爱的人。他们会重新在一起，成了深爱的一对，而你将成为他们共同的敌人。他们对你共同的恨，将让他们之间的爱情更加坚贞和稳固。

不，不，不，不能让她醒过来。你情不自禁地摇起头来。

你的精神恍惚起来，从她的脑袋后面抽走了那条浸满鲜血的浴巾，一把扔在了她的脸上。就像一具提线木偶，你动作僵硬地跪在她的头边，伸出双手按住浴巾。

你从头到尾都没有低下头看她，只是感觉着她的动静。

突然之间，她整个人抽搐起来，两腿乱蹬，双手挥舞。你咬紧牙关，牢牢撑住地板不松手。片刻，她的双手慢慢垂落，又静止不动了。

只是短短几分钟的动作，你就像进行了八百米冲刺，气喘吁吁。

完成这一切后，你在马桶盖上神情呆滞地坐了一会儿，开始翻看自己的手机。

你这才看到袁东发来的短信。

“有时间吗？想和你简单聊几句。”

“你是谁？你对方瑶的事知道多少？”

“打你电话没人接。我现在要进手术室，下午给你打电话可以吗？”

还有两通袁东的未接来电记录。

你呼出一口气，捂住了脸。无论是在你接近方瑶的第一天，还是在你赶来她住处的一路上，你都绝对不曾想过，会走到今天这个地步。

接下来该怎么办？你在马桶盖上呆坐了十分钟，设想了各式各样的办法……不，这行不通，那也行不通。

这时，你的脑海中突然冒出两个字：银川。

方瑶曾经对你说过，有个银川的老板想找她合伙，在当地一起开葡萄酒庄园。她说若不是因为自己快要结婚了，还真的有可能去试一试。

仿佛找到了创作灵感，你脑海中立刻绘制出一幅丰富而细致的设计图纸。接着，你要做的，就是将它变成现实。

你在客厅里找到她的手机，输入你以前偷看到的密码，果然打开了。你用她钱包里的身份证买了当晚出发去银川的火车票。因为没有高铁，只能坐慢车。

你戴上橡胶手套，剥去方瑶全身上下所有的衣物，把它们和浴巾、手机一起装进从橱柜里找到的大垃圾袋。

你从她的衣柜里取出她搬家时用的枣红色大号行李箱。你把浑身赤裸的方瑶一点点推进箱子，摆出一个蜷缩的姿势，如同摆弄一条光溜溜的海鳗。

当你正要拉上拉链时，你突然注意到，有东西在灯光下闪烁。

噢，是戴在她右手中指上的那枚钻戒。她曾提过，袁东是在日本的摩天轮上用这枚钻戒求的婚。

都分手了，为什么不还给人家呢？你从她手指上取下戒指，放进自己的牛仔裤口袋。

接着，你开始打扫战场：指纹、血迹、脚印、毛发……你在心底一遍遍提醒自己不要遗漏。幸好，她这里备了不少清洁用品，还有一个吸尘器呢。

打扫完毕后，你脱掉身上沾血的牛仔裤和毛衣，从方瑶的衣柜中挑了一条长裤，一件白色毛衣，带帽防水风衣，和一条古驰的红色围巾换上。你还从柜子里拿走了她的 LV 挎包，把自己随身带来的小包和其他衣服、钱包装在里面。

你收拾出两大袋垃圾，来到楼梯间旁边的大垃圾桶，把它们都扔了进去。你从楼梯间的窗户抬头看了看天空。此时外面乌云密布，狂风大作，看起来快要下大雨了。

回到公寓后，你又检查了她的所有柜子，清空了她床头柜中的证件、首饰、现金、钥匙和银行卡。

你看了看手表，2 ：15，你已经在这栋公寓里待了四个多小时。

你站在门后，扫视整个房间，从天花板到地板，从角落到窗户……你必须确保自己严格按照意识中的设计图执行，没有任何偏差。

最后，你深吸一口气，一手拉着沉重的行李箱，一手拉开了房门。

此后，你将代替箱子里的人，开始一趟去往北方的旅行。

16 袁东

在被拘留的第二天，你答应带他们去太湖边指认埋尸地。

你依稀记得五年前的那个晚上，你们把车停在荒凉的草丛里，刘韩宇拿着铲子走在前面，你两只手提着那几个套了一层又一层塑料袋的包裹跟在后面。

她看上去是那么瘦小，没想到在你手上却是那么沉重。第二天你醒来，发现自己两条胳膊的肌肉止不住颤抖，不得不取消了当天的手术。

那条崎岖的小路一面是山崖，一面是太湖。大约步行了一千米，你们来到一片林中空地，刘韩宇停下脚步说：“就这儿吧。”

你带着孙邵杰等人到达时，才发现那个地方和你记忆中的样子大不一样。当年你们停车地附近开发了房地产项目，湖边临水立着一栋栋别墅，只不过看起来长期无人居住，杂草丛生。

继续往前走，那一段野岸没什么变化。你恍惚记得，那天你们刚到达时，天色尚未完全黑。你抬头，望见山崖顶端长了一棵高大的古树。

你凭借这段记忆，把他们带到一处，漠然地说：“可能就在这附近吧。”孙邵杰举起相机，让你用手指指着，对着你拍照。

他们挖掘时，你戴着手铐坐在警车上等待。过了四五个小时后，天色都黑了，孙邵杰才走回车上。你听到他拿起电话对谁说：“找到了，被分尸了。”

接着，你听到嘈杂的人声，看到一群人打着手电筒，拎着一只只大袋子，从你坐的车边经过……

第二天，你被送到了看守所。

看守所的晚上 9 点就必须上床睡觉，但监室的大灯却从不熄灭，你连着三晚躺在大通铺上，疲惫，却又焦躁，没有睡意。

如果说杜子娟意外死亡一事让你常年处于忧虑、恐惧中，那么警方对方瑶一案的调查起初只是让你烦恼，像一个有洁癖的人躲不开路上的泥巴。

而当你签完字，他们给你戴上了冰冷的手铐那一刻，你无法描述自己内心的震动：你这才意识到自己不是脚上沾了泥巴，而是陷入了沼泽。

你用所有失眠和坐板的时间来琢磨，你身边到底发生了什么。你就像被困在迷雾中，听到四面八方传来的嘈杂，你努力揉眼睛，却怎么都看不清楚。

那两个警察所说的版本听上去是那么合理，连你自己都差点信了。它就像是厕所读物中最常见的那类故事，把你们三人编织在耳熟能详的三角恋里，可它却又是那么荒谬。哪怕他们只是真的了解你、刘韩宇或者方瑶中的任何一人，都知道故事不可能发展到那一步。

当方瑶发现你和刘韩宇在酒店开房后，你用拙劣的谎言搪塞了过去。你知道方瑶其实并没有相信，你伤了她的心。后来当你撞见她和那个男人从宾馆里出来时，你的心情十分复杂。生气和忌妒？这是难免的，但更深、更强烈的，是一种绵长的无力感，和故事将要进行到结尾的伤感。

正因为你爱她，你才在那一刻相信，自己应该放手。

你是一个没有未来的人，那个秘密像颗定时炸弹，会炸毁你，以及你身边人的生活。

你以这个男人的事为借口和她大吵一架，提出了分手。她委屈而又恼怒，搬离了你们的住所。

半个月后，你在鸿宇公寓见到她。她找你过去，是希望再和你聊聊你们的关系。她过去在你心目中总是那么光彩照人，但那天，她面色憔悴，且反应迟缓。你有些心痛。因此，对于她提出的继续推进婚礼的要求，你没有立刻否决。但你拒绝了她的拥抱，想必她也猜到了你最终的回答吧。

正因为清楚自己的表现伤害了她，所以你才相信她那天是主动出走，想要告别过去，重新开始，只不过你无法告诉她的家人那天早上发生的事，你怕他们更恨你。

后来，她和所有人中断了联系。在此后的日子里，你时常自责和后悔。当她向你伸出双手时，你为什么要推开？如果你紧紧抱住了她，她是不是就不会去银川？

你以为放手可以让她有更好的人生，但实际上，却推着那个充满活力、温存的生命走向毁灭。

是谁，又是为了什么要杀害她？你实在想不明白。

方瑶失踪后，你以为自己不会再爱上任何人。你又重新陷入那个欲望和罪恶感搅浑的旋涡，用和刘韩宇的性爱麻痹自己，饮鸩止渴。你以为这辈子会永远留在深渊底部。

直到你在心派咖啡馆第一次遇见丁冰，你才突然又有了爬上来见阳光的动力和勇气。也正是方瑶的失踪让你意识到，这次一定要牵住所爱的人，再也不能松手。

你告诉刘韩宇，你有女朋友了，希望以后不要在工作场合之外有私下联系。你知道她收到了你的消息，但她没有回复。她也是个骄傲的人。

但是，一年多后，拿走了100万的人又出现了。第一次看到他的短信时，你的心像被重物钩住，猛地下坠。你思考片刻后，删除了他的短信，没有再回应。之后的某个深夜，当你加班结束去鑫美的地下车库取车时，竟发现那个佝偻的身影正守在你的车边。

真是阴魂不散啊。

这次他改变了说辞，说他最初要的是300万，你还欠他200万。

你对他的无赖咬牙切齿。

一条命不值300万吗？这不是你应该赔给她家人的吗？你的前途不值这个价吗？他问你。

“再让我看到你，我就报警了。”你冷冷地甩下这句话，坐上了自己的车，发动。当你开出停车位时，他突然冲出来，张开双臂挡在车前，你吓得紧急刹车。而他绕到驾驶车窗外，扑通一声跪下了。

“我实在被逼得没办法了啊。”他涨红脸哭诉道，“我听了你的劝告，那100万都拿去还债了，可高利贷实在太坑了，他们说这些钱都不够利息，我还欠200万。我还不上，他们把我的手指都铰了……”他高高举起手指给你看。

你瞪大眼睛，看到他的中指和无名指缺失，根部厚厚地包扎着白色纱布。

他又说：“我现在已经一无所有了，如果你这次不能帮我，我也是死路一条。我只能报警，咱俩同归于尽。”他真的流下了眼泪。

那天晚上，你又重新联系了刘韩宇。她让你去她家中面谈。你在接近半夜时对丁冰找了个借口出门，去了她住的香山别墅。

她听到杜子华再次出现的消息，情绪也有些激动。“上次他不是说不会再来了吗？我就知道这种人的话不能信。他以后的胃口会越来越大，会没完没了地找我们要钱。我们一辈子都会被他控制！”她扔开了沙发上的抱枕。

你颓唐地坐在沙发上，手肘撑在膝盖上捂着额头。

你满脑子想的是，如果这事被人知道，就算能摆脱牢狱之灾，你的事业也被毁了，你可能永远无法再上手术台，而你的婚姻和家庭也会被这个秘密摧毁。

“现在鑫美发展这么好，我们不能被这事牵绊住……”你顿了顿，才又低声说道，“而且，丁冰刚刚怀孕。”

她的一侧颧骨抽动了一下，显出嫉妒和嘲讽的神色。她冷冷地说道：“既然他来找的是你，这事就由你自己解决吧。你不是早说过我们私下不要联系了吗？”

你着急了，忙坐正身子说道：“这不是我一个人的事，你很清楚当时发生了什么。我给不了那么多钱，我能有什么办法解决？”

她的脸色变得凌厉起来，怒道：“你这也是在威胁我？”

你不知所措地回答：“不是威胁，我们本是一条船上的。如果我出事了，对你和对鑫美都没好处。这不是为我，也是为你自己。他说他是被债务逼急了，才在一年多后又找我。或许，我们应该再赌一把……”

她连连叹气：“哎，哎，你真以为他会收手？永远不要低估人的贪欲。”

说到这儿，她突然又奇怪地笑了，把手放在了你的手背上：“袁医生，你怎么还是那么天真？”她的语气轻浮而又宠溺。

你的手抖动了一下，但没有缩回来。你放缓了语速：“我确实看到他两根手指被人砍了，他也是被人逼到了绝路。这种人如果走投无路，什么都可能做出来……如果这事曝光，我们也同样要赔偿家属。就当 200 万是赔偿金吧……这次钱的事还是需要你多付出一些，但我也一定会尽力的。”

你又想起小时候和其他孩子一起玩蚂蚁。你们抓了几只放在玻璃杯里，看它们因害怕四处乱转。它们很快找对方向，开始往上爬。当它们将要到达杯沿、获得自由时，你又用手指轻轻一拨，看它们“人仰马翻”地摔到杯底，一次又一次……等到玩腻了，你们把杯子拿到水龙头下冲洗，最终杀死了它们。

这也正是命运在对你们做的事吧。

这时，你听到看守所的李管教在叫：“袁东，出来一下。”

你纳闷地站了起来，其他监友都好奇地看着你。管教在大铁门上打开一扇小门，平时，监友们管这叫“狗洞”。你近一米八的个子只能弯腰抬腿从里面钻出去。

你对管教喊：“报告！”他给你重新戴上了手铐说：“跟我来。”

你问：“去哪儿？”“到了你就知道了。”

你被带到了隔壁一栋楼的一楼会见室。铁栅栏对面坐着一个穿西装、戴眼镜的男子，正用纸巾擦拭两侧鬓角的汗：“这秋老虎可真厉害啊。”

他随后放下纸巾，客套地笑着介绍他自己：“袁先生，我是你太太请的律师，我姓陆。目前她不能进来看你，你只能会见律师。”

当李管教离开房间后，陆律师凑近你，轻声说道：“告诉你一个消息，刘韩宇已经在三天前去世，死因还在调查中，有说中毒的，也有说是突发疾病。”

你震惊地瞪着他。没想到，她真的不在了……原来那个警察说她在医院治疗，是在套你的话。

“2013 年的那件事，公安还在侦查，据我打听到的消息还要进行尸检。因为你们当时那个了，”他没有说出“分尸”这个词，“所以还涉嫌侮辱尸体罪。不过你也放心，这个罪名和医疗事故罪一样，追诉期只有五年，都已经超时了，也就是说，你不用承担刑事责任。”他语气轻松，“如果后续有民事赔偿，那就再说了。这些年你们不是已经给了杜子华 200 多万吗？”

你轻轻点了点头，心情依然沉浸在刘韩宇已经死亡的震撼中。

“现在我们要集中精力对付的是另外一个案子……”陆律师看着自己的笔记本电脑说道。

你看着他的眼睛，诚恳地说道：“我没有杀方瑶。我那天离开时她还活着。”

“放心，我知道。我今天来，是给你带好消息来了。”他眼角堆着笑，说道，“有人可以证明，那天早上在你离开后，方瑶还活着。”

“啊，什么人？”你吃惊地问。

“方瑶在你离开后，曾给一个女士打电话，那个女士赶到了她的住处和她进行了大约半小时的谈话。我们找到了这个女士，她还有当时的记录。”

他把笔记本电脑的屏幕转向你，点开了一段视频：一个穿深色连衣裙的女人和陆律师面对面坐在沙发上。她看起来有一点眼熟，但你又想不起来她是谁。

“她叫陈潇潇。是你和方瑶请的婚庆公司的老板娘。”陆律师提醒你。

原来是她。当年婚礼的事都是方瑶在筹备，虽然你也和方瑶去过一次婚庆公司，和老板夫妇面谈过，但对她的模样已经没有印象了。

“你可以确定，你是在2016年11月18日那天见到方瑶的吗？”视频中传来陆律师的声音。

“可以确定，我的电脑上都有记录呢。”陈潇潇肯定地回答，“她那天上午打电话对我们说要取消婚庆，我和我老公一听就急了，司仪、鲜花场地等都订好了，怎么可以说取消就取消？说实话，我们做这行20多年，这种事还是极少遇到的。我想当面问问怎么回事。她告诉我地址后，我骑了电瓶车过去了。她的意思是两人闹掰了，婚礼不能如期举行。我以为是她不想结，还劝说了一下，但后来发现这是男方的意思。他们当时已经交了两万定金，我说如果取消，这定金就没法退了，因为我们也给各种婚庆用品的供应商交了钱，许多成本都花出去了嘛。她听了好像对定金也不是很在意。”

“你记得你在她公寓的时间是几点到几点？”陆律师问。

“我们平时9点上班，刚上班就接到她的电话。到她那里具体几点也记不清了。回来后我是10点在电脑上申请取消场地的，我和我先生还挨个给供应商打电话取消各种服务，唉。我当时看她心情也很不好，所以待了不到半小时就离开了。”

这时，陆律师暂停了视频，说道：“陈女士愿意出来做证，接受质证。专案组也有11月18日那天的电梯监控，他们可以核实陈女士到达和离开的具体时间。”

“那方瑶到底是什么时候出事的呢？”你自言自语道。

陆律师回答：“不排除一种可能，警察的判断是对的。在陈女士离开后，刘韩宇找到了那里。方瑶认识她，所以给她开了门，却被她杀害。”

“可是……刘韩宇为什么去那里？为什么要杀方瑶？方瑶根本不

知道杜子娟的事。”

他摘下眼镜，一边擦镜片，一边心不在焉地说道:“也不一定是杀人灭口。或许是因为女人的嫉妒心哪。”

嫉妒心？你在心底想，刘韩宇这样自信、骄傲的女人，真的会因为嫉妒另一个女人而杀人吗？

“我没法想象……”

“知人知面不知心啊。阿加莎有句名言咋说的，表里如一的人少之又少。”他重新戴上眼镜，说道，“叫我说，刘韩宇很可能是畏罪自杀。反正她活着，指向她的证据也很多，她也洗不清了。”

你不再反驳。

“我已经把证人证言提交给公安，要求他们撤销对你的侦查。”

“谢谢你，陆律师。”你的心情略微轻松了一些，但心头立刻浮起另一个疑问，“请问，你是怎么知道陈女士是在我之后见过方瑶的呢？连警察都没找出她来。”

他仰头大笑起来:“哈哈，你可别谢我，你太太真是为了你的事操碎了心，你要谢就谢她吧。”

你想起被带走前一天，丁冰对你说的话:“不管发生什么，我都会等你。”

17 向毅

何建国最近几天有点心烦。

他女儿谈恋爱了，带男友回家见了父母。这本是何建国盼望已久的事，但等周一回来上班后，他却唉声叹气道，他已经让女儿分手了。

他们一家人招待几个亲戚一起到家中吃晚饭，准女婿挺巴结准岳父，也殷勤地给桌上各位男士倒酒、陪聊，这没什么问题。但喝到中途，他拿起筷子看看自己的碗又放下了，皱着眉头对何建国的女儿说:“哎，怎么没给我盛饭呢？”女孩愣了一下，从桌边站起来，给他盛了饭。何建国虽然当时没说什么，但那顿饭接下来的时间心里都不是滋味。

“自己没长手脚吗？要找人帮忙，不能礼貌一点吗？我女儿名字就叫‘哎’吗？我都从来没这么使唤过我老婆。”他在办公室里气鼓鼓地说。

第二天，何建国就给女儿打电话，让她分手。

“他这人就这样，大男子主义。”女儿在电话那头话锋一转，埋怨起来，“还不是你们整天催我找对象？但我话说在前头，和他分手可以，下一个可就不知道是什么时候了。”

“急归急，也不能因为着急就稀里糊涂嫁了。任何小细节足以看出大问题。婚前不计较，婚后吃苦头。”何建国对女儿说。

“老何，没想到你还挺开明的啊。”唐菁菁夸奖道，“现在是男生最应该好好表现的热恋期，他都已经忍不住露出马脚了，那婚后岂不更加肆无忌惮，把你女儿当老妈子使唤？”

唐菁菁和何建国难得在这个问题上达成了一致。

正说着，韩副局长走进会议室，找了个门边的位置坐下。他今天来听你们报告手头几个案子的进展。

何建国打开桌上的一份报告，说道：“杜子娟的尸体没有发现中毒迹象，由于几乎已经完全白骨化，也很难确定死因。在四肢与躯干连接处的骨头上有刀砍的痕迹，应当是在死后分尸所致。”

“从郭玉婵的证词以及其他证据看，袁东、刘韩宇和被害人此前并不相识，他们的社会关系仅仅是医生和病人，没有谋杀的动机。根据袁东后来交代，案发现场其实还有第三人，是个充当护士的美容师。我们在她老家找到了她。据她回忆，在停业前两周，确实有个病人疑似出现了麻醉意外，但刘韩宇却以病人情况稳定了，不想接着做手术为由，将她支走。综合所有证据来看，杜子娟死于手术台是比较合理的。”你说道。

“刘韩宇已经死亡，也没有任何证据表明袁东故意杀人，而医疗事故罪和侮辱尸体罪，又已经过了追诉期，那现在只能撤案。”韩局长说道。

何建国又拿出另一份文件说："恐怕这个报告也要让你们失望咯。"

实验室化验了刘韩宇家中未开封的燕窝，以及垃圾桶里找到的那个空瓶，都没有发现肉毒素。死亡当晚，刘韩宇用餐的餐具已经清洗，食物残渣也被粉碎后冲进下水道，检验人员只能对冰箱里一些剩余食物取样检验，同样没发现问题。

"我这里也有个重要信息要汇报。"唐菁菁举手，说道，"我从王晓雁那里得知，在刘韩宇被绑架回来、恢复出院四天后，她给鑫美的药房打电话，要求登记领取 35 瓶 100 单位的肉毒素。后来王晓雁下班后帮忙把这些药带去了她的别墅。但我们没在她的住处找到这些瓶子，哪怕是空瓶也没见到一个。而六天后，她就中毒死亡了。"

"3500 个单位，足以致死了。她取这么大量，药房不奇怪吗？"你问唐菁菁，"她对药房解释做什么用了吗？"

"她说是一个开美容院的朋友急用，向鑫美借一批货，晚些会还，所以药房只是做了登记。"

"我没记错的话，她也懂怎么注射吧？"周京云说道，"会不会是上次我们询问她和袁东的关系，她发现事情即将败露，所以给自己注射了超量除皱针自杀？而她在等毒性发作期间，处理掉了那些小瓶子。"

你听后转向何建国问道："她的身上有针孔吗？"

"没有发现。"何建国也显得有些困惑，说道，"不过话说回来，肉毒素注射的针孔很细，可以在一两天内恢复，等她死亡时针孔可能已经看不到了。"

"刘韩宇出院回到家后就没再出过 34 号门。也有可能，她确实把这 35 瓶东西交给了其他什么人带走……"你说道，"听保姆说，自从她出院后 34 号门很热闹，陆续有几十个亲戚朋友上家里看望她，有时刘韩宇一人在书房或者客厅接待。"

"我通过查 34 号大门和地库的监控，列了一份刘韩宇出院后的访客名单。"唐菁菁在投影仪上打开一张表格，说道，"有些和她亲近的人去看望她不止一次。其中确实有一些刘韩宇商业上的朋友，但没看到有什么美容院的人。我会再向名单上的人核实，是否有人从刘韩宇那里带走过这35瓶药。”

“我记得袁东先和两个女同事去看望过刘韩宇一次，过了两天和他老婆又去了一次。会不会是第一次去时刘韩宇把那些毒素交给了他呢？”孙邵杰分析道，“我看问题还是出在燕窝上。刘韩宇吃掉了三瓶燕窝，而我们只找到了最后那个空瓶。不是说这个毒素有潜伏期吗？那可能肉毒素是下在之前两瓶燕窝之一中的。”

“你怀疑是袁东对刘韩宇下的毒？”一直默默听着的韩副局长，插话问。

“没错，韩局，我认为只有他有动机。”孙邵杰转向韩副局长，回答，“袁东伙同刘韩宇做了杜子娟、方瑶两个案子，现在我们查上门，他担心暴露，就对同伙杀人灭口。他万万没想到刘韩宇家中至今保留着方瑶的车票。”

唐菁菁提醒道：“袁东说燕窝是丁冰准备的礼物。”

“燕窝是谁提议送的不重要，”孙邵杰越说越兴奋，“老何不是说过，这种真空杀菌的食物不太可能自带肉毒素吗？袁东知道丁冰要送这个礼后，就在其中一瓶里下毒，又重新抽走空气封上，放进了礼盒。若不是医生，一般人又怎么会知道这种毒素的特性和下毒方法呢？譬如我就根本想不到它是厌氧菌，必须投放在真空罐子里。”

“嘁，那是你不懂。现在网上什么查不到？”唐菁菁反驳道，“只要坏人有心，就可以了解这些知识。”

孙邵杰刚想回嘴，韩副局长挥挥手，打断了他们：“好了，好了！这个话题先放放，还是说说7.26紫阳湖凶杀案的进展吧。”

你们已经查证了全心全意婚庆公司的老板娘陈潇潇的证词。

在郝晨交给你们的电梯监控录像中，她确实在2016年11月18日9：12和9：38，两次出现在鸿宇公寓的电梯里。她的丈夫和员工都能证明她在那天见过方瑶后，回公司取消了婚礼仪式预订。她作为和本案无利益相关的第三方，证词也比较可信。

这么看来，在袁东离开后，方瑶确实还活着。如果你们确定下午2：15拖着大箱子离开并开走方瑶轿车的女人不是她本人，这意味着方瑶是在陈潇潇9：38离开至下午2：15之间遇害的，那么袁东确实有不在场证明。这案子就算送到检察院也会被打回来，不可能起诉。

韩局长重重地吁了口气，问："你们当时怎么就没找到这个婚庆公司的人呢？"

其他人低头不语，偷偷瞄你。你轻轻咳嗽一声，挺直腰回答："确实是找不到啊。那个时段电梯里进进出出许多人，无法判断是去哪户的，被害人的堂弟也没指认出来。而且被害人的手机一直没找到，移动公司那里通话记录只保留半年，还原她当天的活动实在有难度。"

"你们找不到，那律师是怎么找到的？"韩副局长用手指敲敲桌子问。

大家面面相觑，无言以对。

你们也讨论过这个问题。既然袁东在被审问时从没提过这个对他有利的证人，说明他原本也不知道自己走后方瑶见过谁。那么谁又会知道呢？

周京云回答："那个律师不愿意透露，只说是他自己走访方瑶生前接触过的人，挖掘到的信息。"

唐菁菁看看大家，小声咕哝道："这个证人出现的时机太古怪了，就好像袁东那边早就做好了准备，要等这一天拿出来作为不在场——"

"就算他是特意准备给我们看的，你们能反驳吗？"韩副局长打断她说，"只要我们查证证据属实，他就有不在场证明。你们只在这个嫌疑人身上看到疑点，却没有落实到任何证据上。什么他和被害人在闹分手，什么他和另一个嫌疑人是情人关系，这些都不叫证据。"

在大家沉默时，周京云开口道："我之前也觉得刘韩宇和袁东在杜子娟的事情上是共犯，在方瑶的案子上也有某种合作，但是后来一想啊，我们是不是钻牛角尖了？方瑶那个案子如果是刘韩宇一个人做的，也完全说得通。她本就认识方瑶，她那天上门去找，方瑶也会替她开门。随后刘韩宇杀了她，假扮成她把尸体带走，埋在老熟人丁符生的工地上，用方瑶的证件去了银川，而袁东其实并不知情……而现在，她已经畏罪自杀。”

“方瑶的埋尸坑里有个六院的工卡怎么解释呢？”唐菁菁问，“当时也是这东西首先把我们的怀疑引向袁东的。”

周京云挠了挠脑袋，说：“也可能是刘韩宇故意留了一手，以后袁东如果背叛她，她就可以拉袁东一起下水。”

“刘韩宇的动机是什么？”韩副局长喝了口茶，问。

“我认为是出于女人的嫉妒和占有欲。她或许以为，没有了方瑶的纠缠，她就可以和袁东正大光明地在一起。”周京云回答，“你们都看过他俩的聊天记录吧？刘韩宇明显对袁东更主动，他们的见面都是她提出来的。我甚至觉得这关系有点像性勒索。”

“不，我觉得他俩的制约和博弈应该是相互的，更像囚徒困境。”唐菁菁说道。

“但是，你想想，就算袁东没有作案时间，他也可能指使或者协助刘韩宇杀害方瑶。刘韩宇在这个节骨眼上死了，就没法指认袁东了。”孙邵杰说道。

“可我们没有刘韩宇被害的证据。”周京云说道，“我还是认为她自杀的可能性很大。她虽然心高气傲，但最近一连串事件对她的打击很大。公司丢了政府投资，被毁了容，还被发了裸照，那个前夫躲在海外一直骚扰她，而我们又快查到她杀害方瑶的真相了……在重重压力之下，她选择用自己熟悉的也可以轻易获得的肉毒素自杀。”周京云说道。

他说完后，有人点头，有人沉思。

韩副局长清了清嗓子，说道：“我听下来，刘韩宇有动机也有条件杀害方瑶，目前证据也全都指向她。你们之前也讨论过，她的身高和方瑶只相差大约2厘米，体形相近，是有可能冒充方瑶的。而袁东是有不在场证明的，你们除了那个没名字的工卡，也找不到其他证据。疑罪从无。现在刘韩宇死了，我看这个案子可以结了。既然医疗事故的案子也过了追诉期，就赶紧把袁东放了吧。”

你看韩副局长身体前倾，抬起屁股，似乎准备离开，急忙叫道：“就这么结案？”

他听到你的话，便又沉沉地坐下来，问：“怎么？你还不想放人？”

“袁东可以放，我的意思是……”你解释道，“虽然暂时还没有掌握证据，但刘韩宇的死还是有疑点的。而杀害方瑶的凶手到底是不是刘韩宇，也要打个问号。”

你的话等于推翻了大家刚才所说的所有的讨论，会议桌边的其他人和韩副局长一样吃惊。

“那你说说看，凶手是怎么杀死刘韩宇的？在她那儿找到的车票，怎么解释？”韩副局长双手撑在桌上问，“你觉得还有什么人有嫌疑，也说来听听。”

你不想贸然抛出心中的想法，这个想法尚没有成形，你也拿不出任何证据。

你当时支持拘留袁东的决定，是因为心中有一个无法言明又徘徊不去的念头——袁东会是个很好的切入点，只有把他和身边的人隔离开来，才能解开围绕着他的疑点。

你回答：“我请求，再给我们两周时间侦查。”

“这案子已经查了两个月了啊！直到现在刘韩宇死亡才算有了突破。大向，你不要走火入魔了。做我们这行的都应该知道，很多案子并没有那么复杂，真相就是这么老套，动机就是这么简单。”

“老韩，再给一周时间，行不？”你坚持道，“如果我在一周内不能给你一个嫌疑人名字，我接受这个结论。”

韩副局长无奈地叹气，伸出一根手指头：“就一周！”

18 郝晨

两年前的今天，是你最后一次见到方瑶。

那天晚上，你正坐在电脑前打游戏时，突然接到她的电话，说已经到你家楼下，准备上来给你送个东西。你拉开窗帘向下望去，看到袁东的车停在楼下靠花圃的一侧，他正坐在驾驶座上刷手机等待。

很快，门被敲响。

原来，她是给你送婚宴请柬来的。你以为她会递了东西就走，没想到你一开门她便迈进屋子，说要参观一下单身汉的家。

她一眼发现了你架在窗口的天文望远镜，好奇地弯腰把一只眼睛凑向它的观测孔，问："城市的夜晚这么亮，可以看见星星吗？"

"可以。"你走到她身边回答，"这里是郊区，子夜过后，比前半夜幽暗许多。"

她直起身，把那张红色请柬放到你手上，突然略带严肃地说："郝晨，你也三十了，好像一直没有安定下来，为自己的将来打算一下，好吗？"

这句话戳中了你的软肋。你感觉，自己过着一种悬而未决的生活，像一粒飘浮在空气中的尘埃。其实你只是在等一个结局，并一直以为只有等到那时，才能静悄悄降落。

什么样的结局呢？和方瑶在一起？但如果这永远不可能呢？一辈子飘浮在空中吗？

"怎么没有安定了？我又不是流浪汉。"你回避她的目光，说道，"你知道木星和地球的关系吗？"

方瑶眨了眨眼睛，好奇地问："它俩有关系？"

你看着窗外说道："每当太阳系外围有小行星脱离轨道，撞向地球的时候，总是会被木星强大的引力捕捉到，于是它们要么撞击到木星上，要么成为木星的一颗小行星。虽然地球和木星之间相隔 6 亿千米那么远，就好像两个陌生人，但其实，正因为有木星替地球阻挡了无数次天体撞击，地球才能安全。"

说到这里，你有些羞赧地低下头说："以后我也会远远地看着你，希望可以继续守护你。"

方瑶扑哧一下笑了："你这家伙还是那么幼稚，满脑子都是幻想。哪有那么多小行星要撞我？就算真的有，你能守护什么啊？难道真把厄运都吸收到你自己身上？”

说完，她又看向窗外，幽幽地说了一句：“其实我们每个人都保护不了别人，只能保护自己。”

这是你们最后一次谈话。在她离开前，你曾闪过一个想法，你应该拥抱她一下，祝福她即将成为新娘。但你只是僵立在原地，一直到她转身离去，都没有伸出手。

你站在窗口，看着她坐上副驾，车子驶离，心底有淡淡的惆怅。但你并不悲伤，因为你告诉自己，她是太阳啊，无论距离多么遥远，都能照耀你的人生。

但是，你并不知道太阳也会熄灭。

一切来得太过突然，毫无征兆。

你在她失踪后才知道，她和袁东的婚礼其实已经叫停。

他对她做了多么残忍的事啊！她满怀喜悦，把请柬给一个个朋友送出去，他还要她再一个个通知取消婚宴？每当想到这里，你觉得心都被撕碎了，也更加憎恨袁东。

前两天，你从方路那里听说，袁东涉嫌谋杀方瑶被刑事拘留。你一想到自己目送她进入他的车离开，便感觉胸口像被压了巨石，无比压抑。

她说得对，危险真的来临时，你能守护什么啊？你不过是个傻子。

你最为难过的是，自己从没有勇气向她表白，哪怕一次。你从未对她说过你真实的想法，你爱她，了解她，想和她在一起，有信心比其他人做得更好。如果你在知道她有男朋友的情况下，依然这么告诉她，会发生什么？会不会改变你们两个人的命运？

这些懊恼的念头时常让你喘不过气，你必须出门走走。

在街头，一个穿中学校服、扎马尾辫的女生走在你的前面。秋日的阳光为她的背影勾勒了一道毛茸茸的金边，你立刻想起高中时的方瑶。那时的她是多么明媚啊。

那个女孩书包上挂的蜘蛛玩偶吸引了你的注意。突然之间，你仿佛看到一只狰狞的毒蜘蛛总是趴在少女方瑶的背上。

有一天你在食堂里独自坐着吃饭，方瑶端着餐盘从你的桌边经过，你紧张得不敢抬头。这时，你听到邻桌那个叫明哥的男生啃了口包子说道：“我们学校还是方瑶最漂亮。”

坐在他对面的女生前倾身体，对一桌人说：“她可不简单，在初中就开始卖了，还有人不知道吗？”

其他人立刻竖起了耳朵。

“我是听四班的黄静说的，她和方瑶是初中同班。她们初中住校，本来每个周末都是她妈骑辆踏板车接她回家的。但到了初三，每个周末都有一个老男人开着帕萨特来接她。”

“那是她爸吧？”

“才不是。谁不知道她爸是个电工？那男人像个老板或者领导，开了辆很贵的车。黄静说，有一天放学时，他们看到方瑶和那个男人坐在车上，”她压低了声音，“那男人把手放在方瑶大腿上，伸进了她的裙子里……”

“在车上就开始了？是黄静亲眼看到的？”

“这我就不知道了，但据说看见的不止一人呢。”

“那个男的现在已经玩厌了吧？我看她现在每个周末还是自己搭中巴车回家呢。”

“果然很骚啊，那看来明哥有机会了。”

你缩在长桌最角落的位置听着，像一团没有生命的黑影。嘴里的米粒已难以下咽，你端着餐盘站了起来，逃离了长桌。

你困惑过在她身上发生了什么，但你从来没有尝试问过她。只有一次，当你们站在图书馆顶楼的天台上时，她主动开口问道：“你也听说过那些事吧？”

不知道为什么，你立刻明白她指的是什么。

她面无表情地凝视着天台下，你看着她的侧脸，回答：“我不信。这不是真的，对吗？她们只是嫉妒你。”

“不必同情一个 15 岁就尝过血的人。”她的嘴角露出一个逞强的笑容，“生活是我自己的，我不介意别人说什么，你更不用替我介意。”

15岁就尝过血……你曾反复在心头琢磨着这句话，却百思不得其解。但你们再也没有聊过这个话题，对你来说，真相不重要，因为无论它是什么样的，都不会改变你对她的爱。

是的，“爱”——一个你一直羞于说出口的字。

不知不觉中，你发现自己步行来到丁冰工作室所在的街区。

你透过橱窗玻璃，看到里面没有其他客人，只有她和一个服务员在忙碌。门上挂着牌子：停止营业。

半年前你曾找到这里，和她聊过一次，她的态度礼貌而又戒备。此刻你不知道还能和谁聊聊方瑶，便又推开门走了进去。

她看到你并不惊讶，而是微微点头打了个招呼，但你反倒有些吃惊，她的肚子在那条黑色长裙下隆起，看来已经怀孕好几个月了。袁东被带走，对她的人生会有什么样的影响？

你看到大厅到处堆放着纸板箱，而此前展示架上的那些陶器都被收了起来，便随口问道：“要搬家吗？”

“嗯。准备关门了。有了宝宝，恐怕以后也没精力照顾店里。”她的语气有一些惋惜，又似乎带着对未来的憧憬。

她让你在窗边的椅子上坐下，随后自己也在小圆桌的对面坐下，用平和的目光看着你，似乎在等你发问。

这时她的员工换好了衣服下班，站在店门口和她挥手道别。

“还记得半年前我来找过你吗？”你对她说，“当时你对我说，你不相信袁东和方瑶的失踪有关。你现在还这么相信吗？”

“是的，抱歉。”她冷冷地回答，“我现在依然这么相信。”

你苦笑一下，说道：“两年前的今天是我最后一次见到方瑶。她当时对和袁东的婚姻充满憧憬，以为自己得到了幸福。连我都信了，在心底祝福她。我没想到，围绕她的是一场阴谋。”

“我相信，警方可以查清楚，我先生并没有杀害方瑶。”

“你让我想到一句话，不识庐山真面目，只缘身在此山中。”

她轻轻一笑说：“或许，这也是你和我的相似之处吧。你眼中的方瑶是完美的、无辜的，就像我眼中的袁东。”

你点了点头：“一个人对另一个人的感情背后，总是自我的映射，是对过去经历的回报。这不是必然正确的，人们也总是为自己错误的认识付出代价。”

她没有立刻回答，而是随手从桌上拿过一瓶纯净水，拧开盖喝。

她的袖口微微滑落，白皙的手腕上露出一块蓝色的手表。

你突然像被电击了一下，脑海中立刻浮现出方瑶微博上那张配文“思思”的照片。你又定睛看了一眼她的手表：老款海马手表，表盘的纹路一模一样，是那一年的同款。

你有点恍惚，怔怔地夸道：“手表很漂亮……”

她突然也像意识到了什么，拿起水瓶的手似乎微微颤抖了一下，又把水瓶放下了，衣袖盖住了手表。

她的不自然似乎证实了你的怀疑，你顿时感觉自己的血压飙升，头脑发热。

“你想必也知道，这个案子里还有个女人，假冒方瑶去了银川……”你如同呓语般说道，“她们的打扮、身材相似，但动作举止却很不一样。可是，哪怕连我都看出来了，袁东却始终坚持她是方瑶本人……”

她神情严肃地看着你说道：“你说的那个女人，警方已经调查过了，是鑫美的老板刘韩宇。我相信就是刘韩宇一个人干的，和袁东无关。”

“不，我不认为是刘韩宇。”你紧接着回答。

“为什么？”她似乎有些吃惊地问。

“我同时也是一名运动康复教练，对每个人的体态、姿势格外留意。我看了许多遍电梯视频，也去银川拿到了银鹭宾馆的视频，我研究过那个女人的一举一动，我认为她和方瑶的年龄很接近，只不过缺乏锻炼，身体更为柔弱。而你说的刘韩宇我知道，已经50岁，无论身材保持得多好，20岁的年龄差一定会体现在体态、举止上。”

你说完，抬头直视她的目光。

她微微眯起了眼睛，显出几分天真的困惑，似乎没有听明白，想要揣摩你的意思。

“方瑶在失踪前，曾认识了个好朋友叫李近思……不知道那个女人会不会更接近电梯里的女子呢？”你问她。

她脸上的笑容变得僵硬，肩膀也紧绷着。当你望进她黑色瞳孔的底部时，仿佛看见了一个阴毒魔鬼的面孔。

第五篇

太湖

如果我们可以读到敌人的秘密历史，会发现每个生命中的苦难和悲伤足以使我们卸下恨意。

——亨利·华兹华斯·朗费罗

1 向毅

周六晚上，办公室只剩下你一人。在连续两个多月的加班后，四起案件看似全都有了答案。昨天韩副局长在离开会议室前说："大家这阵子加班辛苦了，趁周末好好休息下吧。"

不知谁在会议桌前的白板上写下：

2013 杜子娟→刘韩宇（死亡）& 袁东

2016 方瑶→刘韩宇（死亡）

2018 谢虹梅→杜子华（死亡）

2018 杜子华→薛成茂（在逃）

一切是那么整洁、有条理，就像小时候玩数独游戏，空白之处看似都填上了合适的答案……但你却留意到有一处的答案有点别扭，甚至可能是错误的——刘韩宇真的是自杀的吗？如果这个结论被推翻，那么其他行列的答案也可能不成立了。

你走到白板前，划去刘韩宇的名字，在后面打了一个问号，并在最下面加上她的名字。

2013 杜子娟→刘韩宇（死亡）& 袁东

2016 方瑶~~→刘韩宇（死亡）~~?

2018 谢虹梅→杜子华（死亡）

2018 杜子华→薛成茂（在逃）

2018 刘韩宇→?

你退后一步打量着白板，举起记号笔，思考着该把李近思的名字写在哪儿。当你望着白板出神时，身后突然传来脚步声。你回头一看，竟是唐菁菁来办公室了。她难得摘掉了眼镜，擦了粉，还涂了口红。

“周末晚上还来加班？小心走火入魔哦。”你模仿韩副局长的语气对她说。

“被我妈逼着去跟人相亲，一上来就问我谈过几个男朋友，分别发展到什么阶段，我恶心得吃不下东西，找个借口说单位要加班就走了。唉，好好的火锅，都没吃几口。”她放下肩上的包，把手伸进锅巴袋子里。

你转头把视线放回到白板上，又接上了刚才被她打断的思绪。

唐菁菁走到你身边，也看着白板上的改动，问：“大向，你还是不相信刘韩宇是畏罪自杀吗？可是，我们连毒源都没找到。”

你呼了一口气，放下抱胸的双臂，缓缓说道：“我们说动机的时候，通常还要考虑这个人本身的个性。自杀也一样。从和她打过的几次交道看，她不是那种容易悲观或者有负罪感的人，这一生也算见过风浪。而且在她死之前，我们虽然比较明确医疗事故的情况，但对她是否参与方瑶一案并没有证据。她也应该知道非法行医罪刚刚过了追诉时效……很难想象她会在这时候畏罪自杀。”

唐菁菁往嘴里塞了一把锅巴，问道：“可什么人会想要杀刘韩宇？动机是什么？”

没等你回答，她又自顾自地说道：“她从医院回来后就没出过门。那几天接触过她的人，只有保姆、王助理、护士和那些访客……你说，会不会是王助理干的？她其实内心一直怨恨她老板对她的欺压，所以找了个机会报仇？”

你摇了摇头说道：“我还是认为她的死和方瑶的案子有关，凶手的动机是杀人灭口、栽赃嫁祸。我这么说的依据，主要还是那个证据。”

“你指我们在书房找到的车票？”

“对，我摸了摸那个书架上其他书的书顶，都积满浮灰，显然只是放在那里装点门面的，至少有半年没人碰过它们了，但唯独夹车票的那本书，书顶比较干净，应当最近才被人打开过。这就奇怪了，难道车票是刘韩宇最近放进去的？她把这么重要的犯罪证据当书签用？”

唐菁菁赞同地点了点头，又问：“既然你觉得那个伪装方瑶去银川的女人不是刘韩宇，那会是谁呢？”

那个名字到了嘴边，你又咽下去了。你没有证据，你无法检验你心目中的答案在那个空格里是否成立。你怕莽撞说出口只会引起听者的震惊和嘲笑。

唐菁菁又说道：“如果有这么个凶手，他能给她下毒，自然也很容易把证据放到书房栽赃。而书房旁边是洗手间，访客也可以以借用厕所的名义悄悄溜进书房……”

你听到这里，拿起电话打给了王助理。

“喂？”那头传来王助理压低的嗓音，仿似怕打扰了谁。

“现在身边有人吗？方便说话吗？”你问她。

“方便。我正一个人给 Jennifer 布置灵堂呢。”

你困惑地问：“刘韩宇的家人不是来平泽了吗？还有，她的遗体不是还在停尸房吗？”

“对，但我先帮 Jennifer 把灵堂布置了，等你们归还她的遗体后，就立刻给她办丧葬。她家人这些年不和她住一起，还不如我了解她的喜好。反正，只要鑫美继续给我发工资，我就继续当好 Jennifer 的助理。”不知为何，她的声音听上去有一些兴奋，像是在准备万圣节装扮的孩子，你有点起鸡皮疙瘩。

“向警官，我现在走到外面来啦，你想问我什么吗？”她提高了一点音量。

“想问问你是否记得，丁冰和袁东去拜访刘韩宇那次，有没有人离开去过洗手间或者书房？”

“这个啊……袁医生到底走没走开过，我也有点记不清了，但我确实记得丁冰去了两次还是三次洗手间。我为什么会记得呢？因为我当时还想，他们说孕妇会尿频，看来是真的！”

挂了电话后，唐菁菁在一旁对你说：“我看王助理八成是把袁东去过洗手间给忘了……”

正在这时，办公室门口又传来交谈声，只见何建国和孙邵杰走了进来。

“今晚可真热闹啊。”唐菁菁把手上的锅巴扔回袋子里，拍了拍手上的碎屑，说道。

“菁菁，快帮忙去医药箱里找纱布和碘伏，小孙受伤了。”何建国对她说。

你走上前去看，看到孙邵杰的两只手背皮开肉绽。“怎么回事？和人打架了？”你惊诧地问。

“唉，今晚多亏了小孙。我女儿和那男的提了分手，没想到他今晚在她住处门口埋伏，趁她外出时挤进房子里，非要她同意和好才肯放她走。”

“这涉嫌非法拘禁了。”你说道。

“我女儿躲进厕所给我打了电话，我刚好和小孙在附近吃饭，立刻赶过去了。谁知这家伙竟然污蔑小孙是我女儿的新欢，她是为了小孙才这么决绝地要分手的，还随手抓起一个金属鞋架打小孙。”

“想不到还有暴力问题。”唐菁菁用棉签给孙邵杰手背涂着碘伏，说道，“你们还记得去年那个案子吗？一个体育老师在分手后不断纠缠前女友，最后在她家小区砍下她的头，还污蔑她劈腿。”

“这家伙就是个无赖，在派出所赶来前我就把他制服了。”孙邵杰说着，突然瞪大眼睛，稀奇地盯着唐菁菁看，“咦，你的嘴唇……”

唐菁菁被看得有些不好意思，低头说：“没见过女生涂口红吗？”

“不是，我是说这口红上面粘了很多啥？”

唐菁菁连忙用袖子一擦，把口红和一圈锅巴屑都擦在了袖子上。

何建国把近视眼镜抬到额头上，拿起孙邵杰的手背仔细瞅了瞅说：“你这伤口还挺深的，可得小心感染，记得每天涂碘伏杀菌。”

“什么菌都可以杀吗？”孙邵杰开玩笑道，“肉毒杆菌呢？哈哈哈。”屋子里只有他自己被逗笑了。

这时，一个念头在你的脑海中闪现，你立刻转身问何建国：“肉毒素也可以通过伤口中毒？”

“可以。”何建国戴上眼镜，回答，“肉毒杆菌的孢子如果进入开放性创口也可能在里面繁殖，因为伤口里面也是缺氧的环境嘛。它的症状和食源性肉毒素中毒类似，不过现实中这种案例比食物中毒罕见得多，出现症状的时间也可能更晚。”

“我还记得你说过，野外的土壤、湖水中广泛存在肉毒杆菌孢子，那么她被薛成茂拖着光脚爬山，那孢子会不会随细沙、泥土一起进入脚底伤口呢？”你问何建国。

“理论上是可能的……但是我当时没往这方面考虑，因为我们把她救出来后就送去了医院，医生肯定对伤口进行过杀菌消毒处理啊。”

你想了想，又问：“那会不会是她在出院后，又在伤口上涂抹了含毒素的东西呢？”

“你是说药膏吗？不可能，不可能。”他连连摇头，答，“医院里的这种药膏都是含抗生素等杀菌成分的，怎么会含肉毒菌孢子？”

“那如果是从其他渠道得到的药膏呢？”

“那，就不好说了。”何建国回答。

你在脑海中努力回忆当时在梳妆台上看到的瓶瓶罐罐。其中一个不带任何商标的白色陶瓷罐子曾吸引你的注意，但你当时也没多想，立刻挪开了目光。

你拿起电话，让值班的同事立刻去封锁的现场，把刘韩宇化妆桌和洗漱台上的所有物品收集起来，带到实验室。何建国也明白了你的意思，表示他现在就去对尸体脚底的伤口取样。

何建国离开后，你在桌边坐了下来。如果导致刘韩宇中毒的正是她自己从药房领取的35瓶肉毒素，那么这个下毒的人必然到过刘韩宇的住所至少两次，第一次取走毒素，第二次把下了毒的物品送回来。

想到这里，你又打开了唐菁菁整理的那份监控记录的访客名单。

你的视线从名单上往下移，到过香山别墅至少两次的人有：王晓雁、袁东、陆雅、陈来福……丁符生……

“等等，丁冰的父亲也去过两次？”你叫道。

“是啊。”唐菁菁不以为意地回答，“我记得他之前就说过，他和刘韩宇是老朋友，在鑫美也有投资，或许是去谈工作的？”

你想起了上次和丁符生的见面，他的酒柜里有一瓶稀缺酒，刚好也在李近思从方瑶处购买的酒单上。当你假装闲聊，打听起那些酒时，丁符生毫不迟疑地回答，这是有人抵债给他的。

当然，酒的事可能只是一个巧合……但是，他在解释完以后，却又多此一举地聊起了那个做生意亏钱的朋友，还拿绿色棒球帽开了个玩笑。当他仰头大笑时，你留意到他眼角的皱纹却纹丝不动……

他或许知道什么，或许一直都知道。

2 丁符生

你的梦中经常出现那一幕。丁冰爬在游乐场架子的最顶端，兴奋地大喊着:“爸爸，看我！”你眯起眼睛，迎着下午三四点的太阳抬头看，她的两条腿分开踩在栏杆上，两只手撑住栏杆，像一只小狮子弓着背，两条辫子垂落。你的心中盈满幸福和骄傲，但你的两条手臂却始终张开着、准备着。你在梦中都不敢掉以轻心，生怕她随时会掉下来。

当你陪着她走进凯悦酒店的宴会厅，把她的手交给袁东那一刻，你亦有同样的心情。

在白色面纱之下，她几乎喜极而泣，她轻轻抿住下嘴唇、强忍住眼泪，表情因此扭曲。在音乐声中，她眼泛泪光深情地望向袁东，而袁东也低头注视着她。

你回到台下看着，为他们感动。这世界上有太多将就和苟且的事，要找到一个方方面面适合又深爱彼此的人，是多么难得啊。

女儿终于长大了啊。但在那一刻，你却发现自己的心底泛起一丝不合时宜的忧虑——她在这段感情中越投入，你越害怕她坠落。

在她念幼儿园时，你还没有开始创业，还有时间给她读童话故事。有一次，她听完后托着下巴问:“然后呢？”

“然后，王子和公主就幸福地生活在一起了。”

“然后呢？”她继续问。

“没有然后了，就是这样，故事结束了。”你摸摸她的脑袋，对她说。

但你知道，现实世界不存在童话的结尾。危险或许结束了，但两个人之间的故事还会继续，直到死亡或者分离。对外的战争最终会变成对内的战争。人性都是相似的。

在你记忆中，丁冰上了小学后，逐渐变得沉默寡言。她常常一个人玩很久，除了住对门的李家孩子外，她几乎没有什么小伙伴，也从不缠着大人陪伴。甚至一度，你怀疑她患有孤独症。

她的成绩总是很优异，从不需要你们操心。但哪怕考了满分，她也只是不动声色地把卷子放在餐桌上等你们发现。她拿了奖，也不会主动对家里说，往往直到班主任家访时你们才知道。但她也有冲动的时候。她曾和一个男同学打架，两人都把对方的脑袋扇得红肿，但她依然没告诉你们。她有自己的执拗。

在月寒的追悼会结束后，老罗开车带你们回家。月寒的骨灰盒放在副驾上，而你和女儿穿着白色丧服并排坐在后排。

她刚坐上车时，你无意中瞥见她的左臂内侧，布满圆形伤痕，触目惊心。有些已经旧了，结了黑色的痂，有些像是新的，淤青上弥漫着血点。

你立刻抓起她的胳膊，问:“怎么回事？”她狠狠地挣脱了，用袖子盖上，低头不语。

你在心底长吁一口气，不再追问。这一路上，你的心都沉浸在惊骇之中，久久无法平复。从火葬场回家的道路颠簸，你们的胳膊和胳膊偶尔撞在一起，却又互相躲闪。你们从此将相依为命，却比过去更加生疏。

你那些年借口工作，逃离家庭、逃避月寒，你几乎没有留意到女儿在某个你看不见的角落长那么大了。

她手臂上每一个自虐的伤，都是这些年没有说出口，也没人会听的话。

在月寒离开后，你反倒推掉了很多应酬，花更多时间在家里，想要好好弥补女儿，虽然你也明白，她或许并不需要。

丁冰从英国留学回来后，有大半年时间待在家里无所事事。当她提出想开一个陶艺工作室后，你出资帮她实现了愿望。工作室虽然也展示和销售作品，但都由店员打理，丁冰本人总是躲在背后的工坊里一心做陶器。你总是有些担心，她每天对着这些泥罐头，会慢慢地变得更加封闭、孤僻。

2016年秋天，她一改往日宅家的习惯，出门频繁了起来，你还留意到她每次出门前都会打扮一番。她有时深夜才回，甚至彻夜不归。你问她是不是谈对象了，她否认，称只是认识了个新朋友。有一天，你惊讶地发现她还带回家两大箱红酒。她说是买给你的，顺便帮朋友促成点业绩。

当你把酒拿出来放进酒柜时，你在纸箱底部发现一张名片。名片的主人叫方瑶，是某个红酒公司的销售总监。你当时也没多想，随手把名片扔了，直到两年多后，你才从一个警察那里再次听到这个名字。

你还记得在几个月前，获得政府审批的那一天，丁冰刚好在家吃饭。她那天显得心事重重，且吃不下东西，你以为这只是孕期的正常反应。

你在饭桌上对她说了工地即将开工的好消息后，她显得有些错愕，从餐桌边站起来，走到沙发边，拿起了茶几上的图纸。

“湖边那片小树林也要被推倒吗？”她抬起头问你，一脸惊讶。你没有理解错，她当时流露的惊讶并非出于惊喜，而更像是一种慌乱。

“是的，新图纸已经被批准了。树林全都铲平，园区会一直延伸到紫阳湖边，我的办公室会正对湖景。”你用纸巾擦了擦嘴，对她说，“这样安全性也更好，省得那些村民到时从小树林翻进园区来搞事。”

她没有再说话，而是继续低头端详图纸，显得忧心忡忡。当时的这一幕在你的心头留下了疑惑。

后来，女尸在小树林里被发现。

一开始，你和所有人一样茫然，没有头绪。

那天向毅来到你家，告诉你死者叫方瑶，是袁东的前女友。

接着他又好奇地打听酒柜里的红酒。他像一只笑眯眯的老狐狸，两条眼缝中露出发亮的眸子，专注地盯着你的脸。你知道他不会无缘无故对这些酒产生兴趣。

而你的记忆也在那一瞬间猛然激活：死者就是卖给女儿红酒的那个女人！

送走那两个警察后，你独自在书房里坐了下来，越来越多散落在记忆中的碎片被你拾回。

它们就像沙地中的玻璃碴子，渺小、零星，要用手指捡起来很困难，但只要太阳升起，它们就会闪耀着等待被人发现。

你越来越能清晰地看见在女儿身上可能发生了什么。而赵刚发来的勒索短信，更是立刻印证了你心头所有的怀疑。

丁冰杀了人，那个警察正步步紧逼。

这阵子你愁白了头发，甚至后脑勺出现了斑秃。但你又必须在所有人，包括丁冰面前，保持镇定。你痛心自己无力挽救女儿，只能看着她的人生进入倒计时，仿佛她很早就服下了毒药，如今已无计可施，只能等待毒性发作。

她还那么年轻啊，幸福才刚刚开始！你不甘心，不服输，你不希望失去她，也不希望她失去未来！

你走进她的房间，检查她所有的柜子。你在书架的秘密夹层里找到一个塑料袋，里面有一张印着方瑶的名字的火车票。十几年前给这个别墅第一次装修时，你就应她的要求设计了这个暗层。从小到大，她在里面放过糖果、玩具、日记和书信。而如今，她放的是她最黑暗的秘密。

你不明白，她为什么要留着它。你偷偷取走了车票……

那天早上 6 点多，天还蒙蒙亮，你在后院里快走锻炼时，丁冰突然来了。你这几年从没见过她起那么早。看到她面容憔悴，你猜她一夜未眠，立刻明白有糟糕的事发生了。

你们坐在后院的石桌边，她告诉你，昨天两个警察上门找袁东，她也知道了袁东的秘密——他出轨的女人是谁。

“她是谁？”你问她。

她转头直视你的眼睛，脸上挂着一个大大的讽刺的笑容，说出了那个名字：“刘韩宇。”

听到那三个字的一刹那，你难掩自己的震惊，想必丁冰也看在了眼里。你一时不知道该如何回应。

“我直到看到网上有人提到她的原名，才想起来她是谁。小时候我妈在你包里找到过一张名片，还给上面的女人打电话，叫她不要纠缠你。打完电话后，她想撕掉名片，却发现怎么都撕不动。我当时觉得这材质可真稀奇啊，还把它从垃圾桶里偷偷捡起来看过，名片是粉色的，带着脂粉香气，写着：杨迎春，金麒麟大酒店公关。”

你的眼神有点胆怯，不敢与她对视。你不知道该怎么回答。否认只会让你更加狼狈，更何况她不是月寒，也不需要你的道歉。她只是想告诉你，她的愤怒和不屑。

你当然是站在女儿这一边的。你很痛心她为这个男人做了那么多，却依然遭到背叛。你的心中充满了羞愧，仿佛这也是自己对她的背叛。

你长叹一口气说道：“当年我和她没什么，只是逢场作戏罢了，她是个靠不住的人，我想袁东和她也不会当真。”

“那谁又会把我当真？我只是你们眼中的笑话。我小时候很害怕自己长大后会变成我妈的样子。我甚至会刻意做一切我妈不可能做的选择，小到打扮、说话，大到选专业、择偶。可瞧瞧，我还是成了她。”

丁冰突然从石凳上腾地站起来，说：“我会打掉孩子。”

“不要冲动！”你急忙寻找自己的手机，说，“我现在就把袁东叫来向你道歉，你先冷静一下。”

“你那时也总是让我妈冷静，好像你是永远正确、永远理智的那个人。小时候我也厌恶她的歇斯底里，把她当成疯女人。可现在想想，她年轻时也曾骄傲过，是什么把她变成了那样？”

你无言以对。

“我总不能把疯子基因继续传递下去，对吧？”丁冰冷笑了一下，拿起了自己的包，“不要告诉袁东我来过。”

在她离开后，太阳才跳出云层，照耀在你的身上。你坐在石凳上，痛苦地抱住了脑袋。她如今所遭受的一切，都是因你而起！是你们在她童年时就埋下了危险的种子。她这一辈子再怎么努力，也不过是提线木偶，在重复上一辈人的悲剧。

同时，也是你给豺狼打开了家门，让那个可怕的女人和这对母女的命运有了交叉。

你一想到她上次在餐厅包厢里看你的迷蒙的眼神，便在心底燃起了对她的恼怒和恶心。她必须通过征服男人来满足自恋吗？她不会放过身边的每个男人吗？十几年前她和你伤害了月寒，而十几年后她和袁东又伤害了月寒的女儿……

命运总是用最浑蛋的方式来制造悲剧，而你和她都是命运的子弹。

你抬起头长吁一口气。你要弥补自己的过错，你必须为女儿做点什么。

3 丁冰

明天上午，袁东就要从看守所回家了。

今晚是你和她独处的最后一夜。

“你不怕他知道你做了什么吗？”你仿佛听到她在问你。

“嘘——”你轻轻对着空气说，“你知道，我不是故意的。就好像一步步，被一根绳子拉着往悬崖边缘靠近。”

“这不是绳子，是贪婪。”她表示反对。

你把姿势从侧身改为平躺，双手放在隆起的腹部上，眼睛看着天花板，思绪又回到了那一天。

你摇下车窗，看到她走进世纪酒店。她穿着一件驼色斗篷，一双高跟鞋，脚步很快。你用手机拍下了她的背影。

当她的身影消失在大堂深处后，你拿起手机编辑了一条消息。虽然只有短短十几个字，但你却用了很长时间，反反复复斟酌措辞。

“到世纪酒店来，就可以知道方瑶的秘密。”

虽然你早已从方瑶那里看到他的手机号，并牢记于心，但这是你第一次给他发消息。你感觉到心跳加速和指尖发麻，就好像通过手机屏幕能触碰到他的肌肤。

很快，手机上收到了回复：“你是谁？”

你打字回答：“一个希望你幸福的人。”

此后，那一头迟迟没有回复。难道他认为这是个恶作剧，所以没有理会吗？

你为了获取他的信任，把方瑶走进酒店的背影发了过去，并附言：“你来了便知道她见的人是谁。”

世纪酒店位置偏远，距离袁东和方瑶的住处有近 20 千米。你耐心等待着。到了下午 3 点多，你终于看到袁东的车出现在了停车场。

他停好车后，在车上又坐了一会儿，似乎在给方瑶发消息。或许没有得到回复，他才下车，推着转门走进酒店。你看到他在前台询问，猜测是想查看方瑶的入住记录。但显然，前台拒绝提供入住客人的名字。他在大堂找寻了一圈后又走出了酒店。

“你到底是谁？你在哪儿？”他又给你发了一条。

“再等一等，你会知道一切的。”你回复。

“如果你不告诉我你是谁，我不会再等了。”他站在自己车边发着消息，神色焦躁不安。

就在这时，你俩几乎同时看见那两个人走出酒店。

男人的手轻轻放在女子的后背。当他们在转门内移动时，他忍不住亲了一下女子的头发。他俩从阴影处走到了阳光下，你看清楚了那是方瑶。

袁东怔怔地站在车边，看着他们走向停车场。而这时，方瑶似乎也看到了袁东。她放慢脚步，两人对视了两秒。可惜她戴了墨镜，你看不清楚她的表情。那个男人也朝袁东的方向张望了一下。

随后，方瑶和男子装作什么都没看到，钻进了一辆黑色轿车。

当黑色轿车离开后，你看到袁东伫立在冬日的阳光和冷风中。他面无表情，没有你以为会爆发的愤怒，或者痛苦。

他只是这么静静地伫立着，像一尊雕像，带着一点颓废和慵懒。

你猜，他在思考下一步的打算……

在他们分手后，你刻意疏远方瑶，毕竟，你当初接近她只不过因为她是袁东的未婚妻。而且她一直在纳闷，袁东究竟是如何找到世纪酒店的，这也让你更加心虚。

但那个天气阴沉的上午，她突然打电话给你，希望能见你一面。

“有些话我真不知道对谁说……我已经连着半个月没有睡好觉了，原来这就是失恋的感觉啊。你最近都在忙什么呢？不会连你都要抛弃我吧？”她似乎轻笑了一下。

你本想找个借口拒绝，这是你最擅长的，但你突然听到她说：“他刚刚来过，我们又聊了聊。”

“聊了什么？他怎么说？”你立刻清醒，坐起身问。

她轻轻叹气道：“等下次见到你后再说吧。”

“我现在就过来。”你立刻起床，洗漱，赶去她住的鸿宇酒店公寓。当你到达时，因为上班时间等电梯的人很多，你有些着急，便走了楼梯。

她替你开了门。你们已有两周多没见。她穿着一套紫色睡衣，看起来面色憔悴，双目浮肿，没有了往日的精神和机敏。

她轻轻拥抱了你一下，说她的偏头痛犯了，在桌边坐了下来。你瞥见桌上的一个空红酒瓶和酒杯，猜想她大清早也喝了酒。刚才她见到袁东，会是什么场面呢？

这时，你又注意到餐桌上放着一只喜庆的红色袋子，里面装着几样包装精美的礼物。你的心一沉，难道婚礼还要如期举行吗？

她的目光也落到袋子上，从袋子里掏出一只小罐子，摆弄着上面的蝴蝶结说道：“一听说我要取消婚礼，婚庆公司的老板娘就立刻赶来了，还把伴手礼样品都带来了……她可能以为我看到这么好看的喜糖，会改变主意。”她苦笑了一下。

你悄悄松了一口气。

“如果那天的事没发生，我们下个礼拜就要去领证了。昨天酒店打电话来，说酒席的定金没法退，拍婚纱照的地方又打电话来让去取相册，唉，真是一团糟……”

“一切都会过去的。”你在桌边坐下，鼓励道，“你值得遇到更好的——”

“我过去也经常这么对自己说。但我现在发现，一个人确实可以轻易取代另一个人，但一段感情是没法取代另一段的。”

你耸了耸肩，不知道如何回答。

“我刚才向他解释，我和老马之间真的没有感情。但我也说不清楚自己到底是怎么回事。可能是为了报复他的欺骗，也可能我只是想用这种方式报复我自己……”你有些听不明白，困惑地看着她。

“你到底想要什么呢？”你问。

“我希望我和他都能对自己诚实，对对方诚实，给彼此一次机会。”她握住了你的手，仿佛想从你那儿获得某种力量。

但你听着，心头却燃起了怒火。这个贪心的女人到底想要什么？她明目张胆地享受老马给她的生日惊喜，和对方去酒店鬼混，现在却依然不想放走袁东？

你压抑住自己的怒气，轻声问：“那他怎么说啊？”

她没觉察到你神色的变化，回答：“他说考虑一下给我答复。但我能感觉到，我们之间结束了……他说上午有手术，没待多久就离开了。”

袁东没有立刻答应复合，这消息让你一颗悬着的心又落下了。你把椅子向她拉拢一些，认真地说：“你肯定知道，吃回头草的都没好结果。两人之间心存芥蒂，以后的日子会很难过，你看，你都一直放不下他开房的事，又怎么能保证他可以放下世纪酒店的事？”

她听到“世纪酒店”几个字又皱起了眉头，一言不发，把手伸向了空酒杯。

你无奈地撇了撇嘴，提出要用洗手间。

当你从马桶上站起身时，你突然听到自己的手机铃声响了，才想起来刚才把它忘在了餐桌上。你急忙穿好裤子走出去取。

在你打开洗手间门的那一刻，你被吓了一跳，只见方瑶正站在门外，歪着脑袋，看着手中的手机。

你伸手想拿回自己的手机，她跳远了一步，举起手机给你看屏幕。上面显示的那个呼入号码，你熟悉，她更熟悉。

“为什么你刚才提到了世纪酒店？”她一脸狐疑、双眼通红地瞪着你，问。

“什么？”

“我从来没告诉过你是哪家酒店。”

“……”

“为什么袁东会有你的电话？”她眼中的冷光逼视着你，“他为什么会打给你？”

你变得慌乱，不知道怎么辩解，只是咕哝着“我不知道”，又伸出手想抢手机。她再次躲闪开，接着问：“你和他是什么时候认识的？为什么你俩从来没有对我提过？”

这时，吵闹的电话铃声终于停了。

“你们以前就认识吗？所以，每次我要带你见他，你都找借口逃开，是这个原因？我现在才联系起来这一切……是他告诉你世纪酒店的吗？”

“啊，不！我明白了！”突然，她的眼神中闪过一丝惊恐，叫道，“那个告密的人是你，对吗？一定是！只有你知道我和老马的事！可你是怎么知道我们在哪儿见面的？你跟踪了我，对不对？我把你当作最好的朋友，把什么秘密都告诉你，可你却，却……”眼泪从她面颊上滑落，她说不下去了。

“不是你想的这样，我在你生日时听说他对你做的事，很心痛，我的目的是想帮你解脱……”

“解脱？什么人会对朋友干这种事？难道……难道……你是和他

开房的那个女人？”

“不，不是……”你除了否认外，不知道该怎么解释这一切。

“你太可怕了……”方瑶因为悲痛而泣不成声，她的脸因痛苦而扭曲着，仿佛被真相打垮了，双手剧烈颤抖。

你就像一只被识破伪装的变色龙，惶恐，无处躲藏。但很快，惶恐又转变成了对她的怨恨和轻蔑。既然一切都被看穿，你也无心再伪装了。你歪起嘴角冷笑了一下。

或许这个笑激怒了她，她的情绪失控了，愤怒地嘶吼道:“你究竟为什么这么做？为什么？你到底是谁？！”

是啊，你到底是谁？你自己也回答不了这个问题。你是个奸细，是个叛徒？不，只有你自己知道，真相比这更可怕。你是一个丑陋的怪物，一个不幸的怪胎，一只老鼠。幸好，这世上没有人能一眼看穿另一个人。

“我现在就要给他打电话问清楚，他想分手可以提，为何要串通你这样对我！我不会原谅你们！”

她说着想要在你手机上拨回刚才的号码。你见状立刻冲上前抢手机。可她握得那么牢，那么牢……终于，你抢了过来。

她怒气冲冲地转身，要去拿她自己的手机。

她的固执也让你生气了，你一把抓住她的头发，把她拖回洗手间内。

她转身想要挣脱，但突然脚底一滑，“啊”的惊叫一声，后仰摔倒在地。伴随着“哐当”一声响，她的后脑勺撞在了陶瓷浴缸边缘上，随后又像块大石头沉沉地砸在了地砖上。

她瞬间变得无比安静，不再发出任何声响，眼睛微闭。你在原地愣了好一会儿，才试探性地叫了一声她的名字，她没有反应。

你低下头，仔细看，一道细细的血痕如同一条小红蛇，从她后脑勺的头发里蜿蜒而出。

“可你后来用浴巾杀了我。”她的声音十分平静，似乎不是在谈论自己的死亡。

“我当时真的不知道该怎么办了……我怕你醒来告诉他。”你想请求她的原谅，可她的声音听上去并不像是责备。

“这世界上所有的秘密终有一天会泄露，就像袋子里的风，扎得再紧，也会有跑出来的一天。”她的声音听上去有些得意，“迟早有一天，他会知道你的秘密。”

4 向毅

早晨你靠在床头和顾晓丽视频通话时，她正在准备晚餐。她白天参加了一次会议，还没来得及换下深色套装，头发在脑后绾了发髻，脸上化了淡妆。你平时很少见到她这般端庄的模样，忍不住夸了几句。

她笑纳了你的称赞后，突然说道：“对了，我手上的项目提前结束了，打算看看近期的机票，可能下个月就带品品回去。”

你“噢”了一声，立刻回想起了从前两人的时间争夺战。

顾晓丽警觉地问：“大向，你怎么看起来不太高兴啊？不欢迎我们回来吗？”

“怎么可能？”你轻轻叹气，把双手枕在脑后说，“我只是在发愁。”

“紫阳湖那个案子还没破？”

“不仅如此。过去的这个夏天，平泽又发生多起命案……”

“难道，平泽有了连环杀手？”顾晓丽拿着锅铲，转过身来，脸上竟有一丝兴奋。

“不是你想的那样……几桩案子看起来没有关联，但里面的人物却又有着千丝万缕的联系。唉，说不清楚，简直一团乱麻。”

“怎么感觉自从你到平泽工作后，命案就多起来了？”她开玩笑道。

“你这就有点唯心主义了。我也希望世界和平，我可以下岗，但这个世界不以我的意志为转移啊。”

你想了想，又说：“如果说命案发生的时间点，我倒确实在琢磨一个问题：为什么那具尸体会突然出现？它埋在那儿已经一年多了，平时偶尔也有人进树林，从没有人发现，而那天它就这么突然出现了，埋得很浅，好像自己钻出来了。”

“听你的意思那一带挺荒的，没准是黄鼠狼、野猫、野狗什么的给刨出来了呢？”

你不以为然：“那为什么它们不是在尸体刚腐烂、气味最重的时候把它刨出来，而是在快两年都已经白骨化的时候呢？”

“你刚才说坑埋得很浅？”她想了想，又说道，“那还有一种可能，有人在前不久把它挖了出来，故意想让它在这个时间点曝光。”

“可什么人会这么做？为什么要这么做呢？”你问她。

“会不会是凶手知道你上任了，想挑战一下你的破案水平？或者是一个知道凶手是谁的人，想要引导你们抓到凶手？”

你知道她又在开玩笑，摆摆手说道：“别闹了，顾教授。”

这时，她瞟了一眼手机，注意到你的床头放着一本书，惊叹道：“真稀奇啊，大向你竟然看起书来了？让我瞧瞧，”她歪着脑袋看了一眼说，“还是《希腊神话》？”

“我昨晚刚读完里面那篇《美狄亚》，听过这个故事吗？”你问她。

“大学里读过。”她随口答道，“美狄亚是个公主，被她的丈夫伊阿宋背叛后，她让两个儿子给丈夫的新欢送上一件下过毒的婚纱，毒死了新欢和新欢的父亲，还亲手杀了她和伊阿宋的两个儿子。”

“那请顾教授用心理学知识分析一下，她为什么不直接杀死伊阿宋？他才是真正伤害她的人啊。”

“这还需要心理学知识吗？”顾晓丽说道，“她肯定觉得让他直接去死太便宜他了。她要毁掉一切他珍视的东西：爱情、地位、后代……让他生不如死。”

“这心态可真够狠毒的。”你感叹道。你突然想起前几年办过的一个案子。一个50多岁的护士长，因为生气她的画家丈夫在手机上撩骚，网购了兽药给丈夫下在饭菜里，造成那个画家阳痿。她想毁掉她丈夫珍视的性能力。

“她犯下的罪确实残暴，但话说回来，她也有愤怒的理由。年轻时她为了帮助伊阿宋得到金羊毛，背叛自己的国家，还杀了自己的弟弟，后来又帮伊阿宋报了杀父之仇。她为自己的爱付出了一切代价，伊阿宋却厌倦了她，喜欢上另一个公主，还让国王驱逐美狄亚出境。”

“你觉得，伊阿宋当时有机会阻止这个悲剧吗？”

她想了想，回答：“有机会，但不是通过暴力或者魔法，而是通过‘爱’。美狄亚并不是不通人性的恶魔，她要的是他的感情，他如果真心实意爱她，是可以感化她的。”

“可惜，伊阿宋对她已经没有爱，自然也失去了阻挡悲剧的能力。”你叹道，“所以啊，别把一个人逼到绝境，不然他可能会变成让自己害怕的东西。现在这种为了报复配偶，杀害两人孩子的案子也不少，神话也可能是普通人的故事。”

顾晓丽把她唯一拿手的番茄炒蛋端到桌上，又问了一遍：“所以，你怎么想到读《希腊神话》了？”

“之前办案时去一个怀疑对象的住处，发现他家客厅挂了幅新买的油画就叫《美狄亚》，我没听说过，让人见笑了。这不我想补补文化课，以后才能不丢顾教授的脸。”

顾晓丽走去房间里喊品品一起吃晚饭。

你把手轻轻放到《希腊神话》的封面上，抚弄着书页，又想起里面的一句话：

平常温良恭顺的美狄亚，因为被抛弃而变得如此粗暴残忍，她要孤注一掷！

你仿佛又看到第一次去丁冰家时的场景。她迎接你们进屋，请你们落座。当时她站在客厅中央，那幅油画在她的背后，画布上的火红色块——驾驶马车逃离的美狄亚——仿佛和她融为一体。

美狄亚因为丈夫的变心和抛弃，用最惨烈的方式来报复他。而如果丁冰早就发现袁东出轨呢？她会怎么做？

当你闭上眼睛时，她那天的形象越来越清晰了：她的外表脆弱、举止礼貌，但这不过是一层保护色罢了。当你介绍自己时，她的头微微仰起，眼神中流露出一丝不可捉摸的悲壮的笑意。

她其实从一开始就知道你们为什么上门！

这个想法让你浑身打了个激灵。

而这个案子正是从发现那具尸体开始的。

它为什么在那时出现在那里？因为有人希望它出现在那里！

你立刻穿上外套和鞋子，拿起手机。

在你挂断视频前，顾晓丽问你：“要出门吗？周末还去单位吗？”

“去医院看望个病人。”你回答。

5 袁东

这是你们自从交往以来，分别最久的一次。当你踏进家门时，她立刻想冲上来拥抱你，但被你制止了。因为牢头告诉你，回到家后什么都别碰，第一件事就是洗澡，扔掉所有的衣服。

你可不希望把晦气带给她，带给这个家。

你洗完澡，刮干净胡子，换上干净 T 恤，走进客厅。

“你找的陆律师比那些警察能干多了。如果不是他，真不知道要怎么收场。”你向她感叹道，“他究竟是怎么找到那个婚庆公司的女人的？”

“或许是通过她家人吧。”她漫不经心地回答。

这已经不重要了。你用力搂住她的肩膀说：“谢谢你愿意信任我。时间会证明一切。”

她把头埋进你的胸口，有几分慵懒地说道：“现在麻烦都过去了，我们可以回到过去的生活。”

你又想到死去的刘韩宇和自己即将被吊销的执照，心中泛起惆怅，轻轻叹气道：“还能回到过去吗？我可能以后都无法从事这个行业。我不知道自己快 40 岁了，还能重新开始做什么，你会不会对我失望……”

“我知道你有多喜欢你的工作，但你还年轻呢，有太多的事可以做。你知道吗？在我心里，你做什么都很完美，冲浪、打球、下厨、帮我整理陶艺作品……无论你以后做什么，我都会陪在你身边。”

她的话让你忍不住想哭。你见过许多女人，极少有如她这么深情和纯粹的，她这一生拼尽全力只想获得没有被玷污的爱情。你不能让她失望。

“我确实得好好规划自己的未来了，做个好老公、好爸爸。”你说着俯下身，把耳朵贴在她隆起的腹部。

她的手指轻轻穿过你略带潮气的头发，问：“能听到它的心跳吗？”你努力听着，里面仿似有大海的声音。

这时，你放在茶几上的手机响起了一声短信，你没有理会。

丁冰看着桌上的手机问你：“你说过去的一切都是因为那件事导致的误会，现在你都向我坦白了，那从此以后，我们之间是不是再也没有秘密了？”

“当然！”你直起身子，注视着她的眼睛回答，“我的手机和笔记本已经取消密码了，真希望我的心思也能这么透明，让你全都能看透。”

她的眼眶泛红，伸手搂住你的脖子。

在你们缠绵片刻后，她站起来说：“都快 12 点了，你一定饿了。我做了你最喜欢的卤肉饭。晚上再一起出去吃吧。”

你不舍地松开她的指尖，看着她的背影走进厨房后，你才抽空看了一眼手机。

你以为这不过是条平常的垃圾短信，但它的内容令你吃惊。

“袁医生，听说你今天回到家了。我想再和你单独聊聊，我在你们小区外的烟雨楼茶馆等你。向毅。”

真是阴魂不散啊。你没有向毅的手机号，但你毫不怀疑这是他本人。上次你和他还有一个女警一起去过烟雨楼，正是在那里，你坦白了自己和刘韩宇的关系。

你偷偷看了一眼在厨房里忙碌的身影，在手机上打下回复：“抱歉，我没有时间，也没有义务配合你，除非你再出示传唤单。”

几秒钟后，你的手机上又响起了声音：“我有重要信息告知，关乎你的安危，请务必过来。我只占用你 15 分钟。此外，这里只有我一个人，这是私人谈话。”

短信里的口气想表明事情的严重性，让你有些好奇和不安。重要信息？关乎安危？私人谈话？他又想说什么？你实在猜不出来。可能和刘韩宇或者方瑶的死有关？或许应该去听听他到底会说些什么？如果他又想整你，你可以好好警告他，以后离你和你的家人远点。

你变得坐立不安。

最终，你还是从沙发上站了起来，走到厨房门口对妻子说：“我想到牢头还告诉我，从里面出来后必须先理个发，意思是从头开始。”

她正穿着围裙切肉，砧板上弥漫着血红色。她抬头瞥了你一眼，笑道：“现在去？真有这么多讲究吗？”

“我去去就来，用最快的速度，保证回来时，卤肉饭还是热的。”你走上前，低头亲吻了她的额头。她张开双手，生怕手上的血迹碰到你的衣服。

你从衣柜里取出干净的外套，走进电梯。在电梯下降时，你的心底泛起轻微的愧疚感——你又对她说谎了。

中午时分，茶馆里播放着轻柔的古筝乐，没有什么客人，穿着汉服的前台姑娘一副昏昏欲睡的模样。你在包厢里见到了他，果然只有他一个人。他穿着便服夹克衫，坐在木桌后面。从果盘里的一堆瓜子壳看，他已经等很久了。

“抱歉，袁医生，又来打扰了。我代表专案组对这次的拘留表示歉意。噢，对了，为了节约你的时间，我先点了一壶龙井，可以吗？”他微微起身给你的小瓷杯倒上茶。

他的态度看起来诚恳恭敬，但你丝毫不信任他。“不必假惺惺了。”你看了看手表问道，“到底有什么事？我只有 15 分钟。”

他沉吟了一下，突然问道：“你有没有想过，陆律师是怎么帮你取得不在场证明的？他怎么知道陈潇潇这个人？”

没等你回答，他补充道："我们调查过，就连方瑶的表弟都不知道这个信息。"

你把原本要说的话咽了下去，回答："你们警察查不到，不代表其他人查不到。"

"这话没错，我们不知道，但这世上总有人知道，但那个人恐怕不是你，对吗？"向毅慢条斯理地说道，"而我想到一个人，最有可能知道方瑶生前的活动。"

"谁？"

"方瑶的闺密李近思，也叫思思。在方瑶去世后，她却完全消失了，我们一直没能找到她。"

思思？你对这个名字有点印象。方瑶当年在练瑜伽的地方认识了一个叫思思的姑娘，两人性格很合得来，有许多共同爱好，经常在一起。方瑶曾多次提起要介绍你们认识，却始终没能安排上见面。你甚至没见过思思的照片，曾一度怀疑这个闺密是不是她虚构出来的。和方瑶分手后，你也没有再听说过此人，直到前阵子向毅问起过一次。

"呵，连你们警察都找不到这个思思，那律师怎么会找到呢？"你问他。

"问题就在这里！"向毅说道，"其实，我确实找到了一个李近思。她因为一起严重车祸，躺在医院里至今没醒过来。所以，指点陆律师的人不可能是她。"

你往椅子后背靠了靠，双手抱胸，对他的拐弯抹角很不耐烦："你这番自相矛盾的话到底想说明什么？"

"我相信是有人冒用李近思这个名字接近了方瑶。我夫人曾对我说过一句话让我印象深刻。她说，当一个人说谎时，通常会在自己身边找素材。那么，这个假的李近思，会不会就在真的李近思身边呢？对了，我忘了告诉你，出车祸的李近思是你夫人的小学同学、初中校友，应该也是她为数不多的好友之一。丁冰不会从来没有向你提起过她吧？"

你确实从来没有听丁冰提起过这个同学。你突然想起来，在你们办婚宴时，除了两个高中女同学，丁冰没有邀请任何小学、初中同学参加。她的性格低调，当时你也并不觉得这有什么不对劲。

“你的意思是，丁冰冒充李近思，接近方瑶？真可笑。她为什么这么做？”

“恐怕是为了你。”

“为了我？”

向毅没有回答，而是又问道：“我能否再请问一下，你和你夫人到底是何时认识的？”

“这个问题已经回答过许多次了。”

“没错，你俩都说是2017年春天，在方瑶失踪后。但这恐怕是你的记忆捉弄了你。”他看着你的眼睛说道，“昨天我又去了一次医院，看望出车祸的李近思。她的父母人特别好，把她的旧手机交给了我。有意思的是，我在她的微信上发现了一条仅自己可见的朋友圈。”

向毅说着从口袋里掏出一部蓝色卡通手机壳的手机，点了几下屏幕，递给你。

这条朋友圈的配图是你坐在六院的门诊室里托腮看着电脑，一看就是哪个病人拿手机偷拍的。上方的文字是：“今天很幸运约到了袁医生的号，到时会是他亲自替我做修复手术。他长得可真帅，连一向高冷的冰都害羞了，居然想要用他桌上的陶瓷松鼠来搭讪。”时间显示2016年7月29日。

向毅端起茶杯，观察着你的表情，问道：“两年前，你夫人陪她的朋友去面诊时就见过你，为什么她后来没告诉你？”他说完抿了口茶。

你的心里满是困惑。你想不起来这是自己做过手术的哪个病人，丁冰又是何时出现在你的办公室。你思考了一下，回答：“毕竟过去那么久了，她可能完全忘记了。你看，我就想不起来见过她和她朋友。或许我确实给一个叫李近思的人做过手术，但你知道我当时一年要给多少人做这种手术吗？”

“袁医生，我相信你没有说谎。确实啊，你肯定想不明白，如果你的妻子在之前就见过你，她为什么不告诉你呢？为什么要在 2017 年春天重新认识你一次？”向毅显得颇有耐心地说道，“有一天我们上门找你时，李近思刚好在你家做客，你夫人也没告诉过你吧？那天，我留意到她把家中所有有你的照片都收起来了。她为什么不让你和李近思互相知道彼此的存在？”

“为什么？”你微微抬了抬下巴问他。你不想再玩猜谜游戏了。

“因为——”向毅身体朝桌子前倾，靠近你，说道，“你夫人就是消失的思思！所以，她知道方瑶在遇害那天上午见过陈潇潇！也是她把这个信息告诉了律师，让他去找陈潇潇求证。”

“等等，可是……”你皱着眉，摇着头问他，“如果是她帮我的，为什么不直接告诉我？而且她怎么会认识方瑶？”许多问题在你大脑中往上冒，你来不及理清楚思路。

“让我把完整的推测告诉你……”向毅的胳膊肘压在桌面上，坐直身子说道，“丁冰在医院见到你后，爱上了你。唉，爱情的魔力啊，连一向高冷的丁冰都中招了。而后，她借用童年好友的名字，接近了你当时的未婚妻。至于她为什么这么做，或许只有她自己能解释了。而当方瑶失踪后，她又以新的形象和真实的身份和你邂逅。

“你是医生，你每天要见大量病人，每个病人可能只有几分钟，你确实很难记住他们的相貌和名字。但病人不一样，有些人可能在几年后依然记得某次面诊时的医生。这就像老师和学生之间，商场保安和顾客之间的记忆规律，你应该能想明白吧？

“但关键问题是，她为什么要把她和你相识的时间推迟到方瑶失踪后的来年春天？我想答案只有一个——因为她极度害怕暴露自己和方瑶的交集，因为——她必须为自己撇清谋杀的嫌疑！”

“谋杀？”这两字让你的心脏剧烈跳动了一下，你猛地抬起头瞪着他。他也用坚定的眼神迎接你的目光，证明你刚才并没有听错。是的，谋杀。你感到一颗心脏沉在了胃里，再也无法回到原来的位置。

方瑶消失了，杀死她的人是你的妻子？这，可能吗？

你立刻又想到她刚才偎依在你怀中说的话。“无论以后你做什么，我都会陪在你身边。”你告别出门时，她包容地看着你的眼睛说：“好，等你。”不，不，自己怎么可以怀疑她——一个把自己从看守所里拯救出来的恩人？巨大的负罪感在你的胃里荡漾，它逐渐升腾起来，转为对眼前这个男人的怒气。

这家伙独自跑到你家门口来给你灌输这些荒唐的想法到底是什么用意？毫无疑问，他并不是想帮你，而是在为他们的无能寻找新的替罪羊！他全然不顾这毫无根据的指控可能会摧毁你们的生活。当他们把你送进看守所时，是你妻子选择相信你，竭尽全力把你从看守所拯救出来，你又怎么可以轻易受敌人的挑拨呢？

“你说的全都是捕风捉影的东西，拿不出一点证据。就算她以前陪朋友面诊时见过我又如何？你无法证明她冒充过李近思！”你紧紧握住茶杯，语气坚定地说道，“你们已经犯了太多的错，先是对我，现在又要对我的家人。我真的受够了！”

向毅期待的眼神转为失望，他面露沮丧地说道：“你说得没错！没有证据……她太聪明，太狡猾，而方瑶的尸体又发现得太晚，监控、通话记录、人的记忆都已经丢失。确实，我暂时没有更多证据，将杀害方瑶的人绳之以法，所以我才来见你。我寄希望于你的理性和对方瑶残存的感情，你会选择正义的一边。我也不希望你生活在一个恶魔身边，成为下一个受害人，就像刘韩宇那样。”

“刘韩宇？”你低声问道。

“我知道不该透露正在办的案情，但是，我们在她脚底伤口和一瓶药膏中，都提取到了大量的肉毒素，足以致命。”

肉毒素……你一直对刘韩宇的突然死亡存有疑虑，难以相信她是杀害方瑶的凶手并畏罪自杀。你不想让向毅看出你的震惊和疑虑。

“就算真的有人对她下毒，这和丁冰有什么关系？我和她一起去看望的刘韩宇，根本没见过你说的药膏。”

你再次看了一下手表，你出门已经 20 多分钟了。你想到丁冰的卤肉饭应该已经做好，放在桌上等着你。你有些焦躁不安。

“抱歉，时间到了。我要告辞了！”你从桌边站了起来，“请你以后不要再来打扰我们！”

“等等，我还有最后一个问题，”向毅跟着站起来，说道，“你有没有想过，为什么已经埋了两年的尸体一直没被人发现，却在工地动工前夕突然出现了？为什么你丢在方瑶宿舍的工牌会出现在尸坑里？尸体出现的时间点，是否刚好在你和刘韩宇重新私下联系之后？”

你皱着眉头，浅浅地思考了一下。他说的时间点……或许没有错，但你不明白他到底要说什么。

“我不知道你们之间后来发生了什么，但显然是你打动了她，让她改变了主意。设陷阱的猎人，当然知道怎么拯救猎物咯。我不怀疑她现在、此刻对你用情很深，因为她不惜暴露自己，也要把陈潇潇的名字提供给律师，替你脱罪。但如果有一天，你又违背了她的期待呢？”

说着，向毅从放在空椅上的包里拿出一本书放在桌上。

“这本《希腊神话》里有个故事就叫美狄亚，和你家里那幅油画同名，建议你读一下。愤怒的女神报复她不忠的丈夫，凡世的男女也常常因为嫉妒让伴侣陷入灾难。但你比伊阿宋幸运，是你对她的爱救了你自己……”

你没有拿起书，而是头也不回头地走出了茶室。

你魂不守舍地往家走去，一路琢磨着他刚才说的话。你的脑海中一团乱麻，连脚步也变得沉重、紊乱。那场浓雾仿佛又从天而降，笼罩住你。他提出的那些问题就像诱惑的声音在迷雾中呼唤你，叫你去一探究竟……

“但如果有一天，你又违背了她的期待呢？”

“方瑶、刘韩宇，甚至出车祸的李近思……任何在爱情路上给她制造麻烦的人都会消失……”

向毅最后的声音响彻耳边，你在正午的阳光下打了一个寒战。

但你甩了甩头，看着街头来来往往的车流和人群，又立刻嘲笑起自己：你难道真的被那个警察的话洗脑了吗？

你想起她软弱无骨的身躯和秀丽的面容，含情脉脉的眼神。她怎么可能是凶手？

但随即，疑问又涌上心头，无法压制：为什么方瑶的尸体会被埋在丁符生的工地上？自己的工牌怎么会在那里？陆律师到底是怎么知道陈潇潇的？

你感觉自己的胸口压着一块大石头，你快不能呼吸，但也没有决心把它移开。你到了楼下，在大厅的邮箱前徘徊了一会儿，才魂不守舍地迈入电梯。

餐厅、客厅都没有人。精致的陶瓷碗里装着卤肉饭和一个卤蛋放在餐桌上，旁边整齐地摆放着一双筷子。饭已经凉了。她不在桌边，你也看不到她已经吃过饭的迹象。她或许在楼上房间。

“丁冰？”你朝二楼叫了一声，没有得到回应。

你饿了，坐下来，拿起筷子。但一想到刚才砧板上的血迹以及肉毒素，你又默默地把筷子放下了。这时你想起了什么，立刻拿出手机，删去向毅刚才发来的两条短信以及你的回复。

“凉了吗？”声音传来，吓得你一哆嗦，慌忙放下手机。不知何时，她来到了你的身后，像一个幽灵般没有声息。

“你去理发了？”她在你侧面的餐椅上坐下，看着你问。

你草率地“嗯”了一声，她包容地微笑了一下。这时你才在移门的玻璃上照见，自己刚才忘记了理发！

你慌忙补救道：“去了趟理发店，排队的人太多了，怕你等久了，就先回来了。等下午再去。”

她的眼神中流露出嘲讽的寒意，但依然微笑着说道：“凉了吧？我再给你热热。”她端起碗走进厨房。

我们以前就见过吗？你有个同学叫李近思吗？为什么尸体会突然出现？刘韩宇怎么死的？……太多的问题堵在你的嘴边，但你牢牢抿着嘴，不让它们跳出来。

如果你信任她，为什么不给她一个机会解释？或许，或许，那警察的话终于起作用了，你太害怕了，怕亲眼看着她表演，这比被蒙在鼓里更可怕。

你走到她身边，踟蹰了一下，假装摆弄着橱柜上的碗筷，若无其事地问道：“我还是想不通，陆律师到底是怎么找到陈潇潇的？我在理发店排队时问了方路，他说不是他。真奇怪，那还有谁知道她最后的行踪？陆律师一定告诉过你，对吗？”

“啊，它动了！”她突然惊叫道，捂住自己隆起的腹部，“我从没感受过它的动静这么大！”

你皱起眉头，此刻没有任何心思感受胎动。你在心底默念着，冰，冰，我在问你问题，这是我和你最后的机会。这一切到底是怎么回事？求你告诉我好吗？

但她却好像完全没听到你刚才的问题。“嘘，别说话，你来感受一下。”她悄声说着，拿起你的手放到她的腹部，“活泼得像只小松鼠。”

她的肚子里确实有东西，不，不是东西，是胎儿，你俩的，在弹跳，踢打，抽搐……

活泼得像只小松鼠……

连一向高冷的冰都害羞了，居然想要用他桌上的陶瓷松鼠来搭讪。

恍惚间，你的眼睛似乎真的看到了一个场景。一个胖乎乎的女孩来面诊，坐在她身边的一个女孩盯着你电脑前摆放的陶瓷松鼠，突然失神地轻叫了一声。

在这个朦胧的画面中，这个女孩的举止、外形像是个陌生人，但当你想往记忆里钻深一点，看清楚她的容貌时，她的面目却越来越模糊，离你越来越远……她是谁？

“你是谁？”你脱口而出，被自己的声音吓了一跳。

“你说得没错，这可能真的是个男孩，幸好我们当时布置房间时选了薄荷色。”丁冰依然没有听见你的问题。她的眼中却噙满泪水，声音因为喜悦而颤抖，“你要听一下吗？”

她拉了拉你的袖子。你茫然地蹲了下来，把耳朵贴在她的肚子上，像你们之前做的那样。

你在那一刻突然确定，是的，是在你被杜子华第三次勒索，和刘韩宇恢复私下见面后不久，方瑶的尸体出现了。

设陷阱的猎人，当然知道怎么拯救猎物。

你听到怦怦怦的心跳声，夹杂着一种空旷而遥远的咕噜咕噜声。这个准母亲的体内仿佛藏着一片黑暗的大海，一个小生命正在罪恶的海水中沉浮。

大雾越来越浓，如同潮水一般漫延，淹没你的胸口，你感觉到刺骨的寒冷。难道自己的余生都将被困在无边的黑暗中了吗？

6 丁冰

大部分人喜欢打探别人的秘密，却不喜欢自己的秘密被人窥视。

极少人故意想要制造秘密。秘密通常只是开始于一个无心的小谎言，或者一次没有恶意的意外，譬如你吹嘘了一次经历，或者编造了一个名字。为了圆这个谎，你说了更多的谎，最终它变得足够复杂和庞大，无法轻易卸下或者拆除；就像成千上万的蚂蚁衔土不止，构建了如迷宫般复杂，又如小山般耸立的蚁丘。

在你的童年记忆中，父亲开始只是应酬、晚归，他为母亲的怀疑叫冤，再后来他频繁出差，彻夜不归。母亲就像那只狡黠的食蚁兽，把长长的舌头伸进蚁丘，窥探他的迷宫。而被触碰秘密的人，会愤怒、会反抗、会伤人。

有一次，母亲尖叫着：“毁了算了！把这个家全毁了！”突然从架子上一手一只抓住了那对白瓷天鹅，把它们狠狠地摔在地上。

这套瓷天鹅是你父母结婚时，你父亲的大学同学们集体送给他的结婚礼物，从你记事起便一直摆在电视机旁的架子上，底部还有学校班级名、婚礼日期以及四个字：相亲相爱。

父亲怒吼一声“疯婆子”，掐住了母亲的脖子。这是你第一次看到他对母亲动手。母亲只是冷眼看着他，轻蔑地笑着。他把母亲推倒在地，攥着拳头夺门而出，当夜没有回来。

母亲从鼻子里哼了两声，从地上爬起来，拍了拍屁股上的碎渣子。她没有一滴眼泪，也没有叫疼。

你看着满地的瓷片，心想：它们不可能黏回原样了。你再望望客厅空荡荡的架子，心里空落落的。

你情不自禁地叹道："真可惜啊。"

"有什么可惜的？本来就是易碎品，迟早会碎的，"母亲拿过扫帚和簸箕，讥讽道，"难道你还想等我们死后继承它，传给你的儿女？"

你还记得它们的样子。洁白无瑕的羽毛，红嘴对着红嘴，两条细长的脖子，围成一个心形。它就像每个人向往的那种爱情，纯洁、高贵、亲密、对等、脆弱，必须温柔地呵护。

好可惜啊。你总是想起自己的这句话。你曾想按照脑海中的记忆，亲手复制一对天鹅，却一直没有成功。你做的版本要么不够对称，要么不够流畅，就像现实中的婚姻，极少是完美的，大部分充满了苟且、算计和欺骗。

在英国读书时，有一次你给前男友的食物中倒消毒剂时突然在玻璃中看见了母亲的脸。自那以后，这张脸就挥之不去了，并且总是在镜子里和你的脸重叠，你甚至不敢在晚上照镜子。

你长期无法入睡，只能去看学校的心理咨询师。在几个月的谈话后，她在诊断书里写下两个词：边缘型人格障碍、回避型人格障碍。

她告诉你，有 40% 的边缘型人格障碍患者，也符合回避型人格障碍特征，而很多边缘型人格的父母会养育出回避型人格的孩子。

你想让她开药，治愈你，杀死你体内的月寒。但她给你的建议只有多晒太阳、运动和冥想。

你给自己服用阿普唑仑片，用以压抑体内激烈的情绪。你让自己和母亲，看上去是完全不同的人。

你知道自己是一个骗子。

你只对 Y 敞开过心扉，展露面具下真实的面孔。你从来没敢奢望，在你说了那么多丑陋的秘密后，依然能得到回应。

你本来只想用秘密来撕毁那段虚拟的友谊，却没想到 Y 包容、接纳了你，仿佛你童年时从游乐场的架子上坠落，爸爸伸出双臂，稳稳地接住了你。

后来在六院的诊所内，你无意中发现自己亲手做的陶瓷松鼠。这是多么奇妙的一段缘分啊。当时的你深信不疑，你和他的相遇是命中注定，自己此后做的一切不过是在顺应天意罢了。

你们刚在一起时，你和他聊过他喜欢的那部电影《逃之夭夭》。

“你说，如果有两个人在虚幻的世界相爱了，那么当他们在真实世界相遇时，还会爱上对方吗？”你问他。

“会吧，”他想了想回答，“人和人之间的吸引力是一门玄学，也可以叫缘分。”

你有许多理由信任他。毕竟，你们已经在树洞里交换过秘密；毕竟你了解他，比他了解你更多；你认识他，也比他认识你更久。

但当他睡着后，你在黑暗中偷偷看着他，依然苦恼于自己无法进入他的梦境，浏览他全部的心思。你依然因为你俩是独立的个体而孤独。你希望能够彻底地、完全地贴近他、融入他、穿越他。

有一次，你们在云南的户外徒步，你突然感觉踩到了一个滑腻的东西。当你看清楚一段黑白相间的皮肤时，小腿上一阵剧痛，留下了两个黑色小孔。

“你被蛇咬了，好像是条银环蛇。”他蹲下身查看伤口后说。他解下鞋带绑在你的伤口上方，用手不断挤压毒血，并用随身带的纯净水冲洗伤口。

接着他把你驮在背上，飞奔着往山下跑。一路上你的胸腔贴着他的后背，似乎都能感受到他剧烈的心跳。他跑得气喘吁吁，磕磕绊绊，脸涨得通红，还一直不忘提醒着你：“还醒着吗？别睡着，千万不能睡觉。”

这让你想起了小时候，一次从游乐场的架子上掉下来，你的父亲伸手接住了你。他后仰倒在了沙地上，而你倒在他的怀里，那时的他脸也涨得通红，心脏剧烈跳动。他们都害怕失去你。

你以为自己是那个幸运儿。你甚至想，如果母亲还活着，也会嫉妒你拥有了她求而不得的东西吧？

而婚后的某一天，脆弱的瓷天鹅又被砸得稀巴烂。

从他那天深夜进门那一刻起，你就觉察到那是不同寻常的一天。他的面色阴沉，少言寡语，显得十分疲惫。你问他怎么了，他只是简短地回答，胃不舒服。片刻后，他的手机响了。他看了消息后，声称他把一份重要文件忘在了办公室，要回去取一下。

那晚，他在凌晨一点多才回到家。他轻轻地在床上躺下时，你假装睡着了。从那一刻起，你再也压制不住心底的怀疑：方瑶曾说他爱着另一个人，究竟是不是污蔑呢？

一旦你开始留意观察，痕迹便越来越多：被修改的手机密码，穷追不舍的陌生来电，清空的浏览记录，不存在的加班和出差……

在梦里，你体内的月寒复活了，痛哭、咆哮、砸烂一切易碎的东西，一遍遍问他，为什么？为什么？

醒来后，你的眼眶里盈满泪水，双手紧紧攥着被子。你的心被愤怒的大火炙烤着。某天你在一个画展上看到了那幅《美狄亚》，不顾袁东反对，执意把它买下，挂在客厅空白的墙上。你喜欢里面疯狂而扭曲的铁锈红色块。

你回到父亲家，他似乎完全没有察觉你的异样。他在饭桌上神采飞扬地说起，环保局终于审批通过，工地下个月就可以动工。他甚至开了一瓶酒和你庆祝。

你拿起新的动工图，吃惊地发现园区竟然一直规划到了湖边。

“以前不是说，那片树林会保留吗？”你喃喃问道。

“不会保留了，树林会砍掉，在湖边建新的办公室。”

你立刻想到埋在第 17 棵树下的女人。她被发现已是不可避免，总有一个人要对她的死负责。

不是都说女人被害后，第一怀疑对象永远是她的伴侣吗？那就让他替你去死吧！

你走进小书房，找到了那张在夹层里被你珍藏了很久的工牌，把它埋在院子潮湿的泥土里。

等另一天，趁父亲不在家时，你挖出它，带着它和父亲的园艺铲出发了。

但你其实是多么心软的一个人啊。当你在妇幼医院的露台上听到他的自白后，马上在心底忏悔起自己的罪过来。

你暗暗责备自己竟然如此轻易地怀疑他、否定他。他是在树洞里给予你温暖慰藉的 Y，是曾经用身体为你阻挡毒蛇的爱人，就不值得你的一点信任吗？你归结于自己缺乏自信，很难相信这世界上会有人全心全意地爱你。

可信任带来的安宁是如此短暂啊。最终，他还是让你失望了。

哪怕蚁丘崩塌，它藏在地下的那部分还在，迷宫还在。一切并没有大白于日光下。

他从看守所出来不久，收到一条短信后便出了门。他找了一个拙劣的借口，回到家时魂不守舍，竟然连有没有理发都忘记了。

自那以后，他整个人都似乎变了。他在你面前变得很拘谨，当你想靠近他时，他显出一丝抗拒，甚至不敢直视你的眼睛。

昨天他陪你去产科检查时，那个中年女医生指着屏幕对你们说：“快看，它在吃手呢！”或许是看到你们的表现过于平静，医生随口说道：“现在可以进行房事了，适度的性生活能增进夫妻间感情，对促进胎儿发育也有一定帮助。”

晚上躺在床上时，你试探性地抚摸他的身体，当你的手触碰到他的下体时，发现他没有勃起。他立刻尴尬地挪开你的手说道：“想到宝宝在那儿，总是有点担心。还是早点睡吧。”你在心底发出一声冷笑，转过了身。

他始终把你当成傻子，对你没完没了地欺骗！你为他做再多也不够！为什么你当初不让他烂在看守所里，等待死刑？

你走到墙边，细细欣赏着那幅油画。美狄亚驾驶着马车在空中疯狂奔驰，像一团燃烧的火焰，身旁摆放着两个孩子的尸体。

你放在隆起腹部的手攥紧了拳头。

画上女人的脸上既有着恶毒的癫狂，又有着畅快的仇恨。你真羡慕她啊，可以放下一切，在怒火中重生。而你，因为对Y残存的感恩，又一次被愚弄，被囚禁在自己布下的陷阱里……

7 郝晨

昨天方路突然联系你。

当初你紧盯着他，想让他报警并寻找方瑶，他不厌其烦，一直躲着你。自从他得知堂姐是被人杀害的后，才对你的态度缓和下来，也时不时会和你在手机上讨论案件的进展。

你去晶晶饭店找他时，发现大白天也没有开门，卷帘门上贴着转让店铺的通知。你打了电话后，卷帘门被人打开，他探出脑袋招呼你进去。里面的桌椅都搬空了，只有他一人。

“怎么关店了？”你问他。

他给你发了一支烟，你拒绝了。他点燃后说道：“我们一家三口打算搬回老家，店里生意不好，这里也没亲人了，留在平泽也没意思。过阵子我二伯也过来，要带我堂姐一起回去。”

你轻轻点了点头，沉默了一会儿才问：“你们要带她回去下葬吗？”

“是，她没在平泽成亲，那里才是她的家。我伯父说想把她和她妈妈葬在一起。”他的脸上显出一丝落寞，又说，“噢，对了，找你来，是有些东西想给你。”

他夹着烟，走到角落里抱出一个纸板箱，说道：“里面都是姐姐的一些东西，警察昨天才把它们还回来。她的一些照片我们会带回老家，其他东西都在里面，不知道你会不会需要它们。”

你打开箱子，看到一条方瑶用过的灰色瑜伽带，眼眶顿时湿润了。那是你知道她开始练瑜伽后送她的，想不到这么多年了，她还留着。

“谢谢你。”你只能说出这句话。

“应该是我谢谢你。她失踪时我老婆刚生娃，饭店经营也有问题，真是焦头烂额，没顾得上去找她……是你一直没放弃。”他黯然地说道，用力拍了拍你的肩膀。

你小心翼翼地抱起箱子，打车回家。一进家门，你便迫不及待地坐在沙发上，把东西一样样拿出来看。

你知道警方已经检查过里面的数据和内容，并不抱希望能找到更多的证据，你只是希望能了解她更多一点，巩固对她的记忆。

箱子里有一台富士拍立得相机和一些照片，一台屏幕角上被摔碎的旧平板电脑，她学做的刺绣半成品，两瓶香水，一本手账本……

你用酒精纸把平板电脑擦拭一新，插上数据线，给它充电。

在夜深人静时，只有你的窗口还亮着灯光……

突然有人敲门。你有些困惑谁会在这时到来。你犹豫了一下，才走上前打开门，惊喜地发现站在门外的，竟是方瑶。

你立刻想上前拥抱她，告诉她你很想念她，可惜和上一次那样，你依然没有勇气。

她还穿着最后一次上门时穿的那件紧身皮夹克，但她的脸上没有笑意，显得有几分忧虑。

“怎么了？快进来！”你在她身后关上门问：“这么久了，你去哪儿了？我们都在找你！”

“我被人杀了。”她突然伏在你的胸口，哭了起来，“我知道她所有的秘密，她也知道我所有的秘密。她想吃掉我，变成我，取代我……”

她柔软的身躯颤抖着，在你紧拥的怀中慢慢变得僵硬、冰冷……

你猛然睁开眼睛，发现自己正斜躺在沙发上，双臂之间搂抱着一个纯棉抱枕。清晨的阳光从百叶窗缝隙中射进房间，照在你大腿上，你才意识到已经是早上了。

你急忙闭上眼睛，想重新找回方瑶，可她已经不在那儿了。

此时已是上午 8 点，你拿到方瑶遗物的第三天。你昨晚抱着平板电脑看了一个晚上，到了凌晨四五点才不知不觉地入睡。

你揉了揉昏昏胀胀的脑袋，用目光扫视了一遍家里。一旦确认那只是一个梦境，你又悲从中来，忍不住想哭。

你知道我有多想再见你一面吗?

随之而来的是怨恨和愤怒。一切都是她的阴谋!

你立刻从沙发上爬起身，穿上袜子和外套，收拾东西一起装入包中，离开家。

你站在工作室的橱窗外往里望，室内已差不多被搬空了，她一个人站在那里收拾，中途时不时停下来，托着后腰休息。她身上那件蓬松的长羽绒服，也难以掩盖日渐隆起的孕肚。

你推门而入。她有些不悦地看着你，微微仰头，双手抱胸，似乎等待你给出一个解释，为什么出现在那里。

“我想再和你聊聊方瑶。”

“我现在没时间。”她没好气地回答。

她以为警方破案了，所以，连过去那一套虚伪的礼貌都不用保持了吗?

虽然她丈夫从看守所出来了，她自己也似乎躲过了所有的麻烦，但你能从她脸上看出来，她过得并不开心。

如此阴险恶毒的灵魂，自然永远都不可能得到幸福。

你没有理会她的拒绝，继续说道:“我昨天去了一个地方，你肯定很熟悉。”

你递上其中一张拍立得照片。

她犹豫了一下，还是放下抱胸的双臂，接过照片。但她目光触及照片的一刹那，眼神中立刻流露出惊讶，随后整个人警惕的姿态松懈下来，显得不知所措。

“你怎么会有……”她抬头问你。她没有问照片上的风景是在哪儿，显然，对答案的好奇心盖过了掩饰的必要。

“我还从那个树洞里拿到了这个。”你从包里拿出了那个五彩搪瓷罐子，说道，“里面有一封信，是写给 D 的。或许你也很想读一下。”

她牢牢地盯着你手上的罐子，仿佛见了鬼，脸上显出震惊和恐惧。她摇了摇头，依然问那一句:“你怎么会有……”

你把信从罐子里取出来交给她。她停顿了几秒，才把目光移到信纸上。随后，双眼饥渴地搜索着字句，捏住信纸的双手不住地颤抖。

读到一半时，她向后退，跌坐在椅子上。

她花了五分钟读完信后，面色惨白，浑身颤抖，瘫坐在椅子上，整个人好像散架了一般。信纸从她松开的手指间滑落在地。

你走上前捡起信纸，轻轻拍掉上面的灰尘，细心折叠起来。

她恐惧的眼神转向你，怔怔地问道："Y……是方瑶？"

你平静地点了点头，又拿出另一封信在手中晃了晃说："这是你最后留给她的吧？地窖老鼠。"

她没有承认也没有反驳，而是用双手捂住了脸，突然，她从胸腔中爆发出一声撕心裂肺的怒吼。

你没有料到，这个看起来总是那么安静和内敛的女子，体内有那么可怕的力量，如同地狱爆发的火山。

看到她崩溃的模样，你有些幸灾乐祸。毫无疑问，她现在是你在这世上最痛恨的人。你希望能用真相伤害她，嘲笑她，打垮她。

或许……她会有一点点良心发现，会去自首，忏悔自己的罪行。

"你总是自怨自艾，好像全世界都在伤害你，所有人都抛弃了你。可你却杀害了关心你、在意你的人。你真的能安心活着吗？你还能继续享受沾血的爱情吗？你和抢劫杀人犯有什么区别！去自首吧！不然你一辈子都不会安宁，我会一直盯着你。"你对她说。

她过了一会儿才慢慢放下捂着脸的双手。突然，她抽搐了一下，从喉咙里发出一声干涩、古怪的笑声。你惊讶地看着她。

仿佛听到了什么好笑的笑话，她突然笑得再也停不下来，倚靠在椅子把手上，捂着肚子，满眼泪光，面目狰狞……

你在她的大笑声中走出工作室。在门外走廊上，你摘下了夹克衫胸前隐藏的微型摄像机。

8 丁冰

你记不清自己是怎么一路走回家的。虽然只有两个街口的距离，你走了半个多小时才到家。胃部开始只是隐痛，但当你走到那家茶馆门口时，它又变成了那种拧螺丝般的绞痛。你裹紧大衣，弯着腰，迎着冷风挪动步子，大脑却一片混沌……

当看到那个搪瓷罐子的时候，你觉得自己的大脑仿佛卡壳了。

你明明对那个树洞仔细搜索过，它不在那里！在那以后的某天，你梦见它回来了，第二天一早跑去树洞，却依旧失望而归。

当年由于Y没有再回信，罐子也消失了，你们只能中断联系。可它为什么会在郝晨那里？

等你读到那封信时，你更确信无疑，这正是你一直在等的Y的回信。它看起来被人多次翻阅，有很深的折痕，还沾了污渍。

D，谢谢你愿意和我分享。我想了很久，还是决定告诉你我自己的故事。这个秘密我从未对其他人说过，告诉你以后，我们恐怕也不能再联系了。但我希望它能帮到你。

只读了两行，你便已经醒悟自己犯了多大的错。

Y是个女人！

当你继续读下去时，你感觉大脑里轰隆隆地敲着桩，神经剧烈跳跃着。你好几次想停止读下去，但眼睛又像被粘在了信纸上，无法挪开。

你无法面对整件事的荒唐。

Y是她，不是他！

他看到你走进家门时，慌忙放下手中的书，站起身问："你怎么了？脸色很不好，肚子疼吗？"

你没有回答，而是瞥了一眼桌上的书《希腊神话》。他最近无所事事，号称想重新回学校去商学院进修，却看起了这种闲书？

"你要喝点热水，躺会儿吗？"他跟在你身后问。

你松开了放在腹部的手，微微挺直背，说道："我要问你个问题。"

他嗯了一声，皱起眉，拘谨地站在你的对面。

“你玩过藏宝游戏吗？”

听到这个问题，他的脸上显示出困惑。他的表情已经说明一切，你的心重重地沉到了胃里，不能自抑地发出了绝望的叹息。

“记得你以前也问过我。”他回答，“我听说过这个游戏，但没玩过，怎么了？”

“你过去放在诊室电脑前的那只陶瓷松鼠，是从哪儿来的？”

“那是别人送的……”他似乎想到了什么，慢慢在沙发上坐下说，“所以，你早在2016年就见过我了，对不对？”

你没有回答他，而是继续问：“谁送的？”

他含糊不清地答道：“一个病人，为了感谢——”

“不，你撒谎！”你打断他，说道，“是她给你的，对吗？”

不用解释，你们都知道那个“她”指谁。

他隔了几秒才“嗯”了一声，又狐疑地看着你问道：“这松鼠到底有什么问题？为什么它对你这么重要？你第一次见我是什么时候？”

你的手扶住了身边的桌子，自言自语道：“你从来不知道藏宝游戏，也不知道那个树洞，对不对？”

“是，我不知道……”

“为什么你的电脑里下载了《逃之夭夭》，书架上有《致D情史》，柜子里有芥末味的花生？”

他低下头，沉默不语。

“都是她喜欢的，是吗？”你悲怆地说道，“在她离开后，你依然留着它们，因为你忘不了她。”

“只是忘记清理罢了。”他咕哝道。

他还在狡辩，或许他以为你现在的一切表现只是因为吃醋。

你痛恨自己，为什么此前完全没有想过一丁点的可能：Y不是他呢。或许这是从见到那个陶瓷松鼠那一刻开始的惯性思维吧。或许这是被对Y的思念和重逢的喜悦掩饰住的意识盲区吧。或许是他有意无意保留的Y的痕迹，把你往错误认知的深处越推越远吧。

你在生活中几乎没见过他除了签名以外的字迹，你反倒担心自己在给他的生日贺卡上多写了两句祝福语，会被他认出D的字迹。

现在想来，一切是那么可悲又可笑。

“你有没有想过，我们并不真的认识对方。所谓的爱情，全部的全部，是基于误解。”

“我听不懂……”他说。

他刚从看守所出来时，你们在沙发上片刻的缠绵是最后的温存。你当时还真有了和另一个人心连心的错觉呢。可现在，你定睛看了看站在沙发边的人，突然觉得很陌生，他新理的头发，他的衣着、脸部轮廓、鼻子的形状、新的秘密……

他为什么会出现在你家？不，为什么他会和你有了一个家，甚至……肚子里还有属于你们两人的孩子？

你低下头说：“算了，我累了。”

你走进幽暗的房间，走到卫生间洗手池前开始呕吐。胃里没有什么东西，你只能呕出酸的、苦的黄色液体。

你的婚姻和你母亲的相比怎么样？撕扯掉对方的面具、互相暴露最丑陋的一面，和双双戴着面具、演一辈子自己讨厌的角色，是更好还是更糟？

“当然更糟了！”

你听到声音，抬起头，在镜子里看到站在你身后的方瑶。

她的脸上挂着得意的笑容，嗤笑了一声又说道：“你的父母只是互为敌人，而你和他是互为地狱呀。”

9 方瑶

D，谢谢你愿意和我分享。我想了很久，还是决定告诉你我自己的故事。这个秘密我从未对其他人说过，告诉你以后，我们恐怕也不能再联系了。但我希望它能帮到你……

在你记忆中，童年的家庭充满欢声笑语。你爸是电力系统的检修员，老实、嘴笨，还有点害羞。他年轻时成天在外面日晒雨淋，是同学家长中晒得最黑的那一个，但别看他像个大老粗，其实心细、手巧，家里许多家具都是他亲手做的。

你妈是小学音乐老师，漂亮、苗条，性格开朗，喜欢唱歌、跳舞，会弹钢琴，但她平时有点马大哈，总是弄丢钥匙和证件，就连烧水都常常烧糊水壶。你爸很包容她。

你妈有时会唠叨你爸工作劳累、收入又不高，是块不懂浪漫的木头，当初上了媒人的当。他面对她的抱怨从来不生气，只是呵呵地笑。

你相信那些年你妈也爱着你爸。你记得有一次她想亲手织一条围巾给他当生日礼物，这样他冬天爬电线杆子就不会冷了。为了给他一个惊喜，她只能趁他不在家时织，在他快下班时让你在家门口放哨，一听到他回家就把毛线藏到电视机后面。你爸其实早就发现了织了一半的围巾，但他装作不知情，因为不想破坏妈妈营造的浪漫。你还记得那条围巾是咖啡色的，中间织了一颗红心，只是你妈手笨，把红心织成了一个倒三角形状。直到现在，你爸在冬季还每天戴着它。

可惜，在你爸过完那个生日的第二年，一切都变了。

在你读初二那年，你去你妈在学校的办公室，看到她桌上花瓶里插了一大捧深红色玫瑰花，红得有些发黑。你当时有些奇怪，她怎么没有像往常那样把学生送的花带回家呢？后来你才知道，花是那个男人送的。他是一家培训学校的老板，有一次你妈带学生去市里演出时，他也在场。他自称对你妈一见钟情，展开了激烈的追求。

你妈执意要离婚。你爸十分痛苦，但最终他拗不过她，决定放手，让她去追寻幸福。

你妈带你见他的前一晚，和你并排躺在床上，用轻柔的语气告诉你，他比她大八岁，仪表堂堂，单身许多年，有个儿子，归前妻抚养。他们两个都爱好文艺，有共同语言，他很爱她，也十分浪漫。他看过你的照片，积极表示愿意和她一起抚养你。

当时在暖黄的灯光下，你看到她脸上洋溢着憧憬的光芒。后来你常常想，如果你当时大哭大闹表示反对，会不会改变她后来的命运？

你妈什么都没要，把房子、存款都留给了你爸，只带着你住进了位于市里的“新家”。她没有骗你，在那个装修考究的三室一厅里，还有一台进口大钢琴。这是她一直想要拥有却负担不起的。

那个男人，就叫他J吧，每天开车送她去学校、接她下班，看起来对她很好。他们毫不忌讳在你面前亲昵，两人之间的暧昧氛围是过去你从没在她和你爸之间见过的。你当时有些伤感，或许爸妈那十几年的感情根本不算爱情吧。

那到底什么才叫爱情呢？

你当时在邻镇的中学住宿读书，每周回家一次。那个男人也自告奋勇地开车去接你，但在一个月后，你开始觉察到不对劲……

他每次见到你，都会搂抱你，或者抚摸你的面庞，叫你“小宝贝”。他的后座总是堆放着许多乐器，他让你坐在副驾，在开车的间隙，不时会伸手摩挲你的膝盖。那时你年纪小，只觉得很别扭，以为他把你当成了一个还没长大的小孩……直到有一天，在等红灯时，他把手从膝盖处慢慢伸进你的裙子里……

你悄悄告诉你妈，希望以后能自己坐中巴车回家。她却很生气，说黑车危险，你是在给她添乱。叔叔好心帮忙，你还不领情？

那些话到了嘴边，你还是说不出口。你只能在每周日提前半天逃回学校，但终究，你还是没有逃掉。

国庆节学校放假，你妈又带学生去市里的文化宫表演，白天只有你和他在家。你在卧室里穿得严严实实，一直反锁着房门。当你出来上厕所时，瞥见他只穿了背心短裤，在客厅里看电视。

你上完厕所想溜回房间时，他却突然蹿起身，用双臂一把箍住你。你拼命挣扎，可他一边试图亲你，一边在耳边说：“我喜欢的是你，不是她……”你感觉恶心、愤怒和屈辱。

你始终挣不脱他……结束后，你浑身发抖，冲进卫生间洗澡，他站在门外对你说：“想想啊，如果你把咱俩的事告诉你妈，会多伤她的心？你也知道她是自尊心多强的一个人。如果她这么快又离婚，学校里的同事会怎么议论她？如果你说出去，同学、老师会怎么看你？”

那天你没有吃晚饭，把自己反锁在房间里。接近凌晨时你妈才拖着疲惫的身躯回到家。你打开房门缝隙，看到他先迎上前去，为她脱大衣。他还为她端上夜宵，站在她身后为她揉捏肩膀，而她一脸享受地依偎在他肚子上。这一幕让你愈加恐惧，又重新关上了房门。

第二天，你以学校有补习为由逃回了学校，连着几周没有再回那个“家”。某个周五，你作为晚会主持人在排练结束后，随同学一起走出校门，却又一眼看见那辆像幽灵一般的黑色轿车。

你想掉头回去，却已经来不及。他冲上前，拦住你，让你跟他回家。他拿着手机说：“你妈让我今天一定要接你回家，不信你打电话问她？”他的手像钳子一样牢牢咬着你的手腕，不让你逃跑。

“周围这么多人，你这么闹是想让大家都知道我俩的关系吗？”他厉声问道。你糊涂了，害怕了，不知道自己和他到底是什么关系。你任由他生气地把你塞进副驾。

车开出几米远，停下来等人群过斑马线。这时他突如其来地俯过身，亲吻你的脖子，并把手伸进你的衣服里说：“太久没见你，小宝贝，你今天太美了，对不起，我实在控制不住。”

你奋力推开他，但已经太晚了。一些同台演出的同学正在穿马路，有人看见了这一幕，她叫你的名字，其他人也跟着起哄。他意识到被人看见，急忙在方向盘后坐正身子，而你低垂着脑袋强忍着眼泪，再也不敢抬起。

在你第一次发现流言已经在校园内像病毒一样扩散后，你躲在宿舍的被子里蒙头哭了很久，生怕被室友们听见。此后它一直跟随着你，甚至到了高中校园里。没有人问过你真相，你更没法向任何人解释。当你走在食堂里时，站在春晚舞台上时，坐在教室里时……都可以听到如同耳鸣一般的窃窃私语。

有一天晚上你无法再忍受，下晚自习后用操场上的公用电话打给你妈，想告诉她所有的一切，但当她接起电话后，你却在背景音中听到 J 的声音：“老婆，是咱瑶瑶的电话吗？”你又退缩了……你想起了

J 的警告：你也知道她是自尊心多强的一个人啊。

是的，最让你胆怯的是，她看上去是那么爱他，依赖他。告诉她，然后呢？她的心脏一直不好，听到这些事，会有多生气、多痛苦？

那晚你在宿舍的床上做了个噩梦，梦到自己被一只长了 J 面孔的蜘蛛吐出的黑丝缠住，无论如何也摆脱不掉。你吓得半夜惊醒，直冒冷汗。

在黑暗中，你瞪着上铺的床板想了一夜，做出一个决定。

那个周末，你主动打电话让他接你回家。他对你在路途中的顺从显得很激动，回到家后都没收敛起轻浮，甚至当你妈背过身去端菜时，他还大胆地触摸你的臀部。

第二天上午你对你妈说想吃竹荪鸡汤。“嘴真叼啊。”你妈笑着，答应去附近的大超市找找竹荪。她觉得学校伙食差，而你在发育期需要营养，因此周末总是想方设法为你做好吃的。

等她出门后，他便紧挨着你在沙发上坐下，想要抚摸你。你推开他，拿着遥控器撒娇：“我要看的剧马上开始了，可电视没信号怎么办？”此时电视屏幕上只有雪花片。

“好好，我来解决。”他研究了一会儿遥控器后，在你的建议下去看看阳台顶上绑着的卫星锅。你给他搬了一把板凳。他踩上去，又抓住屋檐站到了水泥栏杆上，低头对你笑道：“可要抱紧我的腿哦。”

他看了一眼卫星锅说：“果然是线断了，可能是那天刮风——”他的话未说完，你便把全身的力量集中于双臂，推动他的大腿。他站立不稳，发出一声惊恐的惨叫，后仰翻出阳台。

你上前一步趴到栏杆上向下望，他的双手在空中挥舞了几下，紧接着是“砰”的一声巨响，他掉在八楼下面的水泥空地上。脑浆四溅。卫星锅也落在旁边草丛中，摔得变了形。

尸体被运走时，你妈瘫坐在地上，哭得几乎晕厥，竹荪散落在地。两个警察上门调查，他们巡视了一遍室内，勘验了阳台板凳和阳台栏杆上的脚印，又检查了卫星锅被磨损的电线，认定这是一起意外坠楼事件。其中一个警察结束调查离开时，还拍了拍你颤抖不已的胳膊说："小姑娘，刚才被吓到了吧？别怕。"

你偷听了警察和母亲的对话才得知，其实你妈和J尚未领证。J总是说，希望再等等，等明年给她办个浪漫的婚礼，他怕太快举行会被人说闲话。

那晚，你妈哭了一整夜，你一直陪着她。但第二天一大清早，你们刚准备入睡时，J的家人就找上门来了。他们把你们母女驱赶出J的房子。你还记得J的那个头发斑白的大姐叉腰站在走廊上咒骂："真是个灾星！我弟弟和你同居短短三个月就没命了！"后来的追悼会是J的家人主持的，你们母女没有参加。

你们搬回了爸爸那里。他很高兴你们能回来，也从没有多问什么。这个家看似回到了过去，但每个人都清楚，一切都回不去了。

你爸睡到了客厅，把房间留给你妈。你妈性情大变，总是唉声叹气或者独自啜泣，不再像一只欢快的黄鹂那样唱歌、弹琴。你爸变得更沉默，也更小心翼翼地包容她的情绪。而你呢，从此心底压着一个可怕的秘密，无法和任何人分享。

半年后，你考上了高中，依然住校，只能一个月回家一次。你打电话回家时，你妈有时告诉你，她一闭眼就会想起J恐怖的死状，害怕得无法入睡，而有时她又说，她是多么想念J啊，命运对他和她都太过残酷。

你不知道怎么才能帮她走出来，只能希望时间可以治愈她。

在上高二那年，你在学校里接到你爸打来的电话。你这才得知，你妈前几天服用过量安定片，被他送到医院抢救。现在情况稳定了，他才敢告诉你。

你妈被诊断为重度抑郁症，不得不从学校离职。那时的你对这个名词还不熟悉，只是有些吃惊，像妈妈这样天性开朗的人，也会得抑郁症吗？

你爸在她服药过量后的那两周都寸步不离地陪着她，担心她再做傻事，但他终究要回去工作。有一天他趴在电线杆上干活时因为太过担心独自在家的妻子，无法集中注意力，差点闯下大祸。

你做了一个决定。你告诉你爸，你不打算回学校了。

你要照顾妈妈，等她恢复健康、找回过去的活力后，你再重新回学校读书。你爸沉默了很久，最终只是含泪拍了拍你的肩膀。

你每天陪伴你妈，和她去公园散步，与她回忆过去一家三口欢乐的记忆。你爸还把你妈不小心打碎的一只玉镯修复好了。这是外婆去世时留给你妈的，她在摔碎后曾难过、自责了很久。

她接过玉镯后起先露出了久违的笑容，但当她注意到那条胶水填充的缝隙后，又把它扔到沙发上，抽泣起来："你哪里懂啊，修是修好了，但带裂缝的玉镯已没有价值了。是我搞砸了这一切，你又何必再浪费力气弥补……"

那晚你爸翻找出你幼时的一只银镯子，在台灯下熬夜干活。他用银片包裹了裂缝。第二天他把加工后的玉镯拿给你妈，对她说："我在想，既然裂缝不可能修复得完全不见，那就索性让它更显眼，变得更好看。下次你若再不小心摔碎，我再补一块，它就会越来越坚固。"

或许是因为你们的关心，或许是药物的作用，你妈的情况似乎好转了。她不再频繁地哭泣，可以接待来看望她的亲戚、前同事，也会每天给你和你爸做晚饭。

她几次三番催促你回校园，而你总是安慰她，你本来入学早，比同学们都小一岁，哪怕推迟一年毕业也没什么影响。而你在家也没浪费时间，正自学高二的课程。

那天，你在客厅做作业，看到她穿戴整齐走出自己的房间，走向大门。你急忙站起来问她要去哪儿，她说她在熬鸡汤，想去楼下超市买竹荪，顺便晒晒太阳。

听到竹荪，你有些心慌。自从J坠楼后，你们之间仿佛有了默契，家里再也没有出现过这种食物。你让自己镇定，你和她都不可能永远逃避那件事，你们都需要勇气来面对心底的黑洞。

你说"好"，站在那儿目送她拿起红色皮包，穿上凉鞋出门了。

你回到写字桌前继续写英语作文，片刻后，楼下传来一声不同寻常的巨响。你的身体猛地颤动了一下。外面传来嘈杂的人声。你依然握着笔、僵坐在木椅上，眼泪却流了下来，再也止不住。你不用起身走到阳台上去看，也猜到了结局。

妈妈还是走了。她从走廊的窗口跳了下去，选择了和 J 一样的死亡方式。

这些年你时常问自己，在她生病时，你到底应不应该告诉她，J 对你做的一切以及他死亡的真相。如果告诉了她，会改变这个结局吗？抑或会让她在离世时更加悔恨和绝望？

如果在他第一次侵犯你时，你就告诉她，她会保护你、离开他吗？你决定让那个坏人去死，是希望可以保护她，让她能以一种更有尊严的方式结束那段“婚姻”。你以为自己很有力量，以为自己可以解决这一切，你是那么爱她啊。而她呢？你没有给她一次机会证明，她到底爱你更多还是爱他更多。

这些问题一直萦绕在你脑海里，永远不可能得到答案。

你在平泽读书、工作后的第二年，又回到了老家，在你妈的床头柜里又发现了那个修补过的玉镯。这些日子你成熟了许多，也突然觉得可以理解你妈的决定了。

你拿起玉镯对你爸叹气道：“或许她是对的。有些东西打碎过一次，就不可能复原了。只要看见它，就会想到那条裂缝，想到自己犯过的错，所以，她没法再接纳自己。她回不到过去，也去不了未来，就像被卡在了那个错误的时空里，只能选择的离开来解脱。”

你爸是个沉默寡言的人，平时也很少和你交流，但那天他在你对面坐下来，缓缓说道：“你妈是个天真善良的人，一个完美主义者。她一直觉得她要找到真爱，不然枉过一生。但真爱到底应该是什么样子？爱情一定得是王子骑着高头白马、完美无缺的样子吗？它也可能普普通通，在我们身边而不自知。但当她心中的幻象被打破后，她就无法和自己相处了。

“瑶瑶啊，当你到了我的年纪再回头看时，就会知道，没有谁的人生是完美的，谁都会做错事，伤害别人，或者被人伤害，一路上总是需要磕磕碰碰、修修补补才能更坚固。当年她执意带着你离开时，我心都碎了，觉得活着没什么意义，但只能把心黏起来。当她带着你回家了，我是那么高兴，想帮她把生活也黏回原样，可没有成功。在她离开我们后，我的人生又裂开了，但我还是在努力修补。接受这种缺憾吧，留下对你妈和对咱一家三口最美好的记忆，这些都是我们人生的一部分。”

D，听完我的故事，你会不会好受一点？有人说家庭风波是茶杯里的风暴，外人毫无觉察，里面天翻地覆。或许每个家庭都有自己的秘密，自己的幸和不幸。

想想我们经历的每一秒都是当下，瞬间就变成了过去的记忆。人生其实就是由记忆构成的，不是吗？所以它很真实也很虚幻，是客观存在的，也是可以被修补的。

并不是碎了就失去价值，我们可以带着秘密生活，可以带着裂痕生活。它们也是我们人生的一部分。我会记住那些美好的过去，我总是告诉自己，我有过一个有爱的家庭，我们三人都爱着对方。你一定也可以找回那样的记忆碎片，用它们来代替那些噩梦。

对了，陶瓷松鼠的尾巴被我黏好了，几乎看不出裂缝。可惜我要留着它，没有机会给你看我的手艺了。

10 郝晨

你晚上躺在床上，一遍遍地读着方瑶写给D的信，仿佛听着她对你的倾诉……你曾以为自己是最了解她的人，直到看到这封信才知道，要真正走进一个人的心里是多么难。

拿到方瑶遗物的晚上，你仔细检查了箱子里的物品，很快在她的手账本里发现一张小小的字条。字条上带着干了的泪痕，字迹娟秀，落款是：D。

信中提到了一个关于老鼠的噩梦，以及一个藏宝游戏。字条的落款时间是在方瑶失踪一年多前，看起来和她的死亡没有关系，所以警察并没有注意。但你不同，你如饥似渴地想了解关于方瑶的一切。

你在那台旧平板电脑里发现一个叫“地理藏宝”的国外应用程序，至今登录着她的账号。警察想必也打开过，但因为觉得和案件无关，便没有细究。

上面的打卡记录显示，她在失踪前那一年，曾寻访过平泽所有的六个藏宝点，但前五处的宝藏都被她标注为丢失，她只在最后一处标注“找到”。而在她打卡几个月后，有个匿名玩家在第六处也标注为“丢失”，此后似乎再也没有人去过那里。

这时你再看其中一张拍立得照片右下角手写的日期，突然明白这张照片正是她去寻宝时拍的。那是一个山腰缓坡，面朝太湖，绿茵芳菲，残破的寺庙旁立着一棵老樟树。

尽管知道宝藏已经不在那里，你还是想看看她见过的风景。

那一处位置偏远，GPS 导航的路线不准，你徒步上山路花了一个多小时。你知道方瑶热爱运动，周末常在郊外爬山，或许这也是她会多次重回此地的原因吧。

你站在那棵老樟树下，举起手上的拍立得照片对比。没错，就是这里！

照片是在春天拍的，枝叶鲜嫩繁茂。而此时，已进入深秋，焦黄的落叶在你的脚下堆积起来，虽然萧索，但也很美。你真希望她能再看到人间的四季啊。

你绕着老樟树走了一圈，惊讶地发现那个洞口依然堵着一块石头。你本以为里面是空的，但挪开石头后，却看到树洞里反射出五彩的光斑。那只罐子并没有丢失！

你已顾不上思考怎么回事，立刻打开罐子。在看到那封信的那一刻，你便确定，这是方瑶的字迹。在她去了平泽而你还在读高中时，你们之间曾多次通信。

读完信，你站在湖边掩面痛哭。你从没想过，这就是少女方瑶的秘密。

当年那些谣言如病毒一般在校园中扩散，她无法辩解，只能承受。白天她看起来那么阳光，甚至为你，一个几乎陌生的同学，挺身而出，晚上却躲在宿舍的被窝里强忍哭声。直到十多年后，她为了安慰另一个陌生人，才选择以这种方式袒露这段黑暗的历史。

你每次回忆起她，只能看见那张明快的笑脸，甚至完全想不起她曾在你面前表现出一丝害怕或者脆弱。直到读到那封信，你再回忆起她的点点滴滴，才似乎能真正望见她眼底深处的忧虑和哀伤。

她是你的太阳，曾照亮了你黑暗的青春期。

“可是，你完全不必这样啊”。你在心底对她说。

回到家后，你迫切想知道和方瑶交换秘密的 D 是谁？为什么 D 没有拿走字条？她们之间到底发生了什么？这是方瑶写给 D 的，或许她会希望，你仍旧把这封信转交给 D 吧？

你反复翻看手账本里那张 D 留下的字条，试图寻找出她的身份。你尝试着用一支铅笔轻轻涂抹信纸，竟真的发现页面上留着上一封信刻画的痕迹。

你在灯光下仔细辨认，这像是一张采购单，隐约可辨：喷釉 x、浮雕 x、x 坯机……

看到最后一行时，你的呼吸停滞了：易碎 x 工 xx。

这两个生活轨迹完全不同的女子究竟是何时，又以何种方式有了交集，在你的脑海中若隐若现，却依然混沌。

你把你找到的证据一起交给了向毅。

其实当你发现丁冰戴的手表是出现在方瑶拍的照片中的同款时，你已经把“丁冰是李近思”的怀疑告诉过向毅。但出乎你意料的是，他只在电话里淡淡地说了句：“谢谢你的信息，我知道了。”

这次，你交给他一个 U 盘，里面有一段在易碎品工作室的视频。

“看看吧，她没有否认是她杀了方瑶！你们必须采取行动了！”你对向毅着急地说道，“她是那么狡猾，隐藏在整件事的背景中，看起来那么不起眼，可一切都是她在搞鬼！”

向毅按下空格键，定格电脑上的视频，叹了口气说道：“丁冰有块相似的手表，让你怀疑丁冰和思思是同一个人，其实我早就这么怀疑了，可关键是，我们没有证据证明啊。手表完全可以解释为‘巧合’，市面上同款手表那么多，你怎么证明丁冰戴的这一块就是照片上的这一块？”

“时间过去了那么久，当年失踪没有立案调查，现在哪还能找到什么扎实的证人证据？”你生气地捏紧了拳头，“难道你们只能看着凶手逍遥法外，什么都做不了吗？”

向毅看起来也有几分沮丧。他把双手枕到脑后，看着天花板自言自语道：“这世上没有完美的犯罪。每个人做过的一切，都会在不经意的地方留下痕迹……我们一定可以找到什么……”

走出警局，你漫无目的地走在大街上。艳阳高照，你失去了方向，不想回家，也不知道该去哪儿，于是，你又上山了。

如今，老樟树的树洞真的空了。没有人会再来玩这个老古董游戏。

为什么早有玩家把此处标记为丢失，搪瓷罐子却又突然出现了？为什么不是别人，而是你找到了这封信？

你解释不了。或许，真的是方瑶在冥冥之中指引着你吧？你抬头仰望湛蓝天空，在一缕静止的白云中，你仿佛看见她的笑脸。

你闭上眼睛，张开双臂，想要再拥抱梦中的方瑶，你的耳边仿佛又响起了她最喜欢的旋律 J'Arrive A Toi：

我无须任何安慰

我不会做任何掩饰

我抓不住任何飞逝之物

没什么可以抗衡时间

如果碰巧有颗星星

当空俯瞰我们

那定是生活推着我们向前

又超越了我们

多年以后，我来到你身旁

这是奇迹吧

这是神谕吧

看啊，看啊，是意料之外的吧

和煦的秋风穿梭过你的臂弯，带走了你怀中她残留的体温，向太阳、大地、湖水飘散而去。

11 黄义波

你正在拨电话时，听到外间传来同事小伟的声音:“先生，您要买房还是租房？我们是全国连锁品牌，有许多房源可以挑选。您想看什么？我可以给您推荐一下，都是业主诚心要卖的，价格可以谈……”

“你们这儿有没有一个叫黄义波的人？”那个声音打断孙伟，问。

“找黄经理啊，他在里面，您等一下。”小伟回答。

没等小伟进来喊，你立刻放下手中的电话，走出自己的办公室。

你看到店里站着一个陌生男子，穿深色衬衫，背着双肩包，风尘仆仆，像是刚从外地赶来。你的第一直觉是，他既不像买房的，也不像租房的。

你迎上前，热情地伸出手说:“我就是黄义波，请问您是？”

“您好，能进去聊聊吗？”他指指你的办公室。

你把他带进自己的办公室，关上门，等着他介绍自己到底是谁。没想到他刚入座，就掏出了警官证。你凑近看，这是平泽来的警察。

你突然想起来，上个月你接到过平泽公安局打来的电话，一个女警询问你是否记得2016年某趟列车身边铺位的乘客，你当时回答不记得了。

你又仔细看了看证件，记住了他的名字：向毅。

他收起证件后，开门见山地问道:“请问你在2016年11月去过平泽市吗？”

看来还是为同一件事。你抓过鼠标点亮电脑屏幕，查看了自己的日历后，才回答:“对，去过。我们总公司当时在平泽开年会，我作为我们这儿的代表去参加了。平泽真是好地方啊，空气湿润，有山有水……”

他显然没心情和你闲聊，打断你问：“你在平泽待了多久？”

你又看了看电脑日历回答：“11 月 10 日到 11 月 18 日。”

他掏出一本黑皮笔记本问：“你从平泽回银川坐的是 K579 车次，01 车 001 号下铺，对吧？”

你笑道：“都两年过去了，这哪还记得啊？反正你们都可以查到的嘛。但您说得应该没错，是一个软卧车厢的下铺。”

他的表情突然变得严肃，紧张地盯着你的眼睛问：“那你是否记得，和你同一个车厢，也在下铺的乘客长什么样子？名字，长相，或者打扮，你记得什么都请告诉我。”

你有些为难，回答他：“您说我这两年都坐过多少次火车，哪还记得某一趟列车旁边乘客的模样啊。你就是问我上个月去西安出差时旁边坐的人长啥样，我都不记得咯。”

他的眼神中闪过一丝失落，但还是没有放弃：“麻烦你再帮忙想想，软卧车厢最多就四个乘客。其中一张上铺换过人，所以总共五人。上铺的两人，是在下一站黎水上车的。而你和另一个下铺的乘客是同时在平泽上车，在银川下车。”

你闭上眼睛想了会儿，回答：“哎哟，我真想不起来了。要不您去问问上铺的人呢？”

他轻轻叹气，显得有几分沮丧地回答：“早问过了，他们说自己一上火车就睡觉、看剧，连下铺是男是女都不记得。要不然我也不会大老远跑到银川来找你。”

“那我就再想想，再想想啊。”你搭起一条腿，微微闭上眼睛，一手抚摸着抖动的小腿肚。

你先用了好一会儿才把最近工作上的烦心事都驱逐出去，把大脑彻底清空，然后任凭自己跌进浩瀚的记忆宇宙中，一边在漆黑的时空中遨游，一边收集着飘浮的碎片。你想起在一个叫绣园的餐厅聚餐，里面的点心真是精致；想起和同行在会场门口告别；想起车站附近堵车，自己跳下出租车、冒雨冲进火车站，检票闸口正要关闭，这一幕真的好险啊；想起自己坐在车厢内等泡面……

“睡那张铺的，是个女士吗？”你突然睁开眼睛，问道。

你的回答令他两眼灼灼发亮，期待地看着你说：“没错，是个年轻女人，你对她还有印象吗？”

你想起自己当时轻浮的模样，不好意思地笑了：“突然想起来一点……我好像给过她一张名片，还问她叫什么哩。”

“她怎么回答？”他立刻问。

“我记得，她名字里有个瑶字，因为她介绍自己时说，琼瑶的瑶。但她姓什么来着？”

“姓方，对吗？”他立刻问。

“可能是。”

“她长什么样？”他急忙问。

“具体啥样我也记不清了，也描述不出来，你们不是有监控吗？”

“车站和列车上的监控都不会保留那么久。”他的身体往前靠了靠说：“我如果给你照片，你能认出来吗？”

“可以试试。”

他从笔记本中取出三张照片，在你面前一字排开，仔细观察着你的表情问：“是哪一个？”

这是三个女子的生活照。最左边的是个留着长直发的中年女子，眼神凌厉，面容艳丽，气场很足。首先可以排除她，因为如果你真和她共处一室那么久，恐怕不敢和她这么搭讪。

中间那个年轻女子是小麦肤色，笑着露出整齐的牙齿，留着长卷发，看起来外向开朗；你的目光移向最右边，她和中间的女子年龄相仿，留着黑长直发，但肤色更白一些，笑起来更显文静。

你指指这些照片说：“我记得那姑娘和中间的发型一样，但白皮肤又像右边的。”

“更像哪个？”

“右边的吧。”

那警察往前挪了挪椅子，郑重地问你："都过去两年了，你确定自己没记错吗？"

"这可不敢打包票，发型、肤色都是可以变的嘛。"你回答。

"那你再看看这两张。"他又把两张小小的证件照放在了桌上。还是那两个年轻女子，但是她们都接近素颜，也没有戴首饰。你又糊涂了，抓着脑袋说："左边的？不，右边的？唉，时间真的有点久了。"

他的脸上流露出失望，长长地叹了一口气，说："你这样的证词没有用。"

"你们还聊了什么？"他收拾起照片，问道。

"没聊什么。她话不多，大部分时间一个人看手机。我问她去银川做什么。她说旅游。我就给她推荐了几个景点，还说到了银川可以找我做向导，但她没有找过我。"

"你推荐了哪儿？"他拉起包的拉链，随口问道。

"适合单身女孩玩的呗，酒庄啊，西部影城啊，沙漠小镇啊……"

"沙漠小镇？"他侧头想了想，突然又从包里又翻出一张照片，问："是这里吗？"

你拿起照片看了一下，这是一个女人骑在骆驼上用手机拍的自己的倒影，可以看到无边的沙漠、骆驼的脖子、影子中的大檐帽、飞舞的丝巾，远方有一块紫红色招牌。

"对，就那儿，它们有骑骆驼的项目。"你放下照片问，"她后来还是去了那里？"

"看来是。"他端详着照片，喃喃自语道。

12 向毅

沙漠小镇项目正位于方瑶朋友圈定位的那个郊县。虽然今天气温不高，但烈日当空，十分晒人。

你背着双肩包，戴上了墨镜。一个老头扶着你骑上一头高大的骆驼。"哎哎，等等。"你还没坐稳，骆驼就跑了起来。

“帅哥，看这里！”你听到一声喊，转头，只见闪光灯亮了几下。一个穿米色马甲、脑后扎着辫子的中年摄影师，正举着大相机对着你。

“美女，对，叫你呢，再来一张！多好看啊。”

你听到声音回头看，只见在自己身后，摄影师正扎着马步对着两个刚骑上骆驼的年轻女子拍照。看架势可比刚才给你拍照认真多了。

“瞧瞧这夕阳。你肯定满意，不用修图都好看。待会儿回来时别忘了看自己照片啊！”摄影师朝那两个女孩挥手，眼角笑出了深深的桃花纹。

你骑到沙漠深处时，从口袋里掏出打印的方瑶朋友圈照片比对。没错，正是这里。

骑完骆驼回来，你经过出口处，看到路边的摊位上摆满了照片。一个穿蓝色 T 恤的年轻男子正站在摊位后面大声吆喝着：“来找自己的照片咯！珍贵的纪念别错过！”

两个年轻女孩拿起自己的照片，问：“多少钱啊？”“只要 35 元！拍这么好看，不拿可惜了。”

你探头看，摄影师把她们拍得很唯美，落日、沙漠映照在脸上。你又在桌上找到自己的那张，这摄影师好像和你有仇，正好抓拍了你龇牙咧嘴、张皇失措的模样。

“这么快就洗出来了？”你问。

“是啊，效率嘛。”男孩被晒得黝黑，笑着露出白牙。

“每个客人都拍吗？”

“基本不会漏掉。”

“没人买的照片怎样处理？”

“过三天集中销毁。”

“你们做这业务多久了？”

男孩变得不情愿，问：“大哥，你问东问西的，到底买不买啊？”

“拍这么难看，白送都不要。”你说着，向他出示了警官证。

男孩立刻站直身子，嬉皮笑脸地回答：“我们在这儿摆摊四年啦。”

“你们是景区工作人员吗？”

“不是。这只是我师傅承包的摊位。”

他带你去见了摄影师余师傅。此时景区接近打烊，已经没有什么客人，老余正站在阴凉处喝水、抽烟。

当听到你的来意后，他摆摆手回答：“每天上百人呢，怎么会留着呢？储存卡里的早都删了，打印出来的也销毁了。”

他的话扑灭了你的希望，你轻轻叹了口气。从平泽到银川，你这几天一路追踪着线索，对打击都变得麻木了。

但这可能是你最后一条线索了，你必须穷尽一切可能才能放弃。

“我在调查一个案子，只想确认有个姑娘来没来过，其他事情都和我无关。你看，有没有可能，你正好还留着一些照片，譬如拍得特别满意的那种呢？”

他的目光看向别处，吸了几口烟，沉默了一会儿，才说：“不瞒您说，有个别照片我确实还留着。但只是我自己欣赏，肯定不会发出去侵犯人家肖像权，毕竟也算自己的摄影作品嘛。”

本来已经熄灭的草堆突然又噼啪一下，蹿起一朵火花。你立刻双眼放光，问道：“能让我看看吗？”

他带你走进售票处背后的一间简陋的小木屋，里面摆了一张行军床和一张书桌。墙上贴满了各式各样的女子在沙漠中的摆拍照，有些飞舞着彩色丝巾，有些假装用手托着落日。你背着手，走到墙边，仔细查看每个人的脸。

“你看吧，都在这儿了。”他打开书桌上的一台黑色笔记本电脑。

那个名为沙漠小镇的文件夹里存储了 200 多张游客骑骆驼的抓拍照，是清一色年轻女游客。你滚动着鼠标一直上滑，越来越接近 2016 年 11 月，你的心也扑通扑通跳起来。

如果这条线索再断了怎么办？你要如何证明代替方瑶来银川的人是她？

不，你不能证明，任何人都不会相信你。刘韩宇将背上杀害方瑶的罪名，而真正的凶手将逃脱惩罚。

接近那个日期了。你开始放慢鼠标的速度，眼睛牢牢盯着许久没擦过的电脑屏幕……

在措手不及之间，那张熟悉的面孔突然出现在屏幕上。

你的心脏如被撞击了一下，后背一阵发凉。

她的围巾和朋友圈照片上的图案完全一致，她的脸藏在帽檐的阴影中，但在闪光灯的照射下清晰可见。突然被镜头捕捉到，她的瞳孔放大，嘴唇微张，显得有几分错愕。

是她，真的是她。

你点开照片的信息：拍摄于 2016 年 11 月 22 日 15 ： 02。

你曾以为，此行如果能找到证据，你一定会兴奋得跳起来。但连你自己都没想到，你这时反倒平静了下来，甚至心情有几分沉重。

“这就是你要找的人？”老余站在书桌旁，观察着你的表情，好奇地问。

你点了点头，自言自语道：“这世上没有完美犯罪。每个人做过的一切，都会在不经意的地方留下痕迹……”

13 张巧巧

上午 10 点多，她推门走进心派，你和迎接其他顾客一样，热情地喊了一声：“欢迎光临！”

她今天穿着灰色高领毛衣，涂了鲜艳的口红，还换了一副新眼镜，看起来喜气洋洋。

你记得她。过去她每次都是跟着美容医院的刘老板一起来的，有时她会一个人先来订座。

她笑意盈盈地走到柜台前，抬头看着菜单，点了一杯摩卡、一块巧克力千层、一块杧果乳酪蛋糕和焦糖烤布蕾。

“请问堂食还是打包？”

“堂食。”

“就一杯咖啡吗？”你在屏幕输入时问道。

“是啊，就我一个人。”她回答。

你心中有些惊讶，她一个人吃那么多蛋糕吗？

这时她打开手机屏幕准备付款。你看到在“收付款”旁边，“钱包”显示的余额有40多万。做医美的真有钱啊。她举起手机让你扫码，同时抬头瞥了一眼你的胸牌，笑道：“升领班了呀？”

“以前的领班小德走了。”你不好意思地笑了笑，小声说，“其实我和以前干差不多的活，也没涨多少工资。我还想去你们那儿问问要不要招人呢。”

“老板没了，我也失业咯。”她回答，语气轻松。

你想到前几天听宿舍的女孩们在八卦，说刘老板被人杀死了，嫌疑人已被抓获。可你还没看到正式的警方通报。

你把收银条递给她，问：“对了，您怎么称呼？ Betty？”

你记得她以前订座时留的都是这个名字。

“我讨厌这洋名儿，跟个小仓鼠似的。”她哈哈笑道，“叫我大雁吧。”

“好嘞。”你拿起记号笔，在马克杯上写下大雁，说道，“焦糖烤布蕾还得等会儿，我待会儿和咖啡一起帮您端过去吧。”

“谢谢啦，我在外面坐。”她指指露台，转身朝那儿走去。你看到她穿着高跟鞋、昂首挺胸的背影，似乎个子都比从前高了几厘米。

你端着餐盘走上露台，一眼望去，找到了她的背影。最近降温了，露台上客人很少，而她坐的刚好是以前三指男喜欢坐的位置。从那里可以毫无遮挡地望见鑫美医院的那栋粉红色建筑。

你从她身后接近时，听到她正在和别人打电话：“我的脑震荡现在都没全好，还常常头晕呢……叫他千万别回来，警察正到处找他……可惜啊，人突然就没了，钱只还了不到一半……我还真喜欢她尖叫的样子呢。”

你走到桌子旁边，把餐盘上的蛋糕和咖啡一一放在玻璃桌面上。

她停止说话，只是按着手机听筒，“嗯嗯”答应着，同时举起叉子，用力插进了巧克力千层，旋转、割断，举起一大块塞进嘴里。

你突然想起有一次去包厢给刘老板送下午茶看到的一幕。大雁的叉子刚要从离桌最远的位置伸出来，刘老板突然说道：“你以后出去千万别说自己是鑫美的员工，这体重都砸我们招牌。”大雁讪讪笑着又把叉子收了回去。你当时想，刘老板可真不给下属面子啊。

当你从桌边离开时，听到塞满蛋糕的嘴里发出咕哝声：“她就是输在贪婪上，她真以为这点钱可以招到一个 24 小时随叫随到，晚上还要睡沙发的 Betty 吗？哈哈哈……”

你回到柜台前。

“欢迎光临！”

“再见！欢迎下次光临！”

你时不时抬头望向露台上那个陌生背影，她夹着手机，大口吃着蛋糕，笑得前俯后仰。

这里进进出出的每个人都只是心派的过客。你可能知道他们的名字、昵称，看到或听到过一些碎片，却从不知道他们完整的故事。

他们在这里获得片刻的休憩，然后又将投入外面汹涌的人潮之中，追逐各自的美梦。

14 古樟

你多少岁了？是谁把你栽在这里的？

一百多年前，你曾听到明月村一个纳凉的老村民说，你已经快一千岁了。其他人听闻，纷纷抬头仰视你，发出惊叹声。那个老村民说，这是他爷爷告诉他的。他们家有一本族谱，在族谱上有一幅手绘地图，在祖坟旁就画着你。

究竟是谁把你栽种在此的呢？对于你的出身，那群村民们可没少吹牛。有人说你是第一对迁居到此的夫妇栽的，有人说你是一个逃亡的士兵种的，有人说你是一个孩子无心插在泥地里成活的……

谁让人类的生命是如此短暂，记忆又那么不可靠呢？真相往往湮没在口耳相传的历史中，再也不可能找回。

你曾见证明月村从三五户人家变成近百户。人口兴旺时，他们在你身旁修建了一座庙堂。庙堂前面还搭了座戏台。每当有戏班子来演出时，全村人都会赶来，孩子们喜欢在你身上爬上爬下，坐在你的枝干上看戏。那是多么令人留恋的时光啊。

可惜天下没有不散的筵席。那些孩子也会长大，老去，留下了他们的孩子们。一代又一代，消亡又新生。

人类总以为你什么都看不见，听不见，在你的面前毫不掩饰自己的丑陋。

一群人在凌晨时分把族长的儿子吊死在你最粗的树干上，可愚蠢的仵作却言之凿凿这是自杀；

一个村民把他的哥哥推下悬崖，却在丧葬队伍中哭得最为悲恸；

老地主常用食物引诱饥饿的寡妇到树下做爱，但当寡妇被绑到庙堂前忏悔时，他却是挥鞭最狠的那个……

村子一年年变大，又一年年变小。

只有你一刻不停地生长。你的一根树杈竟然长到了近 40 米长，戳穿了庙堂的屋顶。而那时，戏早已不唱了，庙堂也年久失修、残破不堪。

最近几十年，年轻人一去不返，村子越来越萧条。许多年前，最后剩下的三户老人也搬去山下，宣告了明月村的死亡。留在身后的老屋坍塌了，只有你依然伫立在半山腰，望着壮阔的太湖上日出日落，看着湖面上的船只来来往往。

你有时还会梦见孩子们在你身上嬉闹、欢笑。可醒来才发现，那已是上百年前的事。你其实早已习惯了周遭一片寂静。四季交替，只剩你孤独地落叶萧瑟又枝繁叶茂。

你的皮肤上自然也留下了岁月的痕迹。起先是裂开的一道口子，随着时间迁移，它的开口和形状逐渐变化，变得更深邃，碗口大小。

某个秋天的黄昏，一对男女不知怎么徒步来到这里。他们起先没有注意到你，而是惊叹自己无意中发现的风景。这绝佳的观景位置，怎么从没有出现在任何语言的旅游手册上呢？或许是因为山路崎岖吧?

女人靠在男人的怀里,男人抚摸着她的背,他们就这么站在树冠下静静观赏太湖的日落。

后来,那女人从背包里掏出一只漂亮的五彩罐子,并用笔写下一些字,放进罐子里,塞到你的树洞里。在这么做以前,她还用一只眼睛往洞里张望一番,似乎想确定里面没有藏着小偷。你看到她的眼睛是灰蓝色的,和你见过的其他人都不一样。

他们在离开前,紧紧地拥抱、对视,男人为女人捋顺被风吹乱的头发,和她亲吻。那一刻的亲密让你摆动树枝,忍不住想大声歌唱。

他们让你想起另一对男女。那是几年前了,他们一前一后,拿着铲子,提着几个黑色袋子,穿梭在悬崖下的树林里。男人的脚步声听上去是那么沉重,让你好奇他手上究竟提了什么。

他们在一处林中空地上停下脚步。

女人说:"在这里吧。"

接着,你听到了沙沙声。你探枝俯瞰,看到男人正挥动铲子挖泥。

他们把那几个笨重的大塑料袋扔进了那个很深的洞里,然后盖上了土。

结束后,女人才说:"好冷啊。"她突然伸手抱住了男人的腰,把脸埋在他的胸口。他过了一会儿也伸出手环绕她的背。

他们保持这个姿势,像一尊雕塑,在黑暗中合在一起,久久没有分开。直到夜幕完全落下,四周一片漆黑,他们才打开手电筒,一言不发地离开。

第二天下起了大雨,你看到红色的雨水渗出泥土,顺着大地的沟壑汇入太湖,把那一小片湖水都染红了。

那只五彩的罐子,一直留在你的体内。

在蓝眼睛女人藏起罐子后,有三个人陆续来到这里,找到了它。你很高兴,原来它会把人们带到你的身边。

但接下来,它又遭到了冷落,长时间无人光顾,直到有一天那个女子到来。

她身材苗条，穿着紧身瑜伽裤，拿着一台相机，独自寻找到这里。她掏出罐子时，发出了兴奋的惊呼声。她取出里面的字条，在上面写了一句话，并留下落款：Y。

Y 把罐子放回了树洞，还把它往里面推了推，仿佛挠了你的胳肢窝，让你忍不住想笑。

随后，她对着太湖舒展身体，伸展四肢，做了几个拉伸的动作。

十几天后，又来了另一个女人，她也把手伸进你的树洞，摸到了那个罐子。她也写下一句话，把罐子放了回去。

随后，她静静地观赏了很久的太湖才离开。

Y 和 D 互相发现了对方留下的字条，给对方写信。有时 Y 会靠在树干上写回信，有时 D 会坐在盘绕的树根上，咬着笔思考。她们像在玩一个游戏，拿走之前的字条，再留下一张新的……

有一天，D 走到你身边时，佝偻着身子，捂着肚子，似乎很难受。她在树下坐了一会儿，当她站起身时，一个东西从大衣口袋中掉落，敲击到你的树根上，断裂成两半。她捡起那个东西，脸上流露出懊恼和失望。你这才看清楚：这是一只摔断尾巴的陶瓷松鼠。

D 边哭边写下一段话，泪水打湿了那张字条。最后她把断尾巴的陶瓷松鼠和信一起放进罐子。

几天后，Y 来了，带走了陶瓷松鼠和信。第三天，她又来了，在罐子里留下一封很长很长的信。她似乎犹豫了很久，才盖上盖子，把罐子放回树洞。她对着树洞站了很久，才戴上墨镜，默默离去。

你猜，D 下次来看到 Y 留给她这么长的信，一定会心情好转吧？

可在那一天到来前，却先来了三个调皮捣蛋的少年。他们钻进庙堂里探险，在里面捉迷藏、学鬼叫，你可为他们捏了一把汗，担心房子倒塌将他们埋葬。

他们还捡起石头，朝悬崖下的湖水投掷，比谁扔得更远。

是那个黑皮肤男孩在寻觅大石头时，发现了树洞口的灰色石头。他踮起脚，兴奋地取出它，打算朝水里扔去。但这时，他发现了更有意思的东西。

“林丽，快看！我发现了什么！”他朝同行的女孩喊。

“好漂亮！是谁放在这里的？”那个扎两条羊角辫的女孩接过五彩罐子，在耳边摇晃了一下，又说，“里面有东西。”

她打开Y留下的纸条，三人脑袋凑在一块读了一会儿。板寸头男孩说：“她说她杀了人？我们应该把它交给警察。”

“这你都信？”黑皮肤男孩说道，“八成是谁恶作剧，编故事耍人呢。”

“这好像是封信。”叫林丽的女孩盯着信纸自言自语道，“Y写给D。”

“那里面的内容是真的吗？”板寸头男孩问。

“不管了，反正我喜欢这罐子，它归我了！”女孩把字条放回罐子里，并把罐子抱在怀里。

“可这明明是我先发现的！”黑皮肤男孩说。

“王阳！你这周不想抄我的作业了吗？”女孩抬起下巴威胁道，王阳便住嘴了。

不！不要拿走它！

你拼命挥舞树枝，可他们却听不见你的呐喊。

“起风了，我们回去吧。”

第二天下午，D来了，晚了一步。

她绕到后面，看到树洞失去了遮挡，十分错愕。她不甘心，依然把手伸了进去。里面空空如也。

最后，她在地上找到了那块灰色石头。

她靠在树干上站着，想了很久。突然，她似乎想明白了什么，面色阴沉，决然离去。

你很想叫住她，告诉她这个误会，可惜，她也听不见你的声音。

后来Y也来了，她绕着你走了一圈，确定一切都结束了。她轻轻地叹息，又耸了耸肩，转身离开。

自那以后，D和Y没有再出现，就像那些在你生命中消逝的人们。

前不久的一个深夜，你突然看见一个水鬼，扑腾着游到了岸边。

他浑身湿漉漉地爬上岸，用最后的力气脱去黑色T恤，四仰八叉地躺在河岸上喘气。

清冷的月光落在他不断起伏的胸口上，照在他胸口的那只蝉上。

后来蝉男攀岩上山，在你身旁的破庙堂里睡了一个晚上。第二天，他便趁着夜色下山离开，再也没有回来。

你以为永远不会有人再找到这里，直到有一天你又听见窸窣的脚步声。

是那个叫林丽的女孩回来了。

她穿着蓝白校服，背着书包，因为爬山而气喘吁吁。她从书包里取出五彩罐子，把它小心翼翼地放回树洞，又随便找了块大石头堵上洞口。

接着，她站在你身前双手合十，低头嘴里念叨着："我错了，树仙，当时不该拿走你的东西。上周我在紫阳湖的树林里看见一个死人，真的被吓坏了，后来一直睡不着觉，模拟考也考得一塌糊涂。我昨晚梦见埋在地里的女人，伸出手，向我讨要这个罐子。醒来后，我立刻想明白了，是我拿了不该拿的东西，惹怒了神仙。找不到它的人一定很着急吧？我现在把它还回来了，阿弥陀佛，希望你也宽宏大量，别再生我的气。"

你在心底轻轻叹息：你还回来得太晚啦。游戏已经结束，没有人会再在意它。

后来那个五彩罐子，被一个你从没见过的男子拿走。

而昨天，猜猜你见了谁？是D！

在你快忘记这个人时，她突然又出现了。

两年过去了，她的相貌和以前变化不大，只是头发剪短，肚皮隆起，步伐缓慢、吃力。

她怀念地看着这里的一梁一木、一草一花，踱步到你跟前，摩挲着你的皮肤，抬头仰望你茂盛的树冠。

"这条路越来越难走，你看这草长得，以后怕成了荒山，再也没人来这里了吧？"

她走到树洞跟前，双手扶住洞口，沉默了好一会儿，突然轻轻说了一句:“对不起，对不起，Y……”

D离开时，你远远目送她，看着她小心翼翼地在草丛中寻觅着下山的路。你突然预感到，这将是你最后一次见到她。

她以后的人生又将如何?

你已经习惯啦，人们总是互相从对方的生命中抽身离去，都来不及告别。其实这有什么关系呢?地球那么小，我们间隔再远，也是呼吸同一片空气，沐浴同一片阳光。

人的一生是漫长的告别，树的一生又何尝不是呢?